Micha Krämer
Teufelsfeuer

AF178162

*Im Verlag CW Niemeyer sind bereits
folgende Bücher des Autors erschienen:*

Tod im Lokschuppen
Krähenblut
Tod im Elefantenklo
el toro
GEMA TOD
Romeo
Tod in Rot
IN IDEM
Druidenwahn
Sand im Schuh
Mordsfang
Sand in der Kimme
Mordsbrandung
Sand in den Wunden
Über deine Höhen
Neander
Sauerbach & Co.

Bibliografische Information der Deutschen Nationalbibliothek
Die Deutsche Nationalbibliothek verzeichnet diese Publikation in der
Deutschen Nationalbibliografie; detaillierte bibliografische Daten sind im
Internet abrufbar über http://dnb.ddb.de.

© 2016 CW Niemeyer Buchverlage GmbH, Hameln
www.niemeyer-buch.de
Alle Rechte vorbehalten
Umschlaggestaltung: Carsten Riethmüller
Der Umschlag verwendet Motiv(e) von 123rf.com
ISBN 978-3-8271-9528-9

Micha Krämer

Teufelsfeuer

CW Niemeyer N

Der Roman spielt hauptsächlich in einer allseits bekannten Region im Westerwald, doch bleiben die Geschehnisse reine Fiktion. Sämtliche Handlungen und Charaktere sind frei erfunden.

Über den Autor:

Micha Krämer wurde 1970 in Kausen, einem kleinen 700-Seelen-Dorf im nördlichen Westerwald, geboren. Dort lebt er noch heute mit seiner Frau, zwei mittlerweile erwachsenen Söhnen und seinem Hund. Der regionale Erfolg der beiden Jugendbücher, die er 2009 eigentlich nur für seine eigenen Kinder schrieb, war überwältigend und kam für ihn selbst total überraschend. Einmal Blut geleckt, musste nun ein richtiges Buch her. Im Juni 2010 erschien „KELTENRING", sein erster Roman für Erwachsene, und zum Ende desselben Jahres folgte sein erster Kriminalroman „Tod im Lokschuppen", der die Geschichte der jungen Kommissarin Nina Moretti erzählt. Was als eine einmalige Geschichte für das Betzdorfer Krimifestival begann, hat es weit über die Region hinaus zum Kultstatus gebracht. Inzwischen findet man die im Westerwald angesiedelten Kriminalromane in fast jeder Buchhandlung im deutschsprachigen Raum.

Neben seiner Familie, dem Beruf und dem Schreiben gehört die Musik zu einer seiner großen Leidenschaften.

Mehr über Micha Krämer auf www.micha-kraemer.de

Wie die feurigen Hände des Leibhaftigen reckten sich die Flammen züngelnd zum Himmel. Funken stoben empor zu den Sternen. Der Geruch des Feuers, der Atem des Dämons, lag beißend in der Luft. Was hatten sie nur getan? Warum taten sie ihm das an? Hatte er das verdient? Zwei Jahre lang war sie der Mittelpunkt seines Lebens gewesen. Sein Sonnenschein und der Lichtblick seines ansonsten sinnlosen Daseins. Aufopfernd hatte er sich um sie gekümmert. Und diese dummen Menschenkinder nahmen sie ihm einfach weg. Brannten alles nieder, wofür er gelebt hatte. Dafür würden sie bezahlen. Sie würden diesen Tag und ihre Tat noch verfluchen. Niemand beraubte ihn ungestraft. Niemand!

Mit dem Finger wischte er sich eine Träne aus dem Augenwinkel, führte den Finger dann an den Mund und kostete von ihr. Sie schmeckte salzig und genauso wie die Tränen der Trauer, deren Geschmack er nur zu gut kannte. Das war seltsam. Er hätte vermutet, dass die Tränen der Wut anders schmeckten als die der Trauer und der Angst. Wobei Trauer und Angst in seinen Augen das Gleiche war. Trauer war nichts weiter als die Angst, alleine zurückzubleiben. Weiter nichts.

Gebannt beobachtete er, wie der rote Hahn das Dach des Hauses in einem Meer aus Funken und Flammen zusammenkrachen ließ. Die Rufe der zurückweichenden Feuerwehrleute drangen durch das laute Prasseln und Krachen bis zu dem Platz, an dem er das Geschehen beobachtete.

Dann sah er sie. Im Arm eines der Feuerwehrleute. Wie eine Puppe trug der große Mann, dessen Gesicht er unter der Atemmaske nicht erkennen konnte, sie vor sich her. Ihr Kopf hing schlaff nach hinten und ihre langen, blonden Haare tanzten im Wind. Es versetzte ihm einen Stich ins Herz, sie so zu sehen. Er hatte sie für immer verloren. Sie war so nah und doch so unerreichbar weit weg für ihn. Da, wo sie sie hinbringen würden, käme er nicht mehr an sie heran. Wütend ballte er die Faust. Das alles war nicht gut. Sie hätten sie niemals finden dürfen. Sie war sein Eigentum und es wäre besser gewesen, wenn sie in den Flammen verbrannt wäre. Beim nächsten Mal würde er vorsichtiger sein müssen! Seine Taktik ändern. Doch zuvor würde er sich an denen rächen, die ihm das angetan hatten. Sie waren unvorsichtig gewesen. Es würde ein Leichtes sein, sie zu finden.

Kapitel 1

Sonntag, 10. Juli 2016, 05:49 Uhr
Betzdorf / Bruche – Karl-Stangier-Straße

Nina packte das feuchte Kopfkissen und presste es fest
auf den Hinterkopf und ihre Ohren. Sie wollte jetzt
weder etwas sehen noch etwas hören. Schon gar nicht
das penetrante Klingeln ihres Telefons. Sie überlegte,
wie lange sie wohl geschlafen hatte. Zehn Minuten
oder vielleicht eine Stunde? Keine Ahnung. Sicher war,
dass es nicht lange genug gewesen war. Sie spürte,
wie sich seine Hand auf ihre verschwitzte Schulter
legte und er sie sachte zu rütteln begann.

„Nina, ... Schatz ... Telefon. Willst du nicht mal ran-
gehen?", hörte sie seine Stimme sanft sagen.

Sie schüttelte den Kopf. Nein, sie wollte jetzt nicht
telefonieren. Sie wollte schlafen. Endlich wieder einmal in Ruhe schlafen. Soweit das bei dieser verdammten Hitze überhaupt möglich war. Seit Tagen brannte
die Sonne auf den Westerwald. Nina mochte die
Sonne. Sie genoss den Sommer ... zumindest bis zu
einem gewissen Grad.

Als sie heute am späten Nachmittag nach Hause gekommen war, hatte das Thermometer neben der Hauswand achtunddreißig Grad im Schatten angezeigt. Das
war eindeutig zu viel des Guten. In ihrer kleinen Wohnung unter dem Dach des Siebzigerjahre-Eigenheimes,
das ihr Papa damals für sie und Mama gebaut hatte,
waren es locker noch einmal fünf bis sechs Grad mehr,
dazu eine Luftfeuchtigkeit wie im Tropenhaus eines
zoologischen Gartens. Alles, was man anfasste, war

warm und irgendwie klamm. Und jetzt, wo sie trotz der unangenehmen Temperaturen endlich eingeschlafen war, klingelte auch noch ihr Diensthandy Sturm. Sie nahm wahr, wie Klaus sich neben ihr erhob. Dann endlich hörte das Läuten auf.

„Ja ... hallo ... hier Klaus Schmitz, Apparat von Oberkommissarin Moretti", hörte sie stattdessen seine Stimme gedämpft durch das Kopfkissen und hätte am liebsten laut geschrien. Genervt schob sie das Kissen beiseite, drehte sich um und blinzelte in Richtung Klaus, der nun auf der Bettkante hockte, das Telefon an sein Ohr presste und geduldig zuhörte.

„Okay ... alles klar, ich sag ihr Bescheid. Tschüss ... man sieht sich", erklärte er, strich mit dem Daumen über das Gerät, legte es auf den Nachttisch und blickte dann zu ihr hinüber.

„Das war dein Kollege Horst Peters, du sollst zu einem Wohnhausbrand am Struthof kommen."

Nina schloss die Augen für einen Moment und wischte sich dann mit der Hand einige verschwitze Haare aus dem Gesicht.

„Hat er auch gesagt, was ich mit diesem Brand zu tun haben soll?", schnaufte sie ziemlich resigniert.

„Ähm ... ja, nee ... er hat nur gesagt, du sollst dringend vorbeikommen", stammelte Klaus.

„Hat er wenigstens gesagt, wo genau am Struthof ich hin soll?"

„Ähm, nee ... hat er nicht ... aber er hat gemeint, du würdest schon sehen, wo du da hin musst."

Sie schielte auf die Leuchtziffern des Radioweckers. Es war zehn vor sechs. Normalerweise würde sie in zehn Minuten aufstehen müssen und zur Arbeit fahren. Heute war aber nicht normal, sondern Sonntag, und sie hatte weder Dienst noch Bereitschaft. An solchen Sonntagen blieb man im Bett und schlief aus, außer natürlich die Kollegen von der Wache riefen an und klingelten einen aus den Federn. Horst Peters würde vermutlich seine Gründe haben, sie an ihrem freien Wochenende zu belästigen, und Nina war jetzt doch ein klein wenig neugierig.

Durch das offene Fenster schien bereits die Sonne und in der Ferne war das Quietschen und Rattern eines Zuges zu hören, der gerade durch die lang gezogene Schleife unterhalb des Hanges auf der anderen Straßenseite in Richtung des Betzdorfer Bahnhofs fuhr. Lokführer war auch so ein undankbarer Job, fand sie. Die mussten auch bei jedem Wetter, zu jeder Tageszeit an dreihundertfünfundsechzig Tagen raus. Sie reckte sich und musste gähnen.

Nur noch fünf Wochen, schoss es ihr durch den Kopf. Dann würden sie in den Urlaub fahren. Wieder nach Langeoog an die Nordsee, in das Haus an den Dünen, in dem sie bereits die letzten Ferien verbracht hatten. Sie versuchte sich den kühlen Wind vorzustellen, der sanft über die hügelige Dünenlandschaft wehte und den Strandhafer sachte hin und her bewegte. An der See war es jetzt bestimmt nicht so drückend.

„Ich mach uns mal 'nen Kaffee", hörte sie Klaus sagen und beobachtete, wie er, nur mit einer Unterhose bekleidet, aus dem Bett sprang und flink durch die Tür hinaus in den Flur verschwand. Nina würde es nie verstehen, wie jemand am frühen Morgen so viel Energie versprühen konnte. Sie und der frühe Morgen würden nie Freunde werden.

Als sie in ihren kleinen blauen VW Käfer stieg und rückwärts aus der Einfahrt rollte, war es bereits kurz nach halb sieben. Im Vorbeigehen warf sie einen Blick auf das Thermometer. Es waren immer noch, oder bereits wieder, achtundzwanzig Grad. Nicht eine einzige Wolke war am Himmel zu sehen, und das, obwohl der Wetterfrosch im Radio vorhin für heute unwetterartige Hitzegewitter vorhergesagt hatte. Nun gut, vielleicht brachten die ja die ersehnte Abkühlung.

Als sie in Höhe des Mercedes-Autohauses über die Siegbrücke fuhr, fiel ihr Blick auf den Fluss.

Man musste kein Fachmann sein, um zu bemerken, dass die Sieg verdammt wenig Wasser mit sich führte. Es wurde wahrlich Zeit, dass es einmal ordentlich regnete. Die Natur lechzte förmlich danach.

Während sie vorhin ihren Kaffee trank, hatte sie Horst Peters, den Kollegen der Schutzpolizei, zurückgerufen. Es hatte, wie so oft in den letzten Wochen, wieder einmal gebrannt in Betzdorf. Dieses Mal in einem Haus am Struthof, wie der kleine Vorort siegaufwärts hieß. Horst äußerte die Vermutung, dass es sich eventuell, wie auch bereits bei den Bränden in den letzten Wochen, um Brandstiftung handeln könnte. Eine sehr leidige Sache, die ihnen derzeit eine Menge Arbeit bereitete. Neu bei diesem Brand war, dass es diesmal ein Todesopfer gab. Die Feuerwehr hatte in den schwelenden Resten des Hauses eine Leiche gefunden. Mehr wusste der Kollege nicht zu berichten. Es war weder klar, wer der oder die Tote war, noch woran er oder sie gestorben war. Dies zu klären, würde Ninas Aufgabe sein. Kriminalkommissar Thomas Kübler, der eigentlich Bereitschaft hatte, konnte er nicht erreichen und hatte deshalb kurzerhand Nina angerufen.

Sie hatte während seines Berichts sofort nachgehakt, wie Horst darauf kam, dass es sich wieder um Brandstiftung handelte. Der Kollege hatte augenblicklich begonnen zurückzurudern. Doch Nina verstand Horst nur zu gut. Auch ihr erster Gedanke war gewesen, dass der Feuerteufel, der seit einiger Zeit sein Unwesen in der Region trieb, wieder zugeschlagen hatte. Ob dem schlussendlich auch so war, würden die polizeilichen Ermittlungen zeigen. Als ob sie nicht schon genug zu tun hätten!

Während sie mit leicht überhöhter Geschwindigkeit durch die Stadt brauste, kurbelte sie die Fenster ihres alten VW Käfer herunter und öffnete die beiden kleinen dreieckigen Ausstellfenster davor. Eine Klimaanlage besaß Maggiolino, wie sie den kleinen blauen Wagen aus den frühen Siebzigern nannte, noch nicht.

So ein Kaltmacher wurde auch vollkommen überbewertet, weil erstens es ja Fenster zum Öffnen gab und zweitens der übermäßige Gebrauch der Klimatisierung die Leute krank machte. Dies war eine erwiesene Tatsache. Außerdem traf einen, wenn man nach der Fahrt aus seinem eisgekühlten Fahrzeug ausstieg, die Hitze nur noch härter. Nein, Maggiolino brauchte so etwas nicht. Zumindest redete Nina sich dies hartnäckig ein. Wenn sie gelegentlich dann einmal mit einem der Dienstwagen oder dem Auto von Klaus fuhr, ertappte sie sich jedoch immer wieder dabei, wie sie den Regler der Klimaanlage auf die niedrigste Temperaturstufe stellte. Doch deshalb würde sie ihren geliebten Volkswagen nicht hergeben. Das Wägelchen war vermutlich eines der letzten Vehikel, bei denen der Wolfsburger Autobauer die Abgaswerte nicht geschönt hatte, weil es damals nämlich noch keinen Menschen interessierte, was da aus dem Auspuff kam. Sie drückte die Kassette in das Radiogerät und sofort schepperte Billy Idols *Dancing with Myself* blechern aus den Boxen.

Ihre Gedanken glitten wieder zu den Bränden. Das erste Mal hatte der Feuerteufel in der Nacht zum ersten Mai gezündelt. Eine frei stehende Scheune war bis auf die Grundmauern abgebrannt. Zu Schaden war dabei niemand gekommen, da das Gebäude, wenn man den alten windschiefen Schuppen denn überhaupt als solches bezeichnen wollte, auf einer großen Weide, weit weg von jeglicher Zivilisation, gestanden hatte. Die paar Kühe, die dort weideten und den Schuppen als Unterstand nutzten, waren mit dem Schrecken davongekommen. Die Brandermittler waren zuerst von einem Dummejungenstreich ausgegangen. So etwas gab es immer wieder mal, dass Heranwachsende unter Gruppenzwang, und wenn vielleicht noch Alkohol im Spiel war, auf solch blöde Gedanken kamen.

Nur eine Woche später brannte es erneut. Diesmal ein Schutzwagen in einem Wald bei Scheuerfeld, der in der Woche von Holzfällern genutzt wurde und in dem sich mehrere Kanister mit Benzin und Öl für die Kettensägen befanden. Wie bereits beim ersten Brand, schlugen die Täter auch diesmal wieder in der Nacht von Samstag auf Sonntag zu. Die Detonation, als der gelagerte Treibstoff explodierte, war gewaltig gewesen und hatte auch noch große Teile des Waldstückes rund um den Schutzwagen in Brand gesetzt. Kein Wunder bei dieser Dürre, die zurzeit herrschte. Die Jungs von der Feuerwehr hatten beinahe bis Sonntagmittag gebraucht, um den Waldbrand endlich unter Kontrolle zu bekommen. Seitdem war kein Wochenende vergangen, an dem die Flammen nicht gelodert hätten. Man konnte beinahe die Uhr nach dem Feuer stellen. Immer in der Nacht von samstags auf sonntags zwischen null und ein Uhr morgens schlugen der oder die Feuerteufel zu. Wobei Nina nicht glaubte, dass es sich um mehrere Täter handelte. Solche krankhaften Taten gingen meist auf das Konto eines Einzeltäters.

Schon von Weitem entdeckte sie die weißgraue Rauchwolke, die vom Struthof aus in den klaren Morgenhimmel stieg, und ihr, genau wie Horst eben am Telefon gemeint hatte, den Weg zeigte. Der Qualm, der aus der Asche des einstigen Hauses stieg, stammte vermutlich vom Löschwasser, das nun verdunstete. Nina parkte ihren VW Käfer etwas abseits an der Hauptstraße. Die letzten Meter den Berg hinauf, vorbei an den zahlreichen Einsatzwagen, ging sie zu Fuß. Sofort begann sie wieder zu schwitzen. Diese verfluchte Schwüle war wirklich kaum noch zu ertragen. Bei einem Notarztwagen entdeckte sie die uniformierten Beamten Horst Peters und Jürgen Wacker. Sie standen direkt vor der Einfahrt zum Haus von Torsten Liebig und Heike Friedrich, zwei Kollegen aus Ninas Kommissariat, die sich zurzeit im Urlaub in Südtirol befanden. Die Fensterläden des Hauses waren, wie nicht anders zu erwarten, noch geschlossen.

Bei den Uniformierten befanden sich zwei Sanitäter, eine Notärztin und Henning Himmrich, einer der ortsansässigen Bestatter. Nina kannte Henning seit Jahren. Sie mochte ihn. Doch wenn man ihn und sein Himmelstaxi, wie er den großen Leichenwagen gelegentlich nannte, schon am frühen Morgen bei einem Tatort traf, bedeutete das nichts Gutes. Die Blicke der Männer und der Ärztin waren steinern und auf den Zinksarg gerichtet, der geöffnet zwischen der Gruppe auf dem Boden stand und in dem ein gefüllter Leichensack lag.

„Ach, hallo, Nina, da bist du ja", begrüßte Polizei-
hauptmeister Jürgen Wacker sie, kam einige Schritte
auf sie zu und gab ihr die Hand. Nacheinander begrüßte sie die anderen und reichte jedem die Hand.
Nur die Notärztin, die Nina ebenfalls vom Sehen her
kannte, begrüßte sie, bei Anblick der Gummihandschuhe an ihren Händen, lediglich mit einem kurzen
Kopfnicken.

„Und, was haben wir?", erkundigte sie sich und
deutete auf den Leichensack. Die Ärztin ging wortlos
in die Hocke und zog den Reißverschluss des Sackes
zurück. Nina war auf das Schlimmste gefasst. Sie hatte
schon öfters in ihrer Laufbahn bei der Kriminalpolizei
die Opfer von Bränden gesehen. Auch Wasserleichen
oder verstümmelte Körper waren ihr nicht neu. Doch
das, was da zum Vorschein kam, war ihr so bisher
noch nie untergekommen. Die Tote, es war mehr als
eindeutig eine Frau, sah aus, als würde sie lediglich
schlafen. Ihr blondes Haar war ordentlich frisiert, ihr
Gesicht dezent geschminkt. Ein Lächeln umspielte
ihren Mund. Ihre Haut wirkte im Schein der Morgensonne rosig und überhaupt nicht tot. Für einen Moment überlegte Nina, sich zu bücken, um den Puls am
Hals der recht hübschen und vermutlich noch sehr jungen Frau zu fühlen, da sie wirklich den Eindruck hatte,
dass da noch Leben in ihr war.

Sie trug, soweit das ersichtlich war, ein weißes Kleid
mit hübschen bunten Sommerblumen darauf. Nina
musste schlucken. Sie würde sie auf Anfang bis Mitte
zwanzig schätzen. Viel zu jung, um zu sterben. Wieder einmal kam ihr der Gedanke, wie grausam der Gevatter in seiner Wahl doch war. Anstatt alte und
schwer kranke Menschen zu erlösen, die oft schon
sehnsüchtig auf ihn warteten, holte er sich immer wie-

der die, die noch ein ganzes Leben vor sich gehabt hätten.

„Wissen wir schon, wer sie ist?", fragte sie leise, an Horst gewandt. Der Beamte schluckte und sah in die Runde der betroffenen Gesichter. Überdeutlich konnte Nina erkennen, dass er etwas sagen wollte, sich aber aus irgendeinem Grund zurückhielt. Sie schaute ebenfalls zu den anderen und hakte noch einmal nach.

„Was ist los? Wissen wir, wer sie ist, oder nicht?"

Ihr Blick blieb an Henning Himmrich hängen, der gerade nach Worten zu suchen schien. Sie nickte ihm aufmunternd zu.

„Ich glaub, ich kenn sie", sagte der Bestatter schließlich sehr leise.

„Schön, Henning. Und? Wer ist sie?"

Henning wiegte den Kopf hin und her.

„Ähm, ja ... das klingt jetzt irgendwie ziemlich seltsam, Nina ... aber ich glaube ... also ich meine, ... dass das da Sonja Ludovic ist", stammelte er.

Nina kniff die Augen zusammen. Irgendetwas war hier faul. Henning war ein ziemlich direkter Typ, dem selten die Worte fehlten.

„Aber du bist dir nicht sicher?", hakte sie daher nach.

Henning ging neben der Leiche in die Hocke und kniff die Augen zusammen.

„Doch, Nina, eigentlich schon. Ich könnte schwören, dass das die Sonja ist. Ich kannte ihren Vater gut. Der war damals Fahrer im Betrieb meiner Eltern. Aber ...", sinnierte er.

„Was, aber?"

„Sie kann es nicht sein, Nina. Ich selbst habe Sonja vor zwei Jahren hier in Betzdorf auf dem Friedhof bestattet."

Nina brauchte einen kleinen Moment, bis sie begriff, was Henning da sagte.

„Ach so. Du meinst, sie sieht nur aus wie die junge Frau, die du vor zwei Jahren bereits beerdigt hast", hakte sie nach und war sich in diesem Moment im Klaren darüber, dass diese Erkenntnis sie keinen Schritt weiterbrachte. Sie musste nicht wissen, wem die Tote ähnelte, sondern, wer sie war.

„Nein, nein, Nina, ich bin mir ziemlich sicher, dass sie es tatsächlich ist", erklärte er ziemlich entschlossen und sah dann Hilfe suchend zu der Notärztin, die ihm immer noch gegenüberhockte und die Nina nun einen knappen Wink gab, näher zu kommen. Nina trat einen Schritt nach vorne, beugte sich vor und beobachtete, wie die Ärztin versuchte, den Mund der Leiche zu öffnen. Doch es war nicht möglich. Lediglich eine Reihe dünner heller Fäden kam auf der Innenseite der feurig roten Lippen zum Vorschein.

„Sehen Sie, Frau Moretti, der Mund der Leiche wurde vernäht. Ebenso die Augen", erklärte sie knapp, ließ von dem Mund ab und deutete auf ein kaum sichtbares Stück Faden am Lid des geschlossenen Auges. Nina zuckte unwillkürlich zurück.

„Meine Güte, wer macht denn so etwas?", flüsterte sie beinahe unhörbar.

Die Ärztin blickte zu Henning und Nina folgte ihrem Blick. Als Henning dies bemerkte, schüttelte er empört den Kopf.

„Was guckt ihr mich jetzt so vorwurfsvoll an. Das war ich nicht ... klar, wird so was schon mal vor Aufbahrungen gemacht. Aber doch nicht hier. Wir sind hier schließlich im Westerwald und nicht im Wilden Westen. Das ist ein kleiner Unterschied", stieß er hervor und erhob sich wieder.

Nina wusste, dass die Augen der Toten, wenn diese aufgebahrt werden sollten, gelegentlich künstlich verschlossen wurden. Der Grund war simpel. Man stelle sich nur einmal vor, die Angehörigen ständen bei der Trauerfeier um den Sarg und der Verstorbene öffnete, bedingt durch den Prozess der Verwesung, die Augen wieder. Die lieben Leute bekämen vermutlich einen Schock fürs Leben. Nein, so etwas ging gar nicht.

„Was würden Sie denn sagen, wie lange sie bereits tot ist?", erkundigte Nina sich bei der Ärztin. Diese erhob sich nun und zuckte mit den Schultern.

„Ich habe keine Ahnung, Frau Moretti, so etwas ist mir bisher noch nicht untergekommen. Aber ich würde sagen, dass sie bereits seit mehreren Tagen, wenn nicht gar Wochen tot ist. Wie es aussieht, hat sich da jemand richtig Arbeit gemacht, um den Leichnam zu erhalten."

Nina sah in die Runde der Anwesenden und wandte sich dann an Henning. Wenn sich einer auskannte, dann er. Als Bestatter war der Tod ihm nicht fremd.

„Sag mal, Henning ... angenommen ... das ist wirklich diese ..." „Sonja Ludovic", half er ihr auf die Sprünge.

„Genau ... also angenommen, das wäre tatsächlich Sonja Ludovic, wäre es dann überhaupt möglich, sie so lange aufzubahren? Würde die nach zwei Jahren nicht längst verwest oder ausgetrocknet sein?"

Henning zwirbelte gedankenversunken an seinem Schnurrbart, dessen Enden sich kunstvoll nach oben rollten, und begann dann den Kopf zu schütteln.

„Also eher nicht", deutete Nina sein Verhalten.

Er hob die Schultern und stieß die Luft aus.

„Keine Ahnung, Nina, es hat schon solche Fälle gegeben. Einfach ist das aber nicht. Überleg doch mal, welchen Aufwand die Russen mit ihrem Lenin betreiben. Der sieht auch aus, als wäre er erst kürzlich verstorben, ist aber schon seit ungefähr 90 Jahren tot. Also, wenn jemand das hinbekommt, dann muss er oder sie schon eine sehr gute thanatologische Ausbildung besitzen."

„Du meinst, man bräuchte da spezielle Apparaturen für?"

„Natürlich auch das. Gerade bei diesen Temperaturen. Du musst die Leiche, auch wenn sie zuvor chemisch konserviert wurde, zumindest kühlen und die Luftfeuchtigkeit annähernd auf dem gleichen Niveau halten."

Nina blickte zu den Feuerwehrleuten, die damit beschäftigt waren, ihre Schläuche und Gerätschaften zusammenzuräumen, und wandte sich dann an Horst.

„Sag mal, wer von den Jungs hat sie eigentlich aus dem Haus geborgen?"

Horst zuckte mit den Schultern und deutete dann zu einem der Feuerwehrleute, der an den nagelneuen Einsatzleitwagen gelehnt stand und telefonierte.

„Keine Ahnung, Nina, am besten, du fragst mal Oli."

Nina versuchte ein Lächeln, nickte knapp und ging dann hinüber zu Oliver Pfeifer, dem Wehrführer der Betzdorfer Feuerwehr.

Betzdorf mit seinen rund zehntausend Einwohnern war, wie es der Name schon sagt, irgendwie immer noch ein Dorf. Hier kannte man sich noch. Die Chance, als Einheimischer durch das Städtchen zu bummeln, ohne jemanden zu treffen, den man kannte, lag bei annähernd null. Nina genoss diesen Umstand, den sie in den zehn Jahren, die sie nach ihrer Ausbildung in Köln wohnte und arbeitete, sehr vermisst hatte.

„Guten Morgen, Nina", begrüßte Oli sie, als sie bis auf wenige Meter herangekommen war. Er ließ sein

Handy in der Brusttasche seiner schweren Einsatzjacke verschwinden und streckte ihr eine seiner riesigen Pranken entgegen. Oli war ein wahrer Hüne, ein Kerl wie ein Baum mit dem Herz am rechten Fleck. Er wohnte, wie Nina, in dem kleinen Vorort Bruche.

„Boah, Oli, sag mal, ist euch Jungs nicht zu warm in den Klamotten?", befand sie und reichte ihm ihre Hand.

„Doch, klar, Nina, aber was sollen wir machen. Wir können ja schlecht in Badehose löschen, oder?"

Sie musste trotz des verkorksten Morgens lachen und verzog dann gespielt angewidert das Gesicht.

„Och neeeee, Oli ... jetzt werde ich Tage brauchen, um das Bild von euch Jungs in Badehose wieder aus dem Kopf zu bekommen", flachste sie und wurde dann aber wieder ernst.

„Du, sag mal, wer von euch hat die Frau eigentlich gefunden und da rausgeholt?"

„Das waren ich ... und Reiner Schmidt ... weshalb?", antwortete er, nun ebenfalls mit ernster Miene.

„Die Notärztin und Henning meinen, dass die Frau schon länger tot sein könnte. Kannst du mir mal beschreiben, wie und wo genau ihr sie gefunden habt?"

Oliver überlegte kurz, öffnete dann die Tür des Feuerwehrautos, griff zwei große Taschenlampen aus dem Fußraum und zwei elfenbeinfarbene Feuerwehrhelme, die nebeneinander hinter der Frontscheibe auf dem Armaturenbrett lagen. Fragend sah sie ihn an, als er ihr einen der Helme und eine Lampe hinhielt.

„Komm mit, ich zeig 's dir", meinte er knapp und stapfte dann zu der Hausruine.

„Ähm, Moment ... du willst da doch wohl nicht noch mal rein?", rief sie ihm entsetzt nach.

*

Diese Trottel hatten doch alle keine Ahnung. Wie gerne wäre er jetzt einfach vorgetreten und hätte sich zu erkennen gegeben. Doch das ging nicht. Er würde sich in Zurückhaltung üben müssen und seinen Triumph in aller Stille auskosten.

Sein Blick heftete sich an die feuerroten Lippen seiner Schöpfung. Wie schön sie doch war und auch so still. Er liebte es, wenn sie friedlich da lag, die Ruhe und die Momente, in denen er nichts hörte außer seinem eigenen Herzschlag und seinen Atemzügen. Wenn er mit ihr allein gewesen war und dennoch ganz bei sich selbst, dann verspürte er ein Gefühl, als würde die Erde sich langsamer drehen. Nur sie und er. Sie war sein Eigen gewesen, genau wie früher die Puppen, die ihn als Kind schon fasziniert hatten. Gefasst sah er zu, wie der Bestatter den Reißverschluss zuzog und den Deckel des Zinksarges verschloss. Ein Moment des Abschiedes. Es war nicht das erste Mal, dass man ihm eines seiner Spielzeuge nahm. Deutlich fühlte er, wie erneut eine Wutträne über seine Wange rollte, und ballte unbemerkt seine Faust. Beim nächsten Mal würde er es noch besser machen. Sie würden sehen, was sie davon hatten, ihn zu bestehlen.

*

Nina war erleichtert gewesen, als Oliver sie nicht geradewegs in die Ruine des alten Fachwerkhauses führte, sondern in eine Art Anbau, der vom Feuer weitestgehend verschont geblieben war. Trotz der hier nicht unmittelbar zu erkennenden Gefahr bestand er darauf, dass sie diesen albernen und viel zu großen

20

Schutzhelm trug. Der Raum war niedrig, stockdunkel und schien früher einmal ein Kuhstall oder etwas in dieser Art gewesen zu sein. Nina ließ den Kegel der Taschenlampe über die weiß gekalkten Wände flitzen. In regelmäßigen Abständen waren da, wo sich wohl die Fenster befanden, Stahlplatten angeschraubt worden. Obwohl der Raum vom Feuer unbehelligt geblieben war, roch es beißend nach Rauch. Dennoch war es hier kühl und irgendwie feucht. So und nicht anders stellte sie sich die Luft in einer Gruft vor.

„Da hat sie gesessen", meinte Oli und deutete auf einen von zwei Sesseln in der hinteren Ecke des Raumes.

Nina trat näher und beleuchtete die Szenerie. Zwischen den beiden Sesseln stand ein Tisch, auf dem sich ein Schachbrett befand. Daneben auf dem Boden eine Stehlampe. Das Ganze erinnerte irgendwie an ein Bühnenbild.

„Zuerst hab ich geglaubt, da sitzt eine Schaufensterpuppe", hörte sie Oli sagen.

„War der Raum eigentlich verschlossen?", wollte Nina wissen.

„Ja, wir haben die Tür aufbrechen müssen", erklärte er. Langsam umrundete Nina die Sitzgruppe und ging zu einem Gerät, das in Kopfhöhe direkt hinter einem der Sessel an der Wand befestigt war.

„Sag mal, Oli, hast du 'ne Ahnung, was das sein könnte?", fragte sie den Feuerwehrmann.

Oliver Pfeifer trat neben sie, betrachtete das Gerät kurz und deutete auf mehrere Leitungen, die aus dem komischen Kasten herauslugten und in der Wand verschwanden.

„Sieht aus wie eine ganz normale Klimaanlage", meinte er schließlich.

Nina deutete mit dem Kegel der Taschenlampe auf die Leitungen.

„Und wozu braucht das Ding diese Rohre und Kabel?", fragte sie, da sie eigentlich gar keine Ahnung hatte, wie so eine Klimaanlage funktionierte.

„Na, die werden wohl nach draußen zum Kompressor führen", meinte Oli lapidar.

„Ach, du meinst diese Kisten mit den großen Propellern drin, die man schon mal an den Hauswänden sieht?", glaubte sie zu wissen.

„Ja, genau die Dinger meine ich", bestätigte er.

Ninas Blick fiel auf einen Werbeaufkleber, der seitlich an dem Gerät angebracht war. KÄLTE KLIMA KIPPING stand da. Darunter die Adresse der Firma in der Gontermannstraße hier in Betzdorf und eine Telefonnummer. Spontan zog sie ihr Handy aus der Tasche und speicherte die Nummer. Wie gesagt, Betzdorf war klein und deshalb nicht verwunderlich, dass Nina auch Andreas Kipping, den Chef der Firma, zumindest vom Sehen her kannte. Sie würde ihn später einmal anrufen. Nicht nur dienstlich. Die Sache mit der Klimaanlage erschien ihr gar nicht mal so schlecht. Wenn man mit dem Ding einen Kuhstall auf Leichenkellertemperatur bringen könnte, würde das doch sicherlich auch bei ihrem Schlafzimmer zu Hause funktionieren.

Kapitel 2

Sonntag, 10. Juli 2016, 08:26 Uhr
Alsdorf bei Betzdorf – Industriestraße

Nina saß in dem sehr geschmackvoll eingerichteten
Besprechungsraum des Beerdigungsinstituts Himmrich und starrte auf den großen Bildschirm an der
Wand. Es gab frischen Kaffee, Kekse und einen total
verschlafenen und zudem noch erkälteten Kriminalkommissar Thomas Kübler.

„Sorry, Nina, tut mir leid, dass sie dich aus dem Bett
geklingelt haben, aber ich hatte versehentlich mein
Handy auf lautlos", entschuldigte er sich nun zum
zigsten Mal und schniefte dabei. Nina verdrehte die
Augen.

„Ist ja schon gut, Thomas. Dafür lädst du mich und
Klaus gleich einfach bei euch zu Hause zum Frühstück ein", meinte sie und beobachtete dann wohl-
wollend, wie er nickte und begann, auf seinem neuen
Tablet-Computer herumzuwischen und zu tippen.
Das Ding war in den letzten Wochen zu seinem ständigen Begleiter geworden. Kurz hatte Nina überlegt,
sich ebenfalls so etwas zuzulegen, den Gedanken
aber wieder verworfen, da sie genau wusste, dass sie
sich eh nicht damit auseinandersetzen und beschäfti-
gen würde. Bei Thomas sah das anders aus, der war
ein Technikfreak durch und durch. Er war ein lieber
Kerl und mehr als nur einfach ein Kollege bei der
Kripo. Ein Kumpel, einer, mit dem man Pferde steh-
len konnte, und außerdem der Ehemann von Ninas
bester Freundin Alexandra. Der Gedanke, gleich mit

Klaus zu den beiden hinauf in den Westerwald zu fahren, gefiel ihr.

„Ah, da hab ich es ja", meinte Henning plötzlich, und Nina wandte sich wieder dem Monitor zu, auf dem nun eine Sterbeanzeige zu sehen war.

„Sonja Ludovic, geboren am 20. Juli 1992, gestorben am 5. April 2014", las sie laut und betrachtete dann das Bild neben dem Namen, das ein lachendes blondes Mädchen zeigte.

„Hmmm. Könnte schon sein", meinte sie und kniff die Augen zusammen. Sicher war sie sich nicht.

„Das könnte nicht nur sein. Das ist sie auch", war Henning allerdings total überzeugt.

„Aber du sagst doch selbst, du hast sie beerdigt", warf Nina ein.

„Natürlich hab ich das", empörte sich der Bestatter.

„Ja, und wie zum Kuckuck kommt sie dann in das Haus am Struthof?"

Henning zuckte mit den Schultern.

„Keine Ahnung ... ja, was weiß ich, Nina. Ich hab sie bestimmt nicht dahingesetzt", zischte er gereizt.

Sie hob beschwichtigend die Hände.

„Sorry, Henning, niemand behauptet, dass du etwas damit zu tun hast. Lass uns einfach nur mal in Ruhe überlegen, was passiert sein könnte."

Henning nickte und lächelte wieder.

„Also, nehmen wir mal an, bei der Toten, die die Feuerwehrleute heute Morgen geborgen haben, handelt es sich wirklich um Sonja Ludovic. Wie könnte sie also dorthingekommen sein?"

Sie machte eine Pause, bevor sie fortfuhr. „Lasst uns einfach mal ganz vorne anfangen, und zwar an dem Punkt, an dem sie verstorben ist. Was ist damals passiert, Henning?"

Der Bestatter senkte den Blick und schloss für einen Moment die Augen.

„Sonja war ... zumindest glaube ich das ... abends mit einer Freundin im Auto unterwegs. Die beiden Mädchen kamen wohl von einem Konzert oder irgendetwas in der Art. Soweit ich mich erinnere, ist dieses andere Mädchen gefahren. Sonja saß auf dem Beifahrersitz. Auf jeden Fall ist – warum auch immer – der Wagen von der Fahrbahn abgekommen und gegen einen Baum geprallt. Sonja verstarb auf dem Weg ins Krankenhaus, während ihre Freundin mit schweren Verletzungen überlebt hat", berichtete er.

„Und dann? Dann hast du sie dort abgeholt, oder ...?", hakte Nina nach.

Henning nickte. „Genau. Ich und meine Auszubildende oder eine der Aushilfen, so genau weiß ich es nicht mehr, haben sie da abgeholt, eingesargt und zur Friedhofshalle gebracht. Drei Tage später wurde sie dann von dort aus zum Grab getragen und bestattet", erklärte er und deutete auf die Traueranzeige auf dem Monitor, auf der schwarz auf weiß das Datum und der Ort der Bestattung abgedruckt standen.

„War der Sarg, als sie da in der Totenhalle lag, verschlossen oder offen aufgebahrt?", fragte Nina.

„Der war schon zu. War ja auch kein so hübscher Anblick nach dem Unfall. Ihr Vater hat sich im Krankenhaus von ihr verabschiedet und mich gebeten, den Sarg endgültig zu verschließen."

„Der Sarg stand also demnach zwei bis drei Tage lang verschlossen in der Kapelle auf dem Friedhof", vergewisserte sich Nina.

„Genauso war es", bestätigte er.

„Wer hat denn da alles einen Schlüssel von der Halle?", wollte sie wissen.

Henning überlegte erneut einen Moment.

„Wir haben einen, wenn wir ihn brauchen, und ansonsten die von der Stadtverwaltung."

„Die Angehörigen haben in solchen Fällen keinen?"

Der Bestatter wiegte den Kopf hin und her.

„Manchmal schon. Aber in diesem Fall nicht. Paulus, Sonjas Papa, wollte keinen Schlüssel. Da kann ich mich noch ziemlich genau dran erinnern."

„Ist das üblich, dass ihr die Verstorbenen sofort zum Friedhof fahrt? Soweit ich weiß, hast du hier doch auch zwei Abschiedsräume und die Möglichkeit der Kühlung", fragte Nina interessiert.

„Das ist total unterschiedlich, Nina. Immer so, wie die Angehörigen es wünschen. Paulus wollte damals, dass ich sie sofort zum Friedhof bringe. Also haben wir das auch so gemacht."

„Der Vater wollte das also so?", überlegte Nina laut.

Ein Hüsteln von Thomas Kübler lenkte sie ab. Sie blickte zu ihm auf. Thomas starrte gedankenversunken auf den flachen Computer. Falten standen auf seiner Stirn. Nina konnte förmlich sehen, wie die kleinen Rädchen in seinem Kopf rotierten.

„Ist was?", erkundigte sie sich.

Thomas blickte auf und drehte dann den Computer so, dass Nina und Henning darauf sehen konnten.

Nina hielt die Luft an. Auf dem Monitor war groß das Bild einer jungen blonden Frau zu sehen. Sie trug ein hübsches weißes Sommerkleid und saß mit übereinandergeschlagenen Beinen in einem Sessel.

„Sonja Ludovic hat gemodelt. Das Bild wurde im Winter 2014 für ein Modemagazin geschossen. Ich hab sie einfach mal im Netz gegoogelt", erklärte er und hustete dann.

Sie beugte sich vor, um besser sehen zu können.

„Das gibt es doch nicht. Laut den Aussagen der Feuerwehrleute hat sie genauso in dem Sessel gesessen, als die sie gefunden haben. Sogar das Kleid stimmt mit dem überein, das sie heute Morgen trug", staunte Nina nicht schlecht.

„Kannst du herausfinden, wer das Bild gemacht hat oder wer es ins Netz gestellt hat?", fiel ihr ein.

Thomas nickte, tippte kurz auf dem Gerät herum und meinte dann: „Das Bild wurde in einem Studio in Siegen-Eiserfeld gemacht. Blickfang Studio, der Fotograf heißt Olaf Pitzer. Er ist auch, wie es scheint, Betreiber der Homepage."

„Notier dir das mal. Vielleicht ist es nachher noch wichtig", wies sie ihn an, obwohl das sicher nicht nötig gewesen wäre. Thomas war, was diese Angelegenheiten betraf, sehr professionell und gewissenhaft. Anders als sie selbst. Nina verschusselte auch gerne schon mal etwas und könnte sich dafür so manches Mal am liebsten selbst in den Hintern treten. Zugeben würde sie es aber nicht.

„Siehst du, Nina, hab ich doch gesagt, das ist der Beweis, dass es sich bei der Toten um Sonja Ludovic handelt", ereiferte Henning sich.

„Ist es nicht, Henning. Dieses Bild ist maximal ein Beweis dafür, dass jemand die Leiche so drapiert hat, damit sie aussieht wie das tote Model", versuchte sie ihm den Wind aus den Segeln zu nehmen.

Henning schnaufte.

„Quatsch, Nina. Ich hab die Sonja schon gekannt, als die noch so klein war. Sie ist es hundertpro", konterte er und deutete mit der Hand auf Höhe der Tischkante, wie groß beziehungsweise klein die Sonja mal gewesen war.

„Ist ja alles schön und gut, Henning. Aber das sind alles keine handfesten Beweise. Sonja Ludovic ist offiziell beerdigt worden, zumindest, bis wir das Gegenteil beweisen können."

Einen Moment sahen sie sich schweigend an.

„Wir könnten sie exhumieren ... oder vielmehr nachsehen, ob sie wirklich da auf dem Friedhof liegt", überlegte Thomas laut.

„Spinnst du? Wir können doch nicht einfach jemanden ausbuddeln ... nur weil ...", sie sah zu Henning, der sie auffordernd ansah, und schluckte dann den Rest des Satzes hinunter.

„Okay, war eine blöde Idee. Aber vielleicht wäre es hilfreich, wenn wir die DNA eines nahen Verwandten als Vergleichsprobe hätten. Eventuell von den Eltern oder Geschwistern", schlug Thomas nun vor.

Nina musste zugeben, dass dieser Gedanke gar nicht so schlecht war. Nur, wie sollten sie an die DNA der Verwandten herankommen? Einfach bei den Eltern klingeln und denen den Fall schildern, schied aus. Was sollten die dann denken? Der Schock für die armen Leute wäre sicher gewaltig. Und wenn sich dann nachher doch herausstellte, dass es sich nicht um Sonja, sondern um eine andere junge Frau handelte ... Das Ergebnis wäre sicherlich genauso fatal wie eine sinnlose Exhumierung.

„Sonjas Vater ist vor zwei Monaten an Krebs gestorben", unterbrach Henning ihre Gedankengänge.

Sie sah ihn an.

„Und was ist mit der Mutter?"

„Die ist auch schon lange tot. Sonja war da noch ein Baby. An die kann ich mich schon gar nicht mehr erinnern. Paulus Ludovic hat das Mädchen allein großgezogen, deshalb hat er sie ja auch öfter mal mit in die

Firma gebracht. In den Ferien ist Sonja oft bei ihm im Lastwagen mitgefahren", wusste der Bestatter.

„Hatte sie Geschwister?", hakte Nina nach.

„Nee, Fehlanzeige. Das wüsste ich."

Nina lehnte sich zurück und fuhr sich mit den Fingern durch ihre langen, lockigen Haare. In ihrem Magen rumorte es. Sie musste jetzt erst einmal etwas essen.

„Okay. Ich würde sagen, wir vertagen das Ganze auf morgen und warten erst einmal ab, was die Gerichtsmediziner bei der Obduktion herausfinden. Es bringt nichts, hier weiter zu spekulieren", entschied sie.

*

Wenige Meter hinter dem Ortsschild von Ritterhude blitzte es am Straßenrand rot auf. Hans Peter Thiels Blick schweifte zum Tacho, während er gleichzeitig auf die Bremse trat. Die Nadel zeigte knapp unter sechzig Stundenkilometer. Schnell überschlug er die Ungenauigkeit des Tachometers und die Toleranz der mobilen Geschwindigkeitsmessanlage. Er schätzte, dass er maximal fünf oder sechs Kilometer pro Stunde über den erlaubten fünfzig gefahren war. Nicht viel, aber dennoch ärgerlich. Er konnte sich nicht daran erinnern, wann er zuletzt einmal geblitzt worden war, da er ansonsten immer peinlich darauf achtete, die Geschwindigkeitsvorschriften akkurat einzuhalten. Dafür waren diese schließlich da. Wo käme man bloß hin, wenn jeder Verkehrsteilnehmer auf das Gas trat, wie er wollte? Nein, es war gut so, wie es war. Dennoch hoffte er, dass ihn dieser Verstoß nicht mehr als zwanzig Euro kosten würde.

Vorschriftsmäßig fuhr er weiter und entdeckte bereits einige hundert Meter weiter in einer Parkbucht einen Streifenwagen und zwei uniformierte Beamte. Der eine der beiden, ein noch junger Mann, winkte ihn mit der Kelle heraus, während sein älterer Kollege etwas zurückversetzt bei dem Streifenwagen stand und ganz vorschriftsmäßig mit der Hand an der Waffe seinen Kollegen absicherte. Hans Peter kannte das nur zu gut. Man wusste als Polizist schließlich nie, wen man da gerade anhielt. Hans Peter stoppte den Wagen und ließ die Seitenscheibe heruntergleiten.

„Sie wissen, warum wir Sie anhalten?", fragte ihn der Streifenbeamte mit der Kelle, ein Bürschlein von maximal Anfang zwanzig. Thiel hasste diese immer gleichen und recht dämlichen Fragen der ehemaligen Kollegen. Natürlich wusste er, warum sie ihn anhielten, und nuschelte deshalb ein wenig genervt:

„Ja, ja. Vermutlich haltet ihr zwei hier rechtschaffene Bürger an, weil ihr zu dumm für die Kripo oder den gehobenen Dienst wart."

Er hörte, wie Inge auf dem Beifahrersitz die Luft einsog.

Der Polizeimeister mit dem einen kleinen, mickrigen blauen Stern auf der Schulter hingegen vergaß für einen Moment beinahe das Atmen und starrte Thiel an, als käme er von einem fremden Planeten. Doch das Erstaunen im Gesicht des Jüngelchens hielt nicht lange an, sondern wich nur Sekunden später einem bösen Grinsen.

„Aussteigen! Sofort!", zischte er und sah dann zu seinem Kollegen, der einige Meter abseits stand und vermutlich kein Wort von dem mitbekam, was Thiel sich gerade laut denkend in den nicht vorhandenen Bart genuschelt hatte.

Thiel löste den Gurt und öffnete die Tür.

„Das wird dich teuer zu stehen kommen, du alter seniler Sack", beleidigte ihn der Jungspund nun.

Thiel lächelte. Er war also an einen kleinen Hitzkopf geraten. Das war gut. Wenn der jetzt glaubte, er könne ihn einschüchtern, dann war der auf dem falschen Dampfer. Nicht bei einer solchen Steilvorlage. Er griff in seine Jackentasche, zog die Schachtel mit den Zigaretten heraus und steckte sich in aller Ruhe einen der Glimmstängel an, während der Uniformierte seinen Kollegen herbeiwinkte, einen älteren Polizisten mit immerhin drei blauen Sternen auf der Schulterklappe.

„Würden Sie das bitte noch einmal für meinen Kollegen wiederholen", wies das Bürschlein ihn an, als der andere mit fragendem Blick neben ihm stand.

Thiel tat erstaunt und antwortete dann.

„Natürlich, Herr Polizeimeister. Sie sagten gerade wortwörtlich zu mir: ‚Das wird dich teuer zu stehen kommen, du alter seniler Sack.'"

Das Jüngelchen schnaufte.

„Das meinte ich nicht. Sie sollen nicht wiederholen, was ich gerade gesagt habe, sondern was Sie davor zu mir gesagt haben", schrie er nun fast.

Thiel sah ihn gespielt entgeistert an. Sein Plan schien aufzugehen. Er hätte nicht geglaubt, so leichtes Spiel zu haben.

„Ich weiß nicht, was Sie meinen, Herr Polizeimeister. Ich habe doch noch gar nichts gesagt, sondern nur leise etwas vor mich hingeplappert. Vermutlich sinnloses Zeug. Keine Ahnung ... aber Sie müssen verzeihen, wir älteren Menschen tun so etwas schon einmal unbewusst", stellte er sich nun dumm, während er im Augenwinkel mit Genugtuung den entsetzten Blick des anderen wahrnahm. Das Verhalten des jungen

Kollegen war dem Mann sichtlich peinlich. Das war gut, sogar sehr gut!

Das Gesicht des Jungen nahm indes die Farbe einer überreifen Tomate an. Es fehlten nur noch einige Tropfen, um das Fass nicht nur überlaufen zu lassen, sondern es sogar förmlich zum Explodieren zu bringen. Thiel griff nach seiner Brieftasche, entnahm ihr seinen Führerschein, den Fahrzeugschein und wie zufällig auch eine seiner alten dienstlichen Visitenkarten, von denen er auch heute, beinahe vier Jahre nach seiner Pensionierung, immer noch welche bei sich trug. Dann hielt er den beiden alles zusammen hin. Der ältere Beamte, der bisher immer noch nichts gesagt hatte, griff danach und überflog den Führerschein. Als er die Visitenkarte entdeckte, hob er die Augenbrauen.

„Sie wissen ganz genau, was ich meine. Haben Sie eigentlich eine Ahnung, wie teuer Sie eine Beamtenbeleidigung kommen kann?", brüllte der kleine Wichtigtuer nun. Thiel lächelte gütig und sah auf das Namensschild des Jungen.

„Natürlich weiß ich das, Herr Polizeimeister Franke. Aber ich verstehe überhaupt nicht, was das Ganze hier soll", stellte er sich vollkommen unwissend.

„Was das soll? Glauben Sie eigentlich, Sie können mich verarschen, Sie ... Sie ..."

„Tobias, lass gut sein", fiel der Ältere ihm ins Wort. Die Hand des Mannes legte sich auf die Schulter des jungen Hitzkopfes. Mit der anderen reichte er Thiel die Papiere zurück.

„Entschuldigen Sie bitte meinen Kollegen ... Herr Oberkommissar. Er hat das nicht so gemeint. Sie wissen ja, wie schnell Missverständnisse entstehen."

Thiel nickte wissend und steckte den Führerschein wieder ein.

„Natürlich weiß ich das", gestand er, reichte dem Beamten seine Hand zum Abschied, warf die nur angerauchte Kippe in den Straßengraben und stieg dann, ohne den anderen weiter zu beachten, in seinen 5er BMW. Sein Blick fiel auf den Beifahrersitz, von dem aus Inge ihn amüsiert anlächelte. Hans Peter startete den Motor und war sich ziemlich sicher, dass der Mann, sobald er wieder im Streifenwagen saß, seine Daten überprüfen würde. Jetzt hatte er allerdings erst einmal damit zu tun, den kleinen Wichtigtuer zu beruhigen.

„Hans Peter, Hans Peter, das hätte aber auch ins Auge gehen können", sinnierte seine bessere Hälfte.

Hans Peter musste grinsen und wechselte geschickt das Thema.

„Sag mal, Inge, wie hieß die Straße in Bremen noch? Die, in der dieses Restaurant war?"

*

Als Nina und Klaus hinauf in den Westerwald zu Alex und Thomas fuhren, war es bereits halb elf am späten Vormittag. Ninas Magen knurrte immer noch. Der Fahrtwind, der durch die offenen Fenster des kleinen blauen Käfers wehte, war schwül und brachte keine Abkühlung. Auf den Wiesen oberhalb von Betzdorf fuhren die Bauern die Heuernte ein, obwohl heute Sonntag war. Nina blickte zum Himmel, konnte aber noch keine Wolke des angekündigten Gewitters entdecken.

In Ninas Kopf schwirrte immer noch das Bild der toten jungen Frau umher. Wer tat so etwas? Wer präparierte einen toten Menschen so, dass er aussah, als würde er lediglich schlafen, und setzte ihn in einen

Sessel? Wenn es sich wirklich um dieses Mädchen handelte, das der Bestatter glaubte wiedererkannt zu haben, musste sie seit über zwei Jahren dort sitzen. Ging so etwas wirklich? Nina hatte keine Ahnung und vorhin zu Hause sogar mit sich gerungen, das gemeinsame Frühstück mit ihren Freunden sausen zu lassen und sich stattdessen an den Computer zu hängen, um zu recherchieren. Doch heute war Sonntag, ihr freier Tag, den sie nach dem Stress der letzten Tage auch dringend benötigte, um endlich mal wieder ein wenig runterzukommen. Außerdem wäre es klug, erst einmal abzuwarten, was bei der Obduktion herauskäme. Es brachte nichts, jetzt die Pferde scheu zu machen, um dann alle eventuell gewonnenen Erkenntnisse wieder zu verwerfen, wenn sich der Ausgangspunkt änderte.

Wem das abgebrannte Haus gehörte, wussten sie ebenfalls noch nicht. Laut den befragten Nachbarn handelte es sich wohl um ein Wochenendhaus. Der oder die Besitzer stammten angeblich aus dem Raum Düsseldorf. Gesehen hatte man die aber dort seit Jahren nicht mehr. Die Pflege des Grundstückes übernahm ein Dienstleister aus der Region. Die kamen alle ein bis zwei Wochen und machten um die Bude herum klar Schiff. Sonst sah man dort eher selten jemand. Wie der Dienstleister hieß oder wo der zu finden war, wusste ebenfalls niemand. Gelegentlich parkten Fahrzeuge in der Auffahrt. Immer andere, und ein Kennzeichen notiert hatte sich auch nie jemand. Nichts Genaues wusste man. Nina fand dies in der Tat ungewöhnlich, da gerade hier auf dem Land die Leute vieles mitbekamen. Ob sie das etwas anging oder nicht. Spätestens morgen früh, wenn das Katasteramt öffnete, würden sie wissen, wem die Ruine nun gehörte.

Es würde also gleich am Montag eine Menge zu tun geben. Noch ein Grund mehr, heute ordentlich Kraft zu tanken.

In der Einfahrt vor dem Küblerschen Eigenheim wurde Nina von Mischlingshündin Luzie begrüßt. Der Hund lag dösend im Schatten der großen Trauerweide. Das ansonsten so quirlige Tier erhob sich nur träge, als sie und Klaus aus dem Wagen stiegen, und kam schwanzwedelnd und hechelnd auf sie zugeschlurft. Kurz ließ die Hündin sich hinter den Ohren kraulen, roch an Nina und trottete dann zurück in den Schatten, um weiterzuschlafen. Selbst dem Hund schien es also heute viel zu warm. Deutlich hörte Nina von der Terrasse her ein Platschen und das Geschrei von Kindern. Sie wählte daher nicht den Weg rechts um das Haus herum zur Haustür, sondern schwenkte direkt nach links zum Gartentor.

„Hei, ihr beiden, da seid ihr ja endlich", begrüßte Alexandra sie. Nina blieb beim Anblick der Freundin abrupt stehen. Alex saß gemeinsam mit der fast dreijährigen Leah und dem nun mittlerweile bereits fünfjährigen Linus in einem kreisrunden blauen Swimmingpool. Eines von diesen Dingern mit aufblasbarem Rand.

„Seit wann habt ihr das Teil denn?", erkundigte sich Klaus erstaunt.

„Den hat Thomas am Freitag gekauft. Unsere beste Investition seit Langem", erklärte Alex, und bevor Nina es sich versah, traf ein Schwall Wasser ihre Brust.

Obwohl das kühle Nass nicht wirklich unangenehm war, schrie sie erschrocken auf und wich zurück.

Kapitel 3

Sonntag, 10. Juli 2016, 11:56 Uhr
Bremen – Innenstadt

„Und du bist dir ganz sicher, dass wir hier richtig sind?", erkundigte Hans Peter Thiel sich vorsichtig bei Inge, die zielstrebig durch die Gassen der Bremer Innenstadt eilte.

„Natürlich", antwortete sie und klang dabei kein bisschen außer Atem, im Gegensatz zu ihm.

„Die Knochenhauerstraße müsste laut der Navigations-App gleich die nächste links sein."

Missmutig schielte Thiel zu Inges Wischphonehandy, das sie wie einen Kompass vor sich hielt und nicht aus den Augen ließ. Das Gerät war ein Geschenk von Nina und Klaus zu Weihnachten gewesen. Nur zu gut konnte Hans Peter sich an Inges entsetzten Gesichtsausdruck erinnern, als sie das neumodische Ding auspackte. Er musste zugeben, dass er es zu diesem Zeitpunkt nicht für möglich gehalten hatte, dass seine bessere Hälfte sich mit einem Smartphone überhaupt anfreunden könnte. Doch er hatte sich – wie so oft schon – in ihr geirrt. Inge konnte sehr hartnäckig sein. Wenn sie sich etwas in den Kopf setzte, zog sie das ohne Wenn und Aber durch. Genau wie im letzten Jahr, als sie sich mit über sechzig spontan zum Führerschein anmeldete und diesen dann sogar im ersten Anlauf bestand.

Mittlerweile kannte sie sich auch so gut mit ihrem Smartphone aus, dass sie selbst Nina und Alexandra, die ja praktisch mit diesen Dingen aufwuchsen, noch einiges beibringen konnte. Zumindest glaubte er dies. Dennoch hegte Hans Peter dieses Mal arge Zweifel, dass sie ihr Ziel mithilfe eines Telefons finden würden. Er könnte sich in den Hintern beißen, dass er vorhin, als sie den Hauptbahnhof durchquerten, keinen Stadtplan der Hansestadt erworben hatte.

„Friedhelm und Anita warten sicher schon", schnaufte er und blickte flüchtig auf seine Armbanduhr. Es war bereits drei Minuten vor zwölf. Sie waren für Punkt zwölf mit den beiden zum Essen verabredet, und von dem Restaurant Piano, oder wie immer diese Pizzeria auch hieß, war weit und breit noch nichts zu sehen. Hans Peter hasste Unpünktlichkeit! Schon immer. Wenn er sich mit anderen Menschen traf oder Termine zusagte, dann schuf er just in diesem Moment Fakten. Wenn er sich, wie heute, für Punkt zwölf verabredete, dann hieß das, dass er sich um Punkt zwei Minuten vor zwölf an genau dem Ort, der vereinbart war, einfand. Nicht früher und nicht später. Und da es nun einmal gerade nicht so aussah, als würden sie es in den nächsten fünfundvierzig Sekunden bis zu dem Lokal schaffen, waren sie nun zu spät.

„Siehst du, Liebling. Da vorne ist es", hörte er jetzt Inge sagen.

Hans Peter kniff die Augen zusammen und starrte auf die Gebäude rechts vor ihnen. Doch da war keine Pizzeria.

„Wo?", hakte er also noch einmal nach.

„Na, direkt da vorne", strahlte sie und deutete auf ein Schild mit roter Schrift.

„Vapiano", las er leise und schüttelte dann missmutig den Kopf. Was für ein seltsamer Name. So nannte doch kein normaler Mensch eine Pizzeria. Venezia, Vesuvio, Gracia, Napoli, so hießen Pizzerien, und in das

Logo gehörten die Farben der italienischen National-flagge, damit der Kunde sofort wusste, hier gibt es italienisches Essen. Aber vermutlich hatte sich diesen nichtssagenden Namen und den schlichten Schriftzug wieder einer dieser oberschlauen Marketingfuzzis ausgedacht. Und wer wusste schon, was das den Betreiber des Ladens gekostet hatte. Er seufzte. Nun gut, er war hier lediglich mit zwei netten Campern verabredet, die Inge und er im letzten Italienurlaub zufällig kennen und schätzen gelernt hatten. Friedhelm war ein Pfundskerl, und das nicht nur in körperlicher Hinsicht. Genau wie Hans Peter war der etwas übergewichtige Pensionär früher Polizist gewesen. Kein gewöhnlicher Polizist. Nein, Friedhelm war ein waschechter Kapitän der Küstenwache. Anita, seine Frau, hatte als Krankenschwester gearbeitet, befand sich aber seit Kurzem ebenfalls im Ruhestand. Das Treffen hier und heute hatten die beiden Damen spontan beschlossen und ihn und Friedhelm dann vor vollendete Tatsachen gestellt. Hans Peter musste zugeben, dass er schon ein wenig erstaunt gewesen war, als Inge ihm letzte Woche die Buchungsbestätigung für das Hotel neben seinen Abendbrotteller legte. Doch alles war gut. Ja, er hatte sich sogar gefreut, Friedhelm wiederzutreffen, damit der ihm nun endlich seine Heimatstadt Bremen zeigen konnte. Gesponnen hatten sie diese Idee schon im letzten Urlaub. Damit, dass sie diese tatsächlich einmal umsetzten, hatte Hans Peter jedoch nicht wirklich gerechnet. In seinem Leben waren schon viel zu viele dieser meist bei einem Glas Wein oder Bier verabredeten Treffen im Sande verlaufen. Worte wie: ,Du, wir müssen uns demnächst unbedingt mal treffen', waren meist nichts als Schall und Rauch. Traf man sich Jahre später dann doch einmal zufällig im Supermarkt an der Kasse oder beim Bäcker, hieß es dann meist. „Ach, wir wollten uns doch auch immer mal ..." Alles nichts als sinnloses Geplänkel.

Während Hans Peter noch immer in Gedanken das Schild betrachtete, spürte er plötzlich einen heftigen Schlag auf seiner Schulter.

„Moin, moin, ihr Westerwälder Landratten", hörte er die sonore Stimme des Freundes direkt hinter sich und fuhr herum.

Nachdem sie sich ausgiebig begrüßt und sogar umarmt hatten, folgten sie Anita in das Innere des Restaurants, da im Außenbereich zu Thiels Unmut leider kein Platz mehr frei war.

Das Lokal war sehr modern eingerichtet und versprühte in Hans Peters Augen in etwa genauso viel italienischen Flair wie der Westerwald bei Regen. Schön war anders.

„Das ist ja schick hier", fand Inge jedoch und Hans Peter entnahm ihrem Gesichtsausdruck, dass sie das, was sie sagte, auch wirklich meinte. Nun gut, über Geschmack konnte man sich streiten.

„Warte ab, bis du die Pizza hier probiert hast ... ein Gedicht, sag ich dir", flötete Anita und für Hans Peter stand in diesem Moment fest, dass er keine Pizza bestellen würde. Er war eben nicht der Typ, der der breiten Masse hinterherlief.

„Was würdest du denn so empfehlen?", erkundigte er sich bei Friedhelm, während sie an einer Art Stehtisch auf Barhockern Platz nahmen. Bequem war anders.

„Also, mein Lieber, ich würde dir ein 800 g argentinisches Hüftsteak medium oder besser noch englisch mit Pommes und ordentlich Zwiebeln empfehlen", grölte der Seebär los, der ihn mit dem grauen Vollbart irgendwie ein wenig an Papa Schlumpf aus dem Kinderprogramm erinnerte. Thiel mochte die Schlümpfe. Die konnte er sich stundenlang mit Linus und Leah ansehen, und das, obwohl Thomas Kübler ihn letztens einmal mit diesem schrulligen Gargamel verglichen hatte. Außerdem mochte Thiel ordentliche Steaks.

„Na, das hört sich doch gut an. Das würde ich dann auch nehmen", beschloss er daher.

Friedhelm begann zu lachen und schlug mit der flachen Hand auf den Tisch.

„Tja, mein Lieber, da ham wir aber nu leider Pech gehabt. So was Gutes ham die hier nicht. Hier is Hühnerfutter angesagt. Pizza, Nudeln, Salat in allen Varianten", erklärte er dann so laut, dass sich die anderen Gäste bereits nach ihnen umdrehten.

Thiel war, zugegeben, ein wenig enttäuscht. Er bemerkte Anita, die Friedhelm zornig anfunkelte. Vermutlich mochte sie nicht so gerne Steaks.

Thiel sah sich nach einem Kellner um und winkte ihn herbei. Der junge Bursche mit den für Hans Peters Geschmack viel zu langen Haaren kam auch prompt bei ihnen vorbeigefegt und sah ihn fragend an.

„Wir hätten gern die Karte, junger Mann", sagte er freundlich, erntete aber lediglich ein verständnisloses Grinsen des Bengels.

„Ähm, Entschuldigung, Sie müssen vorne an der Theke bestellen. Ich bin nur fürs Abräumen zuständig", erklärte der. Entsetzt folgte Thiel dem Fingerzeig des Bürschleins zu einer langen Theke, an der etliche Restaurantbesucher in mehreren Schlangen standen. Eine Szene wie bei den amerikanischen Burger-Ketten.

„Ähm, keine Ursache, junger Mann, unser Freund ist heute zum ersten Mal hier, ich erklär ihm das gleich", gackerte Anita und Thiel sah nur noch, wie der

Kellner, der ja, wie gesagt, gar kein Kellner, sondern lediglich ein Abräumer war, sich aus dem Staub machte.

Er erschrak ein wenig, als Anita, die neben ihm gesessen hatte, ihn am Arm packte und mit sich zog.

„Los, Hans Peter, komm mit, ich erkläre dir, wie das hier funktioniert. So etwas Frisches hast du noch nicht gegessen", säuselte sie und Thiel hatte irgendwie das Gefühl, als sähe sie gerade in ihm einen ihrer früheren Patienten. So einen senilen alten Opa, den man an die Hand nimmt und ihm erklärt, wie man in einem Restaurant einen Teller Nudeln bestellt.

„Ich habe keinen Hunger", erklärte er und streifte ihre Hand ab. Er würde hier nichts essen. Doch bevor er sich versah, zerrte Inge nun an ihm.

„Du musst aber was essen und deine Blutdrucktabletten nehmen. Außerdem hast du außer Kaffee heute noch nichts Ordentliches getrunken", zischte sie ihm zu und klang dabei ein wenig genervt. Hans Peter hasste es, mit ihr zu streiten. Er stand also um des lieben Friedens willen auf und folgte den anderen zu dem Bestelltresen.

Kopfschüttelnd überflog er die Liste mit den Nudelsorten und den verschiedenen Saucen und Zutaten, die man, wie es schien, hier alle miteinander kombinieren konnte. Was zum Kuckuck sollte er nehmen? Nudel war doch Nudel. Wen interessierte es, welche Form die hatten? Drinnen war doch überall das Gleiche. Schweiß trat auf seine Stirn und plötzlich wurde ihm ganz flau im Magen. Er wollte nichts essen! Er wollte hier nicht anstehen und warten! Hans Peter wollte raus hier! Er brauchte frische Luft und zwar sofort! Er sah zu Inge, die rechts von ihm in einer anderen Reihe anstand und sich mit Anita unterhielt. Mit einem Mal war ihm, als säße jemand auf seinem Brustkorb. Er spürte, wie eine innere Unruhe in ihm aufkam und innerhalb von Sekunden zu einer Panik heranwuchs. Er brauchte Luft! Seine Hand tastete zum Halsausschnitt seines Hemdes, an dem aber bereits die oberen zwei Knöpfe geöffnet waren.

„Hans Peter, ist was mit dir?", hörte er Friedhelm besorgt fragen. Schatten tanzten vor Thiels Augen. Dann wurde es dunkel um ihn herum.

*

„Sag mal, Nina, wo sind eigentlich Inge und Hans Peter momentan wieder unterwegs?", wollte Alexandra wissen und wischte sich mit dem Finger ein wenig von der Schokocreme aus dem Mundwinkel.

Nina lehnte sich zurück und strich sich über den Bauch. Sie war pappsatt. Nein, schlimmer noch. Sie hatte viel zu viel gegessen.

„Mama und Thiel sind irgendwo in Norddeutschland", antwortete sie.

Alex überlegte kurz und nickte dann wissend.

„Stimmt ja, Inge hatte letztens irgendwas von Bremen erzählt", meinte sie dann.

Nina musste grinsen. Wie es schien, war Alex wieder besser informiert als sie und das, obwohl Nina immer noch gemeinsam mit ihrer Mutter und Hans Peter unter einem Dach wohnte.

Andererseits war es aber auch nicht verwunderlich. Die Beziehung zwischen Alex und Inge war etwas Besonderes. Mehr als nur Freundschaft. Sie war so etwas wie Inges zweite Tochter. Das Nesthäkchen der Familie Moretti. Alexandra hatte es in ihrer Jugend nicht leicht gehabt. Als Nina sie damals kennenlernte, war Alex gerade einmal fünfzehn und ziemlich am Ende. Einen Vater gab es nicht, das Verhältnis zu ihrer Mutter und deren neuem Lebenspartner war faktisch nicht existent. Sie lebte als Punk auf der Straße, war im sechsten Monat schwanger, und das im Dezember bei fast zehn Grad unter null. Ihren damaligen Freund, den Vater des Ungeborenen, hatten Ninas Kollegen festgenommen und weggesperrt. Das Mädchen tat Nina damals leid und sie beschloss daher spontan, sie mit sich nach Hause zu nehmen. So für ein paar Tage. Zum Aufwärmen. Aus den Tagen waren Wochen und schließlich Monate geworden. Als dann auch noch der kleine Linus zur Welt kam, hatte Inge ganz selbstverständlich die Rolle der Oma übernommen und Nina mit Alexandra plötzlich eine kleine Schwester bekommen. Dass sie etwas mit Kübler, Ninas Kollegen, anfing, ihn gar ehelichte, war nicht geplant gewesen, aber im Nachhinein gesehen doch okay.

Nina beobachtete, wie Linus sich dick Marmelade auf sein Brot schmierte. Im nächsten Jahr würde der Pimpf schon in die Schule kommen. Wie doch die Zeit verging.

„Du, Nina, kann ich dir mal was zeigen?", riss Thomas Kübler sie aus ihren Gedanken.

„Klar, was denn?", fragte sie neugierig.

Thomas sah verlegen in die Runde und schüttelte dann den Kopf.

„Ist was Dienstliches", sagte er dann.

Nina erhob sich und bemerkte, wie Alexandra theatralisch zum Himmel blickte und die Augen rollte.

„Sag mal, Mausbär, muss das jetzt sein", stöhnte sie.

„Ja, muss es. Dauert auch nicht lange", meckerte Thomas.

Nina ging zu Alex und strich ihr über die blonde Mähne.

„Beschwer dich nicht. Ich hab dir gesagt, du sollst dich nicht mit einem Bullen einlassen", konnte sie sich einen verbalen Seitenhieb nicht verkneifen.

Alex lächelte und schüttelte dann den Kopf.

„Nee, hast du nicht. Du hast nur gesagt, ich soll mich nicht mit DIESEM Bullen einlassen", konterte sie und deutete dann grinsend auf Thomas.

Nina folgte ihm nach oben in die zweite Etage, wo sich direkt über dem Wintergarten das Arbeitszimmer des Kollegen befand.

„Was gibt's denn so Wichtiges", erkundigte sie sich, während Kübler sich an seinen Schreibtisch setzte und begann, auf der Tastatur des Computers herumzutippen.

„Ich hab die beiden Bilder von unserer Toten mal durch eine Gesichtserkennungssoftware gejagt", meinte er und deutete auf den Monitor, auf dem rechts das Bild aus dem Modemagazin und links das der Leiche von heute Morgen zu sehen war.

„Und, stimmen sie überein?", fragte Nina.

„Ja, sieht so aus. Hundertprozentig kann ich es aber nicht sagen", erklärte er ihr.

„Weshalb nicht?", interessierte es sie.

„Ganz einfach. Es gibt drei Gründe: Bei der Leiche sind die Augen geschlossen. Da kann die Software sie nicht genau vermessen. Zweitens wurde das Foto bearbeitet und drittens ...", er machte eine Pause und vergrößerte das Bild der Toten mit einigen Mausklicks.

„... wurde an dem Gesicht der Leiche ebenfalls retuschiert."

Nina beugte sich vor und betrachtete die vergrößerten Hautpartien auf dem Monitor.

„Henning hat doch gesagt, dass Sonjas Gesicht nach dem Unfall entstellt war", warf Nina ein.

„Genau, Nina. So wie es aussieht, sind das kleine Schnitte, da auf der Stirn und auf der Wange, die jemand mit irgendeiner Masse verschlossen und überschminkt hat. Die könnten tatsächlich von Glassplittern herrühren."

Nina zog sich einen alten Holzstuhl herbei und sank darauf.

„Mal ganz ehrlich, Thomas. So etwas macht doch keiner, der noch alle Nadeln an der Tanne hat ... oder?"

Kübler musste grinsen.

„Yep, da bin ich mal ganz deiner Meinung. Der Typ, der das gemacht hat, muss schon einen ordentlichen Haschmich haben", bestätigte er ihr.

„Aber irgendwie auch ziemlich brillant sein ... also, ich meine ... um so etwas zu machen, musst du doch mächtig Fachwissen besitzen", gestand sie.

„Das überleg ich auch schon die ganze Zeit", entgegnete Thomas und fügte noch hinzu, „es stellt sich allerdings die Frage, wo man so etwas lernen kann. Henning meinte ja, dass diese Praktiken bei uns in Deutschland gar nicht so verbreitet sind."

„Nina?", hörte sie Klaus plötzlich aus der unteren Etage rufen.

„Ja, was ist denn? Ich bin hier oben bei Thomas im Arbeitszimmer", antwortete sie.

Auf der Treppe waren Schritte zu hören. Dann erschien Klaus in der Tür zum Arbeitszimmer und hielt ihr ihr Handy hin. Seine Miene wirkte sehr ernst und Nina beschlich sofort so ein unangenehmes Gefühl.

„Deine Mama ist dran", flüsterte er, als sie das Gerät entgegennahm und ans Ohr führte.

„Ja, hallo, Mama?", meldete Nina sich und hörte am anderen Ende der Leitung zuerst nur ein Schluchzen.

*

Oberkommissar Torsten Liebig staunte nicht schlecht, als er in die Auffahrt zu seinem Eigenheim einbog und das Feuerwehrauto sowie einen Streifenwagen seiner Dienststelle keine fünfzig Meter weiter vor einem Grundstück in der Nachbarschaft entdeckte.

„Du, ich glaube, da hat es gebrannt", meinte Heike, seine bessere Hälfte, vom Beifahrersitz aus.

Er nickte gedankenversunken und überlegte, ob er nicht einfach noch einmal rückwärts auf die Straße rollen und das Stück weiter bis zum Ende der Sackgasse fahren sollte, um nachzusehen, was da wohl passiert war. Seine Gedanken wurden jedoch von dem Geschrei auf dem Rücksitz jäh unterbrochen. Der einjährige Louis war wach geworden. Was natürlich nicht anders zu erwarten gewesen war, da der Zwerg die meiste Zeit der langen Autofahrt aus dem Allgäu nach Hause verschlafen hatte. Es war jedes Mal das Gleiche. Solange der Wagen fuhr, schlief der Kleine, um, sobald der Motor ausging, zu quengeln. Nun gut. Seit dem letzten Boxenstopp mit Windelwechseln waren immerhin schon drei Stunden vergangen.

„Was hältst du davon, wenn du dich um die Kinder kümmerst und ich eben schnell mal nachschaue, was da los ist", meinte Heike und stieg aus, bevor er etwas erwidern konnte.

„Ich will auch mit Mama gucken gehen", kreischte die sechsjährige Florentina vom Rücksitz, und noch

bevor er es sich versah, hatte sie sich bereits abge-
schnallt, die Tür geöffnet und rannte ihrer Mutter
nach. Torsten blickte zu Louis, der sein Geschrei unterbrochen hatte und mit großen Augen seiner
Schwester hinterhersah.

„Tja, Louis, so sind sie, die Frauen. Am besten du
gewöhnst dich schon mal daran", flüsterte Torsten,
meinte aber damit eigentlich gar nicht seinen Sohn, der
nun das Gesicht verzog, tief Luft holte und erneut zu
weinen begann.

Er seufzte müde, stieg aus, holte den Kleinen vom
Rücksitz und ging mit ihm auf dem Arm zur Haustür.
Morgen früh würde er wieder zur Arbeit müssen. Es
war doch immer wieder erstaunlich, wie schnell zwei
Wochen Urlaub vergingen. Während er die Tür aufschloss, fiel ihm der Brandgeruch auf, der in der Luft
lag. Vor dem Urlaub hatte er im Kommissariat am Fall
einer Brandstiftungsserie gearbeitet. Er war schon neugierig, ob die Kollegen weitergekommen waren und
ob es an den letzten beiden Wochenenden erneut
Brände gegeben hatte. Heute war Sonntag. Der oder
die Täter hatten bisher immer in der Nacht von Samstag auf Sonntag zugeschlagen. Sollten die Einsatzwagen am Ende der Straße möglicherweise etwas mit seinem Fall zu tun haben? Er würde es gleich erfahren.
Heike war, wenn es darum ging, Neuigkeiten zusam-
menzutragen, sehr hartnäckig.

*

Wie sie alle kamen, um zu glotzen. Hatten diese Menschen noch nie ein abgebranntes Haus gesehen? Die
Ruine befand sich ziemlich am Ende einer Sackgasse,
nahe am Waldrand. Für Autos war hier Schluss. Folgte

man dem Weg zu Fuß weiter, kam man mitten in Betzdorf in Höhe des ehemaligen Standortes der Villa Krupp heraus. Die Abgeschiedenheit war einer der Gründe gewesen, warum er das Haus ausgesucht hatte. Ab dem Nachmittag und am Abend verirrten sich nur selten Menschen hierher.

Morgens, in der Woche, sah man hingegen vereinzelt Schüler der nahen Schulen, die den Weg in die Stadt nutzten. Doch heute war alles anders. Alle wollten sie die schwelenden Überreste begaffen. Sehen, was der Feuerteufel wieder Schlimmes angerichtet hatte. Unzählige Spaziergänger flanierten über den Weg oberhalb der Sieg. Die dummen Menschlein würden staunen, wenn sie wüssten, was er herausgefunden hatte. Während die Feuerwehr und die Polizei im Dunkeln stocherten, hatte er das Rätsel des Feuerteufels zumindest im Ansatz längst gelöst. Er wusste, wer hinter den Bränden steckte. Lediglich der Sinn des Ganzen, das Warum, war ihm noch nicht klar. Doch er würde es herausfinden.

Ob diese Menschlein da auch schon von seiner Sonja wussten? Gerüchte über eine Tote in den Trümmern des Hauses würden sich in einem Städtchen wie Betzdorf sicher schnell verbreiten. Er sah die Straße hinunter, wo bereits die nächsten Gaffer angeschlendert kamen. Eine blonde Frau mit einem kleinen Mädchen. Sie war groß, relativ schlank, aber nicht zu dürr. Das hellgelbe Sommerkleid, das sie heute trug, betonte ihre Weiblichkeit exzellent. Die langen goldenen Haare waren, wie so oft, zu einem Zopf geflochten. Es gefiel ihm jedoch wesentlich besser, wenn sie ihre Frisur, wie sonst, offen trug. Das Mädchen an ihrer Hand hopste aufgeregt und schwatzte, wie es schien, pausenlos auf ihre Mutter ein. Nur zu gut wusste er, dass die beiden

Mutter und Tochter waren. Oft schon hatte er sie gesehen. Er kannte sogar den Namen des Mädchens. Florentina. Ein hübscher Name. Überhaupt würden die beiden ein durchaus ansehnliches Pärchen abgeben. Er stellte sich für einen Moment vor, wie sie ihm Gesellschaft leisteten. Wie sie seine Familie wären. Als Mutter und Tochter ihm still gegenüber säßen, die Augen verschlossen und ihre Münder für immer verstummt. Wie sie ihm zuhörten, wenn er mit ihnen sprach. Ja ... der Gedanke gefiel ihm.

Doch er hatte bereits andere, vorrangigere Pläne. Aber ... war es nicht gut, auch noch einen Plan B zu besitzen? Doch, das war es. Sie liefen ihm ja nicht davon. Außerdem wusste er ja, wo er sie finden würde, sollte sich die andere doch nicht als perfekt erweisen. Er senkte den Blick. Die Einsamkeit fraß bereits an ihm, obgleich es doch erst einige Stunden her war, dass sie ihm Sonja weggenommen hatten. Er war nicht dazu geschaffen, lange allein zu sein. Für eine Beziehung taugte er aber mittlerweile, so glaubte er zumindest, noch weniger. Er hatte es mehrfach überlegt, es aber schlussendlich aufgegeben. Seine wahre Liebe war lange schon von ihm gegangen und hatte ein entsetzliches Loch der Leere hinterlassen. Das blonde Mädchen erinnerte ihn an sie. An ihre einstige Unbeschwertheit. Er brauchte jemanden, der ihm zuhörte und ansonsten schwieg. Die paar Tage würde er es noch aushalten. Diesmal musste es perfekt werden. Sonja war schön gewesen, sehr schön sogar. Doch wegen des Unfalls war ihr Körper leider nicht so makellos erhalten, wie er es sich gewünscht hätte. Außerdem war sie, als sie zu ihm kam, bereits einige Tage tot. Ihr Gewebe hatte bereits begonnen, sich zu zersetzen. Es war eine Menge Arbeit nötig, den Prozess in diesem Stadium zu stoppen und ihn sogar noch umzukehren. Schon damals war ihm die Konsequenz klar geworden. Wenn er es irgendwann wirklich richtig machen und einen Körper perfekt für alle Zeiten konservieren wollte, musste dieser unbeschädigt und am Leben sein. Zumindest noch so lange, bis das Blut auch in den letzten Kapillaren durch die Balsamierflüssigkeit ausgetauscht war. Er hatte keine Ahnung, wie lange es dauern würde, bis ihr Herz dann den Dienst versagte. So etwas hatte weder er noch jemand anderes bis dato probiert. Doch es würde sehr spannend werden, es auszutesten.

Kapitel 4

Montag, 11. Juli 2016, 07:32 Uhr
Betzdorf – Kriminalinspektion Friedrichstraße

Nina hatte irgendwie im Gefühl, dass heute nicht ihr Tag war. Wobei es ja eigentlich nicht mehr schlimmer kommen konnte. Sie hatte kaum geschlafen. Das Gewitter, das die Wetterheinis aus dem Radio für gestern Abend gemeldet und von dem Nina sich ein wenig Abkühlung erhofft hatte, war gänzlich ausgeblieben. In ihrer Wohnung waren es am Morgen glatte 33 Grad. Doch dies alles war nichts gegen die Sorge um Hans Peter Thiel. Schweren Hinterwandherzinfarkt hatten die Ärzte des Klinikums in Bremen diagnostiziert und Thiel noch gestern operiert. Seitdem wurde er intensivmedizinisch betreut. Laut dem, was ihre Mama erzählte, war er derzeit stabil, aber bei Weitem noch nicht über den Berg. Nina schluchzte, wischte sich eine Träne aus dem Augenwinkel und versuchte sich wieder der E-Mail auf dem Bildschirm zu widmen. Es fiel ihr schwer, sich zu konzentrieren. Thiel war ein verschrobener alter Stinkstiefel, daran gab es nichts zu rütteln. Die Momente, in denen er sie bis zur Weißglut gebracht hatte, unzählbar. Wie oft war sie kurz davor gewesen, ihn mit bloßen Händen zu erwürgen. Wenn ihr vor fünf Jahren, als Thiel ihr neuer Dienstpartner hier im Kommissariat wurde, jemand gesagt hätte, dass sie seinetwegen jemals eine Träne vergießen würde, hätte sie denjenigen für total bescheuert erklärt. Doch es gab da ja auch noch den anderen Hans Peter, den, der sich hinter der verschrobenen Fassade

51

des Widerlings verbarg. Der, der für seine Freunde immer da war und alles für seine Familie tun würde, in die er auf seine alten Tage einfach so hineingepoltert war. Nina kannte kaum einen Menschen, auf den so Verlass war wie auf Hans Peter Thiel. Er besaß Prinzipien, die schon mal nervten, aber auf die man sich verlassen konnte. Sie zog ihr Handy aus der Tasche und sah auf das Display. Das Gerät war eingeschaltet, der Ton auf die höchste Lautstärke gestellt, und sie hatte einen guten Empfang. Es war kurz nach halb acht. Ihre Mama hatte in der Nacht, als Nina zuletzt mit ihr sprach, gemeint, sie würde sich melden, wenn es etwas Neues gäbe. Ein Klopfen ließ sie aufschrecken. Noch bevor sie ,Herein' rufen konnte, wurde die Tür zum Korridor bereits aufgerissen und Torsten Liebig stürzte herein.

„Einen wunderschönen guten Morgen, liebe Nina", trällerte er gut gelaunt, hielt dann aber plötzlich in seiner schwunghaften Bewegung inne und sah sie fragend an. „Ist was?", erkundigte er sich vorsichtig und trat dann zögerlich näher. Nina deutete auf den freien Besucherstuhl am Kopfende ihres Schreibtisches.

„Hans Peter hatte gestern Mittag einen Herzinfarkt und musste reanimiert werden", brachte sie mit einem Kloß im Hals hervor. Torsten sank auf den Stuhl.

„Oh, das hört sich aber gar nicht gut an ... Wie geht es ihm denn jetzt?"

Nina zuckte mit den Schultern.

„Keine Ahnung. Sie haben ihn wohl operiert und einige Bypässe gelegt. Als ich zuletzt mit meiner Mama telefoniert habe, war er noch nicht wieder wach. Stabil, aber noch nicht über den Berg, hat der Arzt gemeint. Das kann alles heißen. Die größte Sorge ist wohl die, dass sein Herz für einige Zeit stillgestanden hat. Sie hoffen nun, dass sein Hirn während der Wiederbelebung nicht zu lange ohne Sauerstoffversorgung war", brachte sie hervor und hatte dabei Mühe, ihre Tränen zu verbergen.

Einen Moment sahen sie sich schweigend an. Nina sah überdeutlich, dass es in Torstens Kopf arbeitete. Er kannte Hans Peter schon seit Jahren und sie wusste, dass er einer der wenigen war, die über ihn ähnlich dachten wie Nina.

„Wie war denn dein Urlaub? Habt ihr euch erholt?", fragte sie entschlossen, um die unsägliche Stille zu durchbrechen.

„Der Urlaub?" Torsten seufzte. „Ja … der war schön. Aber wie immer zu kurz. Südtirol ist wirklich toll. Kann ich dir und Klaus wärmstens empfehlen. Wir sind fast jeden Tag auf die Berge gewandert", erklärte er und lächelte gequält.

„Nee, lass mal. Berge sind irgendwie nicht mein Ding. Klaus und ich sind ja eher Strandmenschen", erwiderte sie und versuchte dabei ziemlich vergeblich, spaßig zu sein.

„Jedem das Seine", stellte er fest und wechselte dann seinerseits das Thema.

„Sag mal, Nina, was ist denn das für eine Geschichte mit dem Brand bei mir in der Straße? Wir kommen gestern Nachmittag nach Hause und in der Nachbarschaft gehen die dollsten Gerüchte um. Ihr hättet da eine Mumie gefunden oder so?"

Das Wort Mumie missfiel Nina. Eine Mumie stellte sie sich anders vor. Zum Beispiel so wie im alten Ägypten oder bei Ötzi, dem Mann aus dem Eis. Nun gut, bei näherer Betrachtung der Toten musste sie natürlich zugeben, dass es sich aber um genau eine solche handelte. Es bestand laut Aussage der Notärztin und des Bestatters kein Zweifel, dass bei der Präparierung der Leiche jemand sowohl chemisch als auch medizinisch genau wusste, was er getan hatte. Nina war daher ziemlich gespannt, was die Obduktion bringen würde, die just in diesem Moment in der Gerichtsmedizin beginnen und der Thomas Kübler als Beobachter beiwohnen würde. Nina selbst mied die Pathologie. Wann immer es irgendwie möglich war, versuchte sie, sich vor Terminen dort zu drücken. Meist mit Erfolg. Das Schlimme dort war nicht der Anblick der Toten. Nein, an die hatte sie sich in den Jahren gewöhnt, wenn das denn ging. Wirklich übel war der Geruch, den man auch Stunden oder manchmal Tage nachher noch in der Nase hatte.

Sie schilderte Torsten in kurzen Worten, was passiert war und was sie bisher wussten.

„Seltsam, dass mir nie was aufgefallen ist. Ich wohne da jetzt schon beinahe fünf Jahre", flüsterte er und schüttelte den Kopf.

„Aber du weißt schon, wem die Bude gehört?", fragte sie.

„Ja, nee ... nicht wirklich. Soweit ich weiß, gehört das Haus einem älteren Pärchen aus Düsseldorf. Es ist wohl das Elternhaus von ihr ... oder ihm. So genau weiß ich das aber echt nicht. Früher sind die in den Ferien und an den Wochenenden öfter für ein paar Tage vorbeigekommen. Haben den Rasen gemäht und sich um das Haus gekümmert. Zumindest hat mir das mein Nachbar Franz mal erzählt. Ich selbst hab die, seit ich dort wohne, aber nie gesehen."

„Dir ist da nie jemand aufgefallen?", fragte Nina, da es im Westerwald, anders als in einer Großstadt, an der Tagesordnung war, dass die Nachbarn so ziemlich alles mitbekamen, was die Leute um sie herum so trieben.

Torsten warf die Stirn in Falten und strich sich über das Kinn.

„Nee du. Echt nicht. Die Bude lag ja am Ende der Straße. Dann die hohen Bäume und die Büsche drumherum. Da hat auch, wenn ich da zu Fuß vorbei zur Arbeit bin, nie ein Auto geparkt. Also, zumindest ist mir keins aufgefallen ... Aber jetzt sag mal ... was hat es denn jetzt mit dieser Mumie auf sich?", wollte er wissen.

Nina schilderte ihm knapp den Ermittlungsstand und erntete dafür schlussendlich nur fassungsloses Kopfschütteln.

„Also beim besten Willen, Nina. Wir haben es hier ja schon mit einer Menge Bekloppter zu tun gehabt. Aber der Freak toppt echt alles."

*

Das Ganze war schon irgendwie seltsam und verwunderte Thomas selbst immer wieder aufs Neue. War das, was er beim Anblick der toten Körper auf dem Edelstahltisch empfand, normal, oder gehörte er bereits zu genau den Psychopathen, die er als Polizist eigentlich jagen und dingfest machen sollte? Er war sich da nicht sicher. Nun gut, er ergötzte sich nicht wirklich an diesen toten Menschen. Die Leute, die da vor ihm lagen, taten ihm zumeist sogar sehr leid. Er empfand Trauer und auch gelegentlich Abscheu, wenn Doktor Sebastian Wagner und die anderen Leichenfledderer in und an diesen unglückseligen, armen toten Menschen herumhantierten. Andererseits faszinierte es ihn aber auch, und er fieberte teilweise den Besuchen hier in der Pathologie entgegen. Genau dies war es aber, was ihm Angst machte und ihn so manches Mal an seinem Verstand zweifeln ließ. Pathologie ist bah, genau wie gelber Schnee und Hundekacke. Zumindest sah es wohl die breite Masse in der Öffentlichkeit so. Als er Alex heute Morgen erzählt hatte, dass er wieder mal zu einer Obduktion müsse, war die bei dem Gedanken daran schon recht blass um ihre hübsche Nase geworden. Auch Nina drückte sich, wann immer es ging, vor den Terminen in der Pathologie. Thomas fand es einfach nur faszinierend, was die dort alles so herausfanden. Für ihn war so eine Obduktion wie die Dokus auf den Nachrichtensendern im Fernsehen. Nur dass man hier direkt live dabei war. Besonders heute war es sehr interessant gewesen. So eine wie diese Sonja Ludovic war selbst Wagner und seinem Team noch nicht untergekommen. Dass es sich tatsächlich um die junge Frau handelte, war nun so gut wie gesichert. Sie war eindeutig an den Folgen eines Unfalls gestorben. Die Verletzungen stimmten mit denen aus der Akte des behandelnden Notarztes von damals überein. Doktor Wagner würde zur Sicherheit noch den Zahnstatus mit den angeforderten Unterlagen des Zahnarztes vergleichen. Im Körper der Leiche befanden sich weder Organe noch Blut. „Eine saubere Arbeit", hatte der Doktor anerkennend gemeint. Thomas konnte diese Auffassung nicht teilen. Trotz seines Wissensdurstes empfand er die Arbeit des Leichenschänders – nichts anderes war der Täter in seinen Augen – als ziemlich daneben. Es gab Dinge, die gehörten sich einfach nicht. Egal, wie gut dieser Irre diese junge Frau präpariert hatte. Es war moralisch gesehen einfach nur widerwärtig. Er trat ins Freie, sog die warme Luft ein und sah mit zusammengekniffenen Augen zum Himmel. Dann zog er sein Handy aus der Brusttasche seines Hemdes, lugte auf das Display und schaltete den Ton ein. Sieben Anrufe in Abwesenheit. Drei von Nina und vier von Alexandra, die ihm auch noch mehrere Kurznachrichten gesendet hatte. In der Hoffnung, dass sich ein Rückruf dadurch vielleicht erübrigte, las er zuerst die Nachrichten seiner Gattin. Doch die Botschaft war in allen die Gleiche. Er solle dringend zurückrufen. Er merkte, wie er unruhig wurde. Vielleicht war etwas mit den Kindern? Als sein Finger bereits über dem grünen Hörersymbol auf dem Display des Gerätes schwebte, ging erneut ein Anruf von ihr ein. „Hallo, Bärchen, ist was passiert?", hauchte er sofort aufgeregt, nachdem er das Gespräch angenommen hatte.

„Sag mal, warum gehst du eigentlich nie an dein blödes Telefon ran?", meckerte Alex jedoch sofort los.

„Mach ich doch. Geht halt nicht immer sofort. Wagner mag es nicht, wenn es während ..."

„Wann kommst du heute nach Hause?", fiel sie ihm ins Wort.

„Ähm ja ... keine Ahnung, Bärchen ... wie immer. Ich denk, so gegen halb fünf, fünf. Wieso?", fragte er und war sich nicht sicher, ob er den Grund für ihre Frage tatsächlich wissen wollte. Alex war spontan. Und vermutlich war dies genau eine der Eigenschaften, die er an ihr liebte. Doch gelegentlich waren sie und ihre spontanen Einfälle schon sehr anstrengend.

„Wir müssen nach Bremen!", erklärte sie knapp.

„Wohin?", hakte er nach, da er glaubte nicht richtig verstanden zu haben, was sie von ihm wollte.

„Wir müssen nach Bremen zu Inge und Hans Peter!", schrie sie nun beinahe.

„Aber wir können doch nicht einfach ... Okay, ich komme nach Hause und wir reden darüber", entschied er und legte dann auf.

Kurz entschlossen parkte Torsten den Dienstwagen in der Garageneinfahrt seines Eigenheims und stieg aus. Die restlichen paar Meter bis zum Tatort würde er zu Fuß gehen. Während er den Kofferraum öffnete, blickte er flüchtig zum Küchenfenster und erkannte Heike hinter der Scheibe, die ihn stirnrunzelnd betrachtete. Klar, die würde sich natürlich wundern, was er so früh am Tag hier zu Hause wollte. Er winkte ihr lächelnd zu, doch sie war bereits wieder hinter den Gardinen verschwunden.

„Was machst du da?", hörte er sie nur Sekunden später vom Haus her fragen, als er gerade in einen der weißen Overalls schlüpfte.

„Ich bin dienstlich hier. Ich muss mir das ausgebrannte Haus noch einmal näher ansehen", antwortete er.

„Alleine?", fragte sie erstaunt.

„Ja, ja, Thomas ist noch in der Pathologie, Nina mit Sandra im Außendienst, Mario im Urlaub und die Frau Oberkommissarin Friedrich-Liebig im Erziehungsurlaub", zählte er die personelle Situation der Kriminalinspektion auf. Heike trat zu ihm und sah in den Kofferraum, in dem sich die Koffer der Spurensicherung sowie noch einige der weißen Overalls befanden.

„Die Frau Oberkommissarin Friedrich-Liebig könnte doch einfach ihren Erziehungsurlaub kurz unterbrechen und dir helfen", schlug sie vor.

Torsten seufzte „Nein, Schatz, das kann die Frau Oberkommissarin nicht. Die muss nämlich auf die Kinder aufpassen, weil ihr Mann gerade sehr beschäftigt ist."

„Ich könnte Annika fragen, ob sie auf Floh und Louis aufpassen kann", erwiderte sie und deutete auf das Haus gegenüber, in dem die Fünfzehnjährige mit ihren Eltern wohnte.

„Hat Annika keine Schule?", erwiderte er

„Nein, sind doch Sommerferien", entgegnete Heike.

Torsten hasste diese Wortwechsel mit seiner besseren Hälfte, da sie schlichtweg sinnlos waren. Heike würde nicht eher Ruhe halten, bis sie ihren Dickkopf durchbekam.

„Okay", gab er also ohne große Diskussionen direkt klein bei, „dann frag Annika, ob sie Zeit hat, und komm dann nach."

Als er mit der Kamera um den Hals und dem silbernen Koffer in der Hand zu dem ausgebrannten Fachwerkhaus ging, musste er grinsen. Im Grunde freute er sich darüber, dass Heike ihm bei der Arbeit helfen würde. So hatten sie sich kennengelernt. Bei der Arbeit. Heike war ihnen damals vom LKA als Unterstützung bei einem Fall zugeteilt worden. Als er sie an dem Morgen im Besprechungsraum zum ersten Mal sah, hatte er sofort gewusst, dass sie die Frau war, mit der er den Rest seines Lebens verbringen wollte.

„Und, habt ihr schon was herausgefunden wegen der Mumie?", riss ihn die Stimme von Franz Kleinknecht aus seinen Gedanken. Torsten wirbelte herum. Der Nachbar stand auf einen Besen gestützt im Garten vor seinem Bungalow und grinste. Torsten mochte dieses Getratsche auf der Straße eigentlich nicht, dennoch blieb er stehen und lächelte dem rüstigen Frührentner zu. Kleinknecht war ein Gartenfreak, daran bestand kein Zweifel. Fast täglich brummten im Sommer bei ihm Rasenmäher, Heckenschere, Laubbläser und andere Gartengerätschaften. Unzählige Gartenzwerge, kleine Windmühlen und Häuschen für die arbeitenden Zwerge verzierten seinen Garten. Die Ränder um die Beete waren akkurat geschnitten, vermutlich mit einer Nagelschere. Wenn einer mitbekam, was in der Straße vor sich ging, dann er.

„Nee, Franz, da muss ich dich enttäuschen, die Tote ist noch zur Obduktion, Ergebnis bekommen wir erst in ein paar Tagen", log er, um wenigstens in nächster Zeit vor den neugierigen Nachfragen des Alten sicher zu sein.

Der schüttelte jetzt jedoch missmutig den Kopf.

„Warum dauert bei euch immer alles so lang. Hier ist man ja als Bürger seines Lebens nicht mehr sicher. Meine Frau ist schon total verängstigt, bei dem Pack, das sich hier so alles rumtreibt", schimpfte er los wie ein Rohrspatz.

„Wir machen das halt immer alles sehr gründlich", konterte Torsten und hakte dann direkt nach: „Aber sag mal. Ist dir denn was aufgefallen, wo du doch ständig hier draußen im Garten rumhängst und die Straße beobachtest?"

Der Rentner hielt inne und sah ihn mit zusammengekniffenen Augen an.

„Wie meinst du das jetzt? Willst du damit sagen, dass ich nichts Besseres zu tun hätte, als hier die Leute zu bespitzeln? Ich hab genug zu tun mit meinem Kram", knirschte er wütend und wollte sich abwenden.

Torsten schüttelte den Kopf und machte eine beschwichtigende Handbewegung.

„Nein, nein, Franz, das will ich natürlich nicht damit sagen", versuchte er ihn zu beruhigen, obwohl er im Grunde genau dies meinte. „Aber du hast doch gerade selbst gesagt, dass sich hier Pack herumtreibt, ja, und da werde ich als Polizist natürlich sofort hellhörig."

Der Rentner überlegte kurz. Dann entspannten sich seine Gesichtszüge wieder. „Natürlich, klar", brummelte er und kam dann einen Schritt näher.

„Ich sag es dir, Torsten. Das hängt mit den ganzen Asylanten zusammen, die hierherkommen."

„Mit den Asylanten?", hakte er ungläubig nach, zumal er da jetzt so gar keinen Zusammenhang sah.

„Ja, natürlich ... das weiß doch ein jeder, dass diese Musel ... Moselaner, oder wie immer man die jetzt nennt, aus ihren Verstorbenen Mumien herstellen. Das machen die doch schon seit zigtausend Jahren", zischte er.

Torsten sah ihn irritiert an. So ein Schwachsinn war ihm ja überhaupt noch nicht untergekommen.

„Hä? Wie?", fragte er deshalb.

„Ja, hast du denn in der Schule nicht aufgepasst", schimpfte Franz Kleinknecht, doch Torsten kapierte noch immer nicht, was der jetzt von ihm wollte.

„Na, die Araber, insbesondere die aus dem Ägypten, die machen doch schon seit eh und je diese Mumien aus denen toten Leut'. Noch nie von den Pharaonen gehört?"

„Äh, was? ... Ja, ach so ... die Pharaonen", stammelte er fassungslos in Anbetracht von so viel gefährlichem Halbwissen.

Es würde nichts bringen, dem Alten zu erklären, dass es zwischen den alten Ägyptern und den Flüchtlingen aus den muslimisch geprägten Ländern einen riesigen Unterschied gab. Mit Doofen konnte man nicht diskutieren. Das war dann so ähnlich, als ob man das Wasser mit Eimern von der Sieg in den Rhein tragen würde.

„Ach, da bist du ja noch. Dachte, du hättest schon mal angefangen", meinte Heike jetzt direkt hinter ihm. Er fuhr herum und musste grinsen. Sie trug einen der weißen Einwegoveralls, der ihr zugegebenermaßen irgendwie stand. In den Händen hielt sie zwei Schutzhelme, von denen sie ihm einen entgegenstreckte.

„Nein, mein Schatz, das hab ich noch nicht. Ich habe mich nämlich noch eben schnell bei Franz erkundigt, ob er jemanden gesehen hat, der vielleicht mal hier herumgeschlichen ist", erklärte er.

„Und?", wollte Heike, an Kleinknecht gerichtet, wissen, „hast du jemand gesehen?"

„Nein, hat er wohl nicht", antwortete Torsten stellvertretend, um das Ganze jetzt abzukürzen.

„Hab ich wohl", mischte sich Franz Kleinknecht aber jetzt wieder ein.

„Ja, was jetzt", fragte Heike, „hast du jetzt was gesehen oder nicht?"

Kleinknecht sah sich vorsichtig um und wiegte dann den Kopf hin und her.

„Es muss öfter jemand im Haus gewesen sein. Es gibt Spuren", antwortete er.

„Du hast also Spuren gesehen?", konterte Heike und Torsten hatte das Gefühl, dass die Oberkommissarin im Mutterschutz gerade wieder so richtig in ihrem Element war.

„Ja. Und zwar hinter dem Haus, vom Wald her. Wenn es geregnet hat oder im Winter. Da hat man ganz deutlich gesehen, dass dort immer einer hergetrampelt ist. Da ist schon so ein richtiger Trampelpfad", wusste Franz zu berichten.

„Aber einen im Haus gesehen ... also so richtig und leibhaftig, hast du nicht?", musste Torsten jetzt nachhaken.

Kleinknecht überlegte noch einmal und schüttelte dann den Kopf. „Nein, wie gesagt, ich hab schließlich Besseres zu tun, als hier die Leute zu beobachten."

„Und was hattet ihr beiden jetzt eben mit den Ägyptern?", fragte Heike verwirrt und Torsten sah bereits, wie Kleinknecht den Mund öffnen wollte.

„Ähm, nichts, Schatz. Herr Kleinknecht hatte halt die Befürchtung, dass der Täter ein verwirrter Moselaner sein könnte, der hier bei uns im Westerwald Asyl beantragt hat", warf er schnell ein und packte sie am Ärmel ihres Overalls. Sie mussten hier weg. Noch einmal würde er sich den Schwachsinn des Alten nicht mehr anhören können. Zumindest nicht, ohne entweder in lautes Lachen auszubrechen oder ihm so richtig die Meinung geigen zu müssen.

„Was hat denn der jetzt gegen Moselaner? Meint der etwa mich damit?", fragte Heike verwirrt, als sie bereits einige Meter Abstand hatten.

„Nein, Quatsch, Schatz, der weiß doch gar nicht, dass du von der Mosel stammst. Der ist eben nur ein besorgter Bürger. Sonst nichts", klärte er sie auf.

*

Nina konnte sich beim besten Willen nicht erinnern, wann sie zum letzten Mal im Flecken, wie die Freudenberger ihre Altstadt nannten, gewesen war. Dabei lag das schmucke alte Fachwerkstädtchen gerade einmal zwanzig Autominuten von Betzdorf entfernt. Langsam rollte sie mit ihrem alten Volkswagen durch die mit Basaltsteinen gepflasterte Marktstraße und sah an den hübschen Fachwerkfassaden hinauf. Vermutlich waren die restaurierten Häuser heute sogar in einem besseren Zustand wie zu der Zeit vor einigen hundert Jahren, als sie gebaut worden waren.

„Wenn man sich die ganzen alten Fachwerkhäuschen so ansieht, fühlt man sich, als wäre man in der Zeit zurückgereist ins Mittelalter", schwärmte Kommissarin Sandra Frings neben Nina auf dem Beifahrersitz und deutet dann auf eines der Häuser.

„Nummer 42, da muss es sein."

Nina parkte den Wagen direkt vor dem Haus und stieg dann aus. Ihr Shirt klebte an ihrem Rücken. Sie mochte den Sommer und das bestimmt nicht nur, weil ihr Papa aus dem sonnigen Italien stammte. Aber irgendwann war es auch genug. Wenn wenigstens mal ein bisschen Wind wehen würde. Auf dem Weg hierher hatten sie im Radio von einer Gewitterfront über Norddeutschland gesprochen. Na super, da im Norden nützte die ihr herzlich wenig.

Gefolgt von Sandra ging Nina auf die Haustür des alten Häuschens zu und schaute auf das Namensschild neben dem goldenen, recht protzigen Klingelknopf. *Astrid und Marie Kürten* stand da. Sie waren hier also richtig. Sie klingelte und begann in Gedanken langsam zu zählen. Eine Marotte von ihr. Wenn sie bei zwanzig angekommen war, würde sie erneut die Klingel betätigen. Machte auch nach den nächsten zwanzig Sekunden niemand auf, war das dann wohl Pech und jede Menge vertane Zeit.

Doch diesmal hatte Nina Glück, bereits bei vierzehn wurde die Tür geöffnet und ein feuerroter, mit Sicherheit künstlich gefärbter Lockenkopf kam im Türspalt zum Vorschein. Das Gesicht der Mittfünfzigerin schien wie glatt gebügelt. Die Haut in ihren Mundwinkeln spannte unnatürlich, während die feuerrot geschminkten Lippen wie zwei pralle Würste wirkten.

Die Krähenfüße an den Augen waren ordentlich mit Unmengen Make-up beigespachtelt worden. Es war wahrlich faszinierend und zugleich beängstigend, welche Fratzen die Ärzte der plastischen Chirurgie heutzutage erschaffen konnten. An dieser Frau war nichts echt, noch nicht einmal der Schmuck um ihren Hals.

„Sie wünschen?", säuselte die Dame und sie klang dabei ein wenig genervt.

Nina hob ihren Dienstausweis und stellte sich vor.

„Einen schönen guten Tag. Mein Name ist Ober-kommissarin Nina Moretti von der Kripo Betzdorf." Dann deutete sie auf Sandra. „Meine Kollegin Kommissarin Sandra Frings. Wir würden gerne kurz mit Frau Marie Kürten sprechen."

Der Blick der Rothaarigen verfinsterte sich.

„Um was geht es?", fragte sie ziemlich barsch.

Nina lächelte freundlich.

„Entschuldigen Sie, aber das würden wir ihr schon gerne selbst sagen", antwortete Nina höflich.

„Ich bin die Mutter, Frau Kommissar. Da habe ich wohl noch ein Wörtchen mitzureden", keifte die Rote nun bösartig.

Nina blieb ruhig. Sie würde sich nicht aufregen. Nein, im Gegenteil, irgendwie gefiel es ihr sogar, sich mit dieser aufgeblasenen Henne zu zoffen. Sie saß nämlich eindeutig am längeren Hebel.

„Ihre Tochter ist laut unseren Unterlagen fünfund-zwanzig, Frau Kürten. Also dürfte es Sie, gelinde ge-sagt, einen feuchten Kehricht angehen, was wir mit ihr zu besprechen haben."

Die Augen von Frau Kürten weiteten sich und ihre Kinnlade klappte so heftig herunter, dass Nina schon Angst hatte, die eine oder andere OP-Naht könnte eventuell der argen Belastung der künstlich gespannten Haut nicht standhalten.

„Was fällt Ihnen ein, Sie dumme Person! So etwas muss ich mir nicht bieten lassen! Das wird ein Nachspiel haben! Ich habe Beziehungen bis in die höchsten Kreise", gackerte die Henne nun ohne Punkt und Komma los, und bevor Nina es sich versah, landete die Haustür mit einem lauten Krachen im Schloss.

„Ups! Da war aber eine sauer", meinte Sandra neben ihr.

„Ihr Problem, dann werden wir ihrer Tochter wohl eine Vorladung schicken müssen. Wer nicht will, der hat schon", sagte Nina so laut, dass man es sicherlich auch noch hören konnte, wenn man, wie die Rothaarige in diesem Moment, mit den Ohren an der Innenseite der Tür klebte.

Nina wendete sich ab und ging zu ihrem Wagen. Als sie bereits den Türgriff berührte, vernahm sie, wie hinter ihr die Haustür wieder geöffnet wurde.

„Was wollen Sie von mir?", rief eine ziemlich junge Stimme. Nina drehte sich um und sah zurück. Der Anblick erstaunte sie zugegebenermaßen. Eine Frau Mitte zwanzig rollte in einem Rollstuhl aus dem Haus und holperte über das Katzenkopfpflaster auf sie zu.

„Frau Marie Kürten?", fragte Nina, obwohl sie sich ziemlich sicher war, dass es sich bei der gehbehinderten sehr dünnen und zierlichen Frau um die Angesprochene handelte.

„Ja, die bin ich. Also ... was wollen Sie von mir?"

Nina ging einen Schritt auf sie zu und sah auf die junge Frau herab. Dieser Blickwinkel, so von oben, war ihr recht unangenehm. Ein Gespräch in annähernder Augenhöhe wäre ihr wesentlich lieber.

„Könnten wir vielleicht hineingehen und dort in Ruhe ...?"

„Nein, können wir nicht", unterbrach Marie Kürten sie harsch. „Sie wollen mich sprechen. Hier bin ich. Also schießen Sie los. Ich habe nicht den ganzen Tag Zeit."

### Kapitel 5

Montag, 11. Juli 2016, 12:18 Uhr
Kausen – Neue Straße 35

„Du kannst doch jetzt nicht einfach so mir nichts dir nichts nach Bremen fahren", versuchte Thomas Alex von ihrem Vorhaben abzubringen.

Sie wirbelte herum, stemmte die Fäuste in die Seiten und sah ihn streitlustig an.

„Weshalb nicht? Bremen liegt doch nicht aus der Welt?", zischte sie.

Thomas seufzte und ließ sich auf einen der Stühle am Küchentisch sinken.

„Schatz, jetzt warte doch bitte erst einmal ab, was die Ärzte sagen. Vielleicht ist es ja gar nicht so schlimm", versuchte er es jetzt ganz ruhig.

Sie starrte ihn fassungslos an.

„Nicht so schlimm? Hans Peter liegt auf der Intensivstation, wird künstlich beatmet, Inge sitzt da ganz allein in einer fremden Stadt, und du meinst, es ist vielleicht gar nicht so schlimm?", fauchte sie.

Leah, die auf der Eckbank saß und in einem Joghurtbecher herumstocherte, fing leise an zu weinen. Alex blickte kurz zu der Kleinen und Thomas bemerkte, wie seine Gattin augenblicklich einen Gang zurückschaltete. Sie zog sich den zweiten Stuhl herbei, setzte sich nun direkt vor ihn und sah ihn dann eine Weile mit ihren hübschen blauen Augen an.

„Du, Mausbär, ich muss das einfach tun ... weil ... na ja ... die Inge, die ... die würde dasselbe auch für mich tun. Stell dir mal vor, wir beide wären unterwegs und dir würde so etwas passieren. Ich bin mir sicher, dass Inge und Hans Peter keinen Moment zögern würden. Die wären schon längst unterwegs, um mir beizustehen", flüsterte sie und Thomas musste ihr recht geben. Genau das würden sie tun.

„Ja, Bärchen, ich versteh das ja auch. Aber die Inge ... die hat nun mal auch nicht zwei kleine Kinder, für die sie da sein muss", wandte er ein. „Und überhaupt ... wie stellst du dir das vor? Wo willst du da denn schlafen? Wer kümmert sich um die Kinder, wenn du weg bist?"

Alex biss sich auf die Unterlippe und griff nach seinen Händen.

„Ich hatte gedacht, dass ich Leah mitnehme und Linus hier bei dir bleibt. Tagsüber ist er ja bis um vier im Kindergarten. Du bringst ihn morgens hin und holst ihn dann halt nachmittags wieder ab. Die vom Kindergarten wissen schon Bescheid. In dem Hotel, in dem Hans Peter und Inge schlafen, hab ich auch schon angerufen, die hätten sogar was frei."

Thomas war kurz davor zu resignieren ... wobei ... nein ... er hatte innerlich bereits aufgegeben. Warum nur war Alexandra immer so verdammt dickköpfig? Doch wie sie jetzt hier so vor ihm hockte, ihn mit ihren großen blauen Augen anlächelte und seine Hände hielt, da hatte er einfach keine Chance.

„Wie willst du denn überhaupt da hinkommen?", unternahm er einen letzten halbherzigen Versuch. Er war jedoch davon überzeugt, dass sie auch dies längst geplant hatte.

„Na, wie schon. Mit dem Auto natürlich", antwortete sie wie selbstverständlich und machte eine Kopfbewegung in Richtung Küchenfenster. Thomas sah hinaus in die Einfahrt, wo der stumpfe rote Lack des kantigen, rostigen, alten Fiats 126 Bambino in der Sonne leuchtete.

„Du willst jetzt aber nicht mit dem Elefantenrollschuh bis nach Bremen düsen?", stieß er fassungslos aus.

Alex zuckte mit den Schultern.

„Wieso? Auto ist doch Auto. Bisher hat mich Speedy doch überall hingebracht?", antwortete sie.

Thomas musste jetzt sogar grinsen.

„Bärchen, du bist ja auch mit dem Geschoss noch nie weiter als zehn Kilometer am Stück gefahren."

„Na, dann wird es doch mal Zeit", entgegnete sie lapidar.

Er schüttelte den Kopf.

„Okay, Bärchen, wenn du unbedingt dahin willst, fahr ich dich nach Feierabend mit meinem Wagen", gab er klein bei.

Alex lächelte, beugte sich vor und küsste ihn.

„Danke, Mausbär. Ich hatte gehofft, dass du das sagst", flüsterte sie. Thomas' Blick fiel auf Leah. Die Kleine lächelte wieder. Alles war gut. Nur er ... er kam sich wieder einmal vor wie ein Depp. Doch er hätte sicherlich keine ruhige Minute gehabt, wenn Alex mit ihrer Seifenkiste so weit unterwegs gewesen wäre.

*

Nina lehnte sich an den Kotflügel ihres Käfers und sah auf die Frau im Rollstuhl herab. Marie Kürten machte einen verbitterten, aber dennoch recht selbstbewussten Eindruck.

„Frau Kürten, wir hätten einige Fragen zu Sonja Ludovic. Sie beide waren doch befreundet", versuchte Nina ihr Anliegen vorsichtig zu formulieren.

Marie Kürtens Gesichtsausdruck änderte sich schlagartig, als Nina den Namen Sonja Ludovic erwähnte.

„Was soll das? Das ... das ist doch schon lange her. Sonja ist ...", stammelte sie sichtlich verstört und schluckte.

Nina suchte nach Worten. „Das wissen wir, Frau Kürten ... und das ... weshalb wir hier sind, hat auch im Grunde nichts mit dem Unfall und den Geschehnissen von damals zu tun. Es ist halt nur so, dass wir gerne etwas mehr über das damalige Umfeld von Frau Ludovic wissen würden. Über eventuelle Verehrer, einen Liebhaber ... hat ihr damals vielleicht jemand nachgestellt ... sie gestalkt oder dergleichen?"

Marie Kürten schüttelte den Kopf und sah zur Seite, wo ihre Mutter, in den Türrahmen gelehnt, das Gespräch neugierig verfolgte.

„Hören Sie, Frau Kommissar, ich weiß nicht, was Ihre blöde Fragerei bezwecken soll ... und ... ich will es auch gar nicht wissen. Ich will das alles einfach nur hinter mir lassen", fauchte sie und schlug dann wütend auf die Räder des Rollstuhls.

„Seit der Nacht, in der Sonja starb, gehe ich durch die Hölle. Meine beste Freundin ist gestorben ... ich bin schuld ... verstehen Sie das? Wissen Sie, was das bedeutet? Ich habe sie auf dem Gewissen ... Wenn ich anders reagiert hätte ... eine Sekunde früher gebremst, dann ... dann wäre Sonja noch am Leben und ich könnte heute noch laufen."

Wütend riss Marie Kürten den Rollstuhl herum und rollte zurück zum Haus. Da half jetzt wohl nur die harte Tour, ging es Nina durch den Kopf.

„Frau Kürten, irgendein perverses Schwein hat die Leiche ihrer Freundin damals vermutlich entwendet, sie wie eine Schaufensterpuppe ausgestopft und versucht, zwei Jahre lang mit ihr Schach zu spielen. Finden Sie das in Ordnung?", schrie Nina nun fast.

Ruckartig blieb der Rollstuhl stehen. Ninas Blick fiel erneut auf die feuerrote Mama, die sich entsetzt die Hand vor den Mund hielt. Langsam drehte Marie Kürten den Rollstuhl. Eine Träne rann ihr über die Wange.

„Das ist nicht Ihr Ernst ... oder?", presste sie hervor.

„Doch, Frau Kürten, das ist mir leider sehr ernst, und ich wäre Ihnen daher sehr dankbar, wenn wir diese Spielchen jetzt sein lassen und uns wie zwei gesittete, normale Menschen unterhalten könnten, damit wir diesen Widerling schnellstens finden und dingfest machen können."

*

Die Spurensuche in dem abgebrannten Haus war mühselig und Torsten glaubte auch nicht, dass sie in dem verkohlten Schutt noch etwas finden würden, das ihnen weiterhalf. Die Leiche war im alten Stall gewesen, einen direkten Zugang zum Haus gab es nicht oder vielmehr nicht mehr. Irgendwer hatte diesen schon vor vielen Jahren zugemauert. Er würde wetten, dass der Täter überhaupt nicht im Haus gewesen war, sondern nur in den ehemaligen Stallungen. Die würden sie sich gleich auch noch vorknöpfen. Den angeblichen Trampelpfad hatte er sich als Erstes heute Vormittag angesehen, aber dort nichts außer den Spuren von Wildschweinen oder anderen Tieren entdeckt. Der alte Franz hörte dort wohl die Flöhe husten. „Diese Moselaner"... Torsten musste grinsen, als er noch einmal über den Ausspruch nachdachte. Sein Schwiegervater, seines Zeichens Oberstaatsanwalt, besaß ein ehemaliges Weingut an der Mosel, was dem Ganzen natürlich noch eine besondere Note gab. Torsten vermutete, dass der Täter ganz normal über die Straße zu dem Haus gekommen war. Vermutlich nachts, wenn die Leute schliefen. Er setzte sich in den Schatten auf eine Bank unter einen alten Apfelbaum, streckte sich, schloss die Augen und lauschte den Vögeln.

Er wusste nicht genau, warum ... aber irgendwie beschlich ihn plötzlich so ein Gefühl, als würde er beobachtet. Er richtete sich auf und sah sich um. Auf der Steintreppe, direkt vor dem Zugang des ausgebrannten Hauses, entdeckte er Heike, wie sie sich gerade aus dem Overall schälte, die Ärmel dann um die Hüften schlang und vorne zuknotete. Schweiß glänzte auf ihrer Haut und ihr weißes T-Shirt klebte an ihrem Körper, dessen Rundungen sich durch den Stoff drückten. Der Anblick gefiel Torsten. So, wie sie da stand, würde sie ein tolles Motiv für einen Kripo-Pin-up-Kalender abgeben, den es natürlich nicht gab. Er hob also die Kamera, die er immer noch um seinen Hals trug, zoomte das Objekt seiner Begierde heran und betätigte mehrmals den Auslöser.

„Aber ansonsten geht's dir noch ganz gut", rief sie ihm prompt zu.

Er hob den Daumen.

„Yep, alles gut. Mir geht es blendend. Wenn man mal von dieser verdammten Hitze absieht."

Sie kam zu ihm herüber und reichte ihm eine der kleinen Wasserflaschen, die sie vorhin von zu Hause geholt hatte. Dann griff sie nach seiner Kamera.

„Lass mal sehen."

Bevor er etwas einwenden konnte, hatte sie ihm das Band über den Kopf gezogen, sich neben ihn gesetzt, den kleinen Monitor auf der Rückseite der Canon eingeschaltet und die Bilder betrachtet.

„Also, eines muss man dir lassen, du hast wirklich eine sehr attraktive Frau", meinte sie grinsend und besah sich selbst auf den Fotos.

„Eigenlob stinkt, mein Schatz", meinte er nur und sah ihr über die Schulter.

„Sag mal, was ist das denn da?", meinte sie irgendwann, deutete auf einen Punkt am Rande eines der Fotos und sah dann hinüber in die Richtung, aus der sie eben gekommen war.

„Ähm, keine Ahnung, was meinst du?", erkundigte er sich.

„Da steht jemand", antwortete sie und Torsten folgte ihrem Blick.

„Wo? Ich sehe nichts."

Heike starrte wieder auf die Kamera.

„Kann man diesen Ausschnitt vergrößern?", fragte sie dann und deutete auf die rechte obere Ecke des Fotos.

Torsten nahm die Kamera und vergrößerte, wie gewünscht, die Stelle in dem Bild. Dann sah er es auch. Zwischen den Büschen, seitlich von Heike, stand eine Gestalt. Unweigerlich schaute er nun ebenfalls in die Richtung.

„Verdammt, ich hab den eben gar nicht gesehen", schimpfte er, stand auf und rannte los. Vielleicht trieb der Kerl, er vermutete mal, dass es ein Mann gewesen war, sich noch immer irgendwo da herum.

*

„Und was machen wir jetzt?", fragte Sandra, als sie wieder in Ninas Käfer saßen und die Scheiben nach unten kurbelten.

„Erst mal was zu trinken besorgen. Ich hab so einen Durst", stöhnte Nina und streckte sich ein wenig durch, um an ihr Handy zu kommen, das sich in der rechten vorderen Tasche ihrer Jeans befand. Das Gerät war warm und klamm vom Schweiß. Sie sah auf das Display und überflog die eingegangenen Kurznachrichten. Mama schrieb, dass es nichts Neues gebe. Der Zustand von Hans Peter war unverändert und er immer noch nicht bei Bewusstsein. War das jetzt gut oder schlecht? Nina hatte keine Ahnung. Sie schloss die Nachricht und öffnete die von Alexandra. Alex schrieb wortwörtlich, dass sie heute Abend nach Bremen zu Mama fahren würde. Sie hatte tatsächlich „zu Mama" geschrieben. Nina gefiel das. Konnte man sich eine bessere Schwester als Alex wünschen? Nein, konnte man nicht! Auf Alex war eben Verlass. Vielleicht sollte Nina sich freinehmen und mit ihr fahren. Doch in Anbetracht der Arbeit, die sich in der Dienststelle türmte, und der momentanen personellen Lage ging das eigentlich gar nicht. Außerdem nützte es nichts, wenn sie da jetzt zu dritt wie die Hühner auf der Stange hockten und Hans Peter bewachten. Sie klickte auf ,Antworten' und schrieb dann eilig. *Das ist lieb von dir, Kleines. Drück Hans Peter und Mama von mir und sag ihm, dass ich am Wochenende nachkomme. Wir telefonieren heute Abend mal.*

„Wir könnten irgendwo was essen gehen", schlug die junge Kommissarin neben ihr vor.

„Sorry, ich hab keinen Hunger", antwortete Nina, und das, obwohl es bereits Mittag war und sie heute noch nichts, außer drei Tassen Kaffee, zu sich genommen hatte. Sie legte das Handy in die provisorische Mittelkonsole am Schaltknauf und startete den Motor.

„Ist was passiert? Ansonsten hast du doch ständig Kohldampf", hakte Sandra indessen irritiert nach.

„Nee, ist einfach nur wegen ... ahhh, diese beschissene Hitze ... die macht mich einfach fertig. Bei uns zu Hause unterm Dach ist es wie in der Sauna", log sie nicht wirklich und dann begann sie, obwohl sie doch die ganze Zeit dagegen angekämpft hatte, aus heiterem Himmel zu weinen. Sie spürte, wie Sandras Hand sich auf ihre Schulter legte.

„Mensch, Nina, was ist denn los?"

Sie schob Sandras Hand sachte beiseite, startete den Motor und fuhr los. Irgendwie war das gerade alles viel zu viel für sie. Vermutlich, weil sie ja auch total übermüdet war. Hinzu kam die Sache mit Hans Peter und auch das Schicksal von Marie Kürten eben hatte sie nicht gänzlich kaltgelassen. Die junge Frau hockte seit dem Unfall im Frühjahr 2014 im Rollstuhl und machte sich Vorwürfe. Wobei die Schuldfrage mehr als zweifelhaft war. Niemand konnte etwas dafür, wenn einem des Nachts ein Wildschwein vors Auto lief. Solche Sachen passierten halt einfach. Sie waren tragisch, aber unabwendbar. Laut Aktenlage war der Wagen damals nicht zu schnell gewesen. Es waren weder Alkohol noch Drogen im Spiel. Erschütternd fand Nina die Tatsache, dass Dinge wie die Querschnittlähmung der Fahrerin zumeist nicht in solchen Unterlagen vermerkt wurden. Schwer verletzt, stand dort lediglich. Für Marie würde das Leben nie mehr so sein, wie es vor dem Unfall war. Eine tragische Sache, die vermutlich niemanden unberührt ließ.

Marie und Sonja kannten sich bereits seit der Schule. Die Kürtens hatten damals noch in Betzdorf gewohnt. Nach Freudenberg waren sie erst nach dem Unfall gezogen. Das Gerede der Leute hatte angeblich nicht abreißen wollen. Auch so eine Sache. Als ob die junge Frau durch ihr Schicksal nicht schon gestraft genug gewesen wäre, zerrissen die Besserwisser sich hinter ihrem Rücken das Maul über sie. Denen wäre so etwas natürlich nie passiert, weil sie ja brav alle die Weisheit mit Löffeln gefressen hatten.

Wirklich weitergebracht hatte der Besuch bei Marie Kürten Nina nicht. Zwar kannte sie jetzt die genauen Umstände von Sonjas Ableben, doch das war dann auch schon alles. Einen festen Freund hatte Sonja zur Zeit ihres Todes nicht gehabt. Klar, es hatte schon mal den einen oder anderen Flirt gegeben. Kurze Liebschaften, aber etwas Ernstes war nicht wirklich dabei, wusste Marie zu berichten. Sie hatte als Verkäuferin bei einem Discounter gearbeitet und nebenbei versucht, ihre Karriere als Model voranzutreiben. Der Erfolg sei aber eher mäßig gewesen, hatte Marie gemeint.

„Dann halt doch mal da drüben an der Tankstelle. Die haben sicherlich was Kaltes zu trinken", riss Sandra sie aus ihren Tagträumen.

„Ähm ... ja klar, mach ich", stammelte Nina, setzte den Blinker, bog ab und hielt direkt an einer der Zapfsäulen.

„Und du bist sicher, dass alles in Ordnung ist mit dir?", erkundigte sich Sandra noch einmal.

Nina nickte, wischte sich mit dem Unterarm über das Gesicht und rang sich ein Lächeln ab.

„Ja, du. Alles gut ... bis auf den akuten Schlafmangel."

Sandra seufzte.

„Okay, Nina, wenn du meinst", flüsterte sie und stieg dann aus.

*

„Verflucht, da kann ich machen, was ich will, ich kann die Fratze von dem Typ einfach nicht kenntlich machen", schimpfte Torsten und lehnte sich wütend in seinem Bürostuhl zurück. Selbst auf dem großen Monitor in seinem privaten Büro konnte er das Gesicht nicht erkennen, da der Schatten der Sträucher ringsum der Kamera das Licht genommen hatten.

„Ist doch vermutlich auch egal. Das war bestimmt wieder nur einer von diesen neugierigen Gaffern. Oder meinst du, dieser Leichenschänder rennt da immer noch herum und beobachtet uns?", wandte Heike ein. Torsten schüttelte den Kopf.

„Nein, Heike, natürlich nicht. Und es mag ja sein, dass der Kerl da in den Büschen tatsächlich nur ein Gaffer war."

Er machte eine kurze Pause, bevor er fortfuhr.

„Aber ich bin davon überzeugt, dass unser Leichenschänder sich irgendwo hier herumtreibt oder herumgetrieben hat. Irgendwem muss er aufgefallen sein. Überleg doch mal ... wie soll denn die Tote in den Stall gekommen sein? Meinst du, der hat sie über diesen Wild- oder Trampelpfad durch den Wald geschleppt? Oder mit der Schubkarre über den Fußweg oberhalb der B 62?"

Heike strich sich eine Haarsträhne aus dem Gesicht.

„Du hast recht. Der wird sie mit dem Auto oder einem Transporter gebracht haben."

„Genau, und irgendwer muss irgendetwas gesehen haben. Das geht gar nicht anders", fand Torsten.

„Du meinst also, dieser Mann in den Büschen könnte ein Zeuge sein?", hakte Heike nach.

Torsten verschränkte seine Hände hinter dem Kopf.

„Ach, was weiß ich, wer das ist. Es nervt mich halt, wenn sich Leute an einem gesperrten Tatort herumtreiben und uns nachstellen. So was ist einfach scheiße", motzte er.

Sie trat hinter ihn, massierte seine Schultern und flüsterte dann: „Und was machst du jetzt mit den Fotos?"

Er drehte den Kopf und küsste sie.

„Nichts, was soll ich schon damit machen?"

„Vielleicht löschen?", schlug sie vor.

Torsten verstand nicht.

„Ähm, wieso ... ich finde die wirklich sehr gut. Das Model ist echt sexy", erwiderte er und musste nun doch wieder grinsen.

„Eben, Schatz, und es wäre dem Model irgendwie schon peinlich, wenn die Dinger irgendwann mal im Büro auftauchen", konterte sie.

Torsten verstand.

„Nee, nee, ich zieh die auf unseren privaten PC und lösch sie dann von der Kamera ... so als Erinnerung ... das heißt, wenn das für dich okay ist?"

Heike lächelte.

„Mach das. Ich geh dann derweil mal duschen", sagte sie und verschwand im Korridor.

Torsten zoomte das Bild des Unbekannten noch einmal näher heran. Der stand da und begaffte seine fast halbnackte Heike. So ein perverses Schwein. Die Welt war schlecht, doch das wusste er nicht erst seit heute. Er markierte den Bildausschnitt so, dass von seiner Frau nichts zu sehen war, und druckte ihn dann aus. Anschließend übertrug er nur die privaten Bilder auf den PC und löschte sie dann von der Kamera. Heike hatte recht. Es wäre schon blöd, wenn die im Büro auftauchten. Trotzdem gefielen sie ihm außerordentlich.

Kapitel 6

Dienstag, 12. Juli 2016, 05:26 Uhr
Betzdorf – Städtischer Friedhof

Nina sah über die Reihen der Gräber in Richtung
Osten, wo es bereits hell wurde. In den Bäumen um sie
herum erwachte das Leben. Heerscharen von Vögeln
begrüßten laut zwitschernd den neuen Tag. Es konnte
nicht mehr lange dauern, bis sich hinter den an den
Friedhof angrenzenden Häusern die Sonne erheben
würde. Es roch herrlich nach feuchter Erde, obwohl
der Boden um sie herum schon fast wieder trocken
schien. Das kurze Gewitter in der Nacht hatte tatsächlich ein klein wenig für Abkühlung gesorgt, und das
Thermometer in ihrer Wohnung zumindest für den
Moment unter die 30-Grad-Marke getrieben. Sie
musste gähnen und nippte an der großen Kaffeetasse,
die sie sich von zu Hause mitgebracht hatte. Am
Abend zuvor gab es noch ein langes Telefongespräch
mit Mama und Alex. Thomas hatte Alex in einem An-
fall von Wahnsinn mal eben nach Bremen gebracht.
Hin und zurück beinahe sechshundert Kilometer.
Hans Peters Zustand war derzeit stabil. Nicht mehr
und nicht weniger. Sobald er aufwachte, würden die
beiden sich bei Nina melden. Vielleicht käme doch
alles wieder in Ordnung. Obwohl sie in dieser Nacht
seit Langem noch einmal einigermaßen geschlafen
hatte, musste sie erneut gähnen. Halb sechs Uhr morgens war definitiv nicht ihre Zeit. Niemand außer ihr,
Thomas, Doktor Wagner und den beiden Männern
vom städtischen Bauhof war so früh hier zugegen.

Eine Exhumierung war nun einmal nichts für jedermann. Während das Ausgraben eines Toten die einen nur abstieß und frösteln ließ, sahen andere darin sogar eine massive Störung der Totenruhe. Was es, wenn man es nüchtern betrachtete, auch war. Am schlimmsten waren allerdings die Schaulustigen und Sensationsgeilen. Dennoch hatte Staatsanwalt Doktor Lambrecht die Öffnung des Grabes angeordnet. Sie mussten wissen, wer oder ob überhaupt jemand in dem Grab lag. Dass die Träger vor etwas über zwei Jahren einen leeren Sarg zu Grabe getragen hatten, konnte Nina sich nicht vorstellen. So etwas merkte man doch, oder? Sie atmete noch einmal tief ein. Die Luft roch heute Morgen wirklich so gut nach Erde, den Blumen und den Blüten der Sträucher ringsum. Der Wahnsinn. Sie musste an gestern Mittag denken. Ihren Gefühlsausbruch nach dem Besuch bei Marie Kürten. Sie hatte sich dermaßen in einem emotionalen Loch befunden, dass sie sich selbst nicht mehr kannte. Die Sache mit der jungen Frau und das Bekenntnis von Alexandra zur Familie hatten ihr irgendwie den Rest gegeben. Zum Glück fühlte sie sich heute aber wieder besser, obwohl sie sich gerade auf einem Friedhof befand.

Interessiert beobachtete sie nun, wie einer der Arbeiter den kleinen Minibagger aufschloss und sich auf den Sitz des Bedieners schwang. Sekunden später erwachte die Maschine mit einem Rumpeln zum Leben. Der Qualm, den das Vehikel ausstieß, stank furchtbar nach Diesel. Nina drehte sich um und ging zu Thomas, der einige Meter abseits an den Stamm einer Tanne gelehnt stand, mit seinem Tablet herumspielte und sich dabei mit Doktor Wagner unterhielt. Der Gerichtsmediziner blickte gebannt auf den Bildschirm und nickte immer wieder. Thomas wäre besser Vertreter für solche technischen Geräte geworden, kam ihr in den Sinn, und sie musste bei dem Gedanken lächeln. Wenn der so weitermachte, liefen demnächst alle im Kommissariat mit Tablets herum.

„Is' was?", erkundigte sich Thomas, als Nina einen Blick auf das Display des Gerätes werfen wollte, und hielt den Monitor so, dass sie nichts darauf erkennen konnte.

„Nein, weshalb?", antwortete sie und tat belanglos. Zu gerne hätte sie gewusst, was die beiden sich da gerade ansahen und das, so wie es schien, nicht für ihre Augen bestimmt war.

Thomas lächelte, klappte den Schutzumschlag über das Display und deutete dann zu dem Bagger, der gerade das erste Mal seine Schaufel in das Grab von Sonja Ludovic stach.

„Und, was meinst du, was wir finden?", wollte er wissen. Nina folgte seinem Blick, überlegte kurz und zuckte dann mit den Schultern. Sie hatte keine Ahnung. Das einzige, was sie mit Sicherheit nicht finden würden, waren die sterblichen Überreste der Frau, deren Namen auf dem Grabstein stand.

„Keine Ahnung. Lassen wir uns überraschen", antwortete sie und nippte noch einmal an ihrem Kaffee.

„Ich wette mit dir, dass da lediglich irgendwelche Gewichte drinnen liegen. Vielleicht Steine, ein Sack Zement oder so etwas in der Art", mutmaßte er und grinste.

Nina hasste solch eine Konversation am frühen Morgen. Sie würde in diesem Fall auf gar nichts wetten. Außerdem erschien ihr dies alles hier so makaber. Es war ihr nicht nach Späßen, wenn sie morgens bei Sonnenaufgang auf dem städtischen Friedhof einen Sarg ausbuddeln mussten. Sie beschloss also, das Thema erst einmal zu beenden, und schaute stattdessen gebannt zu, wie der Bagger eine Schaufel Erde nach der anderen auf einen kleinen Anhänger lud.

„Sag mal, wie machst du das jetzt eigentlich mit Linus? Hast du den etwa alleine zu Hause gelassen?", fiel ihr ein.

Thomas lächelte.

„Nein, meine Liebe. Aber auf der Rückfahrt gestern Abend hat Linus geschmollt, dass er keine Ferien machen darf. Du, der war richtig sauer, dass Leah mit der Mama in Bremen bleiben durfte, während er den ganzen Tag in den doofen Kindergarten gehen muss", erklärte er stolz.

„Ja und?", hakte Nina nach und trank einen Schluck Kaffee.

„Ja, nix und. Ich hab dann meine Mutter angerufen und sie gefragt, ob Linus bei ihr Ferien machen darf."

„Du hast ihn also zu deiner Mama abgeschoben?", stellte sie fest.

Thomas verzog das Gesicht.

„Boah, Nina, abgeschoben klingt jetzt aber nicht schön", fand er.

„Weiß Alex schon davon?"

„Ähm ... nee ... noch nicht. Muss ich ihr noch sagen", stotterte er.

Sie verdrehte die Augen und sah dann wieder zu dem Minibagger. Bereits nach wenigen Minuten unterbrach der Mann seine Arbeit und stellte die Maschine ab. Nina trat näher, gefolgt von Thomas und Doktor Wagner, und sah in die frisch ausgehobene Grube. Deutlich war das Holz des vom Bagger zerkratzten Sargdeckels zu sehen. Sie spürte, wie ihr Herz pochte. Sie war schon aufgeregt. Unterdessen rutschte einer der Arbeiter mit einer Schaufel bewaffnet in das Loch und begann damit, die Erde rund um den Deckel von Hand freizulegen. Dann plötzlich gab das Holz unter den Füßen des Mannes nach. Erschrocken sprang der beiseite und stemmte sich mit den Füßen auf der Kante ab.

„Dat war zu erwarten, dat die Kiste morsch is", hörte sie den zweiten Arbeiter sagen.

Nina ging in die Hocke, um besser sehen zu können.

„Ist es möglich, dass Sie das vergammelte Brett anheben, damit wir sehen können, was darunter ist?", fragte sie und sah dann gespannt zu, wie der Mann das Stück Holz mit seinen groben Handschuhen packte und emporriss. Nina hielt bei dem Anblick, der sich ihr dann bot, den Atem an. Darauf war sie heute nicht gefasst gewesen, obwohl dies nicht die erste Exhumierung war, der sie beiwohnte. Aber mit dem, was da zum Vorschein kam, hatte sie so nicht gerechnet.

„Ich tät sagen, ich ruf dann mal die Jungs von der Spurensicherung an", hörte sie Thomas sagen.

*

Es amüsierte ihn ungemein, wie diese kleinen dummen Menschlein um das Grab herumstanden und sein Werk begafften. Er musste leise kichern. Niemals hätte er damit gerechnet, dass sie Sonjas letzte Ruhestätte noch einmal öffnen würden. Wobei ... es ja eigentlich gar nicht ihr Grab war. Nein, sie war der kalten schmutzigen Erde damals noch einmal entkommen und hatte einer anderen ihren Platz in der Dunkelheit des Grabes abgetreten. Vorsichtig drehte er an der Schärfenregulierung des Fernglases. Wie gerne würde er noch einmal einen Blick auf seine Kirsten werfen. Er vermisste sie immer noch, auch nach all den Jahren. Andererseits interessierte es ihn aber auch ungemein, wie die Zeit in der feuchten Erde ihr zugesetzt hatte. Wieviel von ihrem hübschen Antlitz geblieben war. Kirsten war, genau wie Sonja, schön gewesen, doch er hatte bei ihr kläglich versagt. Fünf Jahre Arbeit waren am Ende umsonst, und er hatte sie schweren Herzens hergeben müssen. Es war ihm nicht leichtgefallen. Er hatte sie geliebt. Auf seine Art. Doch sie war am Ende nicht mehr sie selbst, und von der Perfektion, die er sich zu dieser Zeit wünschte, weit entfernt. Ja, es war seine Schuld. Er hatte damals Fehler gemacht und deshalb musste schlussendlich Sonja ihren Platz einnehmen. Als er Sonja damals sah, musste er sie einfach haben, und das, obwohl auch sie nicht optimal erschien. Doch sie hatte ihn so sehr an seine Kirsten erinnert, an das, was einmal gewesen war, dass er damals den Schritt gewagt hatte, noch einmal von vorne zu beginnen. Es war besser gegangen, keine Frage. Doch es war auch diesmal nicht geworden wie erhofft. Noch einmal würde er sie, im Nachhinein betrachtet, nicht mehr auswählen. Nein, auf keinen Fall. Das nächste Mal musste es perfekt werden. Er würde nicht mehr oft die Kraft für diese Arbeit aufbringen können. Diesmal musste seine Schöpfung einfach makellos sein. Im Leben wie im Tode. Seit er sich mit dem Gedanken beschäftigte, selbst den Gevatter herbeizurufen, spürte er eine noch nie gekannte innere Aufregung. Er war gespannt, wie es sein würde, wenn die Seele den Körper verließ und ihre Haut dann ganz langsam erkaltete. Der Tod war ihm nicht fremd, doch herbeigerufen hatte er ihn bisher noch nie.

Er besah sich die dunkelhaarige Kommissarin. Eine sehr schöne Frau, da gab es nichts zu deuteln. Doch sie war ganz und gar nicht sein Typ. Allein ihr Auftreten. So bestimmend. Ihre Gesichtszüge kantig und so gar nicht sanft. Eine Frau, die den Ton angab. So etwas mochte er nicht. Dann die dunklen Haare und ihre eher südländische Haut. Am schlimmsten waren ihre dunklen Augen. Wie die eines Dämons. Er bevorzugte helle Augen. Blau, grün oder hellgrau. Nein, an einer wie dieser Südländerin würde er niemals Gefallen finden.

Er beobachtete, wie die beiden Arbeiter nun von Hand weiterschaufelten. Nach etwa einer halben Stunde, gerade als er endlich hoffte, dass sie sie nun herausheben würden, fuhr ein silberner Transporter mit der Aufschrift „Polizei" so vor das Grab, dass er ihm die komplette Sicht darauf nahm. Er fluchte leise. Hier würde es für ihn nichts mehr zu sehen geben. Aber es war auch egal. Es gab Wichtigeres zu tun.

*

Kriminalrat Rudolf Dirken war noch nicht lange Ninas Chef. Um es genau zu sagen, erst seit etwa drei Monaten. Sein Vorgänger, Kriminalrat Schneider, hatte seinen Stuhl altersbedingt räumen müssen und befand sich nun im wohlverdienten Ruhestand. Die Dame, die zuerst seinen Platz hatte einnehmen sollen, hatte ziemlich schnell das Handtuch geworfen. Nun gut, sie war eh nicht so Ninas Fall gewesen. Über den Neuen konnte Nina sich nicht beschweren. Der ergraute Mittfünfziger mit den Geheimratsecken und der modischen Brille war fair, ließ sie ihre Arbeit tun und man konnte mit ihm, jedenfalls bis dato, in einem vernünftigen Ton kommunizieren. Anders mit Staatsanwalt Doktor Lambrecht, der gerade gemeinsam mit Kriminalrat Dirken den Besprechungsraum der Kriminalinspektion betrat. Allein sein Anblick reichte aus, um Ninas Laune abzukühlen. Dabei hatte er ihr, zumindest heute, noch gar nichts getan. Er war halt einfach nur da und atmete anderen rechtschaffenen Menschen in diesem Raum den lebenswichtigen Sauerstoff weg. Sonst nichts.

„Guten Morgen erst einmal, meine Herrschaften", grüßte Dirken freundlich in die Runde und kam dann ziemlich schnell zur Sache, indem er auf Thomas Kübler deutete und diesem das Wort erteilte.

„Das Haus gehört einem gewissen Herrn Pastinak. Der Mann ist Jahrgang 1922 und lebt in einem Düsseldorfer Seniorenheim. Die Gattin ist bereits seit einigen Jahren tot", wusste Thomas zu berichten. „Laut Aussage der Stationsleiterin, mit der ich gestern Nachmittag telefoniert habe, ist Herr Pastinak schwer dement. Überhaupt steht es nicht wirklich gut um ihn. Er liegt fest im Bett und ist, O-ton: ‚mehr tot als lebendig'. Eine Aussage werden wir wohl von ihm nicht mehr erwarten können."

„Und wer kümmert sich um das Haus? Irgendwer muss doch da die Grundsteuern und Abwassergebühren und so bezahlen", hakte Dirken nach.

Thomas nickte, wischte auf seinem Minicomputer herum und begann dann langsam, die gesammelten Fakten herunterzubeten.

„Das Amt bucht alle anfallenden Gebühren von Herrn Pastinaks Konto ab. Das Gericht hat den Sohn, der auch der einzige Erbe ist, als Betreuer eingesetzt. Dieser wiederum lebt aber gar nicht hier in Deutschland, sondern wohl in den Staaten, und hat deshalb einen Betreuungsverein eingeschaltet, der sich vor Ort um seinen Vater kümmert."

Nina spürte bei Thomas' Erzählungen deutlich den Kloß in ihrem Hals. War so etwas nicht schlimm? Da lag dieser Mann in den letzten Zügen, und seinen einzigen Sohn schien es nicht wirklich zu interessieren. Nun gut, wer wusste schon, welche Gründe da vorlagen. Es stand ihr als Außenstehende bestimmt kein Urteil zu. Sie musste an Hans Peter denken, der in diesem Moment auch um sein Leben kämpfte.

„Haben Sie diesen Sohn schon erreicht?", wollte Dirken wissen.

Thomas schüttelte den Kopf.

„Nein, bisher leider noch nicht. Aber ich versuche es später noch einmal", erklärte Thomas brav wie ein Musterschüler.

„Wie ist die Spurenlage am Objekt? Gibt es da schon etwas?", fragte Dirken weiter.

Torsten räusperte sich.

„Ja, wir sind durch. Der Brand ist eindeutig im Wohnraum des Hauses ausgebrochen. Der oder die Täter haben die Fensterscheibe zertrümmert und einen Brandsatz in Form eines Molotowcocktails hineingeworfen. Die gleiche Vorgehensweise wie bei den vorherigen Bränden. Das Ganze dürfte wieder nur einige Sekunden gedauert haben", erläuterte er.

Auf der Leinwand an der Stirnseite des Raumes erschien ein Foto des ausgebrannten Hauses. Viel erkennen konnte man darauf allerdings nicht, da das komplette obere Stockwerk und Teile des Daches dort lagen, wo früher einmal Menschen vor dem Fernseher gesessen hatten.

Als Nächstes folgte ein Foto des Stalles mit den Sesseln und dem Tisch, auf dem das Schachspiel stand.

„An dem Sessel konnten wir Haare und DNA-Spuren sichern, die möglicherweise von unserem Täter stammen. Die Figuren des Schachbrettes sowie das Brett selbst, der Tisch, die Tasten der Klimaanlage und, und, und sind übersät von Fingerabdrücken, die, soweit wir das beurteilen können, alle von derselben Person stammen. Unser Täter schien sich seiner Sache sehr sicher, dass man ihm niemals auf die Schliche kommen würde. Er hat, so wie es im Moment aussieht, nichts unternommen, um seine Spuren zu verwischen oder sie gar nicht erst zu verursachen."

„Weil er in seinen Augen vermutlich auch nichts Verbotenes getan hat", äußerte Nina einen Gedanken, der ihr just in diesem Moment durch den Kopf ging.

Torsten hielt inne und auch die anderen in der Runde sahen zu ihr herüber.

„Das ist gut, Nina", bestätigte Thomas sie und auch Kriminalrat Dirken begann, sachte zu nicken.

„Ja, Frau Moretti, das könnte tatsächlich passen. In seinen Augen hat der Täter nichts weiter getan, als mit seiner ... Freundin – oder wem auch immer – Schach zu spielen. Er hat sie schließlich, das hat die Obduktion einwandfrei bestätigt, ja nicht getötet. Vielleicht fühlt er sich sogar im Recht. Er hat sich etwas genommen, das die anderen nicht mehr wollten", sinnierte der Kriminalrat.

„Genau", mischte Thomas sich ein. Das ist so ähnlich wie beim Sperrmüll. Da stellen die Leute die Sachen auf den Bürgersteig, weil sie die nicht mehr wollen. Andere sehen sie und nehmen sie mit nach Hause, weil sie denken, das ist schon okay – die Besitzer wollten es ja schließlich nicht mehr. Dass es im Grunde Diebstahl ist, da machen sich die meisten doch gar keine Gedanken drüber."

Nina sah Thomas fassungslos an. Hatte der gerade eine verstorbene junge Frau mit Sperrmüll verglichen? Ja, hatte er!

„Das ist jetzt aber schon ziemlich makaber, mein Lieber", sagte sie deshalb und verzog angewidert das Gesicht.

„Ja wahrlich, das ist es", meinte Dirken. „Aber ich muss Herrn Kübler leider beipflichten. Nach allem, was wir bisher über diesen Täter wissen, würde ich seine Denkweise genauso einschätzen. Es stellt sich halt nur die Frage, warum er sich diese Sonja geholt hat und stattdessen eine andere, ebenfalls präparierte Leiche in den Sarg gelegt hat", stellte der Kriminalrat nun eine Frage, die auch Nina beschäftigte, seit sie das Grab auf dem Friedhof geöffnet hatten.

„Na, vielleicht hat er sie umgetauscht, weil sie ihm nicht mehr gefiel ... vielleicht hat sie beim Schach geschummelt", mischte Thomas sich wieder ein. Sein Grinsen war widerwärtig und Nina nahm sich vor, ihm nachher einmal richtig die Meinung zu geigen. Alleine! Unter vier Augen! Sie konnte diese blöden Sprüche von ihm derzeit einfach nicht ab.

„In einem Nebenraum haben wir eine alte Zinkwanne gefunden, wie sie früher bei Hausschlachtungen benutzt wurden", fuhr Torsten fort. „In ihr konnten wir die Reste einer Lösung sichern, von der es dort auch noch mehrere Kanister voll gab. Eine Mischung aus Formalin, Alkohol und anderen Chemikalien. Ich habe das ins Labor geschickt, damit die das analysieren. Vermutlich hat er sie darin regelmäßig gebadet, damit sie nicht austrocknet. Zumindest meint Wagner das, der ja auch heute Morgen auf dem Friedhof dabei war. Er will versuchen, einen Experten zu bekommen, der sich mit diesen Praktiken auskennt.

Nina verzog das Gesicht. Für was es so alles anerkannte Experten gab, war schon der Wahnsinn.

„Gibt es schon Anhaltspunkte, um wen es sich bei der Toten, die Sie heute Morgen exhumiert haben, handeln könnte?", wollte Dirken an Nina gewandt wissen.

Sie schüttelte den Kopf.

„Nein, keine Ahnung. Es dürfte sich auch vermutlich etwas schwieriger gestalten als bei Sonja Ludovic. Da war es ja mehr Zufall, dass der anwesende Bestatter, Herr Himmrich, die Verstorbene erkannt hat. Das Gesicht der Mumie von heute Morgen hingegen war durch die feuchte Erde ziemlich entstellt. Wir müssen daher abwarten, was die Kollegen aus der Pathologie herausfinden", antwortete sie. Nina war sich sicher, dass die Bilder der Toten sie noch lange verfolgen würden. Die halb verweste Fratze der vermutlich ebenfalls einmal blonden Frau sah aus wie direkt aus einem dieser fürchterlichen Zombiefilme. Dennoch war ganz klar zu erkennen gewesen, dass auch an ihr die gleichen erhaltenden Maßnahmen wie an der Toten aus dem Brandhaus durchgeführt wurden. Für zwei Jahre in der Erde war sie allerdings noch ziemlich gut erhalten geblieben.

*

„Das freut mich, dass es Ihnen gefällt", erklärte die etwas rundliche Mittvierzigerin und rückte ihre Brille gerade.

„Ab wann genau würden Sie das Objekt denn gerne mieten? Also, ich meine ... welches Datum soll ich denn in den Mietvertrag schreiben?", fragte sie.

„Ab jetzt. Sofort. Ich würde noch gerne heute mit der Renovierung beginnen", erklärte er, zückte ein Bündel Geldscheine und hielt es ihr hin.

„Was ist das?", fragte sie irritiert.

Er tat gespielt verwundert.

„Das, Gnädigste, ist die Kaution, die Miete für die ersten drei Monate sowie Ihre Maklercourtage", erklärte er.

„Ähm ja ... Sie sind ja ein ganz schneller. Das wäre doch nicht nötig gewesen. Sie können das natürlich auch bequem überweisen. Das Schlachthaus stand jetzt so viele Jahre leer, da kommt es auf die paar Tage doch auch nicht an", meinte sie, griff dann aber doch begeistert nach den Scheinen.

„Nein, Frau Janson, ich habe so etwas immer gerne sofort erledigt. Dürfte ich Sie dann noch um den Schlüssel bitten?", fragte er sie und hielt ihr die nun freie flache Hand hin.

„Ähm ja, natürlich, und wegen des Mietvertrages melde ich mich noch einmal bei Ihnen. Ich bräuchte dann nur noch Ihre Adresse ... und eine Telefonnummer", säuselte sie und drückte ihm die Schlüssel in die Hand.

„Nehmen Sie einfach diese Adresse hier. Ich werde die nächste Zeit vermutlich mehr hier als zu Hause sein", log er nicht wirklich und sah ihr hinterher, wie sie durch die große Tür auf den Hof hinausstöckelte. Er stieß einen Seufzer der Erleichterung aus. Eine widerliche Person, diese Maklerin. Dumm und arrogant. Natürlich hatte sie wissen wollen, warum er ausgerechnet diese alte Metzgerei mit einem leer stehenden Schlachthaus mieten wollte. Er hatte ihr erklärt, dass er Künstler sei und hier in den Räumen gerne sein Atelier einrichten wollte. Was ja auch nicht gelogen war. Der Ort lag zentral in einer frei befahrbaren Fußgängerzone, mitten in der Stadt. Die großzügig bemessenen und gekachelten Räume, in dem früher so manches Getier sein Leben ausgehaucht hatte, waren für das, was er plante, genau das Richtige. Der erste Schritt war getan. Es würde allerdings noch zwei, drei Tage dauern, bis er endlich seine Arbeit aufnehmen konnte. Zuerst einmal brauchte er Strom und musste die Kühlung in Gang bekommen. Auch ein Teil seines Handwerkzeugs war bei dem Brand für immer verloren gegangen. Doch es würde nicht schwer sein, dies alles neu zu besorgen. Er blickte sich um. Die Idee mit dem alten Schlachthaus war genial. Die etwas in die Jahre gekommene Einrichtung für sein Vorhaben perfekt. Der große Kessel. Der Kühlraum.

Kapitel 7

Dienstag, 12. Juli 2016, 12:05 Uhr
Betzdorf – Kriminalinspektion Friedrichstraße

„Und, hast du den Sohn von dem Hausbesitzer erreicht?", fragte Nina, als sie das Büro betrat.

Thomas blickte kurz auf seine Achtzigerjahre-Plastikarmbanduhr und schüttelte den Kopf.

„Nee, Nina, ist auch noch ein bisschen früh. In Kalifornien ist es jetzt gerade mal vier Uhr morgens. Der Mann ist schließlich Jahrgang 1949 und somit auch nicht mehr der Jüngste", erklärte er ihr und widmete sich wieder seinem neuen Tablet-Computer.

Nun gut, das leuchtete ihr jetzt ein. Wobei sie zugeben musste, dass sie an diese verflixte Zeitverschiebung überhaupt nicht gedacht hatte.

„Hast du denn wenigstens mal was von Alex gehört?", interessierte sie allerdings noch viel mehr.

Er nickte.

„Ja, aber es war nicht wirklich was Neues. Hans Peter ist immer noch nicht wach. Leah geht es gut und deine Mama trägt das Ganze wohl sehr gefasst. Sie ist der festen Überzeugung, dass Hans Peter das alles schadlos überstehen wird."

Nina versuchte zu lächeln. Ihre Mama war und blieb eine grenzenlose Optimistin.

„Was hältst du davon, wenn wir was essen gehen? Ich hab richtig Hunger", fragte Thomas, für Nina ziemlich ungewohnt, da er ja ansonsten immer eine gut bestückte Brotdose mit sich führte.

„Ach ja, du bist ja Strohwitwer", erwiderte sie grinsend.

„Genau, Nina! Also, sag an, wo gehen wir hin? Italiener, Chinese?"

„Hmmm, ich würde sagen, heute gehen wir mal deutsch. Was hältst du von der Stadthalle?", schlug sie vor.

„Zum Friedrichs? Wegen mir gern", freute er sich und nach nicht einmal fünf Minuten schlenderten sie am Hellerblick entlang zur Stadthalle.

Der Biergarten des Restaurants unter den großen alten Eichen war sehr gut besucht. Nina entdeckte einige Bedienstete des Rathauses, des Amtsgerichtes und Kollegen der Schutzpolizei. Sie packte Thomas am Arm und zog ihn zu einem Sechser-Tisch, an dem noch drei Plätze frei waren. Neben Jugendpfleger Ingo Molly und einer der Auszubildenden, von der Nina zu wissen glaubte, dass sie Lena Hombach hieß, saß dort auch Oli Pfeiffer, der Chef der Betzdorfer Feuerwehr.

„Da denkst du an nichts Schlimmes und schon kommt die Kripo vorbei", bemerkte Ingo neckisch, als Nina sich ohne zu fragen einfach neben ihn auf den Stuhl fallen ließ.

„Dir auch einen wunderschönen guten Tag, lieber Ingo", antwortete sie und winkte dann Dominic Friedrichs, dem Pächter des Stadthallen-Restaurants.

„Hallo, Nina. Die Karte, oder weißt du, was du magst?", erkundigte Dominic sich.

„Ähm, was kannst du mir denn empfehlen?", fragte sie.

„Salat mit Riesengarnelen oder die Schweinefiletpfanne", antwortete der prompt.

Nina musste nicht überlegen. Fisch und alles, was so aus dem Meer kam, war nicht ihr Ding. Sie bestellte also die Pfanne mit dem Schweinefilet und eine riesengroße Cola light.

„Und, Nina, habt ihr schon was rausgefunden ... ich meine wegen der Toten vom Sonntag?"

Nina wiegte den Kopf hin und her und behielt dabei Thomas im Blick, der ihr schräg gegenüber hockte. Sie hatte sich nicht an diesen Tisch gesetzt, um zu quatschen. Nein, sie wollte etwas hören. Ein kleiner, aber feiner Unterschied.

„Nee, Oli, bisher haben wir noch nicht so viel rausbekommen. Wir sind noch ganz am Anfang. Die Obduktionsergebnisse bekommen wir auch erst in den nächsten Tagen."

Der Feuerwehrmann legte den Kopf schief und sah sie mit zusammengekniffenen Augen an.

„Ach so, ihr wisst noch gar nichts."

Die Ironie in seiner Stimme war nicht zu überhören. Log sie wirklich so schlecht?

„Nur komisch, dass du und dein Schatten", er deutete zu Thomas, „schon morgens vor Tag auf dem Friedhof die nächste Mumie ausgrabt", meinte er lapidar.

„Ach so, das meinst du. Ja, nee ... ähm ..."

„Nina, wenn du nichts sagen darfst, dann sag eben lieber gar nichts, bevor du uns hier versuchst, einen Bären aufzubinden", mischte sich Ingo ein.

„Genau, Nina. Da hat Ingo aber nu ma recht", fiel Thomas ihr jetzt auch noch in den Rücken.

Nina verdrehte theatralisch die Augen und sah zum Himmel.

„Tolles Wetter heute ... nicht?", sagte sie und lächelte Oli an.

„Genau, Nina, tolles Wetter", fiel der in das sinnlose Geplänkel mit ein.

„Wie ist denn das so mit der Waldbrandgefahr?", wechselte Thomas nun zum Glück geschickt das Thema. Olis Blick verfinsterte sich.

„Gar nicht gut. Wird Zeit, dass es mal regnet."

„Sag mal, Oli. Ihr Jungs von der Feuerwehr macht euch doch bestimmt auch so eure Gedanken bezüglich dieses Feuerteufels?", interessierte Nina viel mehr als der trockene Wald.

„Klar machen wir das", antwortete Oli.

„Und? Was denkt ihr da so?"

„Na ja, zuerst hab ich gedacht, das sind irgendwelche Teenager, die sich einen Spaß daraus machen, uns nachts aus den Federn zu holen. Mittlerweile denk ich allerdings, dass was anderes dahintersteckt. Wir haben uns gerade, bevor du kamst, noch darüber unterhalten", erklärte er und blickte zu Ingo.

Nina folgte seinem Blick.

„Ich glaube auch nicht, dass das Jugendliche waren", pflichtete der Jugendpfleger ihm bei. Womit Nina schon gerechnet hatte, da der seine Schäfchen natürlich in Schutz nahm.

„Weil?", hakte sie dennoch nach.

Ingo lächelte.

„Weil die niemals pünktlich sind. Es brennt doch immer ziemlich genau auf die Minute samstags um Mitternacht ... und das seit Wochen. Das bekämen meine Pappenheimer doch nie auf die Reihe. Den meisten von denen fällt es ja schon schwer, zweimal hintereinander pünktlich zu einem Termin zu kommen. Nee, nee, Nina. Das klingt für mich nach einem ziemlich ausgewachsenen Psychopathen."

„Vielleicht ist es ja ein Feuerwehrmann? Es hat solche Fälle ja schon gegeben", überlegte sie laut und sah sogleich, wie Oli das Gesicht verzog.

„Das ist doch Käse, Nina. Für meine Leute leg ich die Hand ins Feuer. Die sind genauso genervt wie du und ich, dass sie seit Wochen Samstag für Samstag des Nachts zu einem Einsatz müssen. Die sitzen ja schon teilweise in der Wache und warten auf den Alarm, weil es sich ja noch nicht mal lohnt, ins Bett zu gehen", schimpfte er.

„Kannst du mir 'ne Liste machen mit allen, die am Samstag schon vor der Alarmierung auf der Wache waren?", bat Nina.

Oli verdrehte die Augen.

„Sag mal, spinnst du jetzt total? Das ist keiner von uns!", zischte er und sein Tonfall wurde nun ein wenig garstiger.

„Genau das will ich ja damit beweisen. Von denen, die da waren, kann es ja keiner gewesen sein. Die Jungs können ja schlecht in der Wache sitzen und gleichzeitig am Struthof Molotowcocktails in unbewohnte Häuser werfen", erklärte sie, wie sie glaubte, sehr plausibel.

Der Feuerwehrmann überlegte kurz. Es war ihm anzusehen, dass ihm Ninas Denkansätze nicht gefielen.

„Weißt du was, Nina? Am besten, du kommst heute Abend in der Feuerwache vorbei, redest mit den Jungs und schreibst dir dann dein Listchen selbst", schlug er vor.

„Klar, mach ich. Ab wieviel Uhr seid ihr da?", hakte sie nach.

„Denke, so ab 18 Uhr", antwortete er und winkte dem Wirt zu, er wolle zahlen.

Ingo und die Azubine zahlten ebenfalls.

„Musste das jetzt sein?", fragte Thomas, als sie beide nur noch allein am Tisch saßen.

„Ja, musste es. Irgendwo müssen wir doch mal ansetzen. Wir stochern doch schon viel zu lange im Dunkeln herum. Zuerst brennen nur alte Buden im Wald, dann Scheunen und jetzt ein leer stehendes Wohnhaus. Am Ende fackelt dieser Feuerteufel noch die Stadthalle, das Rathaus oder weiß der Kuckuck was ab."

„Was ist mit der Stadthalle?", fragte Dominic Friedrichs jetzt, der gerade die beiden Pfannen mit dem Schweinefilet auf den Tisch stellte.

„Nix is. Lecker sieht's aus in der Stadthalle", beeilte sie sich zu sagen und betrachtete die Pfanne mit dem Fleisch und den Pilzen vor ihr auf dem Tisch, die sich wirklich sehen lassen konnte. Wenn es so schmeckte, wie es aussah – holla, die Waldfee.

„Na, dann mal guten Appetit", wünschte der Wirt und düste sogleich wieder davon.

„Sag mal, war dir das Ernst? Willst du echt noch zur Feuerwehr heute Abend?", wollte Thomas wissen.

Nina lächelte ihn an.

„Wir, Thomas. Wir wollen heute noch zur Feuerwehr", verbesserte sie.

„Nee."

„Doch. Und komm mir jetzt bloß nicht mit der blöden Ausrede, dass du heimmusst. Die zieht heute nicht", belehrte sie ihn und schob sich dann ein Stück des Filets in den Mund. Es schmeckte tatsächlich so gut, wie es aussah. Super lecker, alles gut. Jetzt fehlte nur noch ein Anruf aus Bremen, dass es Hans Peter besser ging.

*

Es fiel Hans Peter Thiel schwer, sich zu orientieren. Angestrengt lauschte er in die Dunkelheit. Irgendwo piepte es. Es klang so schön rhythmisch. Dazu summte ein Kind eine Melodie. Ein sehr kleines Kind. Hans Peter kannte die Melodie. Es war eines der Lieder von der Kinderliederkassette, die er Leah letztens geschenkt hatte. Er versuchte zu lächeln, öffnete langsam die Augen und sah zur Seite. Verschwommen erkannte er den blonden Lockenkopf des Mädchens, das leise im Takte des Piep, Piep, Piep sang. Sehr schön. Aber was zum Kuckuck machte Leah hier in dieser komischen Pizzeria ohne Kellner?

„Hör mal auf zu singen, Leah. Der Opa Hans Peter braucht seine Ruhe", vernahm er die Stimme von Alex.

„Sing weiter, Schatz", hörte er sich dann ganz leise selbst sagen.

„Hans Peter? Hans Peter, bist du wach?", fragte Inge und das Singen des Kindes hörte schlagartig auf. Deutlich spürte er, wie seine Hand gedrückt wurde. Langsam drehte er den Kopf und öffnete die Augen noch ein Stück weiter.

„Mir ist total komisch, Inge. Ich muss hier raus", sagte er, obwohl die Schmerzen in seiner Brust nicht mehr ganz so schlimm waren wie vorhin.

„Du kannst hier nicht raus, Liebling. Sie haben dich operiert", erklärte sie ihm. Hans Peter sah sich um. Die Pizzeria hatte sich tatsächlich sehr verändert.

„Bin ich im Krankenhaus?", flüsterte er und hörte, wie Inge leise zu weinen begann.

„Ja, du bist im Krankenhaus. Du hattest einen Herzinfarkt", erklärte sie ihm schluchzend.

Hans Peter schloss die Augen wieder. Er war müde. Hundemüde. Vielleicht sollte er sich noch etwas ausruhen.

*

Das Blickfang-Studio, in dem vor zweieinhalb Jahren die Aufnahmen der zu diesem Zeitpunkt noch ziemlich lebendigen Sonja Ludovic gemacht wurden, lag im IHW Park Siegen/Eiserfeld direkt an der B 62. Der Pförtner an der Einfahrt erklärte ihnen den Weg zu dem Gebäude und Nina war erstaunt, als sie Minuten später durch die Schlucht der Hallen und Bürohäuser fuhren, wie groß das Gelände war. Wenn man, wie sie, nur gelegentlich über die Eiserfelderstraße daran vorbeifuhr, nahm man dies gar nicht so wahr. Thomas parkte den Dienst-Mercedes direkt vor dem Gebäude B, in dessen Obergeschoss sich das Atelier befinden sollte. Sie musste zugeben, dass sie sich unter einem Fotostudio mehr ein Ladenlokal, wie das in Betzdorf in der Bahnhofstraße, als eine große Industriehalle vorgestellt hatte.

Sie folgten den Hinweisschildern: die Treppen hinauf in die erste Etage und dann einen langen Korridor mit hohen Decken an unzähligen Türen entlang. Mehrmals machte der Flur einen Knick. Dann standen sie plötzlich vor der Tür mit der Aufschrift „BLICK-FANG-STUDIO OLAF PITZER". Nina schellte und begann in alter Manier zu zählen. Bei siebzehn wurde die Tür aufgerissen und sie starrte direkt auf die Brust eines Mannes. Sie legte den Kopf in den Nacken und sah nach oben. Der Typ, der gefühlt mindestens eins neunzig maß und ein hellblaues gestreiftes Hemd zu seinen Shorts trug, lächelte irgendwie von oben auf sie herab und meinte dann: „Guten Tag, haben wir einen Termin?"

Nina lächelte freundlich zurück und hielt ihm ihren Ausweis vor das Gesicht.

„Ebenfalls guten Tag. Kriminalpolizei Betzdorf, mein Name ist Nina Moretti, und wenn Sie Herr Pitzer sind ... ja ... dann würde ich mal behaupten, wir beide haben spätestens jetzt einen Termin", antwortete sie keck.

„Na, wenn das so ist, Frau Moretti, dann kommen Sie mal herein", antwortete er und Nina folgte ihm durch einen weiteren Flur in so etwas wie eine Umkleide. An der Wand gegenüber den Fenstern befanden sich zwei Schminkspiegel. Drumherum jede Menge Glühbirnen. An einem der Plätze schien vor Kurzem noch jemand geschminkt und frisiert worden zu sein. Etliche Schminkutensilien sowie ein Fön und Spraydosen befanden sich auf dem Tisch davor.

Olaf Pitzer deutete auf einen Tisch mit vier Stühlen in der Mitte des Raumes, auf dem einige Getränkeflaschen und Becher standen.

„Bitte, Frau Moretti, Herr ...", er zögerte und blickte Thomas an. Dieser schien aber gerade mit seinen Gedanken ganz woanders zu sein. Seine Augen huschten über die Wände, an denen Hunderte von Fotos von, zugegebenermaßen, recht hübschen Damen hingen. Die einen trugen mehr, die anderen weniger und einige sogar gar nichts. Alles in allem aber weniger pornografisch, sondern, wie Nina fand, eher sehr ästhetisch.

„Mein Kollege Kriminalkommissar Kübler", stellte sie Thomas stellvertretend vor und setzte sich dann hin. Olaf Pitzer machte einen sehr ruhigen ausgeglichenen Eindruck auf sie. Vielleicht sogar zu ruhig. Normalerweise war es nämlich so, dass die meisten Menschen, denen sie ihren Ausweis zeigte, zuerst einmal unruhig wurden. Wer hatte schon gerne die Kriminalpolizei unangemeldet vor der Türe stehen?

„Darf ich Ihnen etwas zu trinken anbieten?", erkundigte der sich aber jetzt sogar noch und deutete auf einen Stapel Pappbecher und die Getränkeflaschen. Nina ließ sich das nicht zweimal sagen. Sie nahm sich einen Becher, schielte dabei zu Thomas, der immer noch damit beschäftigt war, die Fotos zu betrachten, und schenkte sich dann ein Mineralwasser ein.

„Nun, Frau Moretti, was kann ich denn für Sie tun? War ich wieder einmal zu schnell unterwegs oder geht es eher ums Falschparken?", flachste er.

Nina öffnete die Mappe mit den Fotos, entnahm das Werbefoto, das vermutlich hier im Atelier aufgenommen worden war, und legte es vor Pitzer. Der Fotograf betrachtete es einen Moment, sog die Luft ein und schob es ihr zurück.

„War ein nettes Mädchen, die Sonja", erklärte er nun überhaupt nicht mehr so spaßig.

„Das Foto stammt von Ihnen?", hakte sie nach.

Er nickte.

„Klar ... warum?"

Nina nahm ein weiteres Foto aus ihrer Mappe, das die tote Sonja in dem Zinksarg zeigte, und legte es Olaf Pitzer hin. Der nahm es in die Hand und betrachtete es stirnrunzelnd.

„Ist sie da schon tot?", erkundigte er sich dann sichtlich verwirrt.

„Olaf, wann geht es weiter?", quasselte eine sehr hübsche, noch sehr junge Brünette durch die offene Tür dazwischen. Sie trug einen Bademantel, war aber ansonsten heftigst aufgedonnert. Hinter ihr lugte eine zweite Frau etwa in Ninas Alter hervor. Vermutlich die Visagistin, Friseurin oder was auch immer.

„Es geht gleich weiter ... und schließt bitte die Tür", antwortete er knapp und machte dabei eine ausladende Handbewegung. Das Mädchen verdrehte genervt die Augen, zog dann aber brav die Tür ins Schloss.

„Entschuldigen Sie, Frau Kommissar. So sind sie halt ...", sagte er leise und besah sich dann noch einmal das Foto.

„Um auf Ihre Frage zurückzukommen, Herr Pitzer, ja, auf dem zweiten Foto ist sie bereits tot."

Spontan griff er sich das erste Foto noch einmal und ließ seine Augen vergleichend zwischen den beiden Aufnahmen hin und her gleiten.

„Das ist ja seltsam. Sie trägt das gleiche Kleid, wie damals auf der Aufnahme für das Magazin ... und sogar die gleiche Frisur", überlegte er laut.

Nina griff erneut in die Mappe, in der sich immer noch die Bilder des Fundortes befanden, und reichte ihm auch diese.

„Sie saß sogar in dem gleichen Sessel, als wir sie gefunden haben", legte sie noch einen drauf. Pitzer betrachtete auch dieses Foto länger, dann schüttelte er den Kopf.

„Erklären Sie mir mal, was Sie eigentlich von mir wollen?", fragte er dann.

„Herr Pitzer, irgendwer hat die Szenerie auf Ihrem Foto nachgestellt. Er hat sich die Sessel besorgt, die hübsche Stehlampe, den Tisch und sogar das Schachspiel. Dann hat er Sonjas Leiche gestohlen, sie ausgeweidet, präpariert, geschminkt, frisiert und die letzten zwei Jahre dort mit ihr Schach gespielt."

Die Augen des Fotografen weiteten sich.

„Das ist ein blöder Scherz, oder?" entfuhr es ihm. Nina war sich sicher, dass das Entsetzen in seinem Gesicht echt war. Der Mann war zutiefst erschüttert.

„Nein, Herr Pitzer ... das ist mir leider sehr Ernst. Die Fotos wurden letzten Sonntag aufgenommen."

„Die Leiche am Struthof. Diese Mumie, von der heute Morgen in der Zeitung berichtet wurde?", entfuhr es ihm.

Nina hatte keine Zeitung gelesen. Sie las nie Zeitung. Dies erledigten immer Mama und Hans Peter für sie. Wenn es denn mal etwas Interessantes gab, informierten die sie dann darüber, wenn sie in Mamas Küche ihren morgendlichen Kaffee trank.

„Ja genau, die Mumie aus der Zeitung", erklärte sie dennoch, da sie sich nicht vorstellen konnte, dass am Sonntag noch weitere Mumien in der Region gefunden worden waren. Von der heutigen auf dem Friedhof hatten die Presseheinis zum Glück ja noch nichts mitbekommen.

„Is ja irre … sach mal, wie hast du das denn bei diesem Foto hier mit dem Gegenlicht hinbekommen?", hörte sie Thomas sagen, der mit seinem Gesicht nun nur noch wenige Zentimeter von der Wand mit den Fotos entfernt war. Nina hätte schreien können. Nicht dass der Kollege den Fotografen nun schon duzte. Nein, vermutlich hatte Thomas das in seinem Technikeifer noch nicht einmal gemerkt. Doch sie waren hier, um einem Fall nachzugehen, und nicht, um über die Beleuchtung von Fotografien zu diskutieren.

„Thomas, meinst du nicht, das hat Zeit bis später?", knirschte sie dazwischen, als der Fotograf gerade antworten wollte.

Thomas wirbelte erschrocken herum.

Ach so, ja … sorry … tut mir leid. Ich war nur gerade so faszi...", er winkte ab und setzte sich dann mit hochrotem Kopf neben Nina an den Tisch.

„Wo wurden ihre Aufnahmen eigentlich gemacht? Hier?", erkundigte sich Nina.

Olaf Pitzer nickte. „Ja, das wurde hier gemacht. Gleich nebenan. Wenn Sie möchten, kann ich es Ihnen zeigen. Ich nutze diese Kulisse öfters in den verschiedensten Variationen."

Natürlich wollte Nina das sehen. Olaf führte sie in einen Nebenraum, in dem tatsächlich, wie im Theater, eine Wohnzimmerkulisse aufgebaut war.

„Sehen Sie, da in der Ecke steht sogar noch der Sessel. Er deutete auf das Möbelstück, in dem heute eine splitternackte Schaufensterpuppe saß.

„Also ist der Sessel, den der Täter für seine Kulisse genutzt hat, nicht der, den Sie damals bei Ihren Aufnahmen benutzt haben", überlegte Nina.

Pitzer schüttelte den Kopf.

„Nein, Frau Moretti, ich dürfte sogar noch diese altbackene Stehlampe, den Tisch und das Schachspiel im Lager haben. Hier geht so schnell nichts verloren. Ich habe die Stücke alle mühsam über die Jahre zusammengetragen."

Da Vertrauen gut, Kontrolle aber bekanntlich besser war, ließ Nina es sich nicht nehmen, sich auch noch die anderen Stücke in Olafs doch recht beachtlichen Fundus zeigen zu lassen. Es war tatsächlich alles da. Dies hieß im Umkehrschluss, dass der Täter sich all diese Sachen mühselig gesucht haben musste. Gut, bei näherem Hinsehen waren die Möbelstücke auf den Fotos nicht ganz identisch. Die Beine des Tisches hatten eine andere Form und auch der Bezug des Sessels stimmte nicht hundertprozentig. Dennoch hatte Nina der Besuch in dem Fotostudio gefallen. Es war wirklich ein Wahnsinn, was dieser Typ für einen Aufwand trieb. Sowohl technisch als auch mit der Deko. Neben dem Raum mit der Wohnzimmerdeko gab es noch eine Kulisse ganz in Weiß, eine in Schwarz, hinzu kamen unzählige schwarz-weiße und silberne regenschirmartige Teile, die vermutlich auch mit dem Licht zu tun hatten.

Als sie schon wieder gehen wollte, blieb Thomas vor einer Urkunde an der Wand stehen.

„Ohhh, du bist 2012 zum besten Fotograf Deutschlands gewählt worden", stellte er anerkennend fest.

Olaf lächelte und fragte dann tatsächlich interessiert: „Fotografierst du auch? Du scheinst was davon zu verstehen!" Nina verdrehte die Augen. Ging das jetzt los? Sie hatten doch Besseres vor, als hier über diese doofe Knipserei zu fachsimpeln.

„Ja, er fotografiert auch. Sogar professionell", antwortete sie deshalb stellvertretend und deutete zur Ausgangstür. Sie mussten langsam mal los.

„Nee, echt. Ist ja interessant. Irgendwas Spezielles, People, Act?", hakte der Fotograf nach.

„Ähm, ja, ... so Verschiedenes ... halt. Ich probiere eben viel aus ...", stammelte Kübler.

„Sein Spezialgebiet sind Leichen, nackt, angezogen und manchmal auch zerstückelt", klärte Nina den Sachverhalt schnell auf.

„Ach so. Gut ... das muss ja auch einer machen", meinte Olaf und schien noch nicht einmal wirklich geschockt.

„Ich hab gelesen, du gibst auch Kurse?", wollte Kübler nun wissen.

„Ja, wenn du magst, melde dich doch und komm vorbei. Ich geb dir mal 'nen Flyer", meinte Olaf Pitzer und eilte zurück in die Garderobe.

„Sag mal, muss das jetzt sein?", zischte sie genervt.

Thomas funkelte sie zornig an und reichte ihr dann die Autoschlüssel.

„Wenns dich nervt, dann geh halt schon mal vor. Ich komm gleich nach."

Kapitel 8

Dienstag, 12. Juli 2016, 15:02 Uhr
Siegen / Eiserfeld – IHW Park

Nina ließ das Handy sinken und seufzte zufrieden. Mama hatte ihr gerade eine Nachricht gesendet. Hans Peter war kurz wach gewesen, hatte sogar gefragt, wo er wäre, und war dann wieder weggenickt. Das war doch schon mal was. Er konnte noch reden und sich wohl auch bewegen, das bedeutete zumindest, dass die Schäden in seinem Gehirn nicht ganz so schlimm zu sein schienen. Vielleicht hatte sie sich viel zu viele Sorgen um ihn gemacht. Zugegeben, ihr war mehrmals durch den Kopf gegangen, dass er nicht mehr aufwachen würde. Ein schlimmer Gedanke.

Sie startete den Motor des schon etwas betagten Mercedes Sportcoupé, schaltete die Klimaanlage auf die höchste Stufe ein und begann leise vor sich hinzusingen.

„All the leaves are brown
And the sky is gray.
I´ve been for a walk.
On a winter's day.
I'd be safe and warm
if I was in L.A.
California dreaming
On such a winter's day."

Der Song von The Mamas & The Papas geisterte bereits seit heute Mittag in ihrem Kopf herum. Genauer gesagt, seit dem Moment im Büro von Thomas, der erwähnt hatte, dass der Sohn von diesem Düsseldorfer

Hausbesitzer in Kalifornien lebe. Sie würde ihn gleich noch einmal daran erinnern müssen, bevor die da auf der anderen Seite des Globus schon wieder ins Bett gingen.

Irgendwie war sie froh, dass sie im Moment keinen eiskalten Killer jagten. Natürlich, der Fall mit den mumifizierten Frauen war eine schlimme, sehr unschöne Sache. Doch der Täter war zumindest kein Mörder, sondern einfach nur ein armer Irrer. Schlimmer war nach Ninas Meinung der Fall mit den Brandstiftungen. Es grenzte an ein Wunder, dass da bisher noch keine Menschen zu Schaden gekommen waren. Die Schäden an den materiellen Dingen konnte man ersetzen. Bei einem Menschenleben oder der Gesundheit eines Menschen sah das gänzlich anders aus. Allein die Gefahr für die Männer und Frauen von der Feuerwehr durfte man nicht unterschätzen. Sie drehte den Kopf und sah zu dem Gebäude mit dem Fotostudio. In ihren Augen war auch dies eine Sackgasse gewesen. Dieser Olaf Pitzer schien ein recht lustiger kooperativer Typ zu sein. Ein bisschen positiv irre, wie alle Kunstschaffenden, aber sonst okay. Nina mochte solche Menschen. Ihr Göttergatte Klaus war auch so einer. Nur dass der halt keine Fotos machte, sondern unentwegt die Songs für seine Band schrieb, die in Ninas Augen, oder vielmehr Ohren, größtenteils besser waren als der Quatsch, der den ganzen Tag im Radio hoch und runter lief.

Sie sah, wie Thomas auf den Wagen zugelaufen kam, und gab ihm einen untrüglichen Fingerzeig, dass er gefälligst auf der Beifahrerseite einzusteigen hatte. Deutlich bemerkte sie, wie er die Augen rollte, dann um das Auto ging und die Beifahrertür aufriss.

„Sag mal, spinnst du!", schrie er und ließ sich in den Sitz fallen.

„Tür zu, es wird sonst wieder warm", gab sie klare Anweisung und überprüfte dann noch einmal, ob die Regler der Klimaanlage auch wirklich voll aufgedreht waren.

„Sag mal, hast du schon mal was von Umweltverschmutzung gehört?", meckerte Kübler derweil.

Nina blickte ihn mit großen Augen an und fragte dann: „Das sagt mir einer, der mit 'nem 5-Liter-V8 in der Gegend rumfährt?"

Thomas schnaufte und verschränkte die Hände vor der Brust.

„Man muss eben nehmen, was da ist, und als ich 'nen Dienstwagen brauchte, war eben in dem Moment nur dieser Karren hier frei."

Nina hätte fast laut losgelacht. Thomas hatte damals mit Engelszungen auf Kriminalrat Schneider eingeredet, damit der ihm den Wagen als Dienstwagen überließ. Der mittlerweile fast zwanzig Jahre alte, feuerrote Nobelhobel mit dem gigantischen Triebwerk unter der Haube gehörte nämlich früher einmal einem Zuhälter, der sich dummerweise mit zwei Kilo Koks im Kofferraum hatte erwischen lassen. Thomas liebte diesen Schlitten.

„Wenn du magst, frag ich unseren neuen Chef, ob er dir nicht einen von diesen schicken neuen Elektro-Smarts besorgen kann. Die Dinger sind echt niedlich", schlug sie vor.

Thomas warf den Kopf in den Nacken, starrte zum Fahrzeughimmel und knurrte dann: „Was hältst du davon, wenn du, anstatt dummes Zeug zu labern, einfach nur losfährst?"

Nina begann zu kichern, schob den Wahlhebel der Automatik auf D und ließ die Bremse los. Wie sie so durch den Industriepark zur Ausfahrt schlichen, begann sie, ohne weiter darüber nachzudenken, wieder den Song von The Mamas & The Papas zu summen.

„Darf man fragen, warum du plötzlich so gute Laune hast?", erkundigte sich Kübler.

„Klar, darf man. Hans Peter ist wach geworden", antwortete sie.

„Siehst du ... ich sag es ja immer. Unkraut vergeht nicht. Vermutlich haben die da unten in der Hölle auch keinen Bock auf den alten Stinkstiefel gehabt", meinte Thomas.

Nina antwortete ihm nicht. Sie wusste, dass es nicht so gemeint war, wie es klang. Das Verhältnis von Thomas zu Hans Peter war speziell. Im Grunde mochten und schätzten sich die beiden sehr. Hans Peter hielt große Stücke auf Thomas und seine technischen Fähigkeiten. Andersherum war es ähnlich. Thomas sah schon irgendwie ein Vorbild in dem alten Bullen und versuchte, ihm so manches Mal sogar nachzueifern, was natürlich nicht funktionierte und daher meist sehr peinlich endete. Leider würden die beiden ihre Sympathie füreinander nie zugeben und so frotzelten sie unentwegt untereinander und übereinander.

„Ich hab überlegt, ob ich am Wochenende nach Bremen fahr, um ihn zu besuchen. Was hältst du davon, wenn wir gemeinsam fahren und auf dem Rückweg Alex mitnehmen", fragte sie, da sie dies für eine wunderbare Idee hielt.

„Ähm ... das geht nicht. Ich hab Samstag schon was vor. Ich hatte gedacht, ich hol sie am Sonntag ... aber wenn du hinfährst, dann könntest du sie ja auch mitbringen", antwortete Thomas und klang irgendwie verlegen.

„Ach so ... ja ... darf man fragen, was du so Wichtiges vorhast?", hakte sie nach.

„Ähm ja ..., ähm ... ich hab mich eben für Samstag zu einem Foto-Workshop angemeldet", gab er zu.

„Hier ... eben ... bei diesem Fotografen?"

Er nickte.

„Wozu das? Du weißt doch, wie es funktioniert. Scharf stellen, draufdrücken, fertig. Wozu brauchst du da noch einen Workshop?"

„Man lernt eben nie aus. Du, Nina, der Olaf ... der ist ein echter Profi. Außerdem bekommt man so schnell nicht wieder die Gelegenheit, in so einem Studio zu arbeiten", verteidigte Thomas sich.

Nina überlegte einen Moment, wobei das Teufelchen in ihrem Kopf plötzlich auf ganz böse Gedanken kam.

„Und – was genau für Motive fotografiert man da in so einem Workshop?", fragte sie daher und warf einen Seitenblick auf Kübler, der stumm nach vorne auf die Straße guckte. Sein Kopf bekam dabei die Farbe einer überreifen Tomate. Nina musste an sich halten, um nicht laut loszulachen. Da hatte das Teufelchen wohl wieder einmal den richtigen Riecher gehabt.

„Aha, ihr knipst da also nackige Mädels", brachte sie es auf den Punkt.

„Und – was ist dabei?", schnaufte er trotzig.

„Nix", antwortete sie. „Bin nur mal gespannt, wie Alex darüber denkt, dass du hier nackige Hungerhaken fotografierst, während sie bei Hans Peter am Krankenbett hockt und wartet, dass du sie vielleicht abholst", überlegte sie jetzt einfach mal laut.

*

Er war hier richtig. In der Einfahrt stand der kleine Nissan Micra. Der Wagen, den er in der Nacht zu

Sonntag am Struthof gesehen hatte. Das Kennzeichen stimmte auch. Es war gar nicht so schwer gewesen, den Halter herauszubekommen, wie er sich das früher einmal vorgestellt hatte. Er rollte langsam an dem Haus vorbei und parkte dann in einer Nebenstraße. Dort betrachtete er sich im Innenspiegel, überprüfte noch einmal den Sitz des falschen Schnurrbartes und der Brille, rückte die Krawatte gerade und schnappte sich vom Beifahrersitz die Mappe, in der sich die Kataloge mit den Staubsaugern befanden. So, wie er jetzt aussah, hätte selbst Kristin ihn nicht erkannt.

„Hier wohnt Familie Bromberg", stand auf einem selbst gebastelten, bunt glasierten Tonschild neben der Klingel. Er holte tief Luft und läutete dann. Von drinnen war blechern das Geläut von Big Ben zu hören. Er vernahm Schritte, dann wurde die Haustür geöffnet.

„Ja bitte?", fragte sie, und er war sich nun ganz sicher, dass es sich bei der Frau im Türrahmen um genau die handelte, die in dem Wagen gesessen und gewartet hatte, während ihr männlicher Begleiter den Brandsatz geworfen hatte.

„Guten Tag, Gnädigste, mein Name ist Helmut Edel von der Firma Saugstark. Sicher haben Sie schon von unserem revolutionären, neuen Haushaltsreinigungskonzept, dem CleanTeufel, gehört, den ich Ihnen gern einmal näher zeigen würde", stellte er sich vor.

„Ähm, nein ... das habe ich leider noch nicht ... aber ich ... wir brauchen so etwas nicht", stammelte sie, total überfahren von seinem Auftritt.

„Wie können Sie sagen, dass Sie den CleanTeufel nicht benötigen, wenn Sie ihn doch noch gar nicht kennen?", hakte er nach und stellte die Frage geschickt mit einem W am Anfang. Er hatte dies einmal bei einer Fernsehsendung, in der es um Tricks und

Kniffe von Verkäufern ging, gelernt. Auf Fragen, die mit einem W begannen, musste das Gegenüber immer mit einem ganzen Satz antworten. Fragte man zum Beispiel „Was kann ich für Sie tun", würde man im schlechtesten Fall „Nichts" als Antwort erhalten. Fragte man hingegen ohne das W am Anfang „Kann ich etwas für sie tun?" Gab es nur zwei Möglichkeiten: Ja oder Nein.

Die zierliche blonde Frau mit dem freundlichen Gesicht sagte jetzt jedoch gar nichts, sondern suchte verzweifelt nach Worten. Ihm war klar, dass er sie jetzt überforderte und dass sie im Grunde auch nicht an einem neuen Haushaltsgerät interessiert war. Er wollte ihr auch keines verkaufen. Nein, er wollte etwas anderes. Er wollte *sie*. Sie gefiel ihm. Zwar hatte sie, wenn man mal von den blonden Haaren absah, keinerlei Ähnlichkeit mit seiner Kirsten und auch nicht die Klasse von Sonja, doch er würde sich an sie gewöhnen können. Ihre Züge waren weich. Ihre Stimme nicht unangenehm, wobei die später keine Rolle mehr spielen würde. Er stellte sich vor, wie sie ihm zuhörte, und trat deshalb entschlossen einen Schritt vor in den Hausflur. Ihre Augen weiteten sich erschrocken. Sie schien Angst vor ihm zu haben. Nun gut, das war verständlich. Sie würde noch mehr Angst bekommen, wenn er sie erst einmal zur Ader ließ. Bei dem Gedanken daran tat sie ihm fast leid. Doch es musste sein. Es war unerlässlich.

„Es ist vielleicht besser ... wenn Sie ... wieder gehen. Ich habe wirklich kein Interesse", erklärte sie und wich noch ein wenig zurück.

„Oh, das ist wirklich schade. Aber vielleicht ein andermal? Sie erlauben sicher, dass ich Ihnen ein Prospekt und einen unserer kostenlosen USB-Datensticks als Werbegeschenk hierlasse", beeilte er sich zu sagen und legte den Werbeflyer zusammen mit dem USB-Stick bereits auf die Kommode direkt neben der Haustür. Er war sich sicher, dass sie die Unterlagen, sobald er weg war, in den Papiermüll werfen würde. Mit dem Stick würde sie allerdings noch ihre Freude haben – und er erst.

*

Valerie Bromberg warf die Haustür ins Schloss und sank auf die Treppe, die ins Obergeschoss des Einfamilienhauses führte. Sie konnte nicht mehr und sie wollte auch nicht mehr. Zumindest durfte es, so wie es im Moment bei ihr lief, nicht weitergehen. Sie begann zu schluchzen. In was für eine blöde Lage hatte sie sich da bloß hineingebracht? Ihre Ehe war ein einziges Trümmerfeld, ihr außereheliches Verhältnis zu Fabian auch nicht viel besser. Sie würde es beenden. Sowohl das eine als auch das andere. Sie würde sie beide verlassen. Frank und auch Fabian. Als sie Frank vor fünf Jahren auf einer Party kennengelernt hatte, war sie sich so sicher gewesen, dass er ihre große Liebe war. Bereits nach einem Jahr hatte sie ihn geheiratet, und das, obwohl er ganze fünfzehn Jahre älter war als sie. Den ersten Knacks bekam ihre Beziehung vor etwas mehr als einem Jahr, als der Arzt ihnen erläuterte, dass Frank keine Kinder zeugen konnte. Die beiden Kinderzimmer in dem schmucken Eigenheim, das sich zu dem Zeitpunkt gerade im Bau befand, würden für immer leer bleiben. Eine Adoption oder eine künstliche Befruchtung kam für ihn nicht infrage. Er hatte getobt wie ein Stier, als sie ihm dies einmal vorgeschlagen hatte.

„Ich zieh doch nicht die Brut anderer Kerle auf",
hatte er geschrien und damit alles kaputtgemacht. Seit
diesem Tag schlief sie in einem der Kinderzimmer.

Valerie strich über ihren Bauch. Bald würde man es
sehen. Sie war schon in der neunten Woche, hatte ihr
Gynäkologe gemeint und ihr zur Schwangerschaft gra-
tuliert. Wenn Frank es herausbekam, würde er sie tot-
schlagen. Ja, das würde er. Im Zorn hatte er sich nicht
unter Kontrolle. Am Sonntagmorgen, als Fabian aufbrechen wollte, hatte sie ihm das Ultraschallbild mit
dem kleinen Zwerg gezeigt. Doch Fabian war gar nicht
begeistert gewesen. Er müsse darüber nachdenken,
hatte er lediglich gemeint, hatte seine Klamotten geschnappt und war abgehauen. „Wir sehen uns nächsten Samstag, wenn ich wieder im Lande bin. Vielleicht
ist mir bis dahin etwas eingefallen, wie wir das Problem in den Griff bekommen", waren seine letzten
Worte gewesen, bevor die Haustür krachend ins
Schloss fiel.

„Das Problem."

Die Worte hallten seitdem immer wieder in ihrem
Schädel. Ihr Kind war kein Problem. Das Problem
waren die Männer. Sowohl der eine als auch der andere. Valerie würde dieses Kind bekommen. Sie allein.
Trotzig erhob sie sich, griff den Prospekt, den dieser
seltsame Vertreter ihr eben dagelassen hatte, und
knüllte ihn zusammen. Der fremde Mann war ihr so
abgrundtief unsympathisch gewesen. Wie der sie be-
gafft hatte! Als wäre sie ein Stück Vieh. Sie würde sich
wundern, wenn der mit dieser Art und Weise, die er
da an den Tag legte, überhaupt mal was verkaufte.

Valerie atmete tief ein und aus. Sie musste jetzt
einen kühlen Kopf bewahren und genau überlegen,
was sie tun sollte. Frank war heute Abend bei seiner

geliebten Feuerwehr. Gut so. Wenn er dort mit seinen Freunden zusammenhockte, musste sie ihn schon nicht hier zu Hause ertragen. Am Anfang ihrer Beziehung hatte es sie noch gestört, dass er so oft zur Feuerwehr fuhr, anstatt bei ihr zu bleiben und etwas mit ihr zu unternehmen. Doch mittlerweile war sie für jede Minute, die er nicht zu Hause war, dankbar. Valerie besaß kein eigenes Einkommen. Als sie damals von Landshut nach Betzdorf zu Frank zog, hatte sie dort ihren Job aufgegeben.

„Du musst nicht arbeiten. Ich verdiene genug für uns beide zusammen", hatte er gemeint und sie hatte sich damals sogar darüber gefreut. Heute könnte sie sich dafür in den Hintern beißen. Sie war ihm damit doch praktisch ausgeliefert.

Sie ging in die Küche, entsorgte den Staubsaugerprospekt im Müll und holte die alte Milchkanne von dem aufwendig restaurierten Küchenbüfett, das einmal Franks Oma gehörte. Sie setzte sich damit an den Tisch, entnahm die getrockneten Strohblumen und zerrte den bereits etwas zerfledderten Umschlag heraus, der darunter auf dem Boden der Kanne ruhte. Dann griff sie mit immer noch zittrigen Händen ihre Geldbörse, kramte einen Zehner sowie einen Zwanzigeuroschein hervor und steckte ihn in das mittlerweile doch sehr pralle Kuvert. Ein Lächeln huschte über ihr Gesicht. Es war einiges zusammengekommen in den letzten anderthalb Jahren. Frank war nicht arm. Nein, seine Computerfirma, die er hier von zu Hause betrieb und deren Büros sich im Keller des Hauses befanden, lief gut. Doch er war knickrig und zählte ihr das Haushaltsgeld jede Woche vor. Er hatte ihr auf der Bank ein Haushaltskonto eingerichtet, zu dem sie eine BankCard besaß und auf das er jeden Monat das Haushaltsgeld überwies. Das Geld für besondere Ausgaben gab er ihr wöchentlich in bar. Valerie hatte gelernt zu wirtschaften. Sie kaufte nur Angebote und achtete auch darauf, dass nichts vergammelte und sie es dann wegwerfen musste. Alle paar Tage fütterte sie dann mit dem so Ersparten ihre Milchkanne. Heute war der Zwölfte. Am Ersten überwies er ihr das Geld für den nächsten Monat. Sobald dieses auf dem Konto war, würde sie alles abheben und verduften. Die zwei Wochen bekam sie jetzt auch noch herum.

*

Torsten Liebig saß in seinem Büro und betrachtete den Bildausschnitt mit dem Unbekannten darauf. Vielleicht hatte Heike recht und es handelte sich tatsächlich nur um einen ahnungslosen Gaffer. Dennoch beschlich ihn da so ein merkwürdiges Gefühl. Er öffnete sein E-Mail-Postfach und las die eingegangenen Mails. Der Elektrizitätsanbieter hatte geantwortet. Sehr gut. Er öffnete die Nachricht und überflog die Daten. Na, da schau an. Hatte er es doch gewusst. Dieser ominöse Leichenschänder benutzte das Haus demnach seit ziemlich genau vier Jahren. Zumindest wurde seit dieser Zeit regelmäßig mehr Strom verbraucht. All die Jahre vorher war so gut wie gar nichts gewesen. Erst bei der Ablesung im Mai 2013 hatte sich der Stand des Stromzählers merklich verändert. Seitdem wurde immer und kontinuierlich die gleiche Menge verbraucht. Für Torsten war der Fall klar. Irgendwann zwischen dem Ablesezeitraum Mai 2012 und Mai 2013 war die Klimaanlage in dem Stall in Betrieb genommen worden. Die Angabe der Verbrauchsdaten war immer über das Internet gemacht worden, da die Zäh-

lerableser des Energieversorgers nie jemanden ange-
troffen hatten. Torsten kannte diese Vorgehensweise
aus der Zeit, als Heike noch nicht tagsüber zu Hause
gewesen war. Jedes Jahr im Mai kamen die Damen
und Herren von der Stromfirma vorbei, um den Zäh-
lerstand zu kontrollieren. Trafen sie niemanden an,
warfen sie eine Postkarte in den Briefkasten mit der
Bitte, man möge dies doch bitte selbst erledigen und
den Stand des Zählers telefonisch oder über das Internet mitteilen. Die Frage war nur, wer dies in diesem
Falle erledigt hatte? Der alte Mann, dem das Haus gehörte, sicherlich nicht. Und auch der Sohn würde wohl
nicht aus Amerika vorbeikommen, um den Stromzähler in dem alten Haus abzulesen. Nein. Es musste also
auch hier noch jemanden geben, der einen Schlüssel
zu dem Haus besaß und solche Dinge erledigte. Torsten schloss die Augen und versuchte sich zu erinnern.
Gelegentlich hatte er den Kleinbus einer Gartenbau-
firma vor dem Haus gesehen. Ein dunkelgrüner VW
mit Pritsche. Er sah die gelbe Aufschrift auf dem
Wagen förmlich vor seinen Augen, kam aber beim besten Willen nicht darauf, wie die Firma geheißen hatte.
Entschlossen griff er zum Telefon und rief Thomas
Kübler an.

„Hier Kummer, Not und Elend, was kann ich für Sie
tun, Herr Liebig", meldete der sich ziemlich genervt
nach dem zweiten Läuten. Kurz überlegte Torsten, sich
zu erkundigen, ob irgendetwas sei. Doch ihm fiel ein,
dass Kübler vermutlich wieder mal Stress mit seiner
Alexandra hatte, die er heute Nacht nach Bremen gefahren hatte.

„Sag mal, Tom, hast du schon mit dem Sohn von
dem Herrn Pastinak in den Staaten gesprochen? Wenn
nicht, könntest du dann mal fragen, wie der Gärtner

oder Hausmeisterservice heißt, der sich um die Bude kümmert?", schlug er vor und hörte dann ein zorniges Schnaufen.

„Nein, zum x-ten Mal. Hab ich nicht. Wir sind in zehn Minuten wieder im Büro und dann mach ich das sofort. Im Übrigen bin ich schon erwachsen, man muss mich nicht alle fünf Minuten an etwas erinnern", motzte Kübler los. Torsten hielt den Hörer weit weg und stutzte. Dann musste er trotz der miesen Laune Küblers grinsen. Heißa, war der geladen. Er nahm den Hörer wieder ans Ohr und erklärte Thomas den Grund seines Anrufes und was er herausbekommen hatte, dann legte er auf.

*

„Das war Torsten. Er hat herausgefunden, dass unser Leichenschänder das Haus seit irgendwann zwischen Mai 2012 und Mai 2013 benutzt", erklärte Thomas, ohne dass Nina ihn dazu hätte ermuntern müssen.

„Und wie hat er das in Erfahrung gebracht?", interessierte es Nina.

„Durch den Stromverbrauch der Klimaanlage", antwortete er knapp. Ein Lächeln huschte über Ninas Gesicht. Genau, die Klimaanlage. Da war ja noch was gewesen. Anstatt auf den Parkplatz hinter der Dienststelle zu fahren, bog sie im Kreisverkehr in die Einfahrt zum S-Forum und stoppte den Wagen dort. Thomas sah sie fragend an.

„Was soll das jetzt?"

„Ich muss noch was erledigen", erklärte sie ihm und fügte dann noch hinzu, „geh du schon mal hoch und ruf bei diesem ... diesem Amerikaner an."

Deutlich konnte sie sehen, dass er noch etwas sagen wollte, doch dann öffnete er die Tür, stieg aus und warf sie so fest wieder zu, dass der ganze Wagen wackelte. Grinsend fuhr sie los, fädelte sich in den Verkehr ein und bog dann in den Barbaratunnel. Thomas war jetzt sauer auf sie, weil er Angst hatte, sie würde ihn bei Alex verpetzen. Dabei war es ihr völlig egal, was Thomas in seiner Freizeit trieb ... das hieß natürlich nur, solange er Alexandra nicht mit irgendeiner anderen Frau hinterging. Das würde sie ihm aber gar nicht zutrauen. Sie glaubte ihm sogar, dass er diesen Workshop nur deshalb besuchen wollte, weil ihn dieser Technikkram interessierte. Welcher Kerl stand im Normalfalle schon vor einer Wand, an der Hunderte Fotos leicht bekleideter Mädels hingen, und fragte nach dem Gegenlicht auf einem der Bilder ... was immer das auch war.

Nina brauchte diesen ganzen Fotoschnickschnack nicht. Sie besaß noch nicht einmal einen richtigen Fotoapparat. Wozu auch? Wenn sie etwas fotografieren wollte, nahm sie dazu ihr Smartphone. Einfach die Kamera-App einschalten, zielen, draufdrücken und fertig.

Am Ende des Tunnels bog sie nach links ab und fuhr dann über die Siegbrücke in Richtung Wilhelmstraße.

Die Firma Kälte und Klima Kipping befand sich in der Gontermannstraße, zumindest war Nina davon ausgegangen. Sie parkte den Wagen direkt vor dem Haus, das der Familie auch als Wohnhaus diente, und stieg aus. Früher als Kind war sie öfter hier gewesen, da sie und Ramona, die Tochter des Hauses, gemeinsam in den nahen Jugendtreff gegangen waren. Sie lief zur Haustür und besah sich das Namensschild an der Klingel. Beruhigt stellte sie fest, dass sich, wie es schien, nichts verändert hatte. Sie läutete und begann zu zählen. Weit kam sie nicht. Bei fünf öffnete sich die Tür bereits. Sie erkannte den Herrn vor ihr sofort.

„Guten Tag, Herr Kipping, Oberkommissarin Nina Moretti von der Kriminalpolizei, ich hätte einige Fragen an Sie", polterte sie sofort los. Er sah sie mit großen Augen an und blickte dann leicht irritiert auf Küblers feuerrote Zuhälterkarre hinter ihr auf der Straße.

„Oberkommissarin bei der Kripo", meinte er dann und nickte anerkennend. „Aus dir is ja richtig wat geworden, Nina. Dann komm mal rein", schien auch er sie wiedererkannt zu haben und sah dann noch einmal grinsend zu dem dicken Mercedes.

„Is was?", erkundigte sie sich. Er schüttelte den Kopf.

„Nee, nee, tolle Autos fahrt ihr mittlerweile bei der Kripo. Ich dachte vorhin schon, als ich dich ankommen hörte, da würde ein Panzer vor dem Haus parken."

Nina musste grinsen.

„Ja, da ist was dran. Das Geschoss braucht auch tatsächlich Sprit wie ein Panzer. Gehört mir aber zum Glück nicht."

Sie folgte ihm in die Küche, wo er ihr einen Platz und etwas zu trinken anbot. Sie entschied sich für ein Wasser. Es war angenehm frisch im Haus und Nina glaubte, den Grund zu kennen. Der Mann saß schließlich an der Quelle und vertrieb Klimaanlagen. Klar würde der so ein Ding zu Hause haben. Sie musste das Thema gleich unbedingt noch ansprechen. Doch zuerst war das Dienstliche an der Reihe.

„So, dann schieß mal los, Nina. Bin ja schon gespannt, was die Kripo von mir möchte", meinte er, nachdem er ihr das Wasser eingegossen und sich ihr gegenüber am Küchentisch hingesetzt hatte.

Nina nahm ihr Handy, suchte das Bild mit dem Typenschild der Klimaanlage und zeigte es ihm.

„Ach du meine Güte, wer besitzt denn noch so ein Schätzchen? Ich hoffe, du willst da jetzt keine Ersatzteile für haben", stieß er sichtlich entsetzt aus.

„Nein, nein. Mich würde nur interessieren, wem Sie die mal installiert haben?"

Er sah noch einmal auf das Bild.

„Nee, Nina, beim besten Willen nicht. Das Ding ist Minimum dreißig Jahre alt. Die Unterlagen aus dieser Zeit hab ich schon vor Ewigkeiten vernichtet. Ich wüsste auch nicht, wer noch so ein Modell besitzen könnte", meinte er und fragte dann: „An wen hätte ich die denn verkauft haben sollen?"

Nina lächelte. Sie erklärte ihm, wo und in welchem Zusammenhang die Bilder entstanden waren.

„Nein, da bin ich mir sicher, dass ich die da nicht eingebaut habe. Aber das muss auch nichts heißen. Diese Anlagen wurden damals nämlich eher nicht in Privathäusern verbaut. So was hat man in Geschäftsräumen und Bürohäusern montiert, aber bestimmt nicht in ein normales Wohnhaus", erklärte er.

„Also kann es sein, dass die Anlage früher einmal in einem anderen Gebäude hing, dort demontiert und dann an unserem Tatort wieder installiert wurde?"

„Genau, Nina. So wird es vermutlich gewesen sein. Tut mir leid, dass ich dir nicht helfen konnte", fand er.

Nina tat dies auch leid. Doch sie hatte da ja noch ein weiteres Anliegen, bei dem er ihr vielleicht behilflich sein konnte.

„Was kostet eigentlich so eine Klimaanlage?", wollte sie deshalb wissen.

„So eine?", hakte er nach und deutete erstaunt auf ihr Telefon.

„Nee, nee, ich meine, eine neue, wenn man die in einer Dachwohnung nachrüsten möchte", korrigierte sie sich.

„Schwer zu sagen. Müsste ich sehen. Käme auf die Größe und den Aufwand der Installation an", antwortete er.

„Und wann könnten Sie sich das ansehen? Ich meine, bei den sommerlichen Temperaturen haben Sie sicher eine Menge zu tun", hakte sie nach.

Er lachte und schüttelte den Kopf.

„Nein, Nina, das war einmal. Ich bin nämlich seit über einem Jahr Rentner."

„Oh, das ist schlecht", fand sie jetzt und war ehrlich enttäuscht.

Er lächelte, schüttelte den Kopf und meinte dann: „Keine Panik, das bekommen wir schon irgendwie hin. Ich denke, wir schauen uns das erst mal an, und dann sehen wir weiter."

„Und wann ginge das ... also, mir wäre wirklich recht, wenn das ... sagen wir ... zeitnah gehen könnte", wollte sie vorsichtig wissen.

Er lachte, sah auf die Uhr an der Wand und seufzte: „Na, wenn es wirklich so dringend ist."

„Ist es", bestätigte sie.

Kapitel 9

Dienstag, 12. Juli 2016, 18:11 Uhr
Betzdorf – Feuerwache / Friedrichstraße

„Du hast dir jetzt nicht allen Ernstes eine Klimaanlage gekauft?", fragte Thomas, als sie den Wagen auf dem Hof der Feuerwache parkten.

„Klar, warum nicht? War gar nicht so teuer, wie ich gedacht hätte. Wenn alles klappt, installiert Herr Kipping sie uns schon am Donnerstag", freute Nina sich.

„Du weißt, dass die Dinger Strom brauchen?", fragte er und klang nun sehr besorgt.

„Echt, die brauchen Strom? ... und ich dachte immer, man befeuert die mit Holz", versuchte sie einen Witz.

Thomas verdrehte die Augen.

„Warum macht der Typ dir das überhaupt, ich dachte, der ist Rentner?"

„Ist er ja auch vom Alter her ... also ... zumindest fast ... er hat halt ... heftig reduziert, ist aber immer noch selbstständig. Is jetzt aber auch egal, weil ... jetzt müssen wir beide mal ein bisschen was tun. Wir sind ja nicht zum Spaß hier", beendete sie das Thema, stellte den Wagen vor dem Gerätehaus ab und stieg aus. Im offenen Tor zur Wagenhalle standen Michael Ruckes, Reiner Schmidt und Josef Kipping. Die Blicke der drei Feuerwehrleute klebten förmlich am Himmel über der Betzdorfer Innenstadt. Nina blieb bei ihnen stehen und sah ebenfalls nach oben. Doch da war nichts, wenn man mal von den sehr dunklen Wolken absah.

„Keine halbe Stunde mehr, dann geht's los", hörte sie Reiner sagen.

„Ähm, was geht los?", hakte sie nach.

„Na, das Unwetter", erklärte er und sah sie dann besorgt an.

„Na ja, wird ja auch Zeit, dass es mal regnet", erwiderte sie, da sie nichts Schlimmes daran finden konnte. Dann grüßte sie die anderen beiden und erkundigte sich, ob Wehrführer Oliver schon im Hause sei.

„Der müsste oben in der Leitstelle sein", antwortete Michael Ruckes knapp und zeigte hinter sich in die Halle. Nina wusste, wo sich die Leitstelle befand. Sie war schließlich nicht zum ersten Mal hier.

Oli hielt sich nicht allein in dem Raum mit den Computern und der Telefonanlage auf. Bei ihm war ein weiterer Feuerwehrmann, den sie jedoch lediglich vom Sehen her kannte.

„Hallo, Nina, da bist du ja", begrüßte er sie und deutete dann auf den zweiten Mann.

„Frank Bromberg kennst du?"

Nina nickte. Direkt gelogen war das ja auch nicht, da sie nun ja sogar den Namen von dem Mann wusste, der ihr aber wirklich nichts sagte. Oli widmete sich wieder einem der Computermonitore. Sie trat neben ihn und sah ihm über die Schulter. Auf dem Bildschirm war die Landkarte von Rheinland-Pfalz und Teile der angrenzenden Bundesländer zu sehen. Über diese Karte schob sich von Nordwesten her eine rot eingefärbte Wolke.

„Was soll das sein?", fragte sie und fügte dann noch belustigt hinzu. „Simuliert ihr da etwa die Wolke der atomaren Verseuchung im Falle eines nuklearen Erstschlages durch die Russen?" Neulich hatte sie im Fernseher eine Sendung gesehen, in der es genau darum gegangen war. Die Karte hatte ähnlich ausgesehen wie diese. Olis irritiertem Gesichtsausdruck entnahm sie jedoch, dass sie vermutlich völlig danebenlag.

„Nein, Nina, das da ist lediglich das Regenradar des Deutschen Wetterdienstes", erklärte er ihr und deutete auf den roten Fleck. „In Köln schüttet es in diesem Moment bereits wie aus Eimern."

Nina beugte sich vor, kniff die Augen zusammen und betrachtete den Film, der sich immer wiederholte. Die Männer draußen auf dem Hof fielen ihr wieder ein. Schoben die jetzt hier Panik wegen so ein paar Regentropfen?

„Na, was ihr immer habt. Es wird doch auch Zeit, dass es mal regnet. Ist ja auch gut für euch ... von wegen Waldbrandgefahr und so", fand sie deshalb.

Doch der Feuerwehrmann schüttelte den Kopf.

„Nee, nee, meine Liebe, so einfach ist das nicht. Das", er deutete auf den Bildschirm, „ist nämlich nicht nur ein bisschen Geplätscher, sondern ein ausgewachsenes Unwetter mit orkanartigen Böen, Hagel und Gewitter. Wenn es hier bei uns genauso schlimm kommt wie in Nordrhein-Westfalen, dann ist hier in spätestens einer halben Stunde der Teufel los."

Nina sah zu Thomas, der hektisch nach seinem Handy suchte. Er bemerkte ihren Blick.

„Ich ruf nur schnell meine Nachbarin an, damit die rüberrennt und bei uns die Fenster in der oberen Etage schließt", meinte er entschuldigend und verschwand dann telefonierenderweise über die Wendeltreppe nach unten.

„Hast du schon mal rumgehört, wer von euch alles am Samstagabend vor dem Brand bereits hier war", kam sie auf den eigentlichen Grund ihres Besuches zu sprechen.

Oli verdrehte sichtlich genervt die Augen und reichte ihr dann einige beschriftete Blätter Papier.

„Nina, ich sag es dir, ihr seid da vollkommen auf dem Holzweg. Das war keiner von den Kameraden", schnaufte er, während sie die Papiere überflog.

„Das eine ist eine Liste aller aktiven Kameraden, und die zweite ist die Liste derer, die am Samstag schon vor Mitternacht hier in der Feuerwehrwache waren", erklärte er.

Nina legte die Listen nebeneinander auf das Pult mit der Funkanlage und zählte die Namen durch. Bis auf neun Mann war der komplette Löschzug der Freiwilligen Feuerwehr an diesem Abend hier im Feuerwehrhaus gewesen. Das machte die Sache natürlich um einiges einfacher. Sie mussten sich jetzt also nur noch diese neun vornehmen und herausfinden, wo die in der fraglichen Zeit gewesen waren. Dies dürfte nicht allzu schwer werden.

„Wer von den neunen, die nicht da waren, ist denn noch nachher ... also ich mein ... erst nach der eigentlichen Alarmierung ... hinzugekommen?", hakte sie nach. Die Frage schien ihr mehr als berechtigt. Es hatte in der Vergangenheit in anderen Städten schon einige Fälle von Brandstiftung gegeben, in denen ein Feuerwehrmann den Brand gelegt hatte, um nachher mit seinen Kumpels selbigen wieder zu löschen. Sozusagen eine Arbeitsbeschaffungsmaßnahme für gelangweilte Feuerwehrmänner. Wenn der Täter also einer der Kameraden hier war, dann hielt Nina es für denkbar, dass derjenige auch beim Bekämpfen des Brandes mitgeholfen hatte. Ansonsten wäre das ja nur der halbe Spaß für den Täter.

„Nur Oli und Ralf Vogel", antwortete nun Frank Bromberg, der bisher noch gar nichts gesagt hatte.

Nina sah zu Oli, der zufrieden grinste.

„Ralf und ich waren beide auf der Party und sind gemeinsam hierhergefahren. Die anderen sieben sind oder waren zu diesem Zeitpunkt alle mit ihren Familien im Urlaub. Es ist schließlich Ferienzeit", erklärte er und schien sehr zufrieden mit sich.

Nina ließ die Papiere sinken. Sie kannte Oli schon seit Jahren und war sich sicher, dass der sie in einer so ernsten Angelegenheit nicht anschwindeln würde. Außerdem schien er sich auf ihren Besuch bestens vorbereitet zu haben. Vielleicht, so überlegte sie, weil er selbst sich seiner Sache auch nicht so sicher war. Vertrauen war gut, Kontrolle war besser. Wie hatte Oli noch heute Mittag gesagt: Für seine Kameraden würde er die Hand ins Feuer legen. Nina wusste nur zu gut, aus eigener Erfahrung, dass so eine Aussage auch schnell einmal zu imaginären Brandblasen führen konnte.

„Du kannst den Leuten nur bis vor den Kopf gucken", war einer von Thiels Lieblingssprüchen, und der traf es genau auf den Punkt.

Sie hielt Oli die Listen hin.

„Hä, was ist jetzt?", wollte der wissen.

Nina zuckte mit den Schultern.

„Nix is. Die Überprüfung ist hiermit abgeschlossen Ich brauch die nicht m...", ein gewaltiger Donnerschlag ließ sie vor Schreck zusammenfahren. Dann, wie aus dem Nichts, begann es draußen zu regnen und zu stürmen.

Die Bäume auf dem Hang gegenüber des Feuerwehrhauses bogen sich durch wie der Strandhafer auf den Dünen der Nordseeinseln. Sie trat bis dicht an die große Scheibe und zuckte zurück, als es grell blitzte und kurz darauf erneut krachte. Der Regen wurde

noch heftiger und dann prasselten die ersten Hagelkörner gegen die Scheibe.

*

Noch immer hockte er in seinem Wagen, den er nun
so geparkt hatte, dass er das Haus, in dem Valerie
Bromberg wohnte, genau im Blick hatte. Sehen konnte
er nicht viel. Der Regen und die Hagelkörner, die auf
die Windschutzscheibe prasselten, nahmen ihm die
Sicht. Er erkannte, dass in einem der Räume das Licht
angegangen war. Kein Wunder bei diesem Wetter.
Schon Minuten vor dem Beginn des Unwetters war es
ziemlich dunkel geworden.

„Bald, meine liebe Valerie, wirst du kein Licht mehr
benötigen", flüsterte er leise und sah sich in Gedanken
dabei, wie er ihre Augenlider mit einigen Stichen und
dem fast unsichtbaren Faden für immer verschloss. Es
war alles so unwirklich, stellte er zum wiederholten
Male fest. Anders als bei den anderen. Lag es daran,
dass sie noch lebte und ihre Vorgängerinnen bereits tot
gewesen waren? Ja, das konnte sein. Es fehlte ihm in
Anbetracht dieser Tatsache an der nötigen Vorstellungskraft.

Es gab die These, dass in dem Moment, in dem die
Seele den Körper verließ, dieser um einige Gramm
leichter wurde. Ob er die Seele der Toten wohl um sich
herum spüren würde? Das mit der Totenseele war so
eine Angelegenheit, über die er schon lange Zeit nachdachte. Schon früher hatte er öfter das Gefühl gehabt,
dass er bei seiner Arbeit nicht alleine war. Das häufig,
wenn er einen der Körper für die Ewigkeit zurecht-
machte, dessen Geist noch im Raum war. Nicht immer,
sondern nur manchmal. Bei Kirsten und auch bei Sonja

hatte er immer das Gefühl gehabt, dass sie nur zeit-
weise aus der Finsternis zusahen. Vielleichten kamen
und gingen die Geister ja, wie es ihnen beliebte? Wer
wusste das schon? Seine Hände umklammerten das
Lenkrad. Er musste ruhig bleiben und durfte nichts
überstürzen. Verflucht. Er benahm sich ja wie ein Kind
vor der Bescherung am Weihnachtsabend, wenn die
Ungeduld es fast auffraß! Ja, der Vergleich traf es ziemlich genau. Er war ungeduldig. Er wollte endlich wissen, wie es sein würde, ein Leben zu nehmen. Er
lauschte den Geräuschen in den Kopfhörern. Die Ab-
hörwanze in dem USB-Stick sollte laut den Angaben
des Herstellers etwa zweihundert Stunden senden
können, bevor die Batterie leer war. Ein Meisterwerk
der Technik, und nicht ganz billig. Die Reichweite lag
bei fünfzig Metern. Solche Geräte faszinierten ihn.
Schon immer! Als Kind hatte er Spion werden wollen.
Immer wieder hatte er Szenen aus den Agentenroma-
nen mit den Puppen seiner großen Schwester nachge-
spielt. Szenen, die er heimlich in den Erwachsenenro-
manen seines Vaters gelesen hatte. Auch er selbst
besaß mittlerweile eine beachtliche Sammlung dieser
Literatur. Heute, als Erwachsener, wusste er nun endlich, worin seine wahre Berufung lag. Angestrengt
lauschte er auf das, was im Haus vor sich ging, was in
Anbetracht des Hagels, der in dicken Körnern auf die
Frontscheibe prasselte, sehr schwierig war.

„Wir müssen unbedingt reden", hörte er sie plötzlich klar und deutlich und erschrak beinahe darüber.
Sie schien zu weinen ... oder täuschte er sich da?

„Nein, jetzt!", schrie sie nach einer kurzen Pause. Er
verstand, sie telefonierte. Begeistert hörte er ihrem Gespräch zu und ärgerte sich, dass er den anderen nicht
verstehen konnte. Dass sie mit einem Mann sprach,

war ihm schnell klar. Dass es sich nicht um ihren Ehemann handelte, auch. Er begriff plötzlich, worum es ging. Den Grund der Brände. Es war so einfach. Zitternd vor Aufregung notierte er die wenigen Fakten, die er dem Gespräch entnahm, auf einen Schreibblock. Ein Plan manifestierte sich in seinem Kopf. Er wusste jetzt, wann er sie holen würde. Dieser andere Mann würde auch dort sein. Ihn würde er jedoch lediglich bestrafen. Er war es nicht wert, dass er sich seinetwegen abmühte. Er sah auf seine Uhr. Es war fünf vor sieben am Dienstagabend. Hastig überschlug er die verbleibende Zeit in seinem Kopf. Noch genau einhundertundeine Stunde und fünf Minuten. Zeit genug, um alles vorzubereiten.

*

Hans Peter Thiel lauschte dem Gespräch der beiden Frauen schon eine ganze Weile. Er nahm jedes Wort wahr. Zumindest akustisch. Sein Verstand hatte allerdings ein wenig Mühe, die Worte von Inge und Alexandra in einen sinnvollen Zusammenhang zu bringen. Was er begriff, war, dass es ihn heftig erwischt haben musste. Direkt Schmerzen hatte er keine, doch sein Körper fühlte sich merkwürdig an. Nicht schwer und auch nicht leicht. Merkwürdig eben. Der Geschmack in seinem Mund war pelzig. Ja, genau, pelzig war das richtige Wort. Es schmeckte nämlich genauso, so, wie der Atem von Luzie, Alexandras Hund, roch. Hans Peter mochte den bekloppten Köter, obgleich der ihn anfangs gar nicht leiden konnte. Es dauerte eine Weile, bis sie beide endlich Freundschaft geschlossen hatten. Seitdem begrüßte das Hundchen ihn immer in der Weise, dass es sich auf die Hinterpfoten stellte, die

Vorderpfoten an seine Brust drückte und dann versuchte, ihn abzuknutschen. Er hatte keine Ahnung, was Alex und Thomas dem Tier als Futter gaben, doch der Mundgeruch des Vierbeiners war sehr fragwürdig. Genau wie der Geschmack jetzt in seinem Mund.

„Ich habe Durst", sagte er deshalb und war nun auch über seine Stimme sehr verwundert. Sie klang, gelinde gesagt, scheiße. Er öffnete die Augen und schielte zur Seite zu Inge, die aufsprang, etwas von dem Nachtschrank griff und es ihm an den Mund führte. Verdammt, ging es ihm wirklich so schlecht, dass er schon aus einer Schnabeltasse saufen musste? Doch das war jetzt wohl eher zweitrangig. Er musste etwas trinken. Egal wie. Beinahe gierig trank er das Wasser, Schluck für Schluck, bis nichts mehr kam. Wahrhaftig, eine Wohltat. Sein Kopf sank wieder fester in die Kissen. Dann sah er sich in dem Raum um. Er lag in einem Einzelzimmer. Um sich herum Unmengen von elektronischem Krimskrams.

„Was bin ich froh, dass du wieder wach bist, Liebling", hörte er Inge sagen und spürte, wie sie seine Hand drückte.

„Wie lange war ich denn ohnmächtig?", flüsterte er und glaubte dann, etwas wie zweieinhalb Tage zu hören. Was natürlich Quatsch war. Kein Mensch schlief zweieinhalb Tage! Er entdecke Alexandra, die am Fußende vor seinem Bett auf einem Stuhl hockte und Leah im Arm wiegte. Er versuchte, ihr zuzulächeln und zu winken, was auch einigermaßen gut funktionierte. Zumindest glaubte er dies. Seine Lebensgeister kehrten langsam zurück. Er vermutete stark, dass die ihm hier irgendwelche Drogen verabreicht hatten. Natürlich welche von den legalen ... das verstand sich ja von selbst.

„Inge, Liebes ... sag mal ... weißt du ... wo meine Zigaretten sind?", interessierte es ihn, da er jetzt, nachdem der pelzige Geschmack nachließ, auf einmal einen Mordsschmacht verspürte.

Inge antwortete nicht. Stattdessen starrte sie ihn an, als hätte er etwas sehr Dummes gesagt. Lallte er etwa?

*

„Hans Peter ist wieder vollkommen genesen", meinte Thomas, nachdem er die Nachricht gelesen hatte, die gerade auf seinem Telefon eingegangen war, und dabei breit grinste.

Nina sah ihn stirnrunzelnd an. Sie konnte sich nicht vorstellen, dass jemand, der am Sonntag am Herzen operiert wurde und seit zwei Tagen in einem komatösen Zustand schlummerte, plötzlich wieder vollkommen genesen sein konnte.

„Alex schreibt gerade, dass er deine Mutter eben nach seinen Kippen gefragt hat", erklärte Kübler.

Nina musste lächeln. Hans Peter und seine Zigaretten. Sie kannte kaum einen so penetranten Raucher wie ihn. Selbst im letzten Winter, wo er eine wirklich schwere Erkältung gehabt hatte, konnte er die Finger nicht von den Glimmstängeln lassen. Der würde sich noch als letzte Tat auf dem Sterbebett eine anstecken, wenn man ihn dann ließe.

Ninas Entschluss stand auf jeden Fall fest. Sie würde am Freitagnachmittag, wenn Feierabend war, ihre Klamotten packen und ihn besuchen fahren. Das war das Mindeste, was sie ihm schuldig war.

„Und was meinst du, hat einer von den Jungs hier was mit den Bränden zu tun?", wollte Kübler nun wissen. Nina drehte sich um und sah in die nun ziemlich leere Wagenhalle. Oli hatte recht behalten. Nur Minuten nachdem das Unwetter begann, war das Telefon in der Wache heiß gelaufen. Umgestürzte Bäume, ein Verkehrsunfall an der Steinerother Straße und einige vollgelaufene Keller. Bis auf einen Oldtimer-Feuerwehrwagen, der, wie sie wusste, nur zu besonderen Anlässen genutzt wurde, waren alle Fahrzeuge ausgerückt.

„Nee, Thomas, ich glaub nicht, dass die Jungs was damit zu tun haben. Augenscheinlich haben die auch alle ein Alibi."

Sie lehnte sich an die Wand und folgte Thomas' Blick nach draußen, wo das Mercedes-Coupé im strömenden Regen stand. Zum Glück hagelte es nicht mehr und auch der Wind war abgeflaut.

„Da hinten wird es schon wieder hell", meinte Kübler und deutete mit einer Kopfbewegung zum Horizont. Tatsächlich konnte auch Nina dort schon wieder einen hellblauen Streifen erkennen.

„Auf jeden Fall ist jetzt Feierabend", beschloss sie und sprintete dann durch den Regen zum Dienstwagen. Hatte sie bei ihrem Käfer eigentlich die Fenster hoch gekurbelt, als sie diesen auf dem Hof hinter der Wache abgestellt hatte? Sie seufzte. Nein, das hatte sie nicht. War aber vermutlich auch egal. Die Polster würden schon wieder trocknen. Sie wartete, bis Kübler eingestiegen war, startete den Motor und begann dann wieder die Melodie von California Dreaming zu summen.

„Ach, sag mal, was hat denn eigentlich der Sohn von dem ..."

„Den hab ich immer noch nicht erreicht. Da geht ständig der Anrufbeantworter an", fiel Thomas ihr ins Wort.

„Und, hast du wenigstens was draufgequatscht?",
fuhr sie ihn an, da es langsam nervte, dass sie diesen
Typen nicht ans Telefon bekamen.

Thomas sah sie streitlustig von der Seite an.

„Klar, hab ich ihm eine Nachricht hinterlassen ... ich
bin ja nicht blöde. Ich habe ihn höflichst gebeten, mich
auf meinem Mobiltelefon zurückzurufen."

„Auf Deutsch oder auf Englisch?", erkundigte sie
sich rein interessehalber.

„Beides", antwortete er trotzig.

„Sehr schön, Thomas, dann kann ja gar nichts mehr
schiefgehen", meinte sie wirklich ehrlich und trat das
Gaspedal des Sportwagens voll durch.

Kapitel 10

Mittwoch, 13. Juli 2016, 07:11 Uhr
Betzdorf / Bruche – Karl-Stangier-Straße

Nina konnte sich nicht daran erinnern, wann sie zuletzt so gut geschlafen hatte. Als sie gestern nach dem Regen nach Hause gekommen war, hatte sich die Temperatur in ihrer Wohnung merklich abgekühlt. Nun gut, dafür war die Bude nun klatschnass, weil, genau wie bei ihrem Auto, alle Fenster sperrangelweit offen gestanden hatten. Klaus war, als sie ihr Heim betrat, gerade dabei gewesen, die Pfützen im Wohnschlafraum aufzuwischen. Aber im Grunde war alles nur halb so wild. Ihrer Mama hatte sie später am Telefon allerdings nichts von den unerwarteten Wassereinbrüchen erzählt. Weshalb auch? Die würde sich nur wieder unnötige Sorgen machen, und es war ja auch eigentlich gar nichts passiert.

Hans Peter ging es tatsächlich besser. Er hatte sogar eine Kleinigkeit zu Abend gegessen. Außerdem maulte er ständig wegen seiner Zigaretten herum, was Inge, genau wie Thomas, als ein eher positives Zeichen sah. Geben würde sie ihm keine, da gab es gar keine Diskussion. Als Nina nun das Haus verließ, zeigte das Thermometer neben der Haustür frische zweiundzwanzig Grad. Sie breitete die beiden Badetücher doppellagig auf dem Vordersitz ihres Volkswagens aus, stellte die Jumbotasse mit dem selbst aufgebrühten Kaffee in die eigens zu diesem Zweck montierte Halterung neben dem Radio und startete den Motor. Gemächlich tuckerte sie dann die Karl-Stangier-Straße hinauf bis zu dem unförmigen Kreisverkehr, den man eigentlich eher als einen Eiverkehr bezeichnen konnte, und bog in die Burgstraße ab. Da sie noch nicht gefrühstückt hatte, entschied sie sich dafür, noch einen Abstecher zur Bäckerei Acher in der Viktoriastraße zu machen. Langsam rollte sie durch die verkehrsberuhigte Straße und stellte den Käfer in eine freie Parklücke ab, direkt vor der Praxis von Thiels Hausarzt Dr. Banzhaf. Die Viktoriastraße war eine der ältesten und, wie Nina fand, auch eine der hübschesten Straßen in Betzdorf. Leider war hier der Leerstand der diversen Läden aber auch am schlimmsten. Sie empfand es als äußerst schade, dass immer mehr kleine Geschäfte in den Innenstädten praktisch über Nacht verschwanden. Ein Phänomen, das es natürlich nicht nur in Betzdorf, sondern in fast allen deutschen Kleinstädten gab. Nina kaufte am liebsten vor Ort. Hier konnte sie die Ware in Ruhe ansehen, anfassen und gegebenenfalls anprobieren. Das ging im Internet nicht. Und wenn einmal etwas dran sein sollte, konnte man hingehen und sich direkt beschweren. Da sie die meisten Ladeninhaber zumindest flüchtig kannte, war dies auch gar kein Problem.

Der Duft nach frischem Brot und süßem Gebäck, der ihr entgegenschlug, als sie den Verkaufsraum der Bäckerei Acher betrat, war beinahe betörend.

Während sie wartete, bis sie an der Reihe war, besah sie sich die Auslage und lauschte dem Gespräch einer älteren Dame mit der Verkäuferin.

„Nebenan bei der alten Metzgerei sind ja jetzt nicht nur die Schaufenster, sondern auch die Eingangstür zugeklebt worden. Wird da etwa renoviert?", fragte die Ältere. Die Bäckersfrau zuckte mit den Schultern.

„Keine Ahnung, Frau Schmidt, ich weiß nur, dass der Laden und das Schlachthaus seit gestern wieder vermietet sind. Die Maklerin hat es mir erzählt, als sie gestern im Anschluss hier war, um sich einen Nougatring zu gönnen. Sie meinte, da zieht ein Künstler oder so ein."

Ninas Blick fiel nun automatisch auf die wunderhübschen Nougatringe, die dick mit Schokolade überzogen waren. Würde es schaden, wenn sie zusätzlich zu ihren Brötchen noch zwei Stück davon mitnahm? Ja, ihrer Linie vermutlich schon. Dennoch orderte sie, als sie an der Reihe war, das Gewünschte, und natürlich auch die zwei frischen Brötchen, deretwegen sie eigentlich hier war. Anschließend schlenderte sie weiter bis an die Ecke Kirchstraße zur Fleischerei Helmus. Auf ihrem Weg dorthin kam sie an der ehemaligen Metzgerei vorbei, die früher, genau wie der Bäcker, auch Acher geheißen hatte. Nina konnte sich nicht mehr erinnern, seit wann der Laden schon geschlossen war, aber es musste mindestens zwanzig Jahre her sein, seit hier das letzte Stück Fleisch über den Ladentisch gegangen war. Damals, in der Zeit vor den vielen Discountern, hatte es in der knapp einhundertfünfzig Meter langen Viktoriastraße sogar einmal ganze zwei Backstuben und zwei Fleischer gegeben. Das Versorgungszentrum der Stadt Betzdorf sozusagen, doch nur je einer der Läden hatte überlebt.

Sie blieb vor dem verlassenen Laden stehen. Ihr Blick fiel auf den Schriftzug über dem Schaufenster, der auch schon bessere Tage gesehen hatte. Die Scheiben selbst waren mit der Werbung eines Feinkostladens blickdicht beklebt worden, und auch die Eingangstür hatte jemand von innen komplett mit braunem Packpapier zugekleistert, sodass niemand in den

Verkaufsraum hineinsehen konnte. In der schmalen Einfahrt zum Hof, wo sich das ehemalige Schlachthaus befand, stand ein Mercedes Kombi älteren Baujahres mit geöffneter Heckklappe. Sollte sich hier etwa doch etwas tun? Sah fast so aus. Ein Künstleratelier in der Viktoriastraße? Warum nicht!

Beim Metzger Helmus an der Ecke erstand sie noch zwei frische warme Frikadellen. Das müsste jetzt für sie und Kübler zum Frühstück reichen. Schließlich sollte der ihr ja nicht vom Fleisch fallen, während er allein zu Haus war. Alex hatte Nina gestern am Telefon darum gebeten, sich um ihn zu kümmern. Das würde sie natürlich gerne tun.

Auf dem Rückweg zu ihrem Wagen blieb sie noch einmal kurz vor dem leeren Ladenlokal stehen. Der Mercedes in der Zufahrt zum Hof war nicht mehr da.

Im Korridor vor ihrem Büro kam ihr Kriminalrat Dirken entgegen.

„Ahhh ... guten Morgen, Frau Moretti, gut, dass ich Sie hier gerade antreffe", begrüßte er sie ebenfalls gut gelaunt und bat sie, um acht Uhr in sein Büro zu kommen, da dann der Experte aus Frankfurt auch da sei.

„Welcher Experte?", hakte sie ein wenig verwirrt nach.

„Na, der Experte für Thanatologie, den Doktor Wagner uns versprochen hatte", half Dirken ihr auf die Sprünge. Was ganz genau Thanatologie war, hatte sie bereits selbst im Internet recherchiert. Der Ausdruck stammte vom griechischen Thanatos ab und bezeichnete die Wissenschaft vom Tod, vom Sterben und der Bestattung. Dabei ging es nicht nur um die Einbalsamierung von Körpern, sondern auch um den Umgang mit der Trauer der Angehörigen. Eine sehr vielschichtige Wissenschaft. Dennoch war sie in ihrem Fall gespannt, für was so ein Experte wohl gut war und wie der ihnen weiterhelfen konnte. Überhaupt war es wirklich faszinierend, für was es alles Experten gab. Besonders bei den diversen TV-Sendern. Kaum dass es irgendein Unglück auf der Welt gab, krochen diese Typen aus ihren Löchern vor die Kameras und gaben ihr Fachwissen zum Besten. Wissen, das in den meisten Fällen jeder Viertklässler nur durch logisches Denken so wiedergeben könnte. Interessant wurde es, wenn zum Beispiel ein und derselbe Experte heute über ein Erdbeben, morgen über ein Zugunglück und übermorgen über einen Terroranschlag im Nahen Osten fachsimpelte und dabei minutenlang mit dem Reporter geschickt um den heißen Brei herumphilosophierte und gefährliches Halbwissen verbreitete. Na ja, Hauptsache, die Sender bekamen ihre Sendezeit voll.

„Ach ja, der Thanatologe", antwortete sie also und versprach, gleich in Dirkens Büro vorbeizuschauen.

Zu Ninas Verwunderung hockte Thomas schon an seinem Schreibtisch, als sie dessen Wirkungsstätte betrat, und kaute auf einer trockenen Scheibe Knäckebrot herum.

„Und, wie läuft es so, allein zu Hause?", erkundigte sie sich, legte ihre Einkäufe auf den Schreibtisch und setzte sich auf einen der Besucherstühle. Als sie mit diesem ein wenig nach vorne ruckeln wollte, hielt sie abrupt inne und starrte doch sehr überrascht auf die Hundeschnauze, die unter dem Schreibtisch hervorlugte.

„Was ist das?", fragte sie und zeigte auf die Mischlingshündin, deren Blick auf der Tüte mit Ninas Frühstück ruhte.

„Dieser Amerikaner hat angerufen", ging Thomas überhaupt nicht auf ihre Frage ein und legte das angefutterte Stück Knäcke auf die halb volle Packung neben seinen Monitor, als ob nichts wäre.

„Erde an Thomas ... hallo ... was macht der Köter hier?"

„Nix, der wartet auf Feierabend, genau wie ich. Ich kann ihn ja schlecht den ganzen Tag alleine zu Hause lassen. Das arme Vieh war gestern, als ich heimkam, total verstört. Die ist mir nicht mehr von der Seite gewichen ", meinte er.

Nina überlegte einen Moment. Da hatte Kübler ausnahmsweise tatsächlich mal recht. Er konnte das arme Tier wirklich nicht so lange alleine zu Hause lassen. Normalerweise würde Nina jetzt einen Spruch bringen wie: „so etwas muss man sich eben vorher überlegen, bevor man sich so ein Tier anschafft". Doch im Fall von Luzie ging das nicht, da sie selbst es damals gewesen war, die ihm den Hund elegant, über den Umweg Alexandra, untergeschoben hatte. Sie würde also auf Küblers Spielchen eingehen und einfach tun, als wäre das Hundchen gar nicht da, und fertig.

„Schön, Thomas, und was sagte der Ami jetzt so?", konterte sie daher, während sie die Tüte mit den Frikadellen aufriss und dann begann, eine davon aus der Aluminiumfolie zu befreien.

Thomas antwortete nicht, sondert stierte stattdessen auf das Frühstück.

„Sag mal, musst du hier jetzt essen?", maulte er, und sie konnte ihm deutlich ansehen, dass es ihm nur deshalb nicht behagte, weil ihm selbst das Wasser im Munde zusammenlief. Was ja aber kein Wunder bei seinem unausgewogenen Schwedenfrühstück war. Allein der Gedanke an ein unbelegtes Stück von diesem trockenen Zeug ... nee ... auf Knäckebrot gehörte Minimum ein Zentimeter Butter und noch einmal genauso dick Nutella, um es annähernd essbar zu machen.

Sie schob ihm den zweiten in Aluminium eingeschlagenen Hackfleischklops und eines der dazugehörigen Senftütchen hin.

„Ja, mein Lieber, muss ich. Ich soll aufpassen, dass du und deine Töle nicht verhungern. Und jetzt erzähl mal lieber, was dir dieser Typ aus Kalifornien so gesteckt hat."

Die Gesichtszüge von Thomas hellten sich schlagartig auf. Während sie aßen, berichtete er von dem Gespräch. Dieser Amerikaner, ... oder vielmehr dieser in Amerika lebende Deutsche, hatte erst kurz vor Mitternacht zurückgerufen. Wobei es zu dieser Zeit im Westen der USA ja erst einmal Nachmittag war.

Um das Haus kümmerte sich, wie Torsten schon vermutet hatte, ein Hausmeisterservice hier aus Betzdorf. Fragte sich nur, warum die sich nicht längst mal bei der Polizei gemeldet hatten, nachdem das Haus abgebrannt war. Mister Pastinak selbst war, laut seinen Angaben, zuletzt vor etwa zwölf Jahren in dem Haus gewesen. Als Thomas ihm erklärte, es sei bis auf die Grundmauern zerstört, versprach er lediglich, sich darum zu kümmern. Wie dieses Kümmern aussehen sollte, hatte er aber nicht gesagt.

„Du, dem war das völlig egal, dass die Bude abgefackelt ist", meinte Kübler und ließ ein kleines Stück seiner Frikadelle unter dem Tisch verschwinden.

„Vermutlich tut es ihm finanziell nicht sehr weh, dass sein Haus in Flammen aufgegangen ist", mutmaßte Nina, da sie sich nicht vorstellen konnte, dass der Mann, der sein Eigentum seit Jahrzehnten regelrecht vergammeln ließ, sehr daran hing.

„Er hat gemeint, dass er die schäbige Hütte nach dem Tod seines Vaters eh hätte verkaufen wollen, um sie loszuwerden. Das Haus habe für ihn keinerlei Nutzen, außer dass es Arbeit mache und Geld koste", bestätigte Kübler ihre Annahme.

„Hast du ihm von der Leiche erzählt?", wollte Nina wissen.

Thomas ließ sein Brötchen sinken und überlegte einen Moment.

„Ja, hab ich. Aber er hat da irgendwie gar nicht richtig drauf reagiert."

„Wie meinst du das?", hakte sie nach.

Thomas riss die Tüte mit den Nougatringen auf und grinste bei deren Anblick breit.

„Na ja, Nina ... also, wenn mich die Polizei anruft und mir erzählt, dass im Haus meines Vaters eine Leiche gefunden worden wäre ... da würde ich doch nachhaken, wer ... wie ... wo ... was. Aber der hat sich für meinen Geschmack ein wenig zu halbherzig dafür interessiert."

Nina ließ das Brötchen sinken und sah zum Fenster. Das war wirklich sehr merkwürdig.

„Sag mal, Thomas ... bist du sicher, dass der Mann, mit dem du telefoniert hast, wirklich in Amerika war? Ich meine, der hätte doch auch hier in einem Zimmer im Hotel Breidenbacher Hof oder sonst wo sitzen und dir einen Bären aufbinden können."

Thomas nickte schmatzend.

„Hab ich mir auch schon überlegt. Ich weiß aber nicht, wie wir das überprüfen sollen. Ich meine ...", er biss in den Nougatring und verdrehte begeistert die Augen. „Boah, ist das lecker ... also ... wir können ja schlecht bei der Polizei in Santa Monica anrufen und die fragen, ob sie nachsehen könnten, ob der Mister

Pastinak zu Hause ist. Laut der Nummer, die auf dem Display meines Telefons angezeigt wurde, kam der Anruf tatsächlich aus Los Angeles. Aber wenn er über Voice-over-IP angerufen hat, muss das nicht stimmen. Der könnte uns dann auch eine Nummer aus dem Kongo oder der Antarktis vorgaukeln. So etwas ist ja kein großes Ding."

Nina dachte nach. Sie mussten das abchecken, und das zügig. Klar könnten sie, oder vielmehr der Staatsanwalt, ein Amtsersuchen bei den amerikanischen Kollegen stellen. Dumm war nur, dass ein Bauchgefühl, wie in diesem Falle, nicht wirklich ausreichte, um Lambrecht davon zu überzeugen, diesen doch sehr komplizierten Verwaltungsakt loszutreten. Wenn sie etwas Hieb- und Stichfestes in der Hand hätten, sähe das natürlich anders aus.

„Kennen wir jemanden, der drüben wohnt oder da gerade Urlaub macht?", überlegte sie laut.

Thomas grübelte erneut ziemlich lange, begann dann zu lächeln und nickte.

„Ja klar, kenne ich da einen ... oder vielmehr eine", antwortete er schließlich.

„Ähm, und wen?"

„Iris Hubertus, 'ne ehemalige Freundin meiner großen Schwester. Die ist mit einem amerikanischen Soldaten verheiratet, der längere Zeit in Deutschland stationiert war", berichtete er.

„Und wie gut kennst du die?", hakte Nina nach.

Thomas wackelte mit dem Kopf hin und her und grinste verlegen. Das war nicht gut. Er kannte sie also vermutlich nur eher flüchtig.

„Okay. Thomas, häng dich da dran. Ich fahr in der Zeit mal zu diesem Hausmeisterservice und rede mit denen", beschloss sie.

„Musst du nicht erst noch zu Dirken?", fragte er zurück.

„Ach so ... ja ... da war ja noch was", fiel ihr ein. Dann griff sie sich den verbleibenden Nougatring und ging hinüber in ihr Büro.

*

Er lag gut in der Zeit. Alles lief nach Plan. Die halbe Nacht hatte er damit verbracht, das alte Schlachthaus zu entrümpeln, die Fenster blickdicht zu machen und den Kühlraum wieder in Gang zu bringen. Die Technik war alt, hatte die langen Jahre, in denen die Metzgerei leer stand, aber beinahe schadlos überstanden. Es war nicht schwer gewesen. Gelernt war eben gelernt. Technische Dinge hatten ihm schon immer gelegen. Er sah auf seine Uhr, auf der seit gestern ein Countdown lief. Es waren exakt noch achtundachtzig Stunden, sieben Minuten und zweiunddreißig Sekunden bis Mitternacht am kommenden Samstag. Valerie Brombergs Lebensuhr lief langsam, aber stetig ab. Doch es würde weitergehen für sie. Der Tod war nicht das Ende. Er nahm nur den Kummer und den Schmerz. Sie selbst hatte noch eine Aufgabe. Sie würde sein Meisterwerk werden. Mehr noch ... er hatte sie als seine Gefährtin ausgewählt. Doch wie gesagt, bis dahin gab es noch einiges zu erledigen. Mit Bedacht schnürte er sein Schuhwerk, griff sich die Wagenschlüssel und sah noch einmal in den Spiegel, bevor er seine Wohnung verließ.

*

Hans Peter ging es einigermaßen gut ... zumindest unter diesen Umständen. Vor etwa einer Stunde hatten sie ihn in ein neues Zimmer auf eine andere Station verlegt. Hier gab es bei Weitem nicht mehr so viele Apparate wie in dem vorherigen Raum, und an den Wänden hingen sehr hässliche Gemälde. Kunst war eben auch nur eine Frage der Auffassung. Es gab nur ein Bett, und das war seines. Gut so! Er hatte keine Lust darauf, sich ein Zimmer mit nörgelnden Rentnern zu teilen, die ihm den ganzen Tag von ihren Zipperlein erzählen wollten. Es war das erste Mal, dass er es so richtig zu schätzen wusste, ein Privatpatient zu sein. Da hatte man wenigstens seine Ruhe. Das Frühstück, das ihm eben ein Zivi gebracht hatte, war einigermaßen erträglich gewesen, und so fehlte ihm nur noch eines zu seinem Glück ... eine anständige Zigarette. Es klopfte an der Tür und noch bevor er ‚Herein‘ sagen konnte, wurde dieselbige aufgerissen.

„Hallo, Herr Thiel. Alles in Ordnung? Hat es geschmeckt?", quasselte ein langhaariger Zausel mit Zopf und im blauen OP-Hemdchen sofort los. Dabei sah er ihn fragend an. Es musste hier vermutlich so etwas wie ein Zivi-Nest geben, aus denen diese Bundeswehrverweigerer krochen. Wobei ... war da nicht letztens was gewesen, dass die in Berlin es hatten abschaffen wollen? Egal ... es hatte noch keinem jungen Mann geschadet, gedient zu haben. Da hätten sie auch diesem Bürschlein hier Ordnung und Anstand beigebracht. Und ihm natürlich auch eine ordnungsgemäße Kurzhaarfrisur verpasst.

„Na ja, der Hunger treibt es rein, wie man so schön sagt. Sie können den Rest aber mitnehmen", erklärte er dem langhaarigen Jüngelchen.

„Ja, dann mach ich das doch mal. Kann ich sonst noch etwas für Sie tun?", antwortete das Bürschlein und klang dabei sehr schnippisch. Thiel schüttelte den

Kopf und verneinte. Der Zivi schnappte sich das Tablett, das noch immer vor Thiels Bauch auf dem Nachttisch stand, und klappte die ausziehbare Tischplatte dann mit einem lauten Knall zusammen.

„Jungchen, wenn ich es mir recht überlege ... du könnest tatsächlich doch noch etwas für mich tun", schnarrte Hans Peter. Seine Stimme hörte sich immer noch an, als habe er eine schwere Erkältung. Angeblich kam das von dem Schlauch, den sie ihm zum Beatmen in den Rachen geschoben hatten.

„Okay, Herr Thiel ... und das wäre?", fragte der Zivi gut gelaunt.

„Besorg mir doch bitte mal eine Schachtel Zigaretten und ein Feuerzeug", äußerte er seinen Wunsch.

Das Jüngelchen hielt in seiner Bewegung inne und grinste blöde.

„Ich befürchte, das kann ich nicht machen, Herr Thiel", antwortete er und Hans Peter war noch nicht einmal verwundert darüber. Mit ein wenig Gegenwehr hatte er gerechnet. Er deutete auf den Kleiderschrank, in dem sich seine Habseligkeiten befanden.

„Doch, mein Junge, das kannst du. Da im Schrank ist mein Portemonnaie drin. Da nimmst du dir jetzt zwanzig Euro raus, gehst zum nächsten Kiosk, holst mir eine Schachtel Kippen und ein Einwegfeuerzeug, und den Rest, den kannst du dann behalten", machte er ihm ein, wie er fand, sehr faires Angebot. Doch der Bengel schüttelte einfach nur seinen langhaarigen Schädel.

„Nein, Herr Thiel. Tut mir wirklich leid. Aber Zigarette ist hier nicht!"

Hans Peter verstand. Doch wenn er eines im Leben gelernt hatte, dann war es das, dass man alles für den richtigen Preis bekam.

„Okay, pass mal auf. Ich leg noch mal zwanzig drauf und wir sind im Geschäft. Was meinst du? Ist doch für so einen Zivi wie dich bestimmt eine Menge Kies."

Das Jüngelchen begann zu lachen und schüttelte den Kopf.

„Keine Chance, Herr Thiel, auch nicht für einen Hunderter."

An der Tür zum Flur drehte er sich noch einmal um.

„Ach, übrigens, Sie müssen mich nicht immer ‚Jungchen' oder ‚Jüngelchen' nennen. Mein Name ist Andreas. Doktor Andreas Langbold. Und sollte ich erfahren, dass Sie versuchen, eine der Schwestern oder einen Pfleger zu bestechen, verpetze ich Sie bei Ihrer Frau. Die hatte mich nämlich schon vorgewarnt", meinte er grinsend und verschwand mit dem Tablett in der Hand im Flur.

Hans Peter merkte, wie sich sein Pulsschlag leicht erhöhte. So ein mieser kleiner Mistkerl. Wer zum Teufel hatte diesem Schnösel denn einen Doktortitel verpasst?

*

Einen Fachmann für den Tod hatte Nina sich irgendwie anders vorgestellt. Allein schon optisch. Vielleicht so ein bisschen wie diese *Men in Black* im Fernseher, mit schwarzem Anzug, weißem Hemd und einer coolen, schwarzen Sonnenbrille. Aber nein, der Typ Anfang dreißig mit den kurzen Haaren sah sogar irgendwie ziemlich normal aus. Kein Vergleich zu Will Smith und den Jungs in dem Kinofilm. Er trug Jeans, dazu ein kurzärmeliges blau kariertes Hemd und Turnschuhe. Er sprach deutsch ohne Akzent, obwohl sein Name, Igor Petrov, irgendwie nach Osteuropa klang.

„Hatten Sie denn schon die Gelegenheit, die beiden toten Frauen zu sehen?", erkundigte sich Nina, nachdem die Vorstellrunde beendet war.

Igor Petrov schüttelte den Kopf.

„Nein, Frau Moretti, ich kenne bisher nur die Fotos, die mir Herr Kriminalrat Dirken gezeigt hat."

„Ich denke, es ist das Beste, Sie fahren mit Herrn Petrov zur Gerichtsmedizin und holen das nach, Frau Moretti. Sie könnten sich bei dieser Gelegenheit auch direkt bei Herrn Doktor Wagner über die Obduktionsergebnisse informieren lassen", schlug Dirken vor.

Nina schluckte. Das fehlte ihr noch, dass sie jetzt auch noch mit diesem Experten in die Pathologie fahren sollte.

„Ich habe gleich noch einen Termin, Herr Dirken, vielleicht könnte Herr Kübler mitfahren", schlug sie daher vor. Bei Thomas hatte sie so manches Mal das Gefühl, dass der die Betriebsausflüge zu den Leichenfledderern sogar noch genoss.

Knapp zehn Minuten später rollte sie gemeinsam mit Igor Petrov in Küblers Dienstwagen vom Hof. Dirken hatte darauf bestanden, dass sie mitfuhr. Nun gut. Er war der Chef und entschied, was sie zu tun hatte.

„Wie wird man Thanatologe?", fragte sie geradeheraus, als sie sich in den fließenden Verkehr am Siegkreisel einordnete.

„Eigentlich bin ich gelernter Konservator, Frau Moretti, genau wie zuvor mein Vater und mein Großvater", erklärte er.

Nina war sehr erstaunt.

„Ach so, eine eher familiäre Geschichte. Und wie wird man dann vom Konservator zum Thanatologen?", hakte sie weiter nach, hörte aber dann geduldig zu.

Wie vermutet, stammte Igor tatsächlich aus Russland, genau genommen, direkt aus Moskau. Sein Vater war einer der Konservatoren am Lenin-Mausoleum, an dem auch Igor seine Laufbahn begonnen hatte. Nina musste zugeben, dass die beinahe einstündige Fahrt zur Pathologie sehr informativ gewesen war. Nie hätte sie geglaubt, dass der Aufwand, den die Russen um ihren Lenin betrieben, so riesig war. Ganze Heerscharen von Wissenschaftlern und Restauratoren kümmerten sich um den Erhalt des Revolutionsführers. Dabei war Lenin nicht die einzige Leiche dort. Nein, weit gefehlt. Wer genug Geld besaß, konnte sich dort ebenfalls einbalsamieren lassen. In den Neunzigern, kurz nach der Perestroika, waren dies in erster Linie Angehörige der Mafia und andere Gauner gewesen. Heute beschäftigte sich das Institut unter dem Roten Platz hauptsächlich mit der Restauration von Mumien aus dem Altertum, eine, wie Nina fand, sehr vernünftige Sache. Die Arbeit für die Forschung war zumindest besser als ... na ja ... als das Fleddern der Neuzeittoten.

Doktor Sebastian Wagner erwartete Nina und ihren Gast in einer Kühlkammer neben dem Sezierraum. Nina hielt sich im Hintergrund, während Wagner und Igor Petrov die beiden toten Frauen gemeinsam untersuchten und die Obduktionsergebnisse durchgingen. Die Männer waren sich einig, dass in beiden Fällen der gleiche Konservator Hand angelegt hatte. Das erste Mädchen, die Tote, die sie erst gestern Morgen exhumiert hatten, musste bei ihrem Ableben, genau wie Sonja Ludovic, Anfang bis Mitte zwanzig gewesen sein. Todesursache war, laut Doktor Wagner, eindeutig ein Hirntumor. Er schätzte außerdem, dass sie zum Zeitpunkt ihrer Beisetzung schon mehrere Jahre tot war. Der Zustand der Gefäße ließ darauf schließen, dass sie sogar einmal für längere Zeit eingefroren gewesen sein musste.

„Und warum macht sich dieser Irre so viel Arbeit mit dem Mädchen und legt sie dann in den Sarg der anderen, damit sie begraben wird?", wandte Nina irgendwann ein.

Igor Petrov sah sie so erstaunt an, als habe sie etwas sehr Dummes gesagt.

„Vermutlich, weil er mit seinem Ergebnis nicht zufrieden war, Frau Moretti", meinte er dann und deutete auf die Füße der Mumie.

„Sehen Sie nur einmal hier, wie kaputt das Gewebe ist. Die Verwesung muss schon eingesetzt haben, als der Thanatologe seine Tätigkeit begonnen hat. Es ist sehr schwierig, sie in einem solchen Stadium noch umzukehren. Noch schlimmer ist es, wenn die Muskeln, wie in diesem Fall, schon einmal eingefroren waren. Der Frost zerstört die Kapillaren, sodass die konservierende Flüssigkeit sich nicht mehr überall verteilen kann. Sehen Sie zum Beispiel hier ...", er deutete auf eine Stelle an den Oberschenkeln, doch Nina unterbrach ihn.

„Herr Petrov, so genau wollte ich es jetzt gar nicht wissen. Ich denke, Sie machen hier mit Doktor Wagner alleine weiter, und ich gehe derweil einige Besorgungen machen", erklärte sie und wandte sich an Doktor Wagner. „Sebastian, was schätzen Sie, wie lange Sie noch benötigen?"

Wagner zuckte mit den Schultern. „Keine Ahnung, Nina, aber gehen Sie ruhig, ich melde mich kurz telefonisch, wenn wir so weit sind."

Nur Sekunden später trat Nina durch die Außentür des Instituts ins Freie. Verdammt, war ihr flau im

Magen. Vielleicht hätte sie den Nougatring zum Frühstück doch besser weglassen sollen. Jetzt brauchte sie erst mal einen starken Kaffee. Wobei ... ein Schnaps würde vielleicht auch nicht schaden. Nur blöd, dass sie noch Auto fahren musste.

Kapitel 11

Mittwoch, 13. Juli 2016, 11:42 Uhr
Betzdorf – Struthof

Torsten Liebig war erstaunt, wie wenig er doch im Grunde über seine Nachbarn wusste. Es hieß ja immer, dass in so einem kleinen Städtchen wie Betzdorf jeder jeden kannte. Doch das war vollkommener Käse. Er wohnte jetzt seit ungefähr vier Jahren hier in dem kleinen Häuschen am Struthof und kannte die meisten seiner Nachbarn noch nicht einmal vom Sehen. Gut, er ging morgens immer recht früh zur Arbeit und kam auch schon mal sehr spät nach Hause. An den freien Tagen waren er und Heike oft an der Mosel, wo ihr Vater, der Oberstaatsanwalt, ein wunderschönes altes Weingut besaß. Seit zwei Stunden klapperte Torsten jetzt Haus für Haus ab und vernahm jeden, den er antraf. Das waren allerdings wesentlich weniger als erhofft. Bei den meisten Häusern machte niemand auf. Auch klar, vermutlich waren die Leute, wie es sich gehörte, bei der Arbeit. Er holte noch einmal tief Luft, ging dann auf die nächste Haustür zu, klingelte und wartete geduldig. So ein bisschen kam er sich hier vor wie ein Hausierer. Als er ein weiteres Mal klingeln wollte, wurde die Tür geöffnet. Er hielt seinen Ausweis hoch und zeigte ihn der älteren Dame, die ihn durch den Türspalt neugierig musterte.

„Guten Tag, Frau May, mein Name ist Oberkommissar Torsten Liebig von der Kriminalpolizei. Ich würde Ihnen gerne einige Fragen bezüglich des Brandes am letzten Wochenende stellen", trug er sein Anliegen vor.

„Ach, Herr Liebig ... natürlich ... entschuldigen Sie. Ich hätte Sie beinahe nicht erkannt", antwortete das Mütterchen mit der unmodernen Kittelschürze. Die Türe schloss sich für einen Moment, das Rasseln der Sicherheitskette war zu hören, dann wurde breit geöffnet. Frau May war eine der Nachbarinnen, die Torsten zumindest vom Sehen her kannte. Gelegentlich sah man sie mit ihrem Gehstock die Straße auf und ab spazieren. Gesprochen hatte er mit ihr noch nie. Wenn er sie mal auf der Straße sah, winkte er, wie bei vielen der anderen, lediglich knapp, nickte freundlich oder sagte auch schon mal Guten Tag, Guten Morgen oder Guten Abend. Was man ja nicht wirklich als eine Konversation bezeichnen konnte. Er würde Frau May auf Mitte bis Ende siebzig schätzen. Vielleicht auch älter. Ihre recht dünnen ergrauten Haare, die sie draußen bei ihren Spaziergängen meist unter einer Wollmütze verbarg, wirkten ein wenig wirr. Sie trug, wie gesagt, eine dieser Kittelschürzen, so wie die, die seine Oma früher in den Siebzigerjahren immer angezogen hatte. Überhaupt erinnerte die Seniorin ihn ein wenig an seine schon lange verstorbene Großmutter.

„Das ist ja einmal eine Freude, dass Sie mich besuchen, Herr Liebig. Ich hatte schon gehört, dass Sie bei der Polizei sind", wusste Frau May und bedeutete ihm, einzutreten und ihr zu folgen. Es roch würzig nach gekochtem Gemüse und Fleisch. Torsten tippte auf einen Eintopf. Er mochte Eintöpfe in fast allen Variationen, so wie seine Mutter sie immer gemacht hatte. Am liebsten den mit Graupen und Trockenpflaumen. Beides konnte Heike aber dummerweise gar nicht ab, weshalb es so etwas bei ihnen zu Hause leider nicht gab. Er folgte Frau May in die große Küche, wo sie ihm einen Platz am Tisch anbot. Torsten sah sich um. Dies alles hier war für ihn so etwas wie eine Zeitreise. Die alte Frau, der Geruch, die unmodernen Möbel aus dem letzten Jahrhundert und die Tapeten aus den Siebzigern. Erinnerungen an seine Kindheit kamen auf. Sein Blick fiel auf den Herd, auf dem ein einzelner großer Topf vor sich hin köchelte. Er überlegte kurz, ob so ein Eintopf überhaupt in die Jahreszeit passte. Vermutlich nicht. Bei seiner Oma zumindest hatte es so etwas nur im Winter gegeben. Dennoch bekam er gerade einen Mordsappetit darauf.

„Eine schlimme Sache, das mit dem Feuer bei den Wesslers", meinte sie und setzte sich ihm gegenüber an den Tisch.

„Bei den Wesslers?", hakte er nach, da er nicht wusste, wer das sein sollte.

„Ja, natürlich ... Wessler ... die haben da früher gewohnt. Die Älteste, die Rosa, die hatte ja dann das Haus übernommen, nachdem sie diesen ...", sie überlegte einen Moment, bevor sie fortfuhr, „... diesen Pastinak geheiratet hatte."

Torsten nickte und fragte dann weiter, was ihm von den jüngeren Leuten in der Straße niemand hatte sagen können.

„Kannten Sie die Wesslers ... oder vielmehr die Pastinaks näher? Was waren das für Leute?"

Frau May zuckte mit den Schultern.

„Die waren ganz normal. Der alte Wessler ... also Rosas Vater ... der war bei der Eisenbahn. Ich glaube sogar, der war Lokführer ... oder war der doch Schaffner? Also, so genau weiß ich das nicht mehr. Der Pastinak auf jeden Fall ... der war nicht von hier. Der kam damals von Krupp aus dem Ruhrpott und hat dann hier bei der Bergbauverwaltung gearbeitet. Ein sehr feiner Herr. Als der dann wieder zurück ins Ruhrgebiet versetzt wurde, sind sie und die Kinder mitgegangen. Die waren dann nur schon mal in den Ferien hier. Allein wegen der Luft da im Pott. Die ist ja ganz fürchterlich", erzählte sie und winkte dann aber ab. „Herr Liebig ... das ist aber schon lange her, dass die mal hier waren. Ich kann mich schon gar nicht mehr richtig an die Gesichter erinnern. Außer an den Helmut Pastinak, den Sohn, den hab ich das letzte Mal gesehen, als unsere Kirsten beerdigt wurde", berichtete sie und sah dann nachdenklich auf ein gerahmtes Foto, das neben einer brennenden Kerze auf einer altertümlichen Kommode stand. Torsten folgte ihrem Blick und betrachtete das Foto. Ein blondes Mädchen lächelte freundlich in die Kamera.

„Ihre Tochter?", fragte er.

Frau May nickte versonnen.

„Ja, unsere Kirsten. Nächste Woche Samstag, am dreiundzwanzigsten, wäre sie sechsunddreißig geworden. Sie war ein Nachzügler, unser Nesthäkchen. Meine beiden Jungs, müssen Sie wissen, sind schon fünfzig und einundfünfzig. Enkel hab ich ja noch keine."

Torstens Augen hafteten an dem Bild.

„Darf ich sie mir mal näher ansehen? Vielleicht kannte ich sie ja?", fragte er leise.

Frau May stand auf, nahm das Foto und reichte es ihm. Torsten war sich sicher, das Mädchen noch nie zuvor gesehen zu haben. Doch etwas anderes irritierte ihn und brachte ihn auf einen sehr absurden Gedanken.

„Woran ist sie gestorben?", erkundigte er sich sehr vorsichtig.

„Sie hatte einen Tumor im Kopf. Als es bemerkt wurde, war es schon zu spät. Er konnte nicht mehr operiert werden", schluchzte sie.

„Und wann war das ungefähr? Wie lange ist sie schon ..."

*

Es war schon Nachmittag, als Nina zurück auf den Parkplatz der Kriminalinspektion fuhr. Igor Petrov hatte sie bereits vor einigen Minuten am Bahnhof abgesetzt. Es war, das musste sie zugeben, trotz ihrer anfänglichen Bedenken und der elendigen Wartezeit vor der Gerichtsmedizin, ein sehr informativer Vormittag gewesen. Sie musste an Küblers Worte bei der Dienstbesprechung am Dienstag denken. „Der Täter hat die erste Leiche wie Sperrmüll entsorgt, da er sie nicht mehr wollte, weil sie nicht mehr seinen Vorstellungen entsprach."

Igor Petrov sah dies nach eingehender Untersuchung der sterblichen Überreste ähnlich. Bei der Konservierung des ersten Opfers hatte der Unbekannte eklatante Fehler gemacht. Petrov und Wagner gingen davon aus, dass die Tote nach ihrem Ableben zuerst einmal für längere Zeit sehr unfachmännisch eingefroren worden war. Es schien fast, als hätte der Täter an ihr geübt, seine Fehler erkannt und versucht, es bei der zweiten Leiche dann besser zu machen. Für Nina waren dies alles sehr schaurige Gedanken. Was gab es doch einmal für kaputte Typen auf dieser Welt? Das Schlimmste war, dass man es den richtig Gestörten noch nicht einmal ansah, wenn man ihnen gegenüberstand. Die, die augenscheinlich einen an der Waffel hatten, waren im Grunde meist ungefährlich und oft

158

sogar sehr sympathisch. Wie oft hatte sie schon mehrfachen Mördern gegenübergesessen, die in ihrem Leben locker als Schwiegermuttis Liebling durchgegangen waren. Menschen, denen man nie etwas Schlechtes zugetraut hatte. Sie stellte Küblers Dienstwagen direkt neben ihrem Käfer ab und machte sich auf den Weg in ihr Büro. Bereits im Treppenhaus begegnete sie Torsten Liebig.

„Nina, ich hab was Neues. Du musst dir das unbedingt mal ansehen", berichtete er und klang dabei sehr euphorisch.

Sie folgte ihm ins Büro von Kübler, der wie am Morgen an seinem Schreibtisch saß, auf den Monitor stierte und an einem Stück Knäckebrot herumnagte.

Hinter dem Schreibtisch, unterhalb des geöffneten Fensters, lag vollkommen reglos Mischlingshündin Luzie und streckte alle viere von sich. Nina ging näher an das Tier heran und betrachtete es genauer. Die Hündin öffnete ein Auge, schielte sie an und begann dann mit dem Schwanz zu wedeln. Wobei Wedeln jetzt nicht richtig war ... es war mehr ein Klopfen auf den Boden. Nina bückte sich, kraulte das Tier hinter den Ohren; eine Geste, die den Klopfrhythmus beschleunigte, und setzte sich dann auf einen der Besucherstühle. Torsten sah zu dem Hund und schien offensichtlich sehr amüsiert.

„Wusste gar nicht, dass wir hier bei der Kripo jetzt eine eigene Hundestaffel haben", meinte er und ließ sich neben Nina auf den zweiten Stuhl sinken. Thomas verdrehte genervt die Augen und nagte weiter an der Scheibe Brot.

„Das ist Kirsten May", sagte Torsten, zog ein Foto aus einer Aktenmappe und hielt es Nina hin.

Sie betrachtete das Bild einen Moment.

„Hat ein klein wenig Ähnlichkeit mit Sonja Ludovic. Haarfarbe, Frisur, Augen", stellte sie fest, da sie glaubte, dass Torsten exakt darauf hinaus wollte.

„Genau, das war auch mein erster Gedanke, als ich das Bild sah. Kirsten hat damals nur drei Häuser entfernt von dem abgebrannten Haus am Struthof gewohnt. Quasi direkt in der Nachbarschaft. Sie ist im Mai 2004 ziemlich unerwartet an einem Hirntumor verstorben", berichtete er.

Nina spürte bei Torstens Worte ein Kribbeln am ganzen Körper und schüttelte sich.

„Doktor Wagner hat mir vorhin in der Gerichtsmedizin unterbreitet, dass die Tote, die wir auf dem Friedhof exhumiert haben, an einem Tumor im Kopf verstorben ist", brachte sie ihr Wissen ein.

Torsten strahlte.

„Das is es, Nina, das is es! Die Mumie aus dem Grab von Sonja Ludovic ist Kirsten May, die Tochter meiner Nachbarin Frau May", triumphierte er.

Nina musste zugeben, dass sie dies ähnlich sah. Doch sie brauchten einen Beweis für diese These. Sehr merkwürdig fand sie allerdings die räumliche Nähe zwischen den beiden Frauen. Drei Häuser zwischen dem einstigen Wohnort der einen und dem Fundort der zweiten. Ein Schelm, wer Böses dabei dachte. Vielleicht sollten sie sich erst einmal auf das Umfeld, sprich die Bewohner der Straße, beschränken.

„Hast du gerade gesagt, dass diese Kirsten bereits im Jahre 2004 gestorben ist?", fragte Kübler indes und kräuselte die Stirn.

Nina wusste genau, was er meinte. Sie überschlug die Jahre und rechnete nach, doch Thomas war schneller.

„Ihr lieben Leute, das wäre ja dann schon über zwölf Jahre her ... und würde heißen ... dass er sie ziemlich genau zehn Jahre aufbewahrt haben müsste. Wie soll denn das gehen?", wandte er sichtlich erschüttert ein.

„Indem er sie zuerst eine Zeit lang eingefroren hat, bevor er sie präparierte", ließ Nina die Kollegen an ihrem neu erworbenen Wissen teilhaben.

„Eingefroren?", hakte Kübler angewidert nach.

Nina nickte.

„Klar, das hat die Obduktion eindeutig ergeben. Die erste Tote muss ziemlich lange eingefroren worden sein. Ihre Haut zeigte eindeutig so etwas wie ...", Nina zögerte einen Moment, weil der Gedanke sie derartig abstieß, „na, sie hatte schon Gefrierbrand."

Thomas schluckte, legte das angenagte Brot zurück auf die fast leere Tüte und flüsterte: „Boah, Leute, da vergeht einem wirklich der Appetit."

„Die Mutter von Kirsten hat mir eine DNA-Probe von sich selbst und eine Haarsträhne ihrer Tochter als Vergleichsprobe gegeben. Ich schick das gleich mal in die KTU, damit die das mit der DNA unserer Toten abgleichen. Dann werden wir wissen, ob es sich um Kirsten handelt", meinte Torsten Liebig, unbeirrt von Thomas' Äußerung.

„Und was machen wir dann?", fragte Kübler und sah sie beide an.

„Dann werden wir die Exhumierung von dieser Kirsten May beantragen und inständig hoffen, dass wir in ihrem Grab nicht noch eine weitere Tote finden", sagte Nina das, was sie gerade dachte, und diesmal war es Torsten, der das Gesicht verzog.

Dann erklärte er ihnen mit knappen Worten, was er sonst noch bei der Befragung seiner Nachbarn herausgefunden hatte. Viel Neues war nicht dabei.

„Was ist mit deinem Kontakt in den Staaten, hast du diese Freundin erreicht?", wollte Nina wissen, als Liebig das Büro verlassen hatte.

„Ähm, nee, aber meine Schwester Babsie hat mir eben ihre Telefonnummer und die Adresse gemailt."

„Und – auf was wartest du dann noch?", drängelte sie und bemerkte seinen Blick auf die Uhr.

„Da ist es jetzt gerade kurz nach sechs Uhr morgens", nörgelte er.

„Na ja, dann geht es doch. Allemal Zeit zum Aufstehen", fand Nina.

*

Iris Miller legte den Telefonhörer auf, sah durch das Fenster hinaus auf die Kleinstadt am Fuße des Hügels und gähnte. Hinter den Dächern von San Clemente erstreckte sich bis zum Horizont der Pazifische Ozean. Das Wasser schimmerte herrlich blaugrün in der Morgensonne. Iris liebte diese unendliche Weite des Ozeans. In ihrer alten Heimat, dem Westerwald, guckte man immer nur gegen den nächsten Berg oder Hügel, dennoch fehlte er ihr gelegentlich. War das eigentlich gerade wirklich passiert? Vielleicht träumte sie ja noch. Genau, dies alles war ein blöder, doofer Traum. Zumindest war es anders nicht zu erklären, dass morgens um zehn nach sechs Thomas Kübler, der kleine Bruder ihrer Freundin Barbara, anrief und sie bat, einen Typen in L.A. für die Kripo in Betzdorf aufzusuchen. Sie rieb sich den Schlaf aus den Augen, trottete in die Küche und setzte einen Kaffee an.

„Guten Morgen, my Sunshine", hörte sie die Stimme von Simon, ihrem Mann, der, wie so oft hier, zu Hause in einer Mischung aus Englisch und Deutsch sprach.

Diese Art der Konversation hatte sich irgendwie zwischen ihnen eingebürgert, und es passierte ihr sogar gelegentlich, wenn sie mit ihrer Mutter oder Freunden in Deutschland sprach, dass sie, ohne es selbst zu merken, kurzzeitig ins Englische wechselte.

„Wer war das eben?", wollte Simon wissen. Iris musste lächeln.

„Das war Thomas, der Bruder von Babsie aus dem Westerwald."

„Thomas ... from Germany?", fragte er erstaunt.

Iris nickte. „Ja, er hat gefragt, ob ich ihm einen Gefallen tun könnte und für ihn einen Mann in Santa Monica aufsuchen würde", berichtete sie.

Simon runzelte die Stirn.

„What?", fragte er nur und Iris begann nun die Geschichte zu erzählen, die Thomas ihr eben aufgetischt hatte. Was sie davon halten sollte, wusste sie nicht. Die Mumie einer jungen Frau, aufgebahrt in einem Haus in Betzdorf, das einem Mann gehörte, der im Küstenort Santa Monica bei Los Angeles lebte.

„Vielleicht ... Thomas ... nimmt to many Drugs ... or Alkohol", überlegte Simon laut, während er das Hemd seiner Uniform zuknöpfte.

Iris schüttelte den Kopf.

„Nein, es klang, als wäre es ihm ernst."

„And now? Wirst du hinfahren?", wollte er wissen. Iris zuckte mit den Schultern.

„Ich weiß nicht. Neugierig bin ich ja jetzt schon. Außerdem war ich noch nie in Santa Monica", überlegte sie.

„Wir fahren gemeinsam. Ich rufe nur eben schnell in der Base an, dass ich einen freien Tag benötige. Dann zeige ich dir Santa Monica ... und du hilfst Thomas", erklärte er, grinste breit und knöpfte dann sein Diensthemd wieder auf.

„Geht das denn?", erwiderte sie besorgt.

„Ja, im Moment, it is no problem."

*

Es war gar nicht so einfach, diesen Gartenbauheini mit dem Hausmeisterservice ans Telefon zu bekommen. Nina brauchte mehrere Anläufe, bis der Typ endlich an sein Handy ging. Nachdem sie ihm erklärte hatte, um was es ging, verabredete sie sich mit ihm am Tatort am Struthof. Als sie vor den Trümmern des einstigen Hauses ihren Wagen abstellte, parkte der kleine grüne Lkw mit der Aufschrift *Garten- und Landschaftsbau Schnäbelchen* bereits in der Einfahrt.

Ein Herr um die vierzig in einer grün-orangenen Latzhose, wie sie auch die Waldarbeiter trugen, saß auf einer Bank unter einem alten Apfelbaum, las auf seinem Mobiltelefon und nickte immer wieder sachte mit dem Kopf. Nina stieg aus und ging zu ihm hinüber.

„Herr Schnäbelchen?", fragte sie freundlich und der Mann zuckte erschrocken zusammen, riss sich die Stöpsel der Kopfhörer aus seinen Ohren und sprang dann auf.

„Oh ... hallo ... guten Tag ... Frau Moretti von der Kripo ... nehm ich mal an. Schnäbelchen. Siegfried Schnäbelchen mein Name", stammelte er und streckte ihr die Hand hin.

„Angenehm, Herr Schnäbelchen. Wir hatten vorhin telefoniert", erwiderte Nina. Der Händedruck des Mannes war fest und seine Hände fühlten sich sehr rau an. Jemand, der es gewohnt war, hart zuzugreifen.

„Herr Schnäbelchen, ich denke, Sie wissen, worum es geht", meinte Nina und deutete auf die Hausruine.

Siegfried Schnäbelchen nickte.

„Ja, ja, sehr schlimme Sache, sehr schlimm. Ich hab es auch erst am Dienstagmorgen aus der Zeitung erfahren", plapperte er irgendwie nervös.

„Es heißt, Sie hätten einen Schlüssel vom Haus?", kam Nina sofort zur Sache.

Schnäbelchen nickte.

„Seit wann haben Sie den und wer hat Ihnen den Schlüssel gegeben?", wollte sie wissen.

„Ähm ... ja ... der Herr Pastinak. Wir haben ja einen Vertrag seit ... keine Ahnung ... zehn Jahren ... kann aber auch schon länger sein", stammelte er nun noch nervöser und hielt ihr dann einen Schlüsselbund hin.

Nina griff danach, betrachtete ihn kurz und steckte ihn ein.

„Ich denke, den werden Sie ja vorerst nicht mehr benötigen", erklärte sie und ging dann einige Schritte auf den Trümmerhaufen zu. Schnäbelchen folgte ihr.

„Mit wem haben Sie denn diesen Vertrag geschlossen?", interessierte es Nina.

„Ja, mit dem Herrn Pastinak ... mit wem auch sonst?", antwortete das Schnäbelchen und sah sie verwirrt an.

„Mit dem alten oder dem jungen Herrn Pastinak?", half sie ihm auf die Sprünge.

„Ach so ... ähm ja ... das meinen Sie ... also ... ich hatte immer nur mit dem Senior zu tun ... zumindest bis zu dem Zeitpunkt, bis der ... also ich meine ... der ist ja seit ein paar Jahren nicht mehr ganz dabei. Dement, Sie verstehen?"

„Und mit wem haben Sie zu tun, seit der Herr Pastinak nun dement ist?", ging sie gar nicht erst auf seine Erklärungen ein.

Das Schnäbelchen zuckte mit den Schultern und schüttelte dann den Kopf.

„Eigentlich mit niemandem. Wie gesagt, wir hatten ja einen Vertrag. Einen unbefristeten. Ich hab mich gekümmert. Habe gemäht, den Garten gemacht und bin gelegentlich hergefahren, um nach dem Rechten zu sehen. Alle vier Wochen hab ich dann die Rechnung an den Herrn Pastinak gesendet und ein paar Tage später war die Kohle da. Ging immer problemlos."

„Haben Sie auch schon mal hinten im ehemaligen Stallgebäude nach dem Rechten gesehen?", erkundigte Nina sich.

„Nein, wieso? Da war ja auch immer zu und ich hatte da keinen Schlüssel von. Was sollte ich auch da drin?"

Nina gab ihm ein Zeichen, ihr um das Haus herum zu folgen. Als sie an der Rückseite der Stallung angekommen war, deutete sie auf den Kompressor der Klimaanlage an der Außenwand, an der sich bereits Brombeergestrüpp hinaufrankte.

„Ist Ihnen bei Ihren Arbeiten mal aufgefallen, dass da irgendwann diese Kiste hing?"

Es war dem Herrn Schnäbelchen überdeutlich anzusehen, dass Ninas Fragen ihn vollkommen aus dem Konzept brachten. Sie hatte auch eine Ahnung, warum dies so war. Der Mann hatte sich in den letzten Jahren so intensiv um das Haus gekümmert, dass die Brombeeren auch schon bis an die Dachrinne reichten, der einst sicherlich wundervolle Rasen einer Kuhweide glich und die Bäume so hoch waren, dass sie das Haus vermutlich beim nächstbesten Orkan unter sich begraben hätten. Die einzig regelmäßige Arbeit, die Schnäbelchen wohl immer prompt erledigt hatte, war das Schreiben und Versenden der monatlichen Rechnungen.

„Also, gesehen ... hab ich das Ding schon mal ... aber ...", er zuckte mit den Schultern.

166

„Waren Sie der Einzige, der einen Schlüssel vom Haus hatte?", bohrte Nina unbeirrt weiter.

Wieder zuckte er nur mit den Schultern. Man konnte ihm überdeutlich ansehen, dass er angestrengt nachdachte. Vielleicht überlegte er, wie er wieder unbeschadet aus dieser Nummer herauskam? Vielleicht stellte er sich aber auch nur dümmer, als er war? Zum Beispiel, weil er selbst die Klimaanlage montiert und die Leiche in den Sessel gesetzt hatte.

„Ich glaube, es ist gelegentlich schon mal jemand im Haus gewesen", antwortete er.

„Wie meinen Sie das?", wollte sie sofort wissen.

„Keine Ahnung. Es waren manchmal Dinge anders als vorher. Einmal zum Beispiel, da war ich dagewesen, lag die Post auf dem Küchentisch anstatt im Flur hinter dem Briefkastenschlitz."

„Welche Post? An wen adressiert?", wurde Nina hellhörig, doch Schnäbelchen winkte ab.

„Da war nie was wirklich Wichtiges dabei. Das war auch keine richtige Post. Die Briefträger wussten ja, dass hier niemand wohnt. Nee, nee, das Einzige, was hier im Briefschlitz landete, waren Werbung und stapelweise diese kostenlosen Zeitungen und Blättchen. Eine Unverschämtheit ist das. Da kann man die Aufkleber, dass die ihren Papiermüll gefälligst woanders abladen sollen, neben dem Briefschlitz so groß machen, wie man will. Aber das nützt alles nix", schimpfte er nun.

Nina überging die Bemerkung. Sie bekam keine solche Werbung zu sehen, da ihre Mama diese bereits am Briefkasten abfing.

„Und irgendwer hat diese Werbung im Flur aufgehoben und in der Küche auf den Tisch gelegt", fragte Nina noch einmal.

Schnäbelchen nickte.

Das war natürlich sehr seltsam, überlegte sie.

„Haben Sie denn auch mal jemanden gesehen?"

Schnäbelchen dachte erneut sehr lange nach. Dann schüttelte er den Kopf.

„Nein, Frau Kommissar. Ich hab hier die letzten Jahre nie irgendwen gesehen."

Kapitel 12

Donnerstag, 14. Juli 2016, 00:05 Uhr
Kausen / Westerwald – Neue Straße 35

Verschlafen blinzelte Thomas in das Halbdunkel und versuchte, die Ursache für das seltsame Geräusch herauszufinden. Bssst bssst bssst. Es klang rhythmisch und es dauerte eine Weile, bis er es als das Vibrieren seines Handys identifizierte, welches auf dem Wohnzimmertisch aufleuchtete und diesen fürchterlichen Summton verursachte. Er setzte sich auf und sah zu Luzie, die eingerollt auf dem anderen Ende der großen Couch lag und ihn durch schmale Augen ansah. Wer zum Teufel rief ihn mitten in der Nacht an? Vielleicht Alexandra oder seine Mutter? War etwa etwas mit den Kindern? Er nahm das Gerät und sah auf das Display. So eine seltsame Nummer hatte er noch nie gesehen. Er nahm also ab und meldete sich mit einem leisen „Haaalllooo?"

„Hey, Mister Kübler, hier is Iris from California, hab ich dich etwa geweckt?", hörte er die Stimme einer Frau.

„Wer, ähm ... ja ... nee, was ist denn los?", wollte er wissen und begriff nun annähernd, welche Iris da wohl gerade anrief.

„Simon und ich waren vorhin bei diesem Mister Pastinak", erklärte sie und Thomas wurde langsam immer klarer im Kopf.

„Und was ist das so für einer?", hakte er nach und musste dann gähnen.

„Keine Ahnung, Tom. Er war nicht da. Seine Frau meinte, er sei verreist."

Nun war Thomas schlagartig richtig wach. Ein Lächeln huschte ihm über das Gesicht. Hatten er und Nina doch den richtigen Riecher gehabt!

„Hat sie dir gesagt, wo er sich aufhält?"

„Ja, er ist wohl ... angeblich ... heute Morgen in aller Frühe nach Europa geflogen, um einige Dinge zu erledigen. Was genau, wollte sie mir nicht sagen. Ich vermute auch mal, dass sie mir und Simon die Story, die wir uns ausgedacht hatten, nicht abgenommen hat", berichtete sie und Thomas glaubte, für einen Moment im Hintergrund das Rauschen des Meeres und das Geschrei von Kindern zu hören.

„Sag mal, bist du am Strand oder was sind das für Geräusche?", fragte er, da ihn das jetzt einfach mal interessierte.

„Ja, Simon und ich sind noch immer in Santa Monica an der Strandpromenade. Warum?"

„Ähm ... nur so", wiegelte er ab und kam dann noch einmal auf die Pastinaks zurück.

„Sag mal, Iris, was hast du denn gesagt, warum du ihn suchst?"

„Ich habe gesagt, dass ich aus Betzdorf stammen würde und mein Vater mir erzählt hat, dass Helmut ein alter Freund von ihm wäre. Na ja ... und dass ich ihn mal besuchen und von ihm grüßen sollte", berichtete sie.

„Ähm ja ... und was hättest du gemacht, wenn er doch dagewesen wäre? Ich meine, dein Vater kennt den Typen doch bestimmt gar nicht wirklich", wandte er ein.

Iris lachte.

„Na, dann hätte ich so getan, als wollte ich dienstlich etwas von ihm, hätte mich beraten lassen und wäre dann wieder verduftet."

170

Thomas musste zugeben, dass die Idee gar nicht so dumm war. So etwas konnte aber auch wieder nur einer Frau einfallen. Er wäre bei dem Geflunker bestimmt ziemlich ins Schleudern gekommen.

„Was sind das denn für Leute ... diese Pastinaks? Ich meine, was machen die so? Arbeiten die auch was, oder ... du meintest gerade ... dann hättest du dich beraten lassen?", umschrieb er seine Neugierde.

„Ja klar, arbeiten die. Mister Pastinak betreibt mit seiner Gattin einen Funeral Service. Mac Gordon and Sons."

„Warum Mac Gordon, der Mann heißt doch Pastinak", hakte er nach.

„Na, weil der Laden, wie es scheint, ihr gehört. Wohl ein Familienbetrieb in der x-ten Generation. Hat wohl mal ihrem Opa oder Uropa und dessen Söhnen oder so gehört. Ich hab ein paar Fotos gemacht und mir einen Flyer geben lassen. Ich schick es dir nachher mal auf dein Handy."

„Oh ja, das wäre super ... und erst mal vielen Dank, dass du und Simon extra für mich dahingefahren seid. Ist echt der Hammer. Ihr habt uns sehr weitergeholfen. Vielleicht sehen wir uns ja noch mal", verabschiedete er sich dann, nicht ohne sich noch mehrfach zu bedanken, und legte anschließend auf.

Helmut Pastinak war also angeblich heute Morgen nach Deutschland geflogen. Er ließ sich zurück auf die Couch sinken und sah zu der Holzbalkendecke, die schwach von der kleinen Stehlampe in der Ecke des Raumes angeleuchtet wurde. Die besaßen also einen Funeral Service, was immer das auch war. Kurz überlegte er, es im Internet nachzulesen, doch er war eindeutig zu müde dafür. Er sah zu Luzie, die wieder leise schnarchte. Thomas vermisste Alex und die Kinder.

Am Abend hatte er noch lange mit Alexandra telefoniert und ihr das genauso gesagt. Auch von dem Fotoworkshop bei Olaf Pitzer hatte er ihr erzählt. Alles, sogar das mit den nackigen Models. Alex hatte lediglich gelacht und gefragt, wann er denn mal von ihr solche Fotos machen würde. Damit hatte er nun nicht gerechnet, doch der Gedanke gefiel ihm irgendwie. Er und Alexandra hatten keine Geheimnisse voreinander und solange das so blieb, war alles gut. Hans Peter ging es wohl auch wieder besser, nur der Entzug von seinen Zigaretten schien ihm heftig zuzusetzen. Thomas musste bei dem Gedanken daran grinsen. Sein Blick wanderte zur Treppe ins Obergeschoss, wo sich das Schlafzimmer befand. Er verwarf die Idee, nach oben zu gehen, mangels Antriebskraft jedoch sofort wieder, schnappte sich stattdessen eines der Sofakissen und drehte sich so, dass er mit dem Gesicht zum Polster lag und er das Licht der Stehlampe nicht mehr allzu sehr wahrnahm. Aufzustehen, um sie auszuschalten, war ebenfalls viel zu anstrengend.

Es war ein seltsamer Fall, an dem sie da arbeiteten. Zum Glück kein Mord. Er musste zugeben, dass er diesen Thanatologen zugleich faszinierend, aber auch ziemlich abstoßend fand. Die Vorstellung, mit einer Toten in diesem alten umgebauten Kuh- oder Ziegenstall zu sitzen und Schach zu spielen, war einfach widerlich. Dennoch interessierten ihn die Beweggründe dieses Irren. Richtig aufschlussreich würde es werden, wenn sie den Typen geschnappt hätten und der ihnen diese hoffentlich offenbarte. Der Einblick in die menschliche Psyche war eines der Dinge, die er am faszinierendsten an seinem Job fand. Warum taten Menschen Dinge, die für andere abstoßend und undenkbar waren? Die Antworten waren immer wieder erstaunlich und für Außenstehende unglaublich. Er schloss die Augen und dachte an Alex und die Kinder. An sie zu denken, war für ihn die beste Methode, um die Toten nachts zu vergessen. Manchmal kamen sie in seinen Träumen dann wieder ... was weniger schön war.

*

Iris Miller sah hinaus auf den Pacific Ocean und beobachtete die zahlreichen Surfer. Diese Story von Thomas war merkwürdig. Sie glaubte zu wissen, wo dieses Haus war, in dem sich die mumifizierte Frau befunden hatte. Den Struthof kannte sie gut. Sie war dort, wie viele andere Betzdorfer, zur Schule gegangen. Dort befanden sich das Gymnasium und die Geschwister-Scholl-Realschule, die heute allerdings eine integrierte Gesamtschule war. Täglich war sie zweimal durch die Straße gegangen. Morgens in die Schule und nachmittags zurück nach Hause. Der Gedanke, dass da in einem der Häuser eine Leiche gesessen hatte, ließ sie jetzt hier unter der kalifornischen Sonne noch frösteln. Einfach schlimm, zu was Menschen fähig waren. Überhaupt konnte Iris mit dem Tod nur sehr schwer umgehen. Sie hatte noch nie eine Leiche gesehen und war auch nicht scharf darauf. Allein der Besuch eben in diesem Funeral Service, wie in Amerika die Bestattungsinstitute hießen, zwischen all den Särgen in der Ausstellung war ihr schon sehr unheimlich gewesen. Sie musste an Thomas denken. Es tat ihr nicht leid, ihn geweckt zu haben. Im Gegenteil, es hatte sie amüsiert und war eine angemessene Retourkutsche. Wie du mir, so ich dir. Die Zeitverschiebung zwischen Betzdorf und Kalifornien betrug neun Stunden. Daran musste man sich erst einmal gewöhnen. Da konnte man nicht eben mal eine Freundin in der alten Heimat anrufen. Nein, nein, Iris hatte einige Zeit gebraucht, bis sie es gelernt hatte. Simon ließ sich neben ihr auf der Decke nieder und reichte ihr eines der beiden Softeis, die er an der Promenade erstanden hatte.

„Und, war Thomas zufrieden?", erkundigte er sich. Sie nickte.

„Ja, er sagt, wir hätten ihm sehr geholfen", antwortete sie und gab ihm einen Kuss.

*

Langsam setzte er ein Bein vor das andere. War er wirklich so alt geworden, dass er nun hier wie ein Tattergreis herumschlurfte? Nein, nein, er würde schon wieder auf die Beine kommen. So ein bisschen Herzflattern haute einen Hans Peter Thiel nicht um. Da mussten schon noch ganz andere Sachen passieren, damit er kapitulieren würde. Aber zuerst einmal musste er wieder fit werden. Wenn es nach ihm ginge, würde er sich lieber heute als morgen auf eigenen Wunsch entlassen. Doch es ging halt nicht nur nach ihm. Inge würde kein Wort mehr mit ihm reden, wenn er hier eigenverantwortlich die Biege machte. Natürlich, sie sorgte sich eben um ihn, und das war natürlich das Beste, was ihm auf seine alten Tage noch einmal hatte passieren können. Was und wo wäre er jetzt ohne sie? Er sah auf die Uhr über dem Schwesternzimmer, es war gleich halb fünf morgens. Fast vier Tage lang hatte er jetzt faul im Bett gelegen und die meiste Zeit geschlafen, und es war daher kein Wunder, dass er nun, wenn jeder normale Mensch ruhte, hellwach war.

174

Eine der Schwesternschülerinnen hatte ihm am Abend gesteckt, dass es am Ende des Korridors eine Dachterrasse mit Raucherbereich gab. Nun gut, die Chance, dort morgens um kurz nach fünf jemanden anzutreffen, bei dem er eine Kippe schnorren konnte, war gering, aber immerhin möglich. Außerdem herrschte Sommer und draußen würde gleich die Sonne aufgehen. In der Not würde er sich eben dort ein hübsches Plätzchen suchen, den Morgen genießen und warten, bis einer der Raucher, die es hier sicherlich gab, rauskam, um seine Guten-Morgen-Kippe zu inhalieren. Erschöpfte lehnte er sich gegen die Wand und holte Luft. Er war noch keine fünfzig Meter gegangen und bereits fix und fertig. Na ja, er hatte ja Zeit und würde eben eine kleine Pause machen. Gegen neun Uhr kamen dann Inge, Alexandra und seine kleine Leah. Hans Peter würde es Alexandra niemals vergessen, dass sie sich so um ihn und seine Inge gekümmert hatte. So etwas war nicht selbstverständlich. Nein, auf keinen Fall. Langsam schlurfte er weiter und stützte sich dabei an dem fahrbaren Ständer ab, an dem sich noch immer eine Infusionsflasche befand, aus der irgendein undefinierbares Zeug mit einer kleinen Pumpe in seinen Arm befördert wurde. Er sah auf und entdeckte keine fünf Meter vor sich die Ausgangstür zur Dachterrasse. Na, wer sagte es denn! Er schob die Türe auf, bugsierte seine provisorische Gehhilfe über die kleine Stufe und atmete endlich die frische Luft ein. Dann roch er es. Der Rauch einer Zigarette lag in der Luft. Rechts von ihm an der Hauswand lehnte ein junger Mann, rauchte und betrachtete ihn interessiert.

„Moin, moin", begrüßte er den Jüngling, so wie es sich in Norddeutschland gehörte.

„Moin, moin", kam es freundlich zurück. Der Blick des Burschen wirkte irgendwie angespannt. Er zitterte, obwohl es überhaupt nicht kalt war. Nein, es war sogar sehr, sehr angenehm warm heute Morgen.

„Alles in Ordnung?", erkundigte Thiel sich.

„Ja, ja, alles gut ... hoff ich zumindest ... meine Frau ... wir ... also ... sie bekommt heute unser Baby. Ich muss auch gleich wieder runter in den Kreißsaal", stammelte er.

„Das erste?", hakte Thiel nach.

Das Kerlchen nickte und versuchte zu lächeln.

„Das wird schon, Jungchen. Wirst schon sehen. Beim dritten ... spätestens beim vierten Baby wird das Routine", machte er dem Jungen einfach mal Mut.

„Wie viele Kinder haben Sie denn?", fragte der jetzt allerdings mit großen Augen.

Hans Peter winkte lässig ab. „Ich hab schon Enkel, mein Junge", antwortete er ausweichend und fast wahrheitsgemäß. Leah und Linus nannten ihn ja schließlich Opa. Er schielte zu der Packung in den Händen des jungen Kerls. Heute war wirklich sein Glückstag. Der Bengel rauchte sogar seine Marke.

„Oh, so ein Ärger, jetzt hab ich doch glatt meine Zigaretten im Zimmer liegen lassen", flunkerte er deshalb einfach mal lustig weiter.

„Ähm ... kein Problem, Sie können eine von mir nehmen ... wenn Sie möchten?", antwortete der Jungspund genau das, was Hans Peter hören wollte, und bevor er sich versah, hielt er endlich den ersehnten Glimmstängel zwischen seinen Fingern, führte ihn zum Mund und ließ sich Feuer geben. Tief sog er den warmen, würzigen Rauch ein. Doch es war nicht wie sonst. Das Ding schmeckte wie ein Schlag vor den Kopf. Und genauso fühlte er sich jetzt plötzlich. Nun

176

gut, der erste Zug konnte schon mal reinhauen. Er zog also noch einmal und spürte dann, wie seine Beine schwammig wurden. Das Schwindelgefühl nahm mehr und mehr zu. Dann wurde es ihm schwarz vor Augen. Den Aufprall auf den Boden nahm er noch wahr, dann versank die Welt um ihn herum in Dunkelheit.

*

Als Nina an diesem Morgen Küblers Büro betrat, hatte sie nicht nur zwei Leberkäsebrötchen, sondern auch vorsorglich ein getrocknetes Schweineohr für das Hundchen eingekauft. Doch weder Kübler noch Luzie waren da. Stattdessen klingelte ihr Telefon. Nina setzte sich an den Schreibtisch, legte ihre Einkäufe ab, zog das Mobiltelefon aus der Hosentasche und sah auf das Display. Es war Klaus, von dem sie sich erst vor einer halben Stunde zu Hause in der Küche verabschiedet hatte.

„Hallo, Schatz, was gibt es denn?", erkundigte sie sich, da sie mit ihm jetzt überhaupt nicht gerechnet hatte.

„Ähm, Nina ... hier steht ein Mann vor der Tür und sagt, dass er kommt, um unsere Klimaanlage zu installieren? Der lässt sich einfach nicht abwimmeln. Er meint, du hättest die bestellt."

„So ein älterer Herr, bisschen kleiner als du, mit Brille?", hakte sie nach.

„Jepp, genauso sieht der aus."

„Super, Schatz, das ist Herr Kipping. Alles paletti."

„Spinnst du, Nina, ich muss zur Schule! Ich bin eh schon spät dran. Was mach ich denn jetzt mit dem Mann? Ich kann den doch unmöglich alleine hier werkeln lassen ...", wandte er ein.

„Klar kannst du das. Der weiß schon, was er tut. Vermutlich arbeitet er alleine sogar besser, als wenn du versuchst, ihm dabei zu helfen", umschrieb sie vorsichtig die Unbeholfenheit von Klaus in technischen Dingen.

„Bist du dir sicher?"

„Jepp, ganz sicher. Fahr du mal lieber in die Schule und lass Herrn Kipping machen", gab sie ihm klare Anweisungen, verabschiedete sich und legte auf. Dass Herr Kipping heute kam, hatte sie irgendwie total vergessen. Sie war gespannt, ob diese Klimaanlage auch tatsächlich etwas taugte. Für Mittags hatte der Wettermann im Radio wieder zweiunddreißig Grad angekündigt, da würde es sich schnell zeigen, ob die Investition ihr Geld wert war. Sie betrachtete die Tüte mit den zwei gigantischen und sogar noch warmen Leberkäsebrötchen. Wenn Kübler nicht bald anrückte, würden die eiskalt und somit nur noch halb so lecker sein. Gerade, als sie schon seine Mobilnummer wählen wollte, hörte sie Schritte und Stimmen vor der Tür, die nur Sekunden später aufflog.

„Was machst du denn schon hier?", blaffte Thomas sie an. Nina musterte ihn. Ausgeschlafen sah anders aus. Der kleine Mann neben ihm in dem knallroten T-Shirt und der Bob-der-Baumeister-Latzhose hingegen schien hellwach und topfit.

„Hey, guten Morgen, mein Großer", begrüßte Nina ihr Patenkind Linus, der sich staunend in dem Büro umsah. Dann stand sie auf und ging zu Thomas.

„Kannst du mir verraten, warum der Kurze hier ist?", flüsterte sie.

Thomas verdrehte die Augen.

„Linus mag keinen Urlaub mehr bei der Oma machen und wollte unbedingt, dass ich ihn abhole. Das war ein Geknatsche, das kannst du dir nicht vorstellen. Zum Glück konnte ich meiner Mutter dafür den Hund aufs Auge drücken."

„Du hast den Hund also gegen das Kind getauscht", stellte sie amüsiert fest, obwohl das jetzt eigentlich gar nicht lustig war. Dies hier war immerhin eine Kriminalinspektion und kein Ferienplatz für Kleinkinder, auch wenn Nina das gelegentlich so vorkam. Außerdem standen heute einige Außendiensttermine an, bei denen Thomas sie begleiten sollte.

„Kannst du ihn nicht in den Kindergarten bringen?"

„Ich will nicht in den blöden Kindergarten! Ich will bei dem Papa bleiben!", kreischte Linus sofort schrill dazwischen und begann dann auf Kommando zu weinen. Eine Eigenschaft, die er eindeutig von Alexandra vererbt bekommen hatte.

„Okay, okay, ist ja gut. Wir finden bestimmt eine Lösung", beschwichtigte Nina den Kleinen und griff nach der Tüte mit den Leberkäsebrötchen.

„Was hältst du davon, wenn wir zwei jetzt erst mal frühstücken und anschließend mit einem richtigen Polizeiauto fahren und einen Verbrecher suchen?", fragte sie und sofort klarte sich der Blick des Fünfjährigen auf.

„Oh ja. Darf ich dann die Handschellen nehmen?", freute er sich.

„Klar, du bekommst die Handschellen und wir fesseln dann den Papa damit", schlug sie vor und warf Thomas einen bösen Blick zu. Da hatte Kübler ihnen ja was eingebrockt. Aber Nina würde das später mit ihm unter vier Augen und ohne den Knirps klären. Während Thomas den Computer hochfuhr, packte sie also die beiden Brötchen aus, gab eines davon Linus und begann dann das zweite selbst zu essen.

„Oh, super! Frühstück!", fand nun auch Kübler und griff nach der zweiten Tüte. Angewidert starrte er auf den Inhalt.

„Ein getrocknetes Schweineohr?", fragte er ziemlich entsetzt.

„Klar. Pech, mein Lieber. Das war eigentlich für den Hund. Ich konnte ja nicht vorhersehen, dass du einen weiteren Esser mitbringst. Aber wenn du magst ... dann tu dir keinen Zwang an", antwortete sie.

Thomas blickte zu Linus, seufzte und wechselte einfach das Thema.

„Heute Nacht hat Iris aus Amerika angerufen. Herr Pastinak war nicht zu Hause. Laut seiner Frau ist er morgens nach Europa geflogen, da er hier etwas zu erledigen hätte", berichtete er.

„Sicher, dass er erst gestern Morgen geflogen und nicht schon etwas länger hier ist?", dachte sie jetzt einfach mal laut nach.

Thomas grinste.

„Genau das hab ich auch überlegt. Seine Frau kann uns, oder vielmehr der Iris, ja eine Menge erzählen. Fakt ist aber nun mal, dass ihr Mann nicht in Amerika ist."

„Wir sollten überprüfen, ob und wann er hier gelandet ist", schlug sie vor.

Sie würde das jetzt selbst erledigen. Außerdem musste sie noch in der KTU nachhören, ob die Ergebnisse der DNA-Untersuchung bereits vorlagen. Wenn es sich bei der ersten Toten nämlich tatsächlich um Kirsten May handelte, wovon Nina ausging, würden sie sich am Nachmittag deren Umfeld ansehen müssen. Sie hatte da so eine These. Der Täter war, wie Igor ihr gestern erklärt hatte, sehr unbeholfen, fast dilettantisch vorgegangen. Hatte sie wohl erst Jahre eingefroren, bis er sich entschloss, sie mit Chemie zu behandeln. Ninas Überlegungen gingen in die Richtung, dass er Kirsten nur deshalb behalten hatte, weil er nicht mit deren Tod einverstanden war. Dass er an ihr hing und sie nicht loslassen wollte oder konnte. So etwas gab es öfter, als man dachte. In Köln hatte sie mal einen ähnlichen Fall gehabt. Ein alter Mann hatte den Tod seiner Frau nicht akzeptieren können und diesen daher einfach nicht gemeldet. Wochenlang hatte er mit der Leiche zusammengelebt, als wenn nichts wäre. So lange, bis sich dann irgendwann die Nachbarn über den Geruch und die vielen Fliegen beschwerten.

Was, wenn es in diesem Fall ähnlich war? Der Täter musste die Leiche von Kirsten zehn lange Jahre aufbewahrt haben. Zuerst auf Eis, da ihm schon klar war, dass sie sonst verwesen würde. Inzwischen hatte er sich vermutlich das nötige Fachwissen angeeignet, sie aufgetaut und zu konservieren versucht. Schlussendlich musste er sich eingestehen, dass er gescheitert war.

Stellte sich nur die Frage, warum er dann den Leichnam gegen den von Sonja Ludovic austauschte und anschließend versuchte, diesen zu präparieren. Hatte er auch sie gekannt? Gab es eine Verbindung zwischen den Opfern? Seltsam war, dass Sonja nur drei Häuser entfernt von dem Haus gefunden wurde, in dem Kirsten gelebt hatte. Sie würde wetten, dass der Täter in diesem Umfeld zu suchen war. Vielleicht einer der beiden Söhne von Frau May, also Kirstens Brüder? Der eine wohnte in Siegen, der zweite mit Anfang fünfzig noch zu Hause. Was eh schon verdächtig war. Typen, die in diesem Alter noch bei ihrer Mutter wohnten, hatten in Ninas Augen in den meisten Fällen eh schon einen psychischen Knacks weg. Nun gut, sie lebte auch noch bei ihrer Mutter und genoss auch gerne schon mal die Vorzüge von Hotel Mama. Aber das war ja etwas vollkommen anderes. Es war, wie es war. Die beiden Brüder gehörten auf jeden Fall in den Kreis der Verdächtigen. Genau wie auch dieser angeblich in Amerika lebende Herr Pastinak. Sie würde herausfinden, wo der wirklich lebte. Als vierten Verdächtigen gab es da ja dann auch noch diesen faulen Gärtner, der dem alten Herrn Pastinak jahrelang das Geld aus der Tasche gezogen hatte, ohne wirklich etwas dafür zu tun.

Nina ging in ihr Büro, ließ sich hinter dem Schreibtisch auf den Bürostuhl sinken und fuhr den Computer hoch. Als Erstes würde sie jetzt mal in der KTU anrufen. Dann kämen die Gebrüder May an die Reihe. Alles schön nacheinander.

*

Die Temperatur im Kühlraum des ehemaligen Schlachthauses lag bei plus 4 Grad. Genau so, wie er es wollte. Alles lief nach Plan. Er saß inmitten des Raumes auf dem einzigen Stuhl, atmete die kalte Luft ein und wieder aus und sah dann dem kondensierenden Atem zu, wie er sich im Schein der Neonröhre verflüchtigte. Die zweite Nacht in Folge hatte er geschuftet wie ein Besessener, um sein neues Domizil fertig einzurichten. Noch dreiundsechzig Stunden und zwölf Minuten, bis er sie holen würde. Er lag um einiges vor seinem Zeitplan. Seine Gerätschaften, die Balsamierflüssigkeit, eine Mischung aus alkoholhaltigem Formalin, Farbstoffen und anderen Chemikalien, alles war da, wo es sein musste. Im Grunde war er fertig. Er musste nun nur seine gereizten Nerven beruhigen und einen kühlen Kopf bewahren. Noch einige Male atmete er die kalte

Luft ein und aus. Es half ihm. Die Luft roch noch immer ein wenig modrig in dem Raum, in dem früher das geschlachtete Fleisch gelagert worden war. Außerdem spürte er auch nach so vielen Jahren noch den hier allgegenwärtigen Tod. Hatten diese Tiere vielleicht auch eine Seele gehabt? Es schauderte ihn bei dem Gedanken. Langsam begann er zu frieren. Vor Samstagnacht würde er nicht mehr herkommen. Er würde jetzt nach Hause fahren und seinen Alltag leben. So, wie er es immer tat. Niemand durfte Verdacht schöpfen. Es war schon seltsam, wie er sich in den letzten Jahren verändert hatte. Vermutlich hatten sich bisher nur wenige Menschen so mit dem Tod auseinandergesetzt wie er. Viele nahmen ihn hin, ohne zu verstehen, was er überhaupt bedeutete. Früher war auch er so gewesen. Unwissend! Dann war Hildegard gestorben, und mit ihr all das, woran er zuvor geglaubt hatte. All die Jahre war sie bei ihm gewesen. Er hatte sie angesehen und ihre Seele um ihn herum gespürt. Dann irgendwann war sie weg und nur ihre sterblichen Überreste waren ihm geblieben. Dann war Kirsten in sein Leben gekommen. Sie hatte ihn verstanden. Und er sie geliebt, aber ... auf seine Art. Es war so viel Leben in ihr gewesen. Als er erfuhr, dass sie von ihm gehen würde, hatte er sofort reagiert und beschlossen, sie nach ihrem Tod zu sich zu nehmen. Sie vor dem Schicksal der Vergänglichkeit zu bewahren. Doch es hatte nicht funktioniert aufgrund seiner zu viel gemachten Fehler, sodass es irgendwann unausweichlich war, auch sie gehen zu lassen. Das Schicksal hatte es gut mit ihm gemeint und ihm Sonja gebracht. Zorn flammte bei dem Gedanken an die auf, die sie ihm wieder gestohlen hatten. Sie würden dafür büßen, diese verfluchten Brandstifter. In dreiundsechzig Stunden und nun noch elf Minuten.

Kapitel 13

Donnerstag, 14. Juli 2016, 11:35 Uhr
Betzdorf – Kriminalinspektion Friedrichstraße

Nina saß, vielmehr sie lag fast mit geschlossenen Augen in ihrem Bürostuhl. Ihre Füße ruhten auf dem Papierkorb, ihre Hände gefaltet auf ihrem Bauch. Obwohl es für Außenstehende wirken musste, als würde sie hier ihren Büroschlaf halten, war sie hellwach. Helmut Pastinak war heute Morgen in Düsseldorf mit einer Maschine aus den Vereinigten Staaten gelandet. Hieß das jetzt, dass er als ihr Täter nicht mehr infrage kam? Nein, das hieß es nicht. Sie hatten herausgefunden, dass die toten Frauen bereits seit Jahren in dem Haus am Struthof gewesen sein mussten. Zumindest seit 2012, da seit dieser Zeit der Stromverbrauch wegen der Klimaanlage rapide angestiegen war. Sie wussten nicht, wann und wie oft der Täter sich dort aufgehalten hatte. Vielleicht nur alle paar Monate, um nach seinen Mumien zu sehen. Die Kollegen aus der Kriminaltechnischen Untersuchung hatten eindeutig nachgewiesen, dass es sich bei der Leiche um Kirsten May handelte. Außerdem ergab die Untersuchung, dass der Täter auf irgendeine Art und Weise mit ihr verwandt sein musste. Die direkten Linien, Mutter und Vater, schieden aus. Wobei Kirstens Vater sowieso nicht zur Diskussion stand, da der bereits seit zwanzig Jahren auf dem Friedhof lag. Der Gärtner schied ebenfalls aus. Seine DNA-Probe war negativ gewesen. Nun gut, der Typ war eh nur ein kleiner Gauner, dem es um die Kohle des alten Pastinak gegangen war. Sie würden sich also jetzt erst einmal Kirstens Brüder schnappen. Sie waren mit ihr verwandt und hatten daher auch emotional gesehen ein Motiv, ihre Schwester zu konservieren. Morgen hieß es dann wieder: früh aufstehen und zum Friedhof fahren. Lambrecht hatte genehmigt, dass sie das Grab von Kirsten öffnen konnten. Sie war gespannt, was sich darin befand. Sie tippte diesmal darauf, dass es leer war. Nina nahm ein Klopfen an der Tür wahr. Sie setzte sich also aufrecht, legte die Hände auf die Tastatur und bat den Anklopfer dann brav, hereinzukommen.

Wie vermutet, war es ... ein Kübler. Genauer gesagt der Kleinere der beiden.

„Oh, Linus ... was kann ich denn für dich tun?", erkundigte sie sich bei dem Pimpf.

„Tante Nina ... du hast gesagt, wir fahren heute noch mit einem richtigen Polizeiauto und fangen einen Gauner", erinnerte er sie an ihr Versprechen. Nun gut, wenn eine Nina Moretti etwas versprach, würde sie dies auch durchziehen. Da gab es gar keine Diskussionen. Sie schnappte sich also den Hörer, rief Polizeimeister Jürgen Wacker an, der sich neuerdings auch um den Fuhrpark der Wache kümmerte, und erklärte ihm, dass sie für einen Außendiensteinsatz einen Streifenwagen benötigte.

Zehn Minuten später schoss sie mit dem blau-silbernen Kombi vom Parkplatz der Polizeiinspektion direkt in den gegenüberliegenden Barbaratunnel. Der große Kübler saß auf dem Beifahrersitz und grinste. Der kleine Kübler hockte, wie es sich gehörte, hinten in seinem Kindersitz und winkte stolz wie Oscar den anderen Autofahrern zu – mit der großen grün-roten Polizeikelle in der einen und Ninas Handschellen in der anderen Hand.

Die Brüder May waren beide berufstätig. Der Ältere der beiden wohnte noch bei Mama und arbeitete im St. Marien-Krankenhaus Siegen. Den würden sie sich als Erstes vorknöpfen. Der Jüngere arbeitete beim Roten Kreuz als Rettungssanitäter im Nachbarort Kirchen, wohnte aber in Siegen-Eiserfeld. Ihn auf der Arbeit aufzusuchen, wäre ziemlich sinnlos, da er ja berufsbedingt die meiste Zeit mit einem der Rettungswagen unterwegs war. Sie würden ihn sich daher am späten Nachmittag, nach seinem Dienstschluss, zu Gemüte führen. Kontaktiert hatten sie noch keinen der beiden. Nina wollte den Männern gegenüberstehen, wenn sie ihnen von der Mumie erzählte. Der Gedanke, mit dem kleinen Linus im Schlepptau zu einem Verhör zu fahren, missfiel ihr. Noch dazu, wo es um dieses doch sehr unangenehme Thema Leichenschändung ging. Außerdem waren die beiden May-Brüder ja schon arg tatverdächtig. Was, wenn es da hart auf hart kam? Was, wenn die sich einer eventuellen Festnahme entziehen wollten und es zu ... wer weiß was kam? Andererseits konnten sie Linus ja schlecht im Büro einsperren oder ihn in einer der Ausnüchterungszellen parken.

Kurz vor dem Bahnübergang in Niederschelden bog sie nach links über die Siegbrücke, fuhr dann den Berg hinauf vorbei an der Rundturnhalle und schließlich auf die Hüttentalstraße, wie die Siegener die Schnellstraße durch das Siegtal nannten.

„Tante Nina, ich will Köttbullar essen", kreischte Linus, als links vor ihnen auf dem Berg der große Werbemast des schwedischen Möbelhauses in Sicht kam. Na toll, das fehlte ihr jetzt noch! IKEA war irgendwie nicht Ninas Ding. Bei ihrem letzten Besuch in dem Laden war sie so ausgeflippt, dass sie sogar für einen ganz, ganz kurzen Moment überlegt hatte, ihre Dienstwaffe zu ziehen, um sie der dicken Kindergartentante am Schalter des Smålands auf die Stirn zu drücken.

„Nein, Linus, das geht heute nicht. Ein andermal", erklärte sie ihm ganz ruhig

„Also, ich hätte da ja auch noch so ein klitzekleines Hüngerchen", fiel der große Kübler ihr jetzt auch noch in den Rücken.

„Dann hättest du das Schweineohr essen sollen", fauchte sie ihn an und sah in den Rückspiegel, wo Linus auf dem Rücksitz mit verschränkten Armen schmollte.

Keine fünf Minuten später parkten sie vor dem schwedischen Möbelhaus. Sie verstaute ihr Portemonnaie, ihr Telefon und die Pistole in der Handtasche und schloss den Wagen ab. Ihren Vorschlag, schnell im Kassenbereich einen Pappbecher schwedische Hackbällchen-to-go zu holen, ignorierten die beiden Kübler-Jungs vollkommen und rannten stattdessen einträchtig nebeneinander die Treppe hinauf zum Restaurant. Ihr blieb heute wirklich nichts erspart. Ihr Blick fiel auf den Eingang zum Småland, wo ein Erzieher sie recht gelangweilt anlächelte. Nina hielt inne und überlegte. Eine Idee manifestierte sich in ihrem Kopf. Sogar eine von den brillanten Ideen. Genauso würden sie es machen.

*

Hans Peter fühlte sich elend. Zum einen hatte er eine Menge Blut verloren, als er bei dem Sturz mit dem Kopf auf die Kante einer Steinplatte geschlagen war. Doch die Wunde würde wieder verheilen. Viel schlimmer war, dass Inge sauer auf ihn war. Wobei ... sauer traf es eigentlich nicht. In all den Jahren, seitdem er mit ihr zusammen war, hatte er sie noch nie so wütend erlebt. Sie war total ausgeflippt und hatte ihn beschimpft. Was genau sie ihm alles an den Kopf geworfen hatte, wusste er nicht, da ihm das Denken seit der OP irgendwie schwerfiel. Er konnte noch nicht einmal sagen, wie lange sie ihn angeschrien hatte. Gefühlt war es eine Ewigkeit gewesen.

Er drehte den Kopf und sah zu ihr hinüber. Es tat ihm unendlich weh, sie so zu sehen. Wie sie da am Fenster saß, weinte und hinaussah. Er hatte damit gerechnet, dass sie gehen würde, nachdem sie sich Luft gemacht hatte ... doch sie war geblieben. Hatte sich einfach da an das Fenster gesetzt und hinausgesehen. Ihr Schweigen schmerzte ihn noch mehr als ihr Toben vorhin. Sie zu verlieren, wäre sein Ende.

„Inge?", fragte er heiser.

Sie reagierte nicht.

„Inge, ich werde es nie wieder tun. Wenn du es willst, werde ich nie mehr eine Zigarette anrühren", sagte er leise und bemerkte, wie sie sachte ihren Kopf bewegte.

„Es geht nicht darum, was ich will, Hans Peter", schniefte sie leise. „Es geht darum, was du willst. Du hättest verbluten können durch deine Unvernunft. Sie haben dir das Blut verdünnt, dich am Herzen operiert, und du stehst einfach auf, gehst nach draußen und machst dir eine Zigarette an. Willst du unbedingt sterben?"

Nein, das wollte er nicht! Er wollte nicht sterben. Er hatte noch so vieles vor. Allerdings hätte er auch nicht gedacht, dass eine einzige dumme Zigarette ihn so aus den Schuhen hauen würde. Nur zu gut wusste er, dass es Inge missfiel, dass er rauchte. Doch wirklich beschwert hatte sie sich nie darüber. Sie akzeptierte es. Nicht mehr und nicht weniger. Doch sie hatte recht. Es ging hier um ihn! Um seine Gesundheit! Er hatte in den letzten Tagen gleich zweimal verdammtes Glück gehabt. Das erste Mal, weil Friedhelm und Anita bei ihm gewesen waren, als sein Herz versagte. Hätten die Freunde ihn nicht unermüdlich reanimiert, bis der Notarzt übernahm, wäre er jetzt tot. Das zweite Mal hatten der junge Mann auf der Dachterrasse und die Tatsache, dass er sich im Krankenhaus befand, ihm das Leben gerettet. Wäre er alleine oder irgendwo anders gewesen, wäre er sicherlich verblutet.

„Ich verspreche es dir. Ich rühre keine Zigarette mehr an. Nie mehr!", sagte er entschlossen.

Inge stand auf, kam näher und ließ sich auf seiner Bettkante nieder. Hans Peter war keine Heulsuse, nein, bestimmt nicht. Selbst bei der Beerdigung seiner ersten Frau vor sechs Jahren hatte er einfach nur mit versteinerter Miene dagestanden, obwohl es ihn innerlich zerrissen hatte. Doch als er jetzt in Inges verweinte Augen sah, spürte er plötzlich, wie sich eine Träne aus seinem Augenwinkel löste und über seine Wange rollte.

„Du musst es dir versprechen, Hans Peter, nicht mir", flüsterte sie wieder.

Er nickte sachte. Ein Hans Peter Thiel stand zu seinem Wort, ohne Wenn und Aber. Ab heute war Schluss mit der Qualmerei. Wenn er das nächste Mal aus den Latschen kippte, könnte es das letzte Mal sein. Er war schließlich keine Katze mit sieben Leben.

*

„Wenn Alex das rausbekommt, wird sie mich umbringen", jammerte Kübler, als Nina vom Parkplatz des schwedischen Möbelhauses fuhr.

„Quatsch, jetzt stell dich mal nicht so an. Es wird ihm gefallen. Du weißt doch, wie gerne er in dieses Spieleparadies geht", versuchte sie ihn zu beruhigen. In ihren Augen stellte Thomas sich einfach nur an. Was war schon dabei, den Zwerg für ein, zwei Stündchen im Småland zu lassen? Nichts! Linus würde seinen Spaß haben und sie freies Schussfeld ... für den Fall, dass es hart auf hart kam. Natürlich war dies eher unwahrscheinlich. Doch man musste im Polizeidienst auf alles gefasst sein. Ein Kind hatte bei einem Einsatz eben nichts verloren.

„Und was, wenn er zu weinen beginnt und die uns ausrufen?", wandte Kübler ein.

„Wird er nicht. Ich hab es ihm erklärt, dass wir zu einem bösen Mann müssen und er so lange warten muss, bis wir ihn wieder abholen. Linus ist kein Baby mehr", entgegnete sie.

Thomas stöhnte. „Trotzdem, Nina ... ich weiß nicht."

„Thomas, es ist gut jetzt. Wenn du nicht sofort Ruhe hältst, fahr ich zurück und gebe dich auch noch im Småland ab", fauchte sie nun doch sehr genervt.

Es wirkte. Den restlichen Weg bis zum Krankenhaus, in dem Herr Doktor May arbeitete, saß er still neben ihr und sah einfach nur aus dem Fenster.

„Guten Tag, Frau Moretti, guten Tag, Herr Kübler", begrüßte sie Doktor May mit einem sehr angenehmen Händedruck und deutete auf die beiden Stühle vor seinem Schreibtisch.

Nachdem alle Platz genommen hatten, sah sie der Arzt erwartungsvoll an.

„Nun, meine Herrschaften, was kann ich für Sie tun? Warum sind Sie hier?"

„Es geht um Ihre verstorbene Schwester", begann Nina vorsichtig und beobachtete ihr Gegenüber dabei genau. May hob die Brauen und schüttelte dann langsam den Kopf.

„Um Kirsten? Was gibt es da noch zu ermitteln? Kirsten ist seit zwölf Jahren tot."

„Das wissen wir, Herr May. Es ist nur so ... dass wir sie am Dienstagmorgen auf dem Friedhof exhumiert haben ... und ..."

„Sie haben was?", unterbrach er sie barsch.

„Ihre Schwester lag in dem Grab einer anderen Frau. Und zwar in dem, deren mumifizierten Leichnam wir bei Ihnen in der Nachbarschaft gefunden haben", erklärte Nina.

May lehnte sich zurück, blickte dann verdutzt zwischen Nina und Thomas hin und her und schüttelte dann sichtlich verwirrt den Kopf.

„Noch einmal von vorne, Frau Moretti. Diese Sache mit der ... Mumie ... das stand ja in der Zeitung ... aber warum hat die ein Grab auf dem Friedhof ... wenn die doch in dem Haus lag ... und was soll Kirsten damit zu tun haben ...?"

May hörte schweigend zu, während Nina ihm den Stand der Ermittlungen mitteilte. Das Unverständnis über die Angelegenheit war ihm deutlich anzusehen. Sie ließ ihren Blick, während sie sprach, nicht von seinen Augen. Die Erschütterung des Mannes schien echt. Doch das musste nichts heißen. Genauso gut konnte er einfach nur ein guter Schauspieler sein.

„Wir werden morgen früh deshalb das Grab Ihrer Schwester öffnen lassen, um nachzusehen, wer an

191

ihrer Stelle dort liegt ... oder ob es ... wie wir in diesem Fall hoffen, leer ist", endete sie.

Doktor May sah sie eine Weile stumm an. Die Stille in dem Raum war unangenehm.

„Das ist jetzt alles ein schlechter Scherz, oder?", fragte er dann, wie Nina glaubte, nicht wirklich ernst gemeint.

Nina entnahm der Aktenmappe, die auf ihrem Schoß lag, ein Foto von Sonja Ludovic. Es handelte sich um die Aufnahme, die der Fotograf für das Modemagazin kurz vor dem Tod der jungen Frau geschossen hatte.

„Kennen Sie das Mädchen auf dem Bild?", fragte sie und bemerkte ein knappes Lächeln, das über das Gesicht des Arztes huschte.

„Nein, tut mir leid, Frau Moretti. Aber ich habe jeden Tag mit Hunderten Menschen zu tun und ...", er machte eine kurze Pause und betrachtete das Foto noch einmal eine Weile. „Sie ähnelt ein wenig Kirsten ... aber nur ein wenig. Die Frisur, ihre Figur und ...", er schüttelte den Kopf. „Sieht aus wie ein hübsches blondes Mädchen, von denen es Dutzende, wenn nicht Tausende da draußen gibt", erklärte er und legte das Bild nun vor Nina auf den Tisch.

„Sagt Ihnen der Name Sonja Ludovic etwas", hakte sie nach.

May deutete auf das Foto.

„Nein, aber ich vermute mal, dass es der Name der jungen Dame ist", kombinierte er.

„Genau, Herr May. Sonja Ludovic starb vor zweieinhalb Jahren bei einem Verkehrsunfall im Daadetal. Die Fahrerin des Wagens wurde bei dem Unfall schwer verletzt, hat aber überlebt. Sonja war sofort tot", versuchte Nina es weiter und schien nun Glück

192

zu haben. Die Regung in Mays Gesicht war eindeutig.

„Genau, Frau Moretti. Ich kann mich an den Fall erinnern. Ich arbeitete damals noch nebenher als Rettungsarzt für das DRK. Ein Wildunfall ... eines Samstagsnachts ... der Wagen kam von der Straße ab und prallte gegen einen Baum", stammelte er und griff sich erneut das Foto. „Damals ... als ich sie sah ... da hab ich mich im ersten Moment so erschrocken ... weil ich dachte, sie wäre ...", er schluckte.

„Das Mädchen hat Sie an Ihre kleine Schwester erinnert?", sagte Kübler nun auch einmal etwas.

„Genau ... ich hab für einen Moment geglaubt, es wäre Kirsten."

*

Sören Henkelmann sah auf seine Armbanduhr. Es war kurz vor vier Uhr nachmittags. Die Schlange an der Anmeldung zum Småland wuchs stetig, und das, obwohl sie bereits voll besetzt waren. Jetzt begann die Hauptkampfzeit hier im Kinderparadies des schwedischen Möbelhauses. Jetzt kamen die Papis von der Arbeit nach Hause, der Kindergarten und das Mittagsschläfchen der kleinen Biester war beendet und Mama wollte mit der ganzen Familie zu IKEA Teelichter kaufen. Rein ins Auto, ab ins Möbelhaus, das nervige Balg ins Småland abgeschoben und hinein in den Konsumtempel. In seinen Augen der blanke Horror. Es waren die Erwachsenen, die Kinder konnten ja nichts für die Kaufwut ihrer Erzeuger. Als er vor fünf Jahren beschloss, Erzieher zu werden, hätte er nicht im Traum daran gedacht, einmal hier zu enden. Wobei ... enden war falsch. Sobald er etwas anderes fand, in einem richtigen Kindergarten, war er hier wieder weg. Hätte er doch gut damals auf seine Eltern, Freunde und Mitschüler gehört. Kaum einer von denen hatte nicht versucht, ihm auszureden, diesen Beruf zu ergreifen. Nun gut, im Moment brauchte er die Kohle – wobei er eigentlich immer Kohle brauchte. Geld war nicht so sein Ding. Kaum hatte er es in den Fingern ... schon war es wieder weg, und das, obwohl er ja noch zu Hause bei seinen Eltern wohnte. Im Grunde mochte er Kinder, die waren hier auch eigentlich nicht das Problem. Das Problem waren tatsächlich quengelnde Mamas und Papas, die sich nach einem harten Tag dem Konsumrausch hingaben und ihren angestauten Frust an ihm und seinen Kollegen ausließen.

„Nein, sorry, tut mir leid, wir sind gerade voll, Sie müssen warten, bis wieder ein Kind geht", vertröstete er den nächsten genervten Papi und sah ihm hinterher, wie er mit dem schreienden Kind auf dem Arm nach oben in die Möbelabteilung verschwand.

Er wandte sich ab und ging seine Runde. Hier im Småland brauchte man Augen überall. Zwei unterhalb der Stirn reichten eigentlich gar nicht aus. Es war unfassbar, auf welche Ideen die lieben Kleinen heutzutage kamen. Gestern erst hatten sich zwei Fünfjährige splitternackt ausgezogen, weil ihnen zu warm war. Gut, da war etwas dran, er selbst würde jetzt auch lieber mit seinen Kumpels im Freibad abhängen. Das sommerliche Wetter ließ auch die Gemüter der Menschen hochkochen. Prügeleien zwischen den kleinen Satansbraten waren ohnehin an der Tagesordnung, da die Sprösslinge meist ja auch schon einen harten Tag im Kindergarten hinter sich hatten. Da lagen, genau wie bei den Großen, die Nerven blank. Sein Blick fiel auf einen Fünf- oder Sechsjährigen, der seit geraumer

Zeit alleine an einem der kleinen Tische hockte und malte. Ein liebes Kind, könnte man meinen. Doch Sören wusste, dass der Eindruck oft täuschen konnte. Er ging zu dem Pimpf und sah ihm neugierig über die Schultern. Der Bengel war wahrlich talentiert. Er hatte schon schlechtere Zeichnungen von wesentlich älteren Kindern und sogar von Erwachsenen gesehen. Das Bild zeigte eindeutig ein Polizeiauto mit Blaulicht, in dem drei Gestalten saßen.

„Sehr schön", lobte er den Kleinen, ehrlich gemeint.

„Das ist mein Papa", meinte der stolz und deutete auf eine der Figuren.

„Aha", stellte Sören fest.

„Und das bin ich und das da ist die Tante Nina", erklärte er weiter.

Sören fiel die Frau ein, die den Jungen vorhin abgegeben hatte. Eine Südländerin und ein Wahnsinns-Schuss. Neben ihr sah der Kerl, der laut Ausweis der Vater von dem Jungen war, aus wie ein Depp. Der Typ war ihm auch irgendwie komisch vorgekommen. So nervös ... so, als ob er etwas Verbotenes tun würde. Merkwürdig war auch, dass die beiden, nachdem sie den Jungen abgegeben hatten, nicht nach oben in die Möbelabteilung, sondern auf den Parkplatz gegangen waren.

„Sag mal, die Tante Nina, war das die Frau, die eben mit deinem Papa kam?", erkundigte er sich neugierig.

Der Junge nickte.

„Ja, wieso?"

„Ähm, nur so, ich hatte gedacht, das wäre deine Mama, weißt du", erklärte er sein Interesse.

Der Pimpf sah ihn an und hielt sich den Zeigefinger vor seinen Mund.

„Pssst, die Tante Nina sagt, dass die Mama das nicht wissen darf, dass sie mit dem Papa weggefahren ist."

„Aha, sagt das die Tante Nina?", wiederholte er erstaunt und musste grinsen. Er bekam gerade so eine Ahnung, was die beiden Herrschaften vermutlich just in diesem Moment trieben.

„Und wo ist deine Mama?", fragte er nun weiter.

„Die ist bei dem Opa Hans Peter im Krankenhaus und guckt, dass der wieder gesund wird", wusste der Kleine.

Sören sog die Luft ein. Das wurde ja immer doller.

„Und weißt du auch, wo der Papa mit der Tante hin ist?"

Der Kleine nickte.

„Ja, die Tante Nina muss arbeiten und der Papa muss ihr helfen."

„Und was arbeitet die?"

Der Zwerg verdrehte genervt die Augen und deutete auf das Bild.

„Die ist doch die Polizei."

„Echt?", fragte er.

Der Kleine nickte, fasste dann in die Brusttasche seiner Latzhose und zog zu Sörens Entsetzen ein paar sehr echt aussehende Handschellen heraus.

„Wo hast du die denn her?", rief er erstaunt und versuchte, danach zu greifen.

„Die sind der Tante Nina. Aber die wollte den Papa damit fesseln. Da hab ich die lieber mitgenommen", meinte der nur trotzig und hielt die Schellen so hinter sich, dass Sören sie nicht packen konnte.

*

„Also, wenn du mich fragst, hat der Kerl Dreck am Stecken. Der wusste was", meinte Thomas, als Nina den

Streifenwagen vom Parkplatz des Krankenhauses lenkte.

„Glaub ich nicht. Aber spätestens am Montag haben wir ja den DNA-Abgleich. Dann werden wir wissen, ob er unser Leichenschänder ist", antwortete sie.

„Der ist damals bei dem Unfall gewesen, hat das Mädchen gesehen und sie nachher aus dem Sarg geklaut", stellte Kübler die nächste These auf. Nina hatte keine Lust auf diese schwachsinnigen Spekulationen. Sie sah auf die Uhr. Es war gleich fünf Uhr nachmittags. Sie würden jetzt noch den zweiten Bruder befragen, dann Linus abholen und nach Hause fahren.

Der zweite der Brüder May war dummerweise nicht zu Hause.

„Seitdem die Frau weg ist, kommt der nur noch selten", wusste die Nachbarin zu berichten, und Nina glaubte, in ihren Worten ein wenig Hohn zu hören. Als sie wieder ins Auto steigen wollten, klingelte Ninas Handy. Es war Klaus. Er hatte mit Ninas Mama telefoniert und wollte Nina nun mal eben berichten, wie es Hans Peter ging. Da Neuigkeiten aus Bremen keine Zeit hatten, bis sie zu Hause war, disponierte sie einfach um und gab Thomas zu verstehen, er solle fahren.

„Thiel hat mit dem Rauchen aufgehört. Er hat meiner Mutter versprochen, er würde keine mehr anrühren", berichtete sie Thomas, nachdem sie das Telefonat beendet hatte.

„Macht der eh nicht", antwortete Kübler und kicherte höhnisch.

Nina war sich da nicht so sicher. Sie kannte kaum einen Menschen, der so hinter seinem Wort und seinen Prinzipien stand, wie Thiel. Wenn der alte Knochen sich was in den Kopf setzte, zog er es für gewöhnlich ohne Wenn und Aber durch. Da waren sie beide sich ziemlich ähnlich.

„Wenn der das sagt, macht der das auch", erklärte sie deshalb.

„Macht der nicht. Spätestens wenn dem einer einen Glimmstängel unter die Nase hält, wird er schwach", meinte Kübler

Die Diskussion über das Für und Wider von Thiels Zigarettenkonsum endete abrupt auf dem Parkplatz der Polizeiinspektion, als Nina die Tür des Streifenwagens ins Schloss warf und ihr Blick auf den Rücksitz fiel, auf dem sich ein leerer Kindersitz befand.

„Scheiße, wir haben Linus vergessen!", sagte sie tonlos und blickte zu Thomas, der plötzlich leichenblass wurde, wieder in den Wagen sprang, den Motor startete und dann mit quietschenden Reifen in einer Staubwolke verschwand.

*

Dem Himmel schien es überhaupt nicht zu gefallen, dass die Arbeiter des Bauhofes das Grab von Kirsten May öffneten. Es goss wie aus Kübeln an diesem Freitagmorgen, und das gestern noch so trockene Erdreich verwandelte sich bereits in der Schaufel des kleinen Baggers zu einer schlammigen Masse. Nina sah zu Dr. May, der einige Meter entfernt im Schutz eines Baumes stand und den Arbeiten zusah. Es passte ihr ganz und gar nicht, dass der Mann heute Morgen vor Ort war und ihnen bei ihrer Arbeit auf die Finger schaute. Doch sie war selbst schuld. Hätte sie bloß einfach gestern ihre Klappe gehalten, anstatt ihm auch noch zu stecken, dass sie hier frühmorgens graben würden. Wegjagen konnte sie ihn nicht. Dies war ein freies

Land und ein öffentlich zugänglicher Ort. Im Übrigen war sie davon überzeugt, dass sie eh nichts finden würden. Sie blickte den Hang hinauf zu der Stelle, an der sie am Dienstag gegraben hatten. Die Grube war wieder, wie es sich gehörte, verschlossen. Zumindest vorerst. Die beiden Leichen lagen noch immer in der Pathologie. Erst wenn der Fall abgeschlossen war, würde jede der beiden endlich die Ruhestätte bekommen, die ihr zugeteilt worden war und auf der schon seit Jahren ihr Name stand. So viel Ordnung musste sein. Auch im Tode.

Sie freute sich auf heute Mittag. Um zwei Uhr fiel der Hammer. Dann war Feierabend, Wochenende und sie würde zusammen mit Klaus in Thiels riesigem Wohnmobil nach Bremen fahren. Ihr Blick glitt zu Kübler, der stumm im gelben Friesennerz neben ihr stand und dem Bagger zusah. Thomas war mies drauf. Zum einen wegen dieser Sache bei IKEA. Wie es schien, hatte einer der Mitarbeiter ihn sogar noch doof angemacht, weil Linus Ninas Handschellen in seiner Hosentasche gehabt hatte. Der Zwerg hatte den Besuch im Småland wie erwartet gut überstanden und überhaupt nicht gemerkt, dass sie ihn im Eifer des Gefechtes dort vergessen hatten. Thomas hingegen ging die Sache nahe. Am Sonntag, wenn Nina von Bremen zurück nach Betzdorf fuhr, würde sie auf jeden Fall Alex wieder mitbringen, damit der Spuk endlich ein Ende hatte.

Das Brummen des Baggers setzte aus und der zweite Mann, der die Handschaufel benutzte, winkte ihr zu. Nina trat näher und sah in die Grube. Deutlich war das morsche Holz eines Sarges zu sehen. Viel war nicht mehr übrig. Nun gut, seit der Beisetzung waren zwölf Jahre vergangen. Der Mann mit der Schaufel stellte eine Leiter in das Loch, stieg hinab und begann, die verfaulten Bretter, die zwischen seinen Fingern zerbröselten, zu entfernen. Deutlich waren darunter Knochen und die Reste von Kleidung zu sehen.

„Scheiße, da scheint tatsächlich jemand zu liegen", hörte sie Thomas fluchen.

„Ja, aber auf den ersten Blick würde ich sagen, der Zustand der Leiche ist so, wie er nach zwölf Jahren sein sollte. Bis auf ein paar Knochen ist nichts übrig geblieben", fasste sie das zusammen, was sie sah.

„Stellt sich nur die Frage, zu wem diese Knochen einmal gehört haben?", meinte Kübler.

„Und was jetzt? Wieder zuwerfen?", fragte der Baggerführer aus seiner Kanzel.

Nina schüttelte den Kopf.

„Nein, ich würde sagen, ihr Jungs macht Pause und wir rufen jetzt erst mal die Kollegen von der Spurensicherung", entschied sie, zog ihr Telefon aus der Tasche und erledigte den Anruf gleich selbst.

Kapitel 14

Samstag, 16. Juli 2016, 23:34 Uhr
Betzdorf – Vor dem Haus der Familie Bromberg

Nur noch fünfundzwanzig Minuten und vierzehn Sekunden bis Mitternacht. Obwohl es recht frisch war in dieser Nacht, stand Schweiß auf seiner Stirn. Ihr Ehemann, dieser Feuerwehrmann, war bereits vor einer Stunde gefahren. Hinter einem der Fenster in der oberen Etage brannte noch Licht. Er kurbelte das Fenster herunter und sog die Luft tief ein. Musik und Gelächter drangen von irgendwoher und es roch nach Rauch. Natürlich, es war Wochenende, eine laue Sommernacht, die zum Feiern in den Gärten und auf den Terrassen einlud. Vielleicht sollte er sie sich schon jetzt holen und nicht warten, bis sie um Mitternacht ihren Liebhaber traf, ging es ihm kurz durch den Kopf. Nein, nein, nein. Er musste vernünftig bleiben. Sein Plan war perfekt. Er musste ihn nur genauso durchziehen. Alles andere könnte in einem Desaster enden. Noch einmal überprüfte er die russische Nachtsichtoptik, die er sich für wenig Geld im Internet besorgt hatte und die neben ihm auf dem Beifahrersitz lag. Er bemerkte, wie das Licht im Haus gelöscht wurde. Dann sah er sie, wie sie im Schutz der Dunkelheit zu ihrem Kleinwagen rannte, den Motor startete und rückwärts aus der Einfahrt fuhr. Er wusste, wohin sie fahren würde. Sie hatte den Treffpunkt bei dem Telefonat zweimal erwähnt. Natürlich hätte er auch dort auf sie warten können. Doch das Risiko, dass sie und ihr Lover den Plan änderten und er es nicht mitbekam, war zu groß. In gebührendem Abstand folgte er ihr durch die Stadt bis zum Sportplatz Wallmenroth, wo sie links in die Muhlau einbog, wie man das Naturschutzgebiet in der Siegschleife nannte. Er war mehrfach in den letzten Tagen hier gewesen, um die Lage zu sondieren. Er wartete einen Moment, bis sie abgebogen war, schaltete dann die Scheinwerfer seines Wagens komplett aus und folgte ihr. Hier im dichten Wald würde er ohne Licht nicht auffallen. Er griff sich das Nachtsichtgerät und streifte es über seinen Kopf. Die Sicht mit der Optik war besser, als er es erwartet hatte. Kurz vor dem Haus des Schützenvereins bog er oberhalb nach links in einen Waldweg ein und stellte den Wagen an einem der großen Hochspannungsmasten ab. Er stieg aus, griff den Rucksack mit seinem Gepäck und rannte dann im Schutz der Bäume den Hang hinab zum Schützenhaus. Zwei Wagen parkten dort nebeneinander. Der Nissan Micra von Valerie und ein 3er BMW. In dem BMW saßen zwei Personen. Die Gesichter konnte er auch mit dem Gerät vor seinen Augen nicht erkennen. Die beiden stritten, das war deutlich zu vernehmen, da die Fenster des Wagens heruntergekurbelt waren. Einen Moment zögerte er noch, dann ging er bis auf wenige Meter an den Wagen heran und zog das alte Jagdmesser aus seiner Jacke. Vorsichtig schlich er sich von hinten an den Fahrer heran, langte dann mit dem Messer durch das geöffnete Fenster und zog es mit Schwung über den Hals des Mannes. Ein gurgelndes Geräusch war zu hören. Dann ein Schrei von ihr. Sie stieß die Beifahrertüre auf, doch er war bereits um den Wagen herumgelaufen und bei ihr. Das Licht der Innenbeleuchtung blendete ihn. Hektisch riss er sich das Nachtsichtgerät vom Kopf, schleuderte es von sich weg, packte Valerie und ging dann mit ihr zu Boden. Sie wehrte sich und schlug um sich.

„Halt still oder ich steche dich ab!", zischte er und drückte ihr das blutige Messer an die Kehle. Er musste aufpassen, dass er sie nicht verletzte. Er wollte sie unversehrt.

„Verdammt, halt still, ich will dich nicht verletzen!", fauchte er nochmals und merkte dann, wie sie erschlaffte. Dem panischen Kreischen folgte auf den Punkt ein verängstigtes Wimmern. Er lockerte seinen Griff und zog sie dann wieder auf die Beine, nicht ohne ihr das Messer weiter an den Hals zu drücken.

„Geh langsam zum Wagen und leg die Hände auf das Dach. Und keinen Mucks, sonst schneid ich dir die Kehle durch", flüsterte er ihr ins Ohr. Dabei roch er ihren Angstschweiß. Ein herrlicher Geruch, so voller Leben. Es gefiel ihm, und er kostete die Macht über sie in vollen Zügen aus. Er war es nun, der über Leben und Tod entschied. Sein Blick fiel ins hell erleuchtete Wageninnere. Das Armaturenbrett sah aus, als hätte jemand einen Eimer mit roter Farbe darüber gegossen. Eigentlich schade. Es war so schnell gegangen, dass er noch nicht einmal etwas gefühlt hatte, als der Geist des Mannes von dannen ging. Er presste Valerie gegen das Auto, hielt kurz inne, schloss die Augen und lauschte in die Dunkelheit. Sie waren allein. Der Tod war nicht mehr anwesend. Die Seele des Verstorbenen hatte den Ort der Tat bereits verlassen. In der Luft lag eine merkwürdige Stille. Von fern war nur das leise Plätschern der Sieg zu hören. Valerie wimmerte noch immer. Während er sie weiter mit seinem Körper an den Wagen drückte und mit einer Hand das Messer an ihre Kehle hielt, zog er mit der anderen die aufgezogene Spritze aus seiner Jacke, rammte sie ihr seitlich in den

Hals und drückte den Kolben durch. Sekunden später glitt sie wie ein nasser Sack in seine Arme. Sie war schwerer als er dachte. Doch er hatte keine Zeit, sich über so etwas Gedanken zu machen. Jetzt musste alles sehr schnell gehen. Er legte sie vorsichtig ins Gras und fühlte ihren Puls. Sie lebte noch. Genau, wie er es wollte. Dann rannte er zurück zu dem BMW und sah sich darin um. Hinter dem Sitz mit dem toten Fahrer entdeckte er einen fast vollen Reservekanister, daneben eine leere Flasche und einen alten Lappen, die dem Brandstifter wohl als Brandsatz hatte dienen sollen. Vermutlich hätte er diesen, genau wie bei dem Haus am Struthof, durch eines der Fenster geworfen. Er selbst verstand nichts von diesen Dingen. Diese Molotowcocktails kannte er nur aus Filmen. Er würde ihn auch nicht brauchen bei seinem Vorhaben. Er sah hinüber zum Schützenhaus, das sich schemenhaft vor dem Mondlicht abhob. Die Schützenbrüder würden bestimmt noch nicht einmal begreifen, dass er es gewesen war, der das Vereinsgebäude vor den Flammen bewahrt hatte. Er riss den Kanister aus dem Fußraum, öffnete ihn und begann, das Benzin im Innenraum zu verteilen. Mit den letzten Tropfen legte er eine kleine Spur bis kurz vor den Punkt, an dem er gerade eben die Ohnmächtige abgelegt hatte. Dann nahm er die Streichhölzer aus seinem Rucksack, zog ihn wieder auf seinen Rücken und riss das Holz an der Reibfläche an. Noch bevor das brennende Hölzchen den Boden berührte, entzündeten sich die Benzingase. Niemals hätte er mit solch einer Explosion gerechnet. Die Druckwelle riss ihn von den Füßen und schleuderte ihn zu Boden. Die Hitze des Feuerballs, der von dem Wagen aus empor in den Himmel schoss, war gewaltig. Er rappelte sich auf, torkelte beinahe benommen zu der leblosen Gestalt im Gras und warf sie sich über die Schulter. Er musste schleunigst hier weg. Wie ein Besessener rannte er im Zickzack zwischen den Bäumen den Berg hinauf zu seinem Auto. Das Tal war durch das Feuer hell erleuchtet. Er sah über den Fluss, wo sich die Ausläufer des Örtchens Scheuerfeld befanden. Ob die Anwohner die Detonation wahrgenommen hatten? Vermutlich ja. Ob sich dort etwas tat, konnte er durch das dichte Laub der Bäume nicht erkennen. Seine Knie und der Rücken schmerzten höllisch unter der ungewohnten Last. Er riss mit nur einer Hand die Klappe des Kofferraumes an seinem Wagen auf, legte Valerie unsanft ab und schlug die Haube wieder zu. Nur Sekunden später schlidderte er den Weg hinauf durch den Wald. Dieses kurze Stück bis zur Hauptstraße war der Knackpunkt seines Planes. Er musste die Hauptstraße erreichen, bevor ihm hier die Feuerwehr oder die Polizei entgegenkam. Als er plötzlich die Blaulichter vor sich zwischen den Bäumen sah, begann sein Herz zu rasen. Nein, nein, nein, das durfte nicht sein! Er trat das Gaspedal voll durch und schleuderte dann im letzten Moment nach links in den Seitenweg, der zum Klärwerk führte. Seine Hand tastete hektisch über den Beifahrersitz und er erstarrte. Das Nachtsichtgerät. Verdammt! Er hatte die Optik abgezogen und fallen lassen, als ihn das Licht der Innenbeleuchtung geblendet hatte. Geistesgegenwärtig trat er auf die Bremse, brachte den Wagen etwa fünfzig Meter hinter der Abbiegung zum Stehen und schaltete das Licht aus. Im Rückspiegel sah er zwischen den Bäumen die Kolonne mit den Blaulichtern vorbeirasen. Sein Herz schlug bis hinauf zu seinem Hals, während die Sekunden und Minuten verstrichen. Er musste wieder einen kühlen Kopf bekommen. Seine

Sinne und Gedanken in die richtigen Bahnen lenken. Er hatte vor nicht einmal zehn Minuten einen Menschen getötet. Nun suchten sie nach ihm. Er würde jetzt ganz langsam und ohne Licht bis hinunter zum Klärwerk fahren, wo sie ihn bestimmt nicht vermuteten. Valerie schlief nach der Ladung, die er ihr verpasst hatte, erst einmal. Er selbst würde einige Stunden warten, bis der Tag anbrach, und sich dann in den Strom der Schaulustigen einreihen, die dann vermutlich mit dem Auto bis hinunter zum Schützenhaus fuhren, um das neueste Werk des Feuerteufels zu bestaunen. Ja, genau. So würde er es machen. An den nächsten Wochenenden hätte die Feuerwehr dann endlich wieder ihre Ruhe. Eigentlich, so überlegte er, müssten sie ihm dankbar sein. Er hatte den Feuerteufel für sie gerichtet.

Hieß es nicht auch in einem Sprichwort: Wer mit dem Feuer spielt, kommt darin um. Doch, genauso sagte man.

Am Klärwerk schaltete er das Licht des Wagens wieder ein. Hier würde ihn niemand mehr sehen können. Er fuhr den Wirtschaftsweg an dem Werk vorbei bis ganz zum Ende unter die Eisenbahnbrücke, die hier die Sieg überspannte, stellte den Wagen ab, stieg aus und setzte sich dann auf einen Stein direkt am Flussufer. Hier entschied er sich zu warten, bis die Sonne am Himmel stand.

*

Thomas saß auf der Terrasse seines Eigenheims und sah hinauf zu den Sternen. Es war angenehm frisch hier draußen. Morgen würde Alexandra nach Hause kommen, und das war auch gut so. Sie fehlte ihm sehr, auch wenn er sie gelegentlich schon mal auf den Mond schießen könnte. Am Abend hatte er beinahe anderthalb Stunden mit ihr telefoniert und ihr haarklein berichtet, was in den letzten vierundzwanzig Stunden seit ihrem letzten Gespräch alles passiert war. Er brauchte diese Unterhaltungen mit ihr. Sie beide hatten keine Geheimnisse voreinander, und das war ebenfalls gut so. Er nippte an seinem Bier, schloss die Augen und lauschte den Grillen, die im hohen Gras des Naturschutzgebietes unterhalb des Hauses zirpten. Das Leben war doch schön. Ihm ging es gut. Er hatte eine tolle Familie. Ein wunderschönes Haus im Grünen und einen lieben, aber total bekloppten Hund, der seit geschlagenen zwei Stunden auf der Wiese lag und einen Igel bewachte, der zusammengerollt unter einem der Obstbäume lag und sich nicht traute, wegzulaufen. Der Tag heute war interessant gewesen. Er hatte eine Menge gelernt. Rund ums Fotografieren und auch über die Menschen. Mit welcher Selbstverständlichkeit dieses Model sich heute Vormittag vor all den knipswütigen Kursteilnehmern nackig machte, hatte ihn schon irgendwie in Verlegenheit gebracht. Seltsamerweise hatte er beim Anblick des durchaus attraktiven und hüllenlosen Mädels auch nur an seine Alex gedacht. Als Nina ihm gestern Mittag vorschlug, Linus mit nach Bremen zu nehmen, hatte er sich gefreut, und auch der Kleine war sofort Feuer und Flamme gewesen, mit seiner Lieblingstante und Klaus in dem großen Reisemobil zur Mama zu fahren. Doch auch der Zwerg fehlte ihm jetzt irgendwie. Er sah zum zigsten Mal an diesem Abend auf die Leuchtziffern seiner Armbanduhr. Es war gleich ein Uhr morgens. Er musste lächeln. Es war schon Sonntag, was im Umkehrschluss bedeutete, dass Alex und die Kinder bereits heute zurückkamen.

Neben ihm auf dem Tisch begann sein Telefon zu vibrieren und bereitete ihm augenblicklich ein ungutes Gefühl: Anrufe nachts um eins bedeuteten nie etwas Gutes. Er sah auf das Display und las den Namen des Kollegen Torsten Liebig. Das war jetzt ganz und gar nicht gut, und er hatte bereits so eine Ahnung, um was es gehen könnte. Der Feuerteufel hatte wieder zugeschlagen. Er nahm ab und meldete sich mit seinem Namen.

„Es brennt wieder. Diesmal ein parkendes Fahrzeug in Wallmenroth in der Muhlau am Schützenhaus", berichtete der Kollege knapp das, was Thomas bereits befürchtet hatte.

„Bist du vor Ort?", hakte er nach.

„Ja, Tom, und es wäre gut, wenn du ebenfalls kämest, dir das anzusehen. In dem ausgebrannten Wrack sitzt noch einer drin."

Thomas sog die Luft ein. Es war wie befürchtet. Wenn das Telefon nachts um ein Uhr klingelte, war das überhaupt nicht gut.

Er verabschiedete sich, legte auf und befreite den armen Igel von dem lauernden Hundchen, indem er einfach nur sagte: „Luzie, Chef geht Auto fahren."

„Auto fahren" war eines von Luzies Lieblingswörtern, das sie verstand wie kein anderes. Wie ein Blitz schoss die Mischlingshündin in die Einfahrt und wartete ungeduldig, bis Thomas ihr die Tür des Wagens öffnete. Auf dem Weg nach Betzdorf versuchte er, seine Familie auszublenden und sich auf den Fall zu konzentrieren. Die letzten Tage hatte er zigmal überlegt, ob es zwischen dem Feuerteufel und dem Leichenschänder einen direkten Zusammenhang gab. Er tendierte mittlerweile klar zu einem Nein. Seiner Meinung nach war es ein dummer Zufall, dass der Feuerteufel das Haus angesteckt hatte, in dem der andere Irre seine Leiche aufbewahrte. Gestern, oder vielmehr am Freitag bei der Öffnung des Grabes hatten sie eine dritte, eindeutig nicht konservierte Leiche gefunden. Das Ganze wurde immer mysteriöser. Er war gespannt, was deren Obduktion noch ans Tageslicht bringen würde. Die Knochen aus Kirsten Mays Ruhestätte waren in einem miserablen Zustand. Es würde an ein Wunder grenzen, wenn es ihnen gelänge, die Identität der oder des Toten nach so langer Zeit ohne jegliche Anhaltspunkte noch herauszufinden.

In der ansonsten so beschaulichen Muhlau, wie das Naturschutzgebiet in der Siegschleife hieß, erwartete ihn ein Großaufgebot an Feuerwehr und anderen Rettungskräften. Mitten auf dem Platz vor dem Schützenhaus standen zwei ausgebrannte Pkw. Der eine eindeutig ein BMW, der zweite ein kleiner Japaner, oder was auch immer das für eine Karre war. So genau war das nicht mehr zu erkennen. Er stieg aus, erklärte Luzie, dass sie brav warten müsste, und ging dann zu den Fahrzeugwracks, die von den Arbeitsscheinwerfern der Feuerwehr angeleuchtet wurden. Thomas hasste verbrannte Leichen. Die waren ihm fast noch mehr zuwider als die, die lange im Wasser gelegen hatten. Der Geruch nach geschmortem Fleisch war ... nicht direkt widerlich ... erinnerte aber eher an den sonntags in Muttis Küche. Nur der Anblick war eben ein anderer und passte so überhaupt nicht zu dem Geruch.

Er entdeckte Torsten, der bei einigen Feuerwehrmännern abseits stand und mit diesen, wie es schien, heftig diskutierte.

„Hallo, Thomas, gut, dass du da bist. Hier ist absolute Krisenstimmung", flüsterte er und zog ihn von der Gruppe fort.

„Wieso, was ist denn?"

„Die Frau von einem der Feuerwehrmänner ist verschwunden", erklärte Torsten und deutete auf das kleinere Fahrzeugwrack.

„Der Mann, ein gewisser Frank Bromberg, hat das Auto natürlich sofort erkannt, als er zum Einsatz kam. Wir haben es überprüft. Der Nissan Micra ist auf ihn zugelassen, wird aber von seiner Gattin Valerie genutzt. Wacker und Peters sind sofort zu der Frau nach Betzdorf gefahren. Aber zu Hause ist sie nicht."

Thomas ging einige Schritte auf die ausgebrannten Fahrzeuge zu. Deutlich war der über das Lenkrad gesunkene verkohlte Körper zu sehen.

„Wissen wir, wer der oder die Tote ist?", fragte er.

Torsten zuckte mit den Schultern.

„Natürlich noch nicht. Der BMW ist auf einen Fabian Schnupf, wohnhaft in Kirchen, zugelassen", wusste Torsten.

„Habt ihr versucht, den zu erreichen?", fragte Thomas und sah zu der Leiche.

„Ja, haben wir. Bisher aber Fehlanzeige."

Thomas ging um die Wagen herum. Der BMW war deutlich mehr beschädigt als der kleinere Nissan. Außerdem standen bei dem großen Kombi alle Türen auf, während sie bei dem Nissan geschlossen waren. Der Innenraum des kleinen Japaners sah noch recht passabel aus.

„Sieht aus, als hätte der BMW zuerst gebrannt, und das Feuer ist dann später auf den Elefantenrollschuh übergesprungen", stellte er daher fest.

Torsten pflichtete ihm nickend bei.

210

Thomas' Blick fiel auf einen Gegenstand am Rande des geschotterten Platzes, keine drei Meter von dem Wrack entfernt. Er ging näher und betrachtete das Ding. Hastig zog er die Gummihandschuhe über, die er für solche Fälle immer in seiner Jacke hatte, hob die Nachtsichtoptik auf und zeigte sie Torsten, der anerkennend nickte.

„Eindeutig russisch", wusste Thomas, da er vor Jahren selbst einmal ein ähnliches Gerät auf einem Flohmarkt in Ostberlin erstanden hatte. Die Dinger bekam man damals, nach dem Zerfall des Ostblocks, nachgeworfen.

„Meinst du, das gehört unserem Feuerteufel?", überlegte Torsten laut.

Thomas sah sich um.

„Keine Ahnung. Wenn ich mir das so angucke, bezweifle ich, dass wir es hier überhaupt mit dem Feuerteufel zu tun haben", ging ihm bei diesem Anblick durch den Kopf.

Torsten warf die Stirn in Falten und sah aus, als wartete er auf eine Erklärung.

„Sieh dich doch mal um. Also, wenn du mich fragst, ist das hier ein eiskalter Mord."

Thomas zeigte auf eine verbrannte Stelle im Gras.

„Die Person im Auto war vermutlich bewusstlos, oder ... schon tot ... na ja, was auch immer. Auf jeden Fall ist die zweite Person der Täter oder eben die Täterin. Er, sie, hat den Brandbeschleuniger genommen, im Auto über die Sitze und die erste Person verteilt und hat eine Spur bis hierher gelegt. Den Kanister", er deutete auf die verbeulten Überreste eines Blechkanisters unweit der Wagenwracks, „hat er zum Auto geworfen und die Benzinspur dann hier an dieser Stelle entzündet."

„Die beiden Wagen gehören zum einen Fabian Schnupf, zum andern dieser Valerie. Beide sind verschwunden", merkte Torsten an.

„Genau. Und ich wette mit dir, dass einer oder eine da im Auto sitzt und der oder die andere jetzt auf der Flucht ist", dachte Thomas den Satz des Kollegen zu Ende.

„Doktor Wagner müsste gleich hier sein. Vielleicht kann er uns sagen, ob unsere Leiche ein ‚Er' oder eine ‚Sie' ist", hoffte Torsten.

Thomas ging zu seinem Wagen und holte einen Plastikbeutel aus seinem Handschuhfach, um das Nachtsichtgerät darin zu sichern. Er hielt inne und blickte zu den ausgebrannten Fahrzeugen. Wie zum Kuckuck war der Täter oder die Täterin eigentlich hier weggekommen? Beide Fahrzeuge waren ausgebrannt. Sein Blick schweifte über die Auenlandschaft, die nur schemenhaft vom Licht der Scheinwerfer angeleuchtet wurde. Eine Idee kam ihm. Er nahm die Tüte mit dem Nachtsichtgerät und hielt sie dem Hund hin. Alex hatte sich in den letzten drei Jahren viel mit dem ehemaligen Straßenhund beschäftigt. Luzie war nicht dumm. Im Gegenteil, der Hund verstand zu Hause, wenn er denn wollte, jedes Wort. Gut, meistens wollte er nicht und lag am liebsten nur dösend auf der Terrasse oder auf dem Sofa. Wenn er dann aber mal aktiv wurde, verblüffte er Thomas immer wieder. Wie vor etwa zwei Monaten. Da hatte Leah beim Spielen in den Wiesen unterhalb des Hauses ihren Schnuffelhasen verloren. Alex hatte daraufhin Luzie den Befehl gegeben, danach zu suchen. Sofort war der Hund losgerannt und hatte keine zwei Minuten später das Stofftier unbeschadet nach Hause gebracht.

Das Nachtsichtgerät war eines der Modelle, das der Träger sich, ähnlich wie eine Stirnlampe, mit einem Gurt um den Kopf schnallte und dann vor die Augen klappen konnte, um beide Hände frei zu haben. Aus eigener Erfahrung wusste er nur zu gut, wie man darunter schwitzte. Sie würden also vermutlich etliche DNA-Spuren sichern können und auch der Hund würde die winzigen Schweißtropfen des Trägers riechen können. Luzie beschnüffelte hektisch das Ding in der Tüte.

„So, und jetzt lauf und such", flüsterte er und bevor er sich versah, sprang die Mischlingshündin aus dem Auto und rannte im Zickzack auf der Wiese umher.

„Was soll das jetzt?", erkundigte Torsten sich und Thomas hatte das Gefühl, dass der Kollege dümmlich grinste.

„Nichts, aber ein Versuch ist es ja wert, außerdem brauche ich dann nachher nicht noch mal extra Gassi mit ihr gehen, wenn sie hier was macht", antwortete er, da ihm seine Idee gerade auch irgendwie ziemlich blöde vorkam. Natürlich gab es Suchhunde bei der Polizei, die speziell für diese Tätigkeiten trainiert waren. Luzie war ein lieber Familienhund. Nicht mehr und nicht weniger. Es war illusorisch zu glauben, dass sie tatsächlich eine Spur finden würde. Außerdem war ja noch nicht einmal klar, wer das Gerät zuletzt getragen hatte. Wenn es wirklich dem Täter oder der Täterin gehörte, warum hätte er oder sie es dann einfach liegen lassen sollen? Nein, je mehr er darüber nachdachte, kam er zu dem Entschluss, dass die Nachtsichtoptik auch von jemand anderem stammen konnte. Eventuell einem Jäger oder irgendeinem Spanner, der hier ein Liebespaar beobachten wollte. Perverse gab es überall, und mehr, als man gemeinhin glaubte. Er sah, wie Luzie nun an der Stelle schnüffelte, an der er eben das Gerät gefunden hatte. Sollte die etwa tatsächlich ...? Nein! Der Hund flitzte anstatt auf die riesige Auenwiese nun wieder im Zickzack-Schritt in Richtung Wald und verschwand darin. Thomas rannte zum Kofferraum, holte seine Taschenlampe heraus und setzte sich in Bewegung. Im Wald oberhalb des Schützenhauses hörte er Luzie bellen. Thomas kannte das Waldstück. Er war hier im letzten Jahr bei einer Exkursion der Volkshochschule gewesen. In diesem Waldstück hatte sich 1945 das letzte Aufgebot des Volkssturms verschanzt. Die Überreste der Schützengräben und Mulden, in denen damals die Geschütze gestanden hatten, waren noch heute für den, der es wusste, erkennbar. Luzie rannte etwa fünfzig Meter oberhalb des Parkplatzes mit den ausgebrannten Fahrzeugwracks aufgeregt bellend im Kreis herum. Der Boden war hier matschig, und deutlich waren frische Fahrzeugspuren zu sehen, die hinüber bis zu dem geteerten Weg führten, auf dem man zur Hauptstraße kam. Thomas sah den Hang hinunter. Durch das dichte Laub der Bäume waren vereinzelt die Lichter der Feuerwehrautos zu sehen. Er würde wetten, dass der Besitzer des Nachtsichtgerätes, wer immer er war, hier seinen Wagen abgestellt hatte. Aber warum? Was hatte der hier gewollt? Das Ganze war mehr als seltsam. Er ging in die Hocke, kraulte Luzie, die nun schwanzwedelnd vor ihm stand, den Kopf und flüsterte: „Hast du super gemacht, meine Süße. Gegen dich sind Lassie und Kommissar Rex nur blutige Anfänger."

Kapitel 15

Sonntag, 17. Juli 2016, 04:38 Uhr
Wallmenroth – Siegufer am Klärwerk

Er genoss es, hier am Wasser zu sitzen und zuzusehen, wie die Natur mit der aufgehenden Sonne erwachte. Es beruhigte ihn. Brachte ihn runter. Die Ereignisse der Nacht hatten an ihm gezehrt. Ihn aufgewühlt. Doch er war auch zufrieden mit sich. Gut, die Sache mit dem Nachtsichtgerät war dumm gelaufen. Doch wie sollten sie das Gerät zu ihm zurückverfolgen? Er hatte es nur mit Handschuhen angefasst und seine DNA besaßen sie zum Glück nicht. Ihn würden sie niemals verdächtigen.

Keine zwanzig Meter von ihm stand ein Fischreiher im seichten Wasser des Flusses. Beinahe wirkte er wie eine Statue, reglos, gar wie tot.

Er kannte sich aus mit dem Tod. Die letzten Jahre war der Gevatter sein ständiger Begleiter gewesen. Er hatte sich an ihn gewöhnt, war zu seinem Verbündeten geworden. Als er ihm das erste Mal begegnete, als der ihm damals das Liebste nahm, hatte es ihn hart getroffen und förmlich in seinem eigenen Leben erstarren lassen. Doch er hatte es verstanden, den Spieß umzudrehen und den Schnitter zu akzeptieren gelernt. Mehr noch, der Tod war zu seinem ständigen Gefährten geworden. Er hatte ihn als einen angenehmen stillen Zeitgenossen kennen und schätzen gelernt. Endlich konnte er mit jemandem reden, der ihm zuhörte. Über Hildegard war er seit Langem hinweg. Heute wusste er, dass sie mit ihrer herrischen Art nicht gut

für ihn gewesen war. Erst im Tod hatte sie ihm zuge-
hört. Die Zeit der Trauer, des Abschieds hatten ihn viel
Kraft gekostet. Kirsten hatte sie ersetzt. Die lebendige
Kirsten. Lange hatte er sie nur beobachtet. Sie bewun-
dert. Als sie starb, konnte er sie nicht einfach aufgeben.
Er hatte handeln müssen. Doch er hatte Fehler gemacht. Heute wusste er, dass der Frost, die Jahre in
der Kühltruhe ihr geschadet hatten. Er sah auf seine
Armbanduhr. Es war jetzt zwanzig vor fünf. Er würde
sich nun beeilen müssen, um seine neue Vertraute in
das Versteck zu bringen. Um diese Zeit, noch dazu an
einem Sonntag, schlief das kleine Städtchen noch tief
und fest. In ein, zwei Stunden würden die Anwohner
aufstehen und die Gefahr, dass sie ihn und Valerie
sahen, wäre zu groß. Er ging zum Wagen, öffnete die
Heckklappe des alten Mercedes Kombi und zog die
Kofferraumabdeckung über den schlafenden Körper
von Valerie. Nicht auszudenken, was passierte, wenn
jemand sie sehen würde. Kurz berührte er ihren Hals
und stellte zufrieden fest, dass ihr Herz noch schlug.
Als er die letzten Stunden da am Ufer gesessen war,
hatte er sogar einen Moment in Betracht gezogen, sie
am Leben zu lassen. Sie einfach bei sich aufzunehmen.
Sein Keller war groß und die Nachbarn würden sie
dort nicht hören können. Ein wunderbarer Gedanke.
Doch er selbst ... er würde sie hören. Ihre Schimpftira-
den und Widerworte ertragen müssen. Genau wie damals bei Hildegard. Tagaus, tagein / tagein, tagaus.
Nein, nein, es war besser, wenn sie stumm war. Hildegard und Kirsten hatten bei ihm zu Hause gewohnt.
Doch er hatte immer ein klein wenig Angst gehabt, jemand könnte hinter sein Geheimnis kommen, und so
hatte er sich schließlich dafür entschieden, sie im alten
Pastinak-Haus unterzubringen. Ein Fehler, wie er

heute wusste. Die letzten Tage seit dem Brand hatte er viel überlegt und war zu dem Entschluss gekommen, dass das alte Schlachthaus, in das er Valerie bringen würde, nur eine Übergangslösung sein konnte. Er würde investieren und den Keller seines Hauses in den nächsten Wochen so umgestalten, dass Valerie sich dort wohlfühlen würde. Sie brauchte ja nicht mehr als eine konstante Kühlung von vier bis fünf Grad und eine perfekte Raumfeuchtigkeit. Er hatte wahrlich eine Menge dazugelernt. Auch die letzte Nacht hatte ihn etwas gelehrt. Er wusste nun, wie es war, dem Schnitter behilflich zu sein und ein Leben zu nehmen. Wie es sich anfühlte, die Klinge selbst zu führen. Doch es war auch irgendwie enttäuschend gewesen. Er hatte die Anwesenheit des Gevatters überhaupt nicht wahrgenommen. Es war alles so schnell gegangen, als die Seele des noch jungen Brandstifters dessen Körper verließ. So völlig unspektakulär.

*

Nina hatte fantastisch geschlafen. Sie reckte sich, gähnte, drehte sich um zu Klaus und musste dann feststellen, dass das Bett neben ihr bereits leer war. In der Luft lag der Duft nach frisch aufgebrühtem Kaffee. Sie erhob sich, öffnete das Rollo ein Stück und sah hinaus. Der Himmel über dem Dangaster Kurhaus, das auf einer kleinen Anhöhe direkt über dem schmalen Strand herrschaftlich thronte, war strahlend blau. Sie tapste aus der geräumigen Schlafkoje nach vorne, wo sich der Wohn- und Küchenbereich des Luxuswohnmobiles befand, und warf einen Blick in den Alkoven, wie die Schlafkabine über dem Fahrerhaus hieß. Linus war ebenfalls nicht mehr da. Die Uhr an der Mikrowelle zeigte halb acht morgens. Sie zog sich eine Jogginghose über, steckte ihr Handy in die Hosentasche, goss sich eine große Tasse Kaffee mit viel Milch ein und stieg die zwei Stufen hinab ins Freie. Ein kühler Wind wehte vom Jadebusen kommend über den kleinen Wohnmobilstellplatz, der direkt am Strand des Badeortes Dangast lag. Barfuß ging sie vorbei an gut zwei Dutzend Reisemobilen zum Strand und ließ dabei die beiden letzten Tage Revue passieren. Der Kurztrip nach Bremen und der Abstecher an die Nordsee taten ihr gut. Sie bekam endlich einmal Abstand zur Arbeit.

Am Freitagabend war sie zum ersten Mal bei Hans Peter im Krankenhaus gewesen. Nina hatte sich irgendwie erschrocken, als sie ihn da in dem Krankenbett mit bandagiertem Kopf hatte liegen sehen. Thiel schien in den letzten zwei Wochen um Jahre gealtert. Er sah, gelinde gesagt ... so richtig beschissen aus. Doch in seinen Augen strahlten auch Hoffnung und Zuversicht. Er würde wieder werden, da war sie ganz sicher.

Die Idee, im fast achtzig Kilometer entfernten Dangast direkt am Strand zu nächtigen, war Klaus schon mittags gekommen, als sie sich mit dem riesigen Reisemobil von Stau zu Stau über die Autobahn schoben. Gestern, am Samstag, waren sie dann zum zweiten Mal in Bremen gewesen. Nina hatte beinahe drei Stunden mit Thiel gesprochen, während Klaus mit Alex und den Kindern das Segelschiff mit den grünen Segeln aus der Bierwerbung besichtigte. Sie hatte Hans Peter von dem Fall mit den mumifizierten Leichen erzählt. So etwas war auch ihm in seiner langen Laufbahn noch nie untergekommen. Nun gut, es hätte sie auch sehr gewundert. Nach dem Besuch im Krankenhaus waren sie wieder nach Dangast an die Nordsee zurückgekehrt. Linus, der die Nacht zuvor bei seiner Mama Alexandra und seiner kleinen Schwester genächtigt hatte, wollte diesmal wieder unbedingt mit Nina und Klaus in dem großen Wohnmobil mitfahren. Nina hatte kein Problem damit und so kam es, dass der Zwerg jetzt mit ihnen hier noch einen Tag Strand genießen durfte. Heute Nachmittag würden sie auf dem Rückweg nach Hause ein letztes Mal in Bremen Halt machen und noch Alexandra und die kleine Leah auflesen.

Als Nina den Strand erreichte, war dort, wie so oft an der deutschen Nordseeküste, kein Wasser. Sprich: Ebbe. Sie setzte sich in den Sand und sah hinaus aufs Watt. Sie könnte Stunden hier sitzen und die Weite des Landes genießen. Hinzu kam dieser einzigartige Geruch, den es nur hier an der Nordsee bei Ebbe gab. Es roch irgendwie nach Salz, Fisch, der nicht mehr wirklich frisch schien ... und eben auch nach dem schlammigen Watt. Für sie einfach nur herrlich. Ein Schwarm Möwen stieg laut zeternd in den blauen Himmel. Auf einem Steg einige Meter weiter entdeckte sie ihre beiden Männer. Einträchtig saßen der große Klaus und der kleine Linus nebeneinander und patschten mit ihren Füßen in dem schwarzen schlickigen Meeresboden. Ein wunderschönes Bild. Klaus würde sicherlich einen guten Papa abgeben. Keine Frage. Die Frage müsste eher lauten: wäre sie auch eine gute Mutter? Nina hatte keine Ahnung. Doch der Gedanke beschäftigte sie schon länger. Einerseits schien es ihr sehr reizvoll, eine richtige Familie zu gründen, anderseits – es war doch alles so gut, wie es war. Oder nicht? Sie bohrte ihre nackten Zehen in den kühlen, feuchten Sand, nippte an ihrem Kaffee, stellte die Tasse dann vorsichtig neben sich und zog ihr Handy aus der Tasche der Jogginghose. Es gab vier Anrufe in Abwesenheit. Alle von Kübler. Der erste heute Nacht kurz nach eins, die anderen drei alle in den letzten zwanzig Minuten. SMS oder Nachrichten aus den diversen sozialen Netzwerken gab es keine. Zum Glück hatte das nervtötende Gerät, während sie schlief, auf lautlos gestanden. Sie schaltete die Kamerafunktion ein und begann die beiden besten Kumpels rechts vor ihr auf dem Steg zu knipsen. Nach der vierten oder fünften Aufnahme begann das Gerät jedoch zu blinken und die Nummer von Kübler erschien erneut im Display. Sie seufzte und nahm das Gespräch an.

*

Valerie fror entsetzlich. Sie zitterte und ihre Zähne schlugen unkontrolliert aufeinander. Sie öffnete die Augen und sah sich, wie durch einen weißen Schleier, in dem Raum um. Das alles konnte nur ein böser Traum sein. So etwas gab es doch nicht in echt. Sie war gar nicht überfallen und verschleppt worden. Sie würde gleich in dem Kinderzimmer unter dem Dach wach werden. Sie schloss die Augen also wieder und öffnete sie erneut. Doch da waren keine Wände, auf denen lustige Teddybären zu sehen waren. Nein, im Gegenteil. Sie erkannte nun, dass der Raum gekachelt war. Wo zum Teufel war sie bloß?

„Hallo? Ist da jemand?", stammelte sie und versuchte, ihre Hände zu bewegen. Erst jetzt bemerkte sie, dass diese, genau wie auch ihre Füße, gefesselt waren. Was war das bloß für ein verfluchter Mist! Erlaubte sich jemand vielleicht einen üblen Scherz mit ihr? Fabian fiel ihr wieder ein. Sein seltsames Röcheln ... das Blut ... wie es über das Armaturenbrett spritzte. Nein, dies war kein Scherz. Langsam verschwand der Schleier vor ihren Augen. Ihr Blick wurde immer klarer. Sie suchte die Wände ab. Der Raum war fensterlos. Es gab eine Metalltür. Daneben an der Decke befand sich eine Art Gebläse, das sich in diesem Moment brummend einschaltete. In der Mitte des Raumes eine Neonbeleuchtung. Sie befand sich in einem Kühlraum.

„Hilfe! Hilfe! Lasst mich hier raus!", schrie sie nun bereits ein wenig kräftiger, obwohl ihre Zähne noch immer unkontrolliert aufeinanderschlugen. Dann lauschte sie zitternd. Es tat so weh. Ihre Glieder schmerzten von der eisigen Kälte. Plötzlich hörte sie durch das Brummen hindurch noch ein anderes Geräusch. Ein Knacken und Poltern. Dann bewegte sich der schwere metallene Verschlussmechanismus der Tür und sie wurde geöffnet. Jemand hatte sie gehört.

„Hilfe ... Bitte helfen Sie mir. Mir ist so kalt. Bitte binden Sie mich los", flehte sie.

Der Mann, der den Raum betrat, lächelte gütig, und Hoffnung keimte in Valerie auf. Er beugte sich zu ihr hinunter und strich ihr über das Haar. Als sie in seine Augen sah, wusste sie nicht nur, wer er war, sondern auch, dass sie sich in großen Schwierigkeiten befand. Er würde sie töten und vermutlich auch vergewaltigen. Die Frage war nur, in welcher Reihenfolge? Schon als er vor einigen Tagen bei ihr vor der Haustür stand, hatte sie das Dunkle, das Böse bemerkt, das den älteren Herrn mit den Staubsaugerprospekten umgab.

*

Er fühlte sich gut. Überlegen. Er hatte Macht über sie. Er konnte mit ihr tun, was immer er wollte. Und er würde es tun. Noch heute. Alles war vorbereitet. In ihren Augen las er die Panik. Sie zitterte und ihm kamen Zweifel, ob es richtig war, sie schon vorher hier in der Kälte zu halten. Was, wenn sie zu früh starb? Ihr Körper sollte noch warm sein, wenn er ihr Blut gegen die leicht rosa eingefärbte Balsamierflüssigkeit auf Formalin-Basis austauschte. Er fieberte dem Moment entgegen. Es würde interessant sein, mit anzusehen, wie lange es dauerte, bis das Herz seinen Dienst versagte und er die Pumpe zuschalten musste.

„Helfen Sie mir. Mir ist so kalt", flüsterte sie und zitterte immer noch.

Er strich ihr über die Wange.

„Es ist alles gut. Gleich wird es dir besser gehen. Du wirst nie mehr leiden müssen."

Dann hob er sie auf und trug sie hinüber ins Schlachthaus. Sie war schwer. Noch. Das würde sich ändern. Wenn er mit ihr fertig war, ihr das dann unnütze Herz, ihre Lungen und die anderen Innereien entfernt und gegen das Füllmaterial ausgetauscht hatte, würde sie wesentlich leichter werden.

*

Thomas beendete das Gespräch, legte das Telefon neben sich auf den Beifahrersitz und gähnte. Er war hundemüde. An seinem Ohr spürte er heißen, hechelnden Atem. Er drehte sich um und sah direkt in die mandelbraunen Hundeaugen von Luzie, die ihren Kopf zwischen den Sitzen hindurchschob. Als Kind hatte Thomas immer Angst vor Hunden gehabt. Vermutlich lag das daran, dass sich, als er gerade mal fünf oder sechs war, der Dackel seines Nachbarn in seiner rechten Wade verbissen hatte. Was ja angeblich nicht weiter schlimm war, da das arme Tier, laut Aussagen des Nachbarn, lediglich hatte spielen wollen. Egal, es war, wie es war. Seit diesem Tag hatte er panische Angst vor Hunden. Seine Reaktion, als Alex damals beschloss, Luzie zu behalten, war dementsprechend nicht begeistert gewesen. Doch sie beide hatten sich miteinander arrangiert ... er und der ehemalige Straßenhund. Woher Luzie ursprünglich stammte, wie alt sie war, wusste niemand genau. Die Vorbesitzerin hatte gemeint, der Hund stamme aus Polen, doch einen Beweis dafür gab es nicht. Es war aber auch egal. Das Einzige, was zählte, war, dass er und Luzie Freunde geworden waren. Mehr noch. So manches Mal hatte er das Gefühl, dass die Mischlingshündin der einzige Mensch war, der ihn wirklich verstand ... wobei der Hund ja gar kein Mensch war, sondern ... na, egal. Er sah auf die Uhr. Es war kurz vor neun und er nicht nur müde, sondern auch hungrig. So brauchte er sich nicht hinzulegen. Außerdem herrschte im Kühlschank gähnende Leere, da er vergessen hatte, vor dem Wochenende einzukaufen. Er kraulte Luzie den Hals und fragte dann spontan: „Sag mal, meine Süße, was hältst du davon, wenn wir beide jetzt ins LaKö gehen und erst mal ordentlich frühstücken?"

Sofort kam Bewegung in das Tier und bevor Thomas sich versah, stand der Hund in freudiger Erwartung neben ihm auf dem Beifahrersitz.

„Sollen wir fahren oder zu Fuß gehen?", erkundigte er sich, obwohl er genau wusste, was Worte wie ‚rausgehen', ‚zu Fuß gehen', ‚Auto fahren' oder gar ‚Balli spielen' bei dem Tier bewirkten. Luzie flippte total aus und die Mischung aus ihrem Gejaule und Gebelle klang tatsächlich so, als würde sie wirklich mit ihm reden wollen. Wie gesagt, Lassie, Kommissar Rex und sogar Flipper waren ein Dreck gegen seinen Hund.

Er ließ das Auto also auf dem ehemaligen Edeka-Parkplatz oberhalb der Viktoriastraße stehen, stieg aus und nahm den Hund an die Leine. Dies diente in erster Linie nicht dem Schutz von Passanten, sondern mehr dem Schutz des Tieres. Dann gingen sie die Treppe hinunter, vorbei an Betten Mees, in die Fußgängerzone. Auf Höhe der alten Metzgerei Acher blieb er stehen und lauschte. War das eben nicht ein Schrei gewesen? Nein! Oder doch? Er zuckte mit den Schultern. Könnte schon sein, hatte aber vermutlich nichts zu bedeuten. Menschen schrien ja aus den unterschiedlichsten Beweggründen. Zum Beispiel auch beim Sex. Wer wusste schon, wie viele Pärchen den Sonntagmorgen nutzten, um im Bett zu liegen ... und ... was auch immer dabei zu treiben, während die lieben Kleinen brav vor der Glotze hockten und die Sendung mit der Maus schauten. Er musste wieder an Alex denken. Obwohl sie gerade einmal sechs Nächte fort war, vermisste er sie. Er versuchte weiterzugehen, doch Luzie schien das nicht zu gefallen. Der Hund stand neben ihm wie ein Fels, starrte auf den Durchgang zwischen dem Bäcker und der ehemaligen Metzgerei und knurrte. Die Nackenhaare des Tieres standen hoch. Dann begann sie, in diese Richtung zu ziehen.

„Mensch, Luzie, was ist denn jetzt schon wieder?", maulte er genervt, folgte dem Hund aber doch zu dem Mercedes Kombi, der in der Einfahrt zu dem alten Schlachthaus parkte. Aufgeregt schnüffelte der Hund an dem Wagen herum. Thomas' Blick fiel auf die schwere Tür, hinter der früher so manches Rindvieh sein Leben ausgehaucht hatte.

„Luzie ... aus", gab er klare Anweisung und zog den Hund dann mit sich. Das Tier sah ihn mit großen

Augen an, trottete dann aber brav mit ihm in Richtung
Rathaus und über die Hellerbrücke zum LaKö.

*

Eine innere Unruhe beherrschte Nina seit dem Gespräch mit Thomas Kübler. Es hatte wieder gebrannt.
Und diesmal gab es kein Zweifel, dass ein Mensch
dabei, oder unmittelbar davor ums Leben gekommen
war. Doktor Sebastian Wagner hatte gemeint, bei der
verkohlten Leiche in dem ausgebrannten Fahrzeugwrack handele es sich eindeutig um einen Mann. Das
Auto gehörte laut der Zulassung einem gewissen Fabian Schnupf. Da dieser nicht auffindbar schien, lag
der Verdacht nahe, dass er selbst in seinem Wagen verbrannt war. Die Obduktion würde dies abschließend
klären. Von der Frau, der das zweite vom Feuer ver-
nichtete Fahrzeug gehörte, gab es ebenfalls keine Spur.
Eine zweite Leiche gab es jedoch nicht. Kübler und Liebig gingen davon aus, dass sie vielleicht das Feuer gelegt hatte und dann geflüchtet war. Außerdem hatten
sie am Tatort ein Nachtsichtgerät gefunden. Alles in
allem sehr seltsam, aber eindeutig ein Verbrechen.
Nina sah auf die Uhr. Gleich halb neun. Klaus und
Linus waren zu Fuß in den kleinen Supermarkt gegangen, um Brötchen zu holen. Nach dem Frühstück
würden sie sofort aufbrechen. Nina musste wissen,
was zu Hause vonstattenging. Irgendetwas sagte ihr,
dass dies alles nichts mehr mit der ursprünglichen
Brandstifterserie zu tun hatte. Der Feuerteufel, den sie
seit Wochen suchten, zündete keine Autos an, in denen
noch Leute saßen. Der hatte immer nur Orte ausgesucht, bei denen keine Menschen zu Schaden kommen
würden. Die Sache mit der Leiche in dem Haus am

Struthof war sicherlich nicht von ihm geplant worden. Nein, sie ging davon aus, dass der Fund der Mumie bei diesem Brand ein blöder Zufall war.

Der Vorfall in der letzten Nacht ereignete sich am Schützenhaus in der Muhlau. Sie könnte sich schon vorstellen, dass dieser Ort ein vortreffliches Ziel des Brandstifters abgegeben hätte. Schließlich wohnten in dem Haus und in der unmittelbaren Nachbarschaft keine Menschen. Aber würde der ein Auto anzünden, in dem noch jemand saß? Nein, bestimmt nicht. Das passte nicht. Hinzu kam die verschwundene Frau. Kübler hatte gemeint, dass es sich bei ihr um die Frau von einem der Feuerwehrmänner handelte. Diesem Frank Bromberg. Nina konnte sich an den Mann erinnern. Sie hatte ihn erst vor einigen Tagen zusammen mit Oli im Leitstand der Feuerwache getroffen. War das jetzt ein dummer Zufall? Nein, auch das schied in ihren Augen aus. Die Brände hingen irgendwie mit den Jungs von der Feuerwehr zusammen. Entweder befand sich der Brandstifter doch unter ihnen oder in deren Umfeld. Sie würde es herausfinden. Doch dafür mussten sie nach Hause. Vielleicht sollten sie das Frühstück ausfallen lassen und sich sofort auf den Weg zurück machen. Sie sah aus dem Fenster. Oben am Kurhaus entdeckte sie die beiden ungleichen Kumpels Klaus und Linus und musste trotz der Anspannung lächeln. Die zwei waren schon auf irgendeine Art und Weise drollig anzusehen.

*

Er hatte mehrere Versuche benötigt, um die Infusionsnadel ordentlich in ihre Vene zu platzieren. Dies lag nicht daran, dass er es nicht konnte, sondern allein an der Tatsache, dass Valerie so herumgezappelt hatte. Sie war ein recht unartiges Mädchen. Ja, das war sie. Und sie machte ihn wütend. Er sehnte jetzt den Moment herbei, wenn sie endlich still sein würde. Da er nicht mit so viel Widerstand gerechnet hatte, hatte er improvisieren und sie mit einigen Spanngurten aus seinem Kofferraum auf dem Tisch fixieren müssen. Ihre Schreie dämpfte ein Lappen, den er als Knebel in ihren Mund gesteckt und mit einem silbernen Streifen Panzertape fixiert hatte. Angst stand in ihren Augen und die Frage nach dem ‚Warum'. Sie schien noch immer nicht zu verstehen, weshalb er gerade sie ausgewählt hatte. Warum sie bestraft wurde und ihr dennoch die Ehre zuteil wurde, dass ihre Hülle unsterblich werden würde.

„Wenn du mir versprichst, nicht wieder zu schreien, werde ich den Knebel entfernen", schlug er vor und registrierte zufrieden, dass sie nickte.

Vorsicht löste er das dicke Klebeband, zog es dann mit einem Ruck ab und nahm ihr den Stoff aus dem Mund. Sie begann zu weinen und zu wimmern.

„Bitte lassen Sie mich gehen", hörte er sie schluchzen.

Er schüttelte den Kopf.

„Das geht nicht, Valerie. Du warst ungezogen", zischte er.

Sie bewegte den Kopf hin und her und formte ein lautloses ‚Nein' auf ihren Lippen.

„Doch, das warst du. Wegen euch ..., dir und deinem Liebhaber, habe ich Sonja verloren. Wegen euch haben sie sie mir weggenommen. Ihr habt mit dem Feuer gespielt und werdet euch nun daran verbrennen", flüsterte er und strich ihr eine Haarsträhne aus der Stirn. Ihre Haut fühlte sich so warm an. Es war ungewohnt, solch warme und samtweiche Haut zu berühren. So anders. Etwas, das er lange nicht mehr gespürt hatte. Sie begann nun noch heftiger zu schluchzen und wieder kam ihm der Gedanke, sie zu verschonen. Ihre warme Haut erregte ihn mehr als er wollte.

„Du wirst bei mir bleiben müssen, bis dass mein Tod uns scheidet. Ich werde alles tun, damit es dir bis dahin gutgeht. Du musst nicht brennen wie dein falscher Liebhaber."

„Sie sind ja verrückt", wimmerte sie.

„Ich? Nein, meine Gute. Ich bin nicht verrückt. Ihr seid es gewesen, die verrückt wart. Die, die gezündelt und das Eigentum der anderen zerstört haben."

Er lachte auf, da ihm der Grund für die Brandstiftungen tatsächlich nur lachhaft und dumm erschien.

„Nur für ein paar Stunden Zweisamkeit mit deinem Liebhaber habt ihr seit Monaten die Menschen um ihr Hab und Gut gebracht. War es das wert? Hat er es dir wenigstens ordentlich besorgt, während dein Gatte mit den anderen die Flammen bekämpft hat?", zischte er und spürte nun erneut Zorn in sich aufsteigen.

Er wandte sich von ihr ab. Was tat er hier eigentlich? Im Grunde war dieses durchtriebene Stück es doch gar nicht wert, dass er sich so viel Arbeit mit ihr machte. Sie war eine Ehebrecherin! Eine Hure! Genau, das war sie ... eine billige Hure! Nichts weiter! Er stampfte wütend auf und lief einige Mal im Raum hin und her. Wenn er sie jetzt präparierte und ihrer Hülle zur Unvergänglichkeit verhalf, würde er immer wieder an die Tatsache erinnert, welch eine untreue Person sie war, bevor sie zu ihm kam. Oder doch nicht? Er blieb stehen, holte tief Luft und ging dann zurück zum Tisch. Dort schloss er den Schlauch der Pumpanlage an den Zugang in ihrem Arm an. Er ging um sie herum, packte den anderen Arm, nahm das Skalpell und ließ sie zur Ader. Sie schrie auf, als die Klinge ihre helle, weiche Haut durchstieß.

„Du sollst still sein", zischte er und stopfte ihr den Lappen wieder in den Mund.

„Ich will dich nicht mehr hören! Niemals mehr!", stöhnte er und trat einige Schritte zurück.

Mit einer Art Genugtuung sah er zu, wie die rosige Flüssigkeit durch den durchsichtigen Schlauch in ihrer linken Armvene verschwand, während auf ihrer rechten Seite der dunkelrote Lebenssaft in einem kleinen Rinnsal sachte zu Boden floss und sich seinen Weg zu dem Siphon in dem gekachelten Boden suchte. Sie begann zu zucken. Ihr Körper wehrte sich gegen die Flüssigkeit. Der Kampf mit dem Schnitter dauerte eine gefühlte Ewigkeit. Er schloss die Augen und horchte in die Dunkelheit. Ja, so war es gut. Er war da. Diesmal spürte er förmlich die Anwesenheit des Gevatters. Er würde seine Sense schwingen und Valerie für das, was sie getan hatte, bestrafen. Doch neben der Genugtuung waren da immer noch diese Zweifel. War sie wirklich die Richtige für ihn? Würde er nach all dem, was Valerie getan hatte, mit ihr glückliche Stunden verbringen können? Er wusste es nicht. Doch er würde erst einmal weitermachen. Sollten seine Bedenken nicht zur Gänze verschwinden – gab es ja noch immer einen Plan B.

Kapitel 16

Sonntag, 17. Juli 2016, 14:23 Uhr
Betzdorf – Haus der Familie Bromberg

„Und Sie könnten sich niemanden vorstellen, bei dem sich Ihre Frau verkriechen würde? Vielleicht Verwandte oder eine Freundin ...?", fragte Torsten Liebig.

Frank Bromberg, der zusammengesunken auf einem Küchenstuhl saß, schüttelte den Kopf.

„Nein, verdammt, ich habe keine Ahnung. Sie hat doch hier niemanden ... glaub ich."

„Sie wissen also gar nicht, ob und welche Bekannte Ihre Frau hat", hakte Torsten ungläubig nach, da er sich so etwas nicht vorstellen konnte. Er wusste eigentlich immer, wo seine Heike stecken könnte, und er kannte selbstverständlich auch ihre Freundinnen, Bekannten und Verwandten. Dies rührte allerdings daher, dass er und Heike miteinander sprachen und sich austauschten. Bei den Brombergs, soviel hatte Torsten schon mitbekommen, war einiges im Argen. Er würde wetten, dass die doch eigentlich noch sehr junge Beziehung vollkommen in Trümmern lag. In Valerie Brombergs nur halb ausgebranntem Nissan Micra hatten sie ihr Handy gefunden. Das Gerät hatte das Feuer und die anschließende Löschaktion schadlos überstanden. Es war eines dieser Geräte, mit denen man auch im Schwimmbad fotografieren und telefonieren konnte. Seine Heike besaß das gleiche Modell. Torsten hätte nicht gedacht, dass diese Teile tatsächlich so robust waren, wie es die Fernsehwerbung versprach. Aus den Daten, die das Gerät preisgab, ging ganz klar hervor, dass Valerie Bromberg und Fabian Schnupf des Öfteren miteinander telefoniert und sich über den Dienst WhatsApp auch geschrieben hatten.

„Torsten, kannst du bitte mal kommen?", hörte er Kommissarin Sandra Frings von der Küchentür her fragen. Er stieß sich von der Spüle ab, verließ wortlos den Raum, schloss die Tür und folgte der Kollegin in die obere Etage des noch ziemlich neuen Einfamilienhauses. Bei dem Raum, in den sie eilte, handelte es sich eindeutig um ein Kinderzimmer. Die Wände waren hübsch mit einer Teddybär-Tapete beklebt, unter der Schräge stand ein Kinderbett, auf dem Boden lag eine Matratze mit zerwühlter Bettwäsche.

„Schau mal, was ich unter der Matratze gefunden habe", meinte Sandra und deutete auf den Wickeltisch, auf dem ein Tagebuch und ein Mutterpass lagen.

Torsten zog die Gummihandschuhe über, nahm den Mutterpass und schaute hinein. Wenn er sich nicht verrechnete, war Valerie Bromberg, nach dem, was da stand, in der zehnten Schwangerschaftswoche.

Sandra hob das Tagebuch auf und hielt es ihm hin. Torsten konnte es bereits in ihrem Blick lesen und riet deshalb einfach mal.

„Das Kind ist nicht von ihrem Mann, oder?"

„Bingo. Valerie Bromberg ist von Fabian Schnupf schwanger."

„Wie kommt es, dass sie sich da so sicher ist. Ich meine ... sie lebt ja mit ihrem Mann zusammen ...", überlegte er laut und sah dann zu der Matratze auf dem Boden.

„Wenn du mich fragst, ist die Ehe der beiden so tot wie Betzdorf nach Ladenschluss", antwortete Sandra und grinste. Torsten musste ihr recht geben. Zumindest in dem Punkt, was die Ehe der Brombergs betraf.

Den Vergleich mit Betzdorf würde er nicht unterschreiben. Er mochte das Städtchen, so wie es war. Hier spielte sich mehr ab, als die meisten immer behaupteten. Man musste halt nur mal hinsehen.

„Was steht denn da drin über ihren Mann? Weiß er, dass sie schwanger ist und dass sie sich mit diesem Fabian trifft?", hakte er nach.

Sandra wiegte den Kopf hin und her.

„Laut dem, was ich bisher gelesen habe, nicht. Ich bin aber noch nicht durch. Das Büchlein ist doch sehr umfangreich. Aber ich denke, wenn er es wüsste, hätte er natürlich ein Motiv, sie und ihren Liebhaber umzubringen."

Torsten sah zur Tür und wurde dann leiser.

„Du glaubst, sie könnte tot sein?"

„Gott bewahre, ich glaube gar nichts", zischte Sandra. „Fakt ist aber, dass Valerie Bromberg geschrieben hat, dass sie Angst habe, er könne es erfahren und sie umbringen. Ob er es tatsächlich wusste, weiß ich nicht. Aber ich werde mir das Tagebuch Zeile für Zeile vornehmen. Vielleicht finde ich ja doch noch einen Hinweis darauf, dass er es herausgefunden haben könnte", meinte sie.

Torsten nickte versonnen und versuchte sich vorzustellen, was hier passiert sein konnte. Dieser Bromberg war Feuerwehrmann. Er kannte die Vorgehensweise des Feuerteufels. Was, wenn er den Nebenbuhler umgebracht und dann das Feuer gelegt hatte, um die Tat dem Brandstifter in die Schuhe zu schieben? Nein, so dämlich war der Kerl nicht. Außerdem stellte sich die Frage, warum er dann nicht gleich seine Frau mit ermordet und verbrannt hatte. Sie könnte ihn schließlich schwer belasten. Vielleicht hielt er sie irgendwo fest? Möglich war es. Sie würden dem auf jeden Fall nachgehen. Bromberg war Torsten schon die ganze Zeit nicht ganz koscher vorgekommen.

„Fabian Schnupf und Valerie Bromberg haben die Brände gelegt", meinte Sandra eher beiläufig und Torsten glaubte, sich gerade verhört zu haben.

„Die haben was?", fragte er nur ungläubig.

„Die ... also vielmehr dieser Fabian hat die Brände gelegt, um sich ungestört mit Valerie Bromberg treffen zu können."

Torsten verstand noch immer nicht wirklich und sah Sandra verstört an.

Die grinste breit und wurde nun deutlicher: „Die haben die Brände gelegt, weil sie wussten, dass Frank Bromberg dann für die nächsten Stunden außer Haus sein würde. Während der Mann mit seinen Feuerwehrkumpanen das Feuer gelöscht hat, hat seine Frau es mit ihrem Liebhaber in seinem eigenen Haus getrieben. Sie hat darüber geschrieben."

Torsten schüttelte ungläubig den Kopf. In den Jahren bei der Kripo hatte er schon viel gehört. Dinge, die man, wenn man sie in einem Roman las, als pure Fiktion abtun würde. Aber so etwas war ihm noch nie untergekommen. Doch wenn dieser Fabian tatsächlich der Feuerteufel war, wer hatte dann dessen eigenen Wagen angezündet? Seine Geliebte oder der gehörnte Ehemann? Sein Instinkt sagte ihm, dass es sich bei der verbrannten Leiche tatsächlich um Fabian Schnupf handelte. Ob dem wirklich so war, würde die Obduktion abschließend klären. So lange würde er jetzt erst einmal davon ausgehen und seinem Instinkt vertrauen. Die Frage war, wer hatte ihn getötet?

„Was meinst du, lebt Valerie Bromberg noch?", fragte er noch einmal, da er sich da nicht ganz sicher war, und eben glaubte, so etwas aus Sandras Worten herausgehört zu haben.

Sandra zuckte mit den Schultern und schüttelte dann den Kopf.

„Wie gesagt, einen Beweis gibt es ja nicht ... Und ich weiß nicht, warum ... aber mein Bauchgefühl sagt mir, dass die nicht mehr lebt", antwortete die Kollegin und Torsten neigte dazu, ihr recht zu geben.

*

Er war am Ende seiner Kräfte. Die Prozedur hatte ihn vollkommen geschafft. Stundenlang hatte er jeden Zentimeter von Valeries Körper massiert, damit sich die Balsamier-Flüssigkeit auch noch bis in die kleinsten Kapillaren ihres Körpers verteilte. Er würde dies noch öfter tun müssen, um auch den letzten Rest Sterblichkeit aus ihrem Körper hinauszudrücken. Aus der Öffnung an ihrem Arm tropfte längst schon kein Blut mehr. Ihre Adern waren restlos gespült worden, sodass dort nun bereits die rosige Lösung wieder austrat. Als er diese Arbeit zuletzt bei Sonja vorgenommen hatte, hatte es ihn befriedigt, ihre Hülle zur Unsterblichkeit zu verhelfen. Doch diesmal war es anders. Mit jeder Minute wuchs sein Missmut über diese dumme Person Valerie und auch seine Zweifel wuchsen mehr und mehr. War sie die Richtige für ihn? Kraftlos sank er nun auf einen Stuhl an der Wand und legte den Kopf in den Nacken. Es war lange her, dass er das letzte Mal geschlafen hatte. Außerdem zitterten seine Hände. Doch es war noch viel zu tun. So konnte er sie nicht alleine lassen. Ihre Organe würden in einigen Stunden beginnen, sich aufzulösen und zu verwesen. Es war wichtig, diese noch zu entfernen. Andererseits war er am Ende seiner Kräfte und brauchte dringend eine kleine Pause. Ob die Polizei schon nach ihr suchte? Vermutlich ja. Der USB-Stick fiel ihm ein. Ob das gute Stück noch sendete? Vielleicht ja. Der Hersteller hatte angegeben, dass die Laufzeit der Batterie bis zu 200 Stunden betrug. Vermutlich lag das gute Stück auch immer noch in der Wohnung der Brombergs. Ob die Polizei den Sender finden würde? Nein, das konnte er sich nicht vorstellen. Er sah kurz auf seine Armbanduhr. Es war beinahe drei Uhr am Sonntagnachmittag. Eine kurze Pause wäre schon drin. Was spräche dagegen? Fürs Erste war der Prozess der Verwesung gestoppt. Außerdem brauchte er frische Luft. Das Formalin in der Balsamierflüssigkeit vernebelte ihm bereits die Sinne. Schwerfällig erhob er sich von dem Stuhl, ging zu Valeries Körper und hob sie auf. Noch immer war sie sehr schwer. Er trug sie die paar Schritte hinüber in den Kühlraum und legte ihren nackten Körper auf eine Folie auf dem Fußboden. Dann begann er hastig aufzuräumen. Ihre zerschnittene Kleidung stopfte er zusammen mit den verbrauchten und beschmutzten Tüchern in einen großen blauen Müllsack und reinigte dann mit einem Wasserschlauch den großen Edelstahltisch und dessen Umgebung vom Blut. Er wusch sich, hängte seine Gummischürze ordentlich an einen Haken, zog sich um und verließ dann das Schlachthaus. Draußen war es warm. Beinahe heiß, wenn man es mit den Temperaturen im Inneren der Metzgerei verglich. Er verschloss die schwere Tür ordentlich. Das Schloss hatte er vorgestern noch gegen ein neues, sichereres Modell ausgetauscht, um sich auch vor eventuell allzu neugierigen Blicken seines Vermieters zu schützen. Von Unruhe getrieben, lenkte er seinen Wagen zum Haus der Brombergs. In der Einfahrt stand ein Zivilfahrzeug der Polizei. Er kannte den Wagen, der auch oft in der Einfahrt vor dem Haus der Liebigs stand, nur zu gut. Er musste an die blonde Frau, diese Kommissarin, und das Mädchen denken. Ja, die beiden wären perfekt. Er mochte Kinder. Er hatte sich immer welche gewünscht. Leider hatte seine Frau damals keine bekommen wollen. Als wirklich schlimm hatte er diesen Umstand nicht gesehen ... eher als sehr schade ... aber nun einmal nicht zu ändern. Er fuhr an dem Haus vorbei und parkte in einer Seitenstraße, griff sich den Tablet-Computer und die Kopfhörer vom Beifahrersitz und begann dann nach dem Signal des USB-Sticks zu suchen. Als er es tatsächlich fand, hellte sich sein Gesicht auf. Die Batterien funktionierten noch und der Stick befand sich noch immer im Haus der Brombergs.

*

Torsten knallte den Mutterpass, der sich nun in einem durchsichtigen Polybeutel befand, auf den Küchentisch und beobachtete Frank Brombergs Reaktion auf das Dokument. Es kam keine ... zumindest nicht die, die Torsten sich erhofft hätte. Bromberg sah lediglich kurz auf das Heftchen und zuckte dann mit den Schultern.

„Was ist das?", wollte er wissen.

„Das ist ein Mutterpass", antwortete Torsten, „der Mutterpass Ihrer Frau. Ihre Frau ist in der zehnten Woche schwanger."

Bromberg schüttelte den Kopf.

„Meine Frau besitzt so etwas nicht. Die ist auch nicht schwanger, das wüsste ich. Wir werden keine Kinder haben", schnaufte er irgendwie verächtlich und sammelte mit seiner Reaktion bei Torsten Liebig nicht gerade Sympathiepunkte.

„Dafür, dass Sie keine Kinder einplanen, haben Sie das Kinderzimmer aber hübsch eingerichtet", hakte Sandra nach, die lässig am Herd lehnte und die Arme vor der Brust verschränkte.

„Das hat nichts zu bedeuten, das war, bevor wir wussten, dass ...", Bromberg winkte ab.

„Bevor Sie was wussten?", wollte Torsten jedoch wissen.

Frank Bromberg funkelte ihn bösartig an.

„Das geht Sie einen Scheißdreck an. Das ist eine Sache zwischen meiner Frau und mir", schrie er wütend.

„Wer schreit, hat unrecht", hatte seine Mutter immer gesagt und Torsten überlegte, ob der Satz hier zutraf. Vermutlich nicht zur Gänze, doch es kam der Sache ziemlich nah. Dieser Bromberg widerte ihn an, und obwohl Torsten dessen Frau Valerie nicht kannte, glaubte er zu verstehen, warum die samt ihrer Matratze das eheliche Schlafzimmer verlassen und sich einen Liebhaber gesucht hatte.

„Herr Bromberg, was mich etwas angeht, dass entscheide ich selbst. Ihre Frau ist verschwunden. In dem ausgebrannten Fahrzeug in der Muhlau sitzt ein toter Mensch."

„Und was soll das mit mir zu tun haben?", maulte der Angesprochene.

„Wie gut kannten Sie Fabian Schnupf?", wollte Torsten wissen.

Bromberg zuckte mit den Schultern und schüttelte dann den Kopf.

„Gar nicht. Ich weiß nicht, wer das ist. Kann sein, dass ich den Namen schon mal gehört habe. Aber ... nein, keine Ahnung."

„In welchem Zusammenhang könnten Sie ihn schon einmal gehört haben?", versuchte Torsten einen neuen Ansatz.

„Weiß ich nicht. Ich habe jeden Tag mit einer Menge Leute zu tun", antwortete Bromberg.

„Sie können keine Kinder zeugen ... nicht wahr?", fragte Sandra dazwischen.

Brombergs Kopf flog herum. Zorn flackerte in seinen Augen. Das war gut. Zorn löste die Zunge. Wütende Menschen sagten manchmal Dinge, die sie später bereuten.

„Wer behauptet das?", schrie er.

„Ihre Frau. Es steht alles in ihrem Tagebuch. Sie schreibt darin, dass sie keine Kinder bekommen wird, weil Sie", Sandra zeigte mit dem Finger auf ihn, „Herr Bromberg, zeugungsunfähig sind."

Bromberg schlug mit der Faust auf den Tisch.

„Sie sind ja vollkommen irre. Und überhaupt ... was fällt Ihnen eigentlich ein, hier herumzuschnüffeln und die privaten Dinge meiner Frau zu durchstöbern", kreischte er.

„Sie haben es uns doch vorhin gestattet. Ich hatte Sie gefragt, ob wir das dürfen, und Sie haben zugestimmt", antwortete Torsten ruhig.

„Dann widerrufe ich meine Erlaubnis hiermit. Ohne einen richterlichen Beschluss fassen Sie hier überhaupt nichts mehr an", schrie Bromberg.

Torsten nickte.

„Okay, Herr Bromberg, das ist Ihr gutes Recht. Meines ist es allerdings, Sie vorläufig festzunehmen", erklärte er und zog die Handschellen von seinem Gürtel.

„Sie wollen mich festnehmen? Dazu haben Sie noch weniger das Recht. Das ist doch hier reine Willkür.

Ohne einen triftigen Grund dürfen Sie das doch gar nicht", fauchte er.

„Doch, Herr Bromberg, ich nehme Sie vorläufig wegen des dringenden Tatverdachtes fest, Fabian Schnupf und Ihre Frau getötet zu haben", sagte Torsten und klärte Bromberg dann über seine Rechte auf. Wohl war ihm bei der Festnahme nicht. Sein Verdacht beruhte ja lediglich auf seinem Instinkt und der Vermutung, dass hier etwas im Argen lag. Vermutlich würde Staatsanwalt Lambrecht ihm nachher dafür ordentlich Feuer unter dem Hintern machen. Doch das war ihm egal. Er war sich sicher, dass Bromberg etwas verbarg. Außerdem hatte er als der gehörnte Ehemann ein Motiv. Seine Frau war schwanger von einem anderen. Er hatte es herausgefunden, war ausgerastet, hatte den Nebenbuhler getötet, ihn mit Benzin übergossen und angezündet. Stellte sich nur die Frage, wo sich Valerie in diesem Moment befand und ob sie noch lebte. Torsten hoffte inständig, dass die Frau hatte flüchten können und sich nun irgendwo vor der Wut ihres Mannes verbarg.

*

Wie gelähmt hatte er dem Gespräch der Polizei mit Valeries Mann gelauscht. Seine verschwitzten Hände umklammerten das Lenkrad. Sein Herz raste. Konnte das sein? War dieses Miststück auch noch schwanger von ihrem Liebhaber gewesen und hatte ihrem Mann einen Kuckuck unterschieben wollen? Er begann zu zittern und biss sich in die Faust. Sie war nicht die Richtige für ihn! Valerie Bromberg war nichts weiter als eine treulose, hinterlistige, brandschatzende Hure. Ja, sie hatte den Tod wahrlich verdient. Aber nicht mehr.

Seine Hände schmerzten und erinnerten an die Arbeit der letzten Stunden und die damit vertane Zeit. Entschlossen startete er den Wagen. Für ihn und dieses Miststück gab es keine Zukunft. Er musste sie schnellstens loswerden. Nur wie? Er widerstand der Versuchung, sofort in die Metzgerei zu fahren, sie zu holen und irgendwo zu verscharren. Es wäre jetzt am helllichten Tag viel zu gefährlich. Die Gefahr aufzufallen, viel zu groß. Er würde warten müssen, bis es dunkel wurde. Außerdem brauchte er ein wenig Schlaf und Ruhe. Er würde in seine Wohnung fahren, heiß duschen, ausschlafen und überlegen, was zu tun war. Sie würde ihm nicht weglaufen. Sie würde nie mehr irgendwem weglaufen.

*

Nina hatte schon immer gewusst, dass Hans Peter Thiel gelegentlich zu recht unvernünftigen Taten neigte. Anders war es auch nicht zu erklären, dass sie ihn sogar schon einmal aus dem Gefängnis hatte holen müssen oder ihr ein wild gewordener Bodyguard seinetwegen die Nase gebrochen hatte. Heute allerdings hatte er dem Ganzen irgendwie die Krone aufgesetzt. Doch noch mehr verwunderte sie die Reaktion ihrer Mutter, die ja ansonsten die Vernunft in Person war.

„Ich weiß nicht, Mama, ob das jetzt so eine tolle Idee war", gab Nina daher zu bedenken, als sie gerade das Autobahndreieck Ahlhorner Heide passierten.

Inge Moretti, die neben ihr auf dem Beifahrersitz saß und versonnen lächelte, zuckte mit den Schultern.

„Kind, die können da doch auch nicht mehr für ihn tun als ich. Du wirst sehen. Wenn wir erst mal zu

Hause sind, wird er sich noch viel schneller erholen als in diesem riesigen Klinikum in Bremen", antwortete sie und schien davon sehr überzeugt zu sein.

Nina seufzte. Sie kam sich vor wie eine Fluchthelferin. Was sie ja auch irgendwie war, da sie immerhin das Fluchtauto fuhr. Zugegeben, sie hatte schon ziemlich dumm aus der Wäsche geguckt, als Thiel mit gepackten Koffern im Morgenmantel und mit Pantoffeln an den Füßen im Foyer des Klinikums hockte. Doch jetzt war es eh zu spät. Es brachte nichts mehr, etwas zu sagen. Sie sah in den Außenspiegel auf den nachfolgenden Verkehr. Sie entdeckte Thiels dicken 5er BMW direkt hinter dem Wohnmobil. Darin saßen Klaus, Alexandra und die Kinder. Thiel selbst lag in seinem Bett im Heck des Wohnmobils und schlief vermutlich, was ja auch nicht wirklich legal, Nina aber ziemlich egal war. Sollten sie in eine Kontrolle kommen, wovon sie allerdings nicht ausging, würde es schon nicht so teuer werden, dass der Schwerkranke in der Schlafkabine lag und nicht, wie es sich gehörte, ordnungsgemäß auf einem der vorderen Sitze saß und angeschnallt war.

„Und du bist dir sicher, dass du ihn zu Hause alleine pflegen kannst ... ich meine ... vielleicht wäre es doch besser, wenn wir ihn nach Kirchen ins Krankenhaus bringen. Die haben da doch ganz andere Möglichkeiten und du kannst ihn jeden Tag besuchen", versuchte sie einen anderen Ansatz, da ihr bei dem Gedanken an den Schwerkranken bei ihnen zu Hause überhaupt nicht wohl war.

„Nina, Kind, was soll denn passieren? Du wirst sehen, Hans Peter reißt in einigen Tagen schon wieder Bäume aus. Das Schlimmste ist doch überstanden. Er braucht jetzt nur noch viel Ruhe, um wieder gesund

zu werden. Das geht zu Hause viel besser als im Krankenhaus. Da würde er doch auch nur rumliegen und
die Krankenkasse Geld kosten."

Kapitel 17

Sonntag, 17. Juli 2016, 22:48 Uhr
Betzdorf – Viktoriastraße

Die Bandsäge, mit der früher wohl einmal die Schweine zerlegt worden waren, funktionierte noch immer tadellos. Er packte die Überreste Valeries in mehrere blaue Müllsäcke und trug sie dann nach draußen zu seinem Kombi. Sein Entschluss stand fest. Er würde sie an die Fische verfüttern. In beinahe mundgerechten Happen. Dann wäre das treulose Ding wenigstens noch für etwas gut. Er fuhr, wie in der Nacht zuvor, zum Klärwerk in die Muhlau und parkte den Wagen wieder unweit der Eisenbahnbrücke. Er trug die Säcke einzeln zu genau der Stelle, an der er am Morgen gesessen und auf die Sonne gewartet hatte. Dort entleerte er den Inhalt in den Fluss und sah zu, wie sich im Schein der Taschenlampe sofort unzählige kleine Fische daran zu schaffen machten. Die Plastiksäcke selbst würde er wieder mitnehmen und sie, wie es sich gehörte, in einer Mülltonne ordentlich entsorgen. Es schwamm schon genug Plastikmüll in den Weltmeeren und Binnengewässern. Erst letztens hatte er eine Dokumentation darüber gesehen. Im Pazifik gab es sogar eine Stelle, in der sich der ganze Müll sammelte. Alles zusammen Tausende von Tonnen. Eine Schande war das. Nein, man konnte ihm vermutlich vieles vorwerfen, aber nicht, dass er ein Umweltverschmutzer war. Er hatte sich sogar die Arbeit gemacht, das Formalin, soweit es ging, wieder aus Valeries Adern herauszuwaschen, damit dieses nicht auch noch die Gewässer verunreinigte. Hoffentlich schadeten die letzten Reste der Chemikalie den Fischlein nicht.

Nachdem er alles im Fluss entsorgt hatte, setzte er sich noch eine Weile auf den Stein und lauschte in die Dunkelheit. Valeries Seele, ihr Geist waren nicht mehr hier. Er konnte ihre Anwesenheit nicht mehr spüren. Von irgendwoher rief ein Käuzchen.

Er fühlte sich noch immer müde und niedergeschlagen. Zwar hatte er ein wenig geschlafen, doch es war bei Weitem nicht genug gewesen, um den Kopf wieder freizubekommen. Seine Gedanken waren immer wieder zu der attraktiven Kommissarin und ihrem Kind geglitten. Florentina war so ein hübscher Name. Die beiden würden zu ihm passen. Mutter und Tochter. Er hatte ein gutes Gefühl dabei. Die Frage war nur, wie er ihrer habhaft werden konnte. Er durfte das nicht überstürzen. Die Gelegenheit würde sich schon bieten. Außerdem musste er sie ja auch nicht beide gleichzeitig holen. Er würde es Schritt für Schritt machen. Erst die eine, und dann die andere. Die Reihenfolge ergab sich von selbst und war egal. Das Schicksal würde entscheiden ... vielleicht würde der Gevatter sie ihm auch beide gleichzeitig und zufällig zuführen ... wer wusste das schon.

*

Das Seltsame an Urlaubsreisen, insbesondere an Wochenendkurztrips, war, dass man anschließend, wenn man wieder zu Hause war und das erste Mal morgens zur Arbeit ging, das Gefühl hatte, überhaupt nicht weg gewesen zu sein. So und nicht anders erging es Nina heute Morgen, als sie um kurz vor acht das Büro von

Torsten Liebig und Sandra Frings im Kommissariat betrat.

„Morgen, Nina, gut, dass du kommst", polterte Torsten sofort los, noch bevor sie die Tür hinter sich geschlossen hatte. Nina bekam sogleich das Gefühl, wieder voll im alten Trott zu sein.

Liebig deutete auf den Monitor seines Computers. Nina ging um den Schreibtisch herum und sah ihm über die Schulter.

„Das Obduktionsergebnis von der Leiche aus dem Grab von Kirsten May ist eben gekommen", meinte er.

„Und, was steht drin? Gibt es irgendwelche Anhaltspunkte, wer er oder sie gewesen sein könnte?", fragte sie in der Hoffnung, dass Torsten den Bericht schon gelesen hatte, was ihr wiederum Zeit sparen würde. Sie hasste es, solche Berichte zu lesen, wenn ihr jemand in wenigen Sekunden sowieso eine kurze Zusammenfassung geben konnte.

„Nicht direkt. Was wir wissen, ist, dass sie eine Frau um die vierzig war und vermutlich Westeuropäerin. Die Todesursache ließ sich nicht feststellen. Interessant ist eine verheilte Fraktur. In ihrem linken Schienbein befanden sich Schrauben von einer Operation. Doktor Wagner schreibt, dass die Art der Verletzung typisch für einen Skiunfall ist und der Bruch gerade erst verheilt sein musste."

„Was meinst du mit gerade?", fiel sie Torsten ins Wort. Er scrollte in dem Bericht, bis er die Stelle fand. Nina überflog sie. Es war wirklich unfassbar, was die Jungs und Mädels in der Gerichtsmedizin alles herausfanden. Der Bruch bei der unbekannten Frau war laut Obduktionsbericht so weit verheilt, dass die Schrauben aus Titan bereits wieder hätten entfernt werden können. Nach dem Verwuchs an der Bruchstelle zu urteilen, war die Verletzung ungefähr zwei Jahre vor dem Tod der Frau verschraubt worden. Die Schrauben selbst besaßen keine Seriennummer, aber ein Siegel des Herstellers, auf dem das Herstelljahr vermerkt war. Demnach wurden sie im Jahr 1994 gefertigt und wohl auch um diese Zeit eingesetzt. Obwohl Mathe nie Ninas Ding gewesen war, kam sie, ohne lang rechnen zu müssen, schnell darauf, dass die Frau demnach um das Jahr 1996 verstorben sein musste. Also ziemlich genau vor 20 Jahren. Kirsten May, vielmehr der Sarg, in dem sie hätte liegen sollen, war 2004 bestattet worden. Nina ging auch in diesem Fall davon aus, dass die beiden Leichname kurz vor der Beisetzung vertauscht wurden. Aber das passte alles nicht.

„Steht in dem Bericht etwas darüber, ob der Körper mumifiziert war, als er bestattet wurde?", erkundigte sie sich.

Torsten begann erneut zu scrollen, bis er das gefunden hatte, was er suchte.

„Also, sie wurde nicht direkt chemisch behandelt ... so wie die anderen ... aber Wagner schreibt, dass der Körper, wie es aussieht, stellenweise natürlich mumifiziert war, was immer das auch heißen mag."

Nina überflog die Zeilen, wurde aber aus dem Kauderwelsch der Pathologen, wie so oft, auch nicht richtig schlau. Wie immer in diesen Situationen, griff sie also zum Telefon und rief Wagner direkt an.

„Woher wusste ich nur, dass Sie mich heute Morgen anrufen würden, liebe Nina?", säuselte der sofort ins Telefon, als er das Gespräch annahm.

Nina ging auf das Geplänkel nicht ein. Sie grüßte lediglich freundlich und kam dann sofort zur Sache.

Als sie auflegte, war sie allerdings immer noch nicht viel schlauer als vorher. Dies lag jedoch nicht daran, dass Doktor Wagner sich unklar ausgedrückt hätte. Nein, es lag eher an der Tatsache, dass Ninas Vorstellungskraft nicht ausreichte, um sich das Szenario vorzustellen, welches Wagner ihr gerade versucht hatte näherzubringen. Der Körper der Frau war an der Luft vertrocknet. So etwas gab es öfter, als man dachte, wenn Menschen starben. Nina war schon oft zu Fällen gerufen worden, in denen Menschen monatelang in ihren Wohnungen gelegen hatten. Die meisten Leute dachten dann an Berge von Maden, Fliegen und Ähnliches, doch dem war nicht immer so. Zum Beispiel, wenn der Tod in der kühlen Jahreszeit eintrat, dann, wenn die Insekten schliefen. Die Körper trockneten dann gelegentlich einfach nur aus. Genauso musste es hier passiert sein.

„Kannst du dir vorstellen, dass jemand acht Jahre lang eine Tote bei sich zu Hause hat?", fragte sie Torsten. Der schluckte und schüttelte den Kopf.

„Sieht aber fast so aus als ...", ein Klopfen an der Tür unterbrach sie. Sie fuhr herum und sah Kübler, der den Kopf durch den Türspalt hereinsteckte.

„Morgen, Nina, du glaubst nicht, wen ich gerade in meinem Büro sitzen habe", begrüßte er sie und strahlte dabei, als habe er den Jackpot im Lotto geknackt. Nina hasste diese Ratespielchen.

„Was weiß ich, den Papst, Putin ... die Bundeskanzlerin?", keifte sie daher ein wenig genervt zurück.

„Nee, viel besser. Den Herrn Pastinak aus Amerika", triumphierte er.

Zugegeben, das erstaunte sie jetzt doch.

„Torsten, ich denke, wir sehen uns um neun zur Besprechung", erklärte sie knapp, lächelte Sandra zu und folgte dann Thomas.

*

Paul Stingel hockte am Ufer der Sieg im Schatten einer Weide auf seiner Decke. Genüsslich zog er an seiner Zigarette, blies den Rauch in den Morgenhimmel und nippte gelegentlich an seiner siegwassergekühlten Flasche Bier. Einfach ein herrlicher Morgen. Nicht zu heiß und nicht zu kalt. Das Wasser des Flusses glitzerte wie Silber in der Sonne und die Vögel zwitscherten um ihn herum, als wollten sie ihm etwas vorsingen. Es war lange her, dass er einmal Zeit gefunden hatte, in Ruhe seiner Leidenschaft, dem Angeln, nachzugehen. Frühinvaliden wie er waren nun mal viel beschäftigte Menschen, auch wenn das keiner von den Jungspunden glauben wollte.

In dem Eimer, der neben dem Hinterrad seines Hercules Prima 5S-Mofas stand, schwammen bereits zwei Fische. Bei dem einen handelte es sich ganz klar um eine Forelle, der andere, der größere, war von einer anderen Sorte. So genau kannte er sich da nicht aus. Aber Fisch war nun mal Fisch. Wenn die Viecher erst einmal ausgenommen waren und in einer heißen Pfanne mit guter Butter schwammen, fragte die auch eh keiner mehr nach ihrem Namen.

Paul war ein Junge von der Küste. Dass es ihn mal hier in den Westerwald verschlagen würde, das hätte er als junger Bursche auch nicht geglaubt. Na ja, wie auch. Mit zwanzig, als er seine erste Frau Gudrun auf einer der Inseln kennenlernte, hatte er ja noch nicht mal gewusst, dass es sowas wie den Westerwald überhaupt gab. Der größte Berg, den er bis dahin bestiegen hatte, war mit immerhin zweiunddreißig Metern: die große Düne A Siatler auf Amrum. Die Gudrun stammte von hier aus dem Westerwald und hatte ihn, nachdem er sie blöderweise geschwängert hatte, bevor er sich versah, in diese bergige Region verschleppt. Also ... so quasi ... halb freiwillig eben. Das lag jetzt über vierzig Jahre zurück, und obwohl die Gudrun sich schon längst aus dem Staub gemacht hatte, war er hiergeblieben und zwischenzeitlich schon fast sowas wie ein Einheimischer geworden. Aber eben nur fast. Ein Jung von der Küste blieb immer ein Jung von der Küste. Da gab das gar keine Diskussionen. Das Fischen zum Beispiel. So etwas hatte ein Bengel von der Nordseeküste ja schon mit der Muttermilch mitbekommen. Da brauchte er auch nicht erst einen Angelschein oder so einen Firlefanz. Alles Humbug. Bei ihm bissen die Fische auch ohne so einen Schein. Auch diesen ganzen teuren Angler-Schnickschnack brauchte ein Naturbursche wie er nicht. Die Angelrute, die neben ihm im Boden steckte, hatte er selbst aus einem Ast von eben dem Weiden-baum gefertigt, der ihm gerade Schatten spendete. Nur noch ein Stück Schnur dran, einen Korken von 'ner ollen Weinbuddel, einen Haken und ein paar Maden aus der Biotonne ... und fertig. Mehr brauchte man nicht zum Angeln.

Gerade, als er sich eine neue Flasche Bier aufmachen wollte, weckte der auf dem Wasser tanzende Korken seine Aufmerksamkeit. Paul musste grinsen. Da schien jetzt aber ein dicker Brocken dran herumzuzubbeln. Vorsichtig nahm er die Rute in die Hand und brachte die Schnur auf Spannung, dann schlug er mit einem Ruck an. Der Kampf mit dem Riesenfisch war aber ziemlich schnell vorbei. Das Vieh wehrte sich über-haupt nicht, sondern flog, als er an der Leine zog, in hohem Bogen aus dem Wasser und klatschte direkt vor seine Füße. Wobei ... wie ein Fisch sah das Ding da vor ihm auch gar nicht aus ... sondern ... irgendwie wie eine Hand.

„Ja, nee ... wem bist du denn seine?", fragte er die Hand verstört und besah sie sich näher. Paul war sich sicher, dass jeder andere die Hand wieder zurück ins Wasser geworfen hätte. Frei nach dem Motto: Aus den Augen, aus dem Sinn. Aber nicht er. Er war ja schließlich ein ehrlicher Bürger. Er kramte sein neues Handy aus seinem Parka und wählte die eingespeicherte Nummer seines Kontaktes bei der Kripo. Paul hatte eine Menge Kontakte. „Kontakte schaden nur dem, der keine hat", hatte sein alter Vater schon immer gesagt. Es tutete dreimal, bis sein Kontakt, die hübsche Frau Kommissar mit dem italienischen Namen, ranging.

„Ja, hallo, hier ist ich", meldete er sich vorschriftsmäßig.

„Wer?", fragte die ... warum auch immer und zwang ihn somit, konkreter zu werden.

„Ja, hier ist ich, ... der Paul, Frau Kommissar."

„Stingel?", fragte die hübsche Kommissarin überrascht und Paul war schon ein wenig stolz, dass sie ihn nun doch sofort erkannt hatte. Beim ersten Mal war wohl der Empfang schuld, dass die ihn nicht verstanden hatte.

„Jo, Frau Kommissar. Ich bin dat. Ich hät da nämlich mol wieder ein Problem und wollte da mol fragen ... ob das dann da auch einen Finderlohn gibt, wenn man was weiß? Nich wahr", erklärte er ihr jetzt einfach mal die Situation.

*

Es gab Leute, mit denen Mann, oder wie in diesem Falle Frau, am frühen Morgen einfach nicht rechnete. Der Herr Pastinak aus Amerika war so einer. Mit dem

hatte Nina zugegebenermaßen überhaupt nicht gerechnet. Noch dazu damit, dass der freiwillig bei
ihnen auftauchte und ihnen seine Hilfe anbot ... So
weit, so gut. Doch als Paul Stingel sie gerade anrief,
hatte sie im ersten Moment geglaubt, sie wäre im falschen Film. Wie immer hatte es endlos gedauert, bis
der alte Trunkenbold ihr erklärt hatte, was er wollte.
Den Stingel kannte sie schon seit der Zeit, als sie hier
in Betzdorf auf der Dienststelle angefangen hatte. Bereits bei ihrem ersten Fall war er ihr über die Füße gelaufen, und sie wurde ihn seitdem nicht mehr los.
Immer wieder kreuzten sich ihre Wege. Irgendwie
mochte sie den schrägen Vogel. Nun gut, der Typ war
ein Gauner, nicht gerade ein Adonis, und roch meist
sehr nach den Kneipen, in denen er den lieben langen
Tag herumlungerte. Dass der auch noch ein passio-
nierter Naturfreund war, hatte sie jetzt aber überhaupt nicht erwartet. Sie sah auf die Uhr. Die Uhr
zeigte gleich zehn vor neun. Eigentlich müsste sie jetzt
zur Dienstbesprechung. Immerhin gab es derzeit nicht
nur den Fall mit dem Leichenschänder und die Brand-
serie, sondern nun auch noch einen Mord und eine
vermisste Frau. Ihr Handy vibrierte. Sie nahm das
Gerät vom Schreibtisch und betrachtete die eingegan-
gene Bildnachricht von Stingel. Es war schon praktisch, dass heutzutage fast jeder Depp ein Smartphone
mit Kamerafunktion besaß. Sie besah sich das Ding
auf dem Foto und musste schlucken. Heute war tatsächlich nicht ihr Tag. War eine Brandleiche nicht
schon genug? Mussten jetzt auch noch abgetrennte
Hände die Sieg herunterschwimmen? Ein schöner
Mist! Sie zoomte die Hand näher heran und betrachtete sie einen Moment. Sie würde wetten, dass dies die
Hand einer jungen Frau gewesen war. Auf jeden Fall

gehörte das eher zarte Händchen keinem Maurer oder Dachdecker. Die Stelle, an der Stingel hockte, lag nach ihrer Schätzung drei bis vier Kilometer unterhalb von dem Ort, an dem vermutlich Valerie Bromberg verschwunden war. Ninas Gefühl sagte ihr, dass Stingel gerade zumindest einen Teil der Frau gefunden hatte. Sie erhob sich von ihrem Schreibtisch und rannte im Laufschritt zum Besprechungsraum, um die Kollegen zu verständigen. Die Teambesprechung musste jetzt erst einmal warten.

*

Sie fanden Paul Stingel an der Bundesstraße in Richtung Wissen, in Höhe des Hofes der Familie Höfer, die mit ihrer frischen Milch sogar die Schulen und Kindergärten der Umgebung versorgten. Eine sehr leckere Sache, wie Nina fand. Erst letztens waren sie und Klaus hier gewesen, um selbst gemachten Fruchtjoghurt zu kaufen. In das Zeug könnte sie sich reinlegen. Aber wie dem auch sei, der Grund ihres Besuches war weit entfernt davon, kulinarisch zu sein. Im Gegenteil, die Angelegenheit mit der Hand fand sie eher sehr unangenehm. Als Stingel, der direkt an der Bundesstraße wartete, sie sah, winkte er aufgeregt und bedeutete ihnen, ihm und seinem Mofa über einen Feldweg zum Fluss zu folgen. Nina hatte befürchtet, dass es in unwegsames Gelände gehen würde, und war froh, dass sie den Maggiolino, ihren VW Käfer, genommen hatten. Als sie das letzte Mal mit Küblers Dienstmercedes in der Botanik unterwegs waren, mussten sie nämlich anschließend einen Bauern bitten, das Wägelchen mit dem Traktor aus dem Morast zu ziehen. Eine sehr dumme Geschichte.

„Was meinst du, wieviel Promille der heute schon intus hat?", erkundigte sich Thomas, als sie dem Mofa folgten.

„Den Schlangenlinien nach, die der fährt, noch nicht genug. Wenn der sich noch zwei oder drei hinter die Binde gießt, fährt er vermutlich wieder geradeaus", versuchte sie einen Witz zu machen.

Thomas verdrehte die Augen.

„Das können wir unmöglich durchgehen lassen, Nina. Wenn da was passiert ... oder wenn die Kollegen den anhalten ... dann ist der Freak seinen Führerschein für die nächsten Jahre aber los", meckerte Kübler.

„Wie kommst du darauf, dass der einen Führerschein hat?", erkundigte sie sich, da für sie ziemlich feststand, dass Stingels Fahrerlaubnis schon vor Jahren geschreddert worden war.

Thomas sah sie entsetzt an und wollte noch etwas sagen, doch zum Glück stoppte Stingel unmittelbar vor ihnen sein Moped am Fluss. Nina hielt ebenfalls, stieg aus und folgte dem Trunkenbold in den Schatten einer Weide. Sie entdeckte die Hand im Gras sofort, beugte sich herab und beäugte sie neugierig, aber mit einer gehörigen Portion Ekel. Der Schnitt, mit dem sie vom Arm abgetrennt wurde, war sauber und glatt ausgeführt, die Knochen waren eindeutig zersägt worden.

Sie sah sich um. Im Gras lagen eine Decke, daneben drei leere Bierflaschen und einige Zigarettenstummel. Im seichten Uferbereich entdeckte sie einige volle Bierflaschen, die zwischen den Steinen verkeilt lagen und vom Wasser umspült wurden.

„Sag mal, Paul, was hast du hier eigentlich getrieben?", erkundigte sie sich und war auf die Antwort gespannt.

„Ähm ... ja ... nix. Ich hab hier so ... na ja ... gesessen und die Natur geguckt", erklärte er.

„Ah, du hast die Natur geguckt ... und dann wurdest du dabei einfach so von dem eiskalten Händchen angesprungen? So wie im Fernseher bei der Adamsfamilie", schlussfolgerte Nina und ging um den Stamm der Weide herum, wo ein Eimer mit Wasser stand, in dem zwei tote Fische trieben. Daneben entdeckte sie eine Weidenrute, die mit ein bisschen Fantasie auch zu einer durchaus brauchbaren Angelrute umfunktioniert werden konnte. Sie musste grinsen. Dachte der eigentlich, sie wären doof? Sie nahm den Eimer und hielt ihn Stingel hin.

„Paul ... nu ma Butter bei die Fische. Veräppeln kann ich mich selbst. Du hast hier schwarz geangelt", stellte sie fest, obwohl ihr dieser Umstand ziemlich egal war. Sie war schließlich nicht von der Fischereiaufsicht, sondern von der Kripo.

*

Hans Peter saß auf der Terrasse hinter dem Haus, nippte an dem koffeinfreien Kaffee und dachte nach. Der Kaffee schmeckte anders als sonst. Etwas fehlte, aber sicher nicht das Koffein. Er war nicht schlechter als sonst. Nein, nur anders. Auch das Frühstück hatte heute anders geschmeckt als früher. Sogar ... eher besser. Sollte das wirklich daran liegen, dass er seit über einer Woche keine Zigarette mehr geraucht hatte? Ja, vermutlich schon. Dennoch vermisste er seine Glimmstängel. Mindestens jede halbe Stunde ertappte er sich dabei, wie er sich an die Brusttasche seines Hemdes griff, wo sich sonst immer die Schachtel befunden hatte. Aber mit dem Qualmen war Schluss! Ein für alle

Mal! Er seufzte, nahm die Zeitung vom Tisch und begann darin zu blättern. Interessant fand er den Bericht im Regionalteil über den Brand in der Muhlau in der Nacht von Samstag auf Sonntag. Nina hatte ihm gestern erst davon erzählt. Eine seltsame Sache. Er musste unbedingt wieder fit werden. Noch lief ja sein Vertrag mit der Staatsanwaltschaft. Momentan gab es eine Menge zu tun. Außerdem war gerade Urlaubszeit und einige der ehemaligen Kollegen daher mit ihren Familien verreist. Wäre Hans Peter gesund, hätten Staatsanwalt Lambrecht oder der neue Kriminalrat ihn vermutlich längst angerufen und gebeten, vorbeizuschauen. Doch er war noch nicht wieder so fit, wie er es sich wünschte. Diese Quacksalber in Bremen hatten doch glatt gemeint, er müsse jetzt erst einmal für einige Wochen zur Kur in irgend so ein Kaff am Arsch der Welt. Reha, so ein Blödsinn, die konnten ihn mal alle kreuzweise. Er würde schon wieder auf die Beine kommen. Das Einzige, was zählte, war die Ruhe hier im Westerwald und sein eiserner Wille. Beides war gegeben. Hinzu kam, dass Inge ihn bemutterte und umsorgte, wie er es bisher nicht gekannt hatte. In einigen Wochen würde er wieder Bäume ausreißen.

*

Nina ließ den Obduktionsbericht von Fabian Schnupf sinken und sah aus dem Fenster. Irgendwer hatte dem jungen Mann die Kehle durchgeschnitten, bevor er ihn in seinem Wagen mit Benzin übergoss und anzündete. Ein eiskalt ausgeführter Mord.

Die Taucher der DLRG, die gemeinsam mit der Feuerwehr und dem THW die Sieg zwischen der Muhlau und Wissen absuchten, hatten vorhin den Kopf von

Valerie Bromberg gefunden. Ihre blonden Haare hatten sich in einigen tief hängenden Ästen verfangen. Ein grausiges Bild. Einer der Feuerwehrleute hatte sie einwandfrei identifiziert. Frank Bromberg saß noch immer in U-Haft. Sie würden ihn laufen lassen müssen. Die neuen Beweise belegten klar, dass er vermutlich nichts mit der Tat zu tun hatte. Doch diese Beweise warfen auch neue Fragen auf. Die DNA und die Fingerabdrücke, die Thomas und Torsten an dem Nachtsichtgerät sichergestellt hatten, passten zu denen am Fundort von Sonja Ludovic in dem abgebrannten Haus am Struthof. Für Nina schien es schlüssig, dass die Fälle, die sie zurzeit bearbeiteten, alle zusammengehörten. Fabian Schnupf, der Mann, der in seinem Wagen verbrannt war, hatte die Brände in den letzten Wochen gelegt. Schnupf arbeitete als Monteur für eine Montagefirma und war von Sonntagabend bis Samstag in ganz Deutschland als Handwerker unterwegs. Das erklärte die Tatsache, dass es immer nur am Wochenende gebrannt hatte. Die Sache mit ihm und Valerie Bromberg lief, so stand es zumindest in Valeries Tagebuch, seit April. Die Idee mit den Bränden stammte von Valerie. Zuerst geschah es wohl nur aus Spaß. Eine dieser Ideen, aus einer Laune heraus. So in etwa wie: ‚Wir legen einfach einen Brand, dann sind wir meinen Mann für die nächsten Stunden los'.

Fabian hatte ernst gemacht und war immer dann, wenn Valeries Mann mit seinen Kollegen zum Einsatz aufbrach, zu seiner Geliebten gefahren. Das Ganze war so unglaublich, dass, hätte Nina dies in einem Roman gelesen, sie vermuten würde, mit dem Autor wäre seine Fantasie durchgegangen. Sie hätte gewettet, dass Fabian das Feuer in dem leer stehenden Haus am Struthof nur zufällig gelegt hatte. Er hatte ja nicht gewusst, was dort vorging. Dumm für ihn, dass er dabei diesem Leichenschänder in die Quere gekommen war. Nina konnte sich gut vorstellen, dass dieser Verrückte sich an den Brandstiftern gerächt hatte. Ja, so musste es gewesen sein. Das einzige Szenario, das Sinn ergab. Doch dann stellte sich die Frage, wie er den beiden auf die Schliche gekommen war. Seit Wochen ermittelten Nina und die Kollegen ohne einen konkreten Verdacht gegen den Feuerteufel. Woher zum Kuckuck wusste der Leichenschänder, wer sich hinter dem Feuerteufel verbarg? Bei näherer Betrachtung konnte es nur eine mögliche Antwort geben: Der Täter hatte Fabian Schnupf und Valerie Bromberg dabei beobachtet, als sie das Haus angezündet hatten. Dass Valerie in der Nacht am Struthof mit dabei gewesen war, ging klar aus ihrem Tagebuch hervor. Die ganze Sache hatte sich nämlich vereinfacht, als Frank Bromberg in den letzten Wochen schon immer samstagsabends vor den Bränden zu seinen Kameraden ins Feuerwehrhaus gefahren war, um dort auf die Alarmierung zu warten. Wenn es sich so verhielt, wenn der Leichenschänder die beiden tatsächlich bei ihrer Tat beobachtet hatte, hieß dies doch, dass der in dieser Nacht ebenfalls am Struthof gewesen sein musste. Sie durchsuchte ihre Notizen auf dem Schreibtisch. Der Täter war weitläufig mit Kirsten May verwandt. Die DNA von Doktor Friedhelm May, dem Arzt, hatten sie gecheckt. Er kam als Täter nicht infrage. Blieb immer noch der zweite, Michael May, dieser Rettungsassistent. Der war aber, nach Aussage seines Bruders, gerade zu Fuß in Spanien unterwegs. Unfassbar, wer heutzutage alles über diesen Jakobsweg pilgerte. Noch dazu ohne eingeschaltetes Handy. Als weiterer Verdächtiger blieb da auch noch dieser Mister Pastinak. Ein merkwürdiger

Geselle. Er beharrte darauf, dass er in den letzten Wochen ständig in den USA gewesen sei, und hatte ihnen bereitwillig eine DNA-Probe gegeben. Der Mann im Rentenalter wirkte auf Nina irgendwie unheimlich; warum, hätte sie nicht sagen können. Doch sie hegte bei ihm permanent den Verdacht, dass er ihnen etwas verheimlichte. Nun gut, spätestens übermorgen erführen sie die Ergebnisse aus dem Labor. Pastinak würde so lange hier in Betzdorf bleiben. Er hatte sich ein Zimmer im Breidenbacher Hof genommen.

Kapitel 18

Montag, 18. Juli 2016, 11:52 Uhr
Betzdorf – Kriminalinspektion Friedrichstraße

Thomas riss das Fenster auf und holte erst einmal tief Luft. Na, heute war ja mal wieder was los in der Dienststelle. Es ging zu wie auf einem Jahrmarkt ... schlimmer noch ... man kam sich beinahe vor wie in einem Irrenhaus. Zum Glück musste er nicht auch noch bei der Hitze in der Sieg nach Leichenteilen fischen wie einige der anderen Kollegen. Zu viel Sonne vertrug er nicht, da er, erwiesenermaßen und vollkommen offensichtlich, zum eher hellen Hauttyp gehörte. Vor ein paar Jahren war er mal mit einigen Kumpels bei so einem Wetter mit dem Kanu auf der Lahn gefahren. An und für sich ein super Ausflug. Sie hatten eine Menge gelacht und reichlich Bier getrunken. Das böse Erwachen kam erst später. Er hatte bis dato nicht geglaubt, dass die Sonnenstrahlen, wenn man sich auf dem Wasser befand, noch viel aggressiver waren als an Land. Eine böse Fehleinschätzung seinerseits. Angeblich lag es daran, dass die glatte Oberfläche des Wassers die Sonnenstrahlen teilweise spiegelte und man deshalb von allen Seiten gleichmäßig gegrillt wurde. Genau wie die Hähnchen im Grillauto auf dem Wochenmarkt. So ähnlich wie die Flattermänner sah er dann nach der Kanutour auch aus. Es hatte fürchterlich wehgetan. Er war eben ein sehr sensibler Hauttyp. Da half auch meist das dicke Eincremen mit Sonnenmilch nichts. Seitdem ging er jährlich zur Kontrolle zum Hautarzt. Dass Alex ihn deshalb einen Hypochonder schimpfte, war ihm egal. Vorsicht war die Mutter der Porzellankiste und mit Hautkrebs nicht zu spaßen. Nun gut, bisher hatten sich noch keine Spätfolgen der Verbrennungen bemerkbar gemacht. Aber die konnten ja noch kommen.

Er setzte sich wieder vor seinen Monitor und tippte das Protokoll weiter, an dem er schon seit einigen Minuten saß. Dieser Pastinak war ein seltsamer Typ. Der konnte noch nicht einmal mehr ordentlich deutsch. Man hörte, wenn er sprach, überdeutlich, dass der Mann seit Jahren in Amerika lebte und nur gelegentlich zu Besuch in die alte Heimat reiste. Da er mit einer Amerikanerin verheiratet war, schien dies auch kein Problem zu sein. Die Amis waren ja, was das Aufenthaltsrecht von Ausländern anging, schon mal komisch. Thomas selbst war noch nie in Amerika gewesen. Doch es war ein großer Traum von ihm. Irgendwann, wenn seine Kinder größer waren, würden er und Alex sich das Land mal ansehen. Mit dem Greyhoundbus quer durch die Staaten. Eine Traumreise. Gegenwärtig war an solch eine Tour aber gar nicht zu denken. Überhaupt war Urlaub, nach dem Kauf des Hauses und mit zwei kleinen Kindern, bei ihnen derzeit so gar nicht im Budget vorgesehen. Gut, sie nagten nicht am Hungertuch. Er hatte sogar ein paar Euro gespart, falls mal etwas im Haushalt kaputtging. Aber ein Urlaub mit Kindern in den Schulferien konnte schnell mal in die Tausende Euro gehen. Als Alex ihm gestern Abend mitgeteilt hatte, dass sie beide und die Kinder in den Herbstferien nach Italien fahren würden, hatte er in Gedanken schon überlegt, wie er denn die Kohle dafür zusammenkratzen sollte. Doch seine Sorgen waren verfrüht und vollkommen unnötig gewesen. Die Reise würde nämlich fast gar nichts kosten, außer Verpflegung und Benzin. Hans Peter Thiel borgte ihm, oder vielmehr seiner Alexandra, das große Wohnmobil. Damit hätte Thomas nie gerechnet. Doch wie es schien, hatte Alex bei dem alten Stinkstiefel einen mega Stein im Brett.

Thomas tippte die Notizen, die er sich während des Gespräches gemacht hatte, in den Computer und stutzte dann. Was hatte dieser Pastinak eigentlich noch mal für einen Beruf gehabt? Der war selbstständig. Irgendwas mit Fun oder so. Iris fiel ihm ein. Hatte die ihm nicht noch ein paar Bilder von dem Laden und ein Prospekt gesendet? Doch, da war was gekommen. Nur gelesen hatte er es noch nicht. Wie auch? Bei der Datenflut, die man täglich auf das Handy bekam, konnte man unmöglich alles lesen. Das meiste waren eh bescheuerte Fotos, mäßig lustige Videos oder sexistischer Schweinkram, den ihm irgendwelche Freunde und Kollegen sendeten. Die las und guckte er sich dann an, wenn er mal Zeit hatte. Meist auf dem Klo oder im Wartezimmer beim Zahnarzt oder so. Er öffnete WhatsApp auf seinem Smartphone und suchte die Nachrichten von Iris. Es waren genau acht ungesehene Fotos. Er tippte auf die verschwommenen Vorschaubilder und wartete geduldig, bis das Telefon sie aus dem Internet heruntergeladen hatte. Schon beim Anblick des ersten Bildes bekam er Schweißausbrüche. Nina würde ihn steinigen, vierteilen und durch den Wolf drehen, wenn er ihr das zeigte. Verdammt, wie hatte er so doof sein können! Ein Funeral Service hatte bestimmt nichts mit Fun und Spaß zu tun ... Zitternd öffnete er den von Iris beigefügten Link zu Pastinaks Homepage und überflog sie. Thomas wurde es heiß und kalt. Der Mann hatte ein Beerdigungsinstitut und war spezialisiert auf Gesichtsrekonstruktionen nach schweren Unfällen. Ein Thanatologe. Der Typ hatte sie nach Strich und Faden veräppelt. Es half nichts. Er musste mit Nina reden, egal was die dann mit ihm anstellte. Aber die sollte sich mal nicht so aufregen, vermutlich hätte sie nämlich auch nicht gewusst, was so ein Funeral Service machte. In der Schule im Englischunterricht hatte es immer geheißen, dass der Bestatter ein Undertaker sei. So ein verdammter Mist! Er sprang auf, rannte aus dem Raum und polterte ohne anzuklopfen in Ninas Büro, das sich unmittelbar neben seinem befand. Nina saß am Schreibtisch und telefonierte, als er hereinplatzte.

„Du, Nina, ich glaub, wir haben Scheiße gebaut", erklärte er und hielt ihr das Handy mit den Fotos hin.

Ninas Augen weiteten sich.

„Du, Lotta, ich melde mich gleich noch mal", erklärte sie ihrer Gesprächspartnerin und legte dann einfach auf.

*

Helmut Pastinak stand vor seinem ausgebrannten Elternhaus am Struthof und ließ seinen Gedanken an die Vergangenheit freien Lauf. Der Weg von der alten Bergbauverwaltung, in der sich heute die Polizei befand, durch die Kruppstraße bis hier zu seinem Haus hatte sich verändert. Einen Tunnel, über dessen Portal der Fußweg führte, hatte es damals nicht gegeben. Er war seit Jahren nicht mehr hier gewesen und musste zugeben, dass seine Erinnerungen an diesen Ort langsam immer mehr zu blassen Schatten wurden. Er glaubte, dass er eine glückliche Kindheit hier verbracht hatte. Als er fünf oder sechs Jahre alt war, sind seine Eltern mit ihm nach Düsseldorf gezogen. Seitdem hatte das Haus der Familie lediglich als Feriendomizil gedient. Wobei ... ganz richtig war dies nicht. Seine Mutter hatte, als er schon älter war, hier in ihren letzten Jahren den ganzen Sommer verbracht. Ihr war das Stadthaus in Düsseldorf immer schon zu eng gewesen. Die Stadt würde ihr die Kehle zuschnüren, hatte sie einmal zu ihm gesagt. Hier am Rande des Waldes war sie zu Hause und glücklich gewesen. Er ging durch den Garten und sah an dem alten knorrigen Apfelbaum hinauf. Der dicke Ast, an dem damals die Schaukel hing, war nicht mehr vorhanden. Die meisten der anderen Äste wirkten tot und abgestorben. Lange würde der Baum es nicht mehr machen. Überhaupt befand sich der Garten rund um das abgebrannte Haus in einem desolaten Zustand. Dieser verdammte Gärtner hatte ihn, beziehungsweise seinen Vater, jahrelang nur ausgenommen, ohne einen Finger dafür krummzumachen. Helmut war auf das Geld nicht angewiesen. Es ging ihm finanziell gut. Um nicht zu sagen, sehr gut. Seine, genauer gesagt die Firma seiner Frau, lief blendend. Sie waren seit vierzig Jahren ein super Team.

Er kam zur Rückseite des Hauses, wo sich der alte Ziegenstall befand. Er selbst hatte die Zeiten, als es hier noch eine Bergmannskuh gab, wie die Bergarbeiter die Ziegen nannten, nicht mehr miterlebt. Eingehend betrachtete er das Klimagerät an der Wand. Er hatte eine Ahnung, wer das Gerät hier montiert hatte. Auch mit ihm würde er reden müssen. Das, was sein alter Freund hier veranstaltet hatte, war nicht richtig. Er hatte lange überlegt, ob er der Polizei einen Hinweis geben sollte. Doch er war kein Verräter. Das, was ihm die Polizisten geschildert hatten, waren nicht die Taten eines Verbrechers. Nein, es waren die Taten eines sehr verzweifelten, gestörten Menschen. Eines vor Trauer krank gewordenen Mannes. So jemand gehörte nicht ins Gefängnis. Helmut Pastinak ging zurück zum Apfelbaum und setzte sich auf die Gartenbank darunter. Er schloss die Augen und lauschte. Er hörte das Summen der Bienen, das Gezwitscher einiger Vögel und den Verkehr in der nahen Kleinstadt, der ihm wie ein monotones Brummen vorkam. Die Polizei hatte ihn gebeten, einige Tage hierzubleiben. Er würde dem nachkommen. Es gab auch noch einiges zu erledigen. Er musste eine Firma damit beauftragen, das Haus abzureißen und einzuebnen. Das Grundstück würde er entgegen seiner ersten Überlegungen vorerst einmal behalten. Er war auf diesem Fleck Erde geboren worden und brauchte das Geld nicht. Vielleicht hätten seine Kinder oder Enkel irgendwann Interesse daran, hier wieder ein Haus zu errichten. Jordan, sein ältester Enkel, überlegte derzeit, in Deutschland zu studieren. Vielleicht würde er hierbleiben. So etwas kam vor. Er selbst war damals auch nur für ein Jahr nach Amerika gegangen. Jetzt waren es schon beinahe vierzig. Verkauft war das Gelände nur einmal. Er nahm eine Bewegung in der Einfahrt wahr und erkannte Franz Kleinknecht, der mit den Händen in den Hosentaschen auf ihn zugeschlendert kam.

„Da brat mir doch einer einen Storch. Na, wenn das nicht Helmut Pastinak, der Mann aus dem Wilden Westen, ist", krächzte Kleinknecht und blieb direkt vor ihm stehen. „Ja, ja ... du hast dich auch kaum verändert, mein lieber Franz", antwortete er lächelnd und deutete auf den Platz neben sich. Franz setzte sich auf die Bank und Helmut kam der Gedanke, dass der Freund seiner Jugendtage verdammt alt geworden war. Das letzte Mal hatte er Franz vor über zwölf Jahren bei der Bestattung von Kirsten gesehen. Seitdem war eine Menge Zeit vergangen.

Einen Moment betrachteten sie schweigend die ausgebrannte Ruine. Es war Franz, der als Erster sprach.

„Schade um das Haus", meinte er und Helmut fand, dass es irgendwie gleichgültig und nicht ehrlich klang.

„Ich werde es einebnen und an seiner Stelle dort einige Bäume pflanzen lassen", erklärte er, um überhaupt etwas zu sagen.

„Ja, das ist eine gute Idee", fand Franz.

Helmut sah ihn von der Seite an.

„Schlimme Sache mit dem toten Mädchen im Stall", meinte er dann und beobachtete genau die Reaktion des Jugendfreundes. Franz nickte. Das Aufflackern eines Lächelns, das Zucken der Mundwinkel war deutlich zu erkennen. Also doch.

„Ja, ja, schlimme Sache."

„Die Polizei hat mir ein Foto von dem Mädchen gezeigt. Im ersten Moment habe ich geglaubt, es sei deine Nichte Kirsten. Die sahen sich wirklich sehr ähnlich."

Wieder nickte Franz.

„Ja, sie war auch genau wie meine Kirsten", antwortete Kleinknecht und Helmut Pastinak bemerkte eine Träne im Augenwinkel des alten Freundes.

„Wo ist eigentlich Hildegard? Ich habe sie schon auf Kirstens Trauerfeier nicht gesehen. Seid ihr ... noch zusammen ... oder?", wollte er wissen.

Franz holte tief Luft, bevor er antwortete.

„Sie sind alle tot, Helmut, ... der Gevatter hat sie alle mitgenommen. Hildegard, Kirsten, Sonja, Valerie ... einfach alle."

„Das tut mir leid, Franz. Hast du mal mit jemandem darüber gesprochen? Deine Trauer mit jemandem geteilt?", fragte er vorsichtig und in einem sehr beruhigenden Ton. Er hatte es gelernt, mit Trauernden zu reden und sich ihnen vorsichtig zu nähern. Zur Ausbildung eines Thanatologen, wie er einer war, gehörte es nicht nur, sich um die Toten zu kümmern. Nein, seine Arbeit war es vielmehr, ein Vermittler zwischen den Gegangenen und den Lebenden zu sein. Die, die zurückblieben, brauchten seine Hilfe viel mehr als die Toten selbst. Wer tot war, war tot, und aller Schmerz blieb bei den Lebenden. Ihnen über den Verlust hinwegzuhelfen, das war die wahre Aufgabe der Thanatologie. Das Aufbereiten der Verstorbenen dagegen der kleinere und leichtere Part. Kleinknecht reagierte nicht auf seine Frage.

„Franz, du brauchst Hilfe. Du brauchst jemanden, der dir hilft, mit deiner Trauer umzugehen. Du musst lernen, loszulassen."

Franz Kleinknecht drehte seinen Kopf und sah ihn vorwurfsvoll an.

„Du meinst also, ich bräuchte einen Irrenarzt?", fragte er und schien darüber amüsiert.

„Nein, ich sagte, du brauchst Hilfe", verbesserte er ihn.

Franz Kleinknecht schüttelte den Kopf.

„Nein, nein, Helmut. Ich brauche niemanden. Ich brauche nur meine Ruhe. Alles war gut, bis vor einer Woche. Es ging mir blendend. Dann haben sie mir Sonja weggenommen. Sie haben dein Haus angezündet und sie mir weggenommen."

Helmut Pastinak legte seine Hand auf Kleinknechts Arm.

„Franz, du hattest kein Recht dazu, das Mädchen hierzubehalten. Sie gehörte in geweihten Boden und nicht in einen alten Ziegenstall. Lass dir bitte helfen. Ich würde dich begleiten. Die Polizei sucht nach dir.

Es ist nur eine Frage der Zeit, wann sie dir auf die Schliche kommen. Wenn du es jetzt zugibst und dir helfen lässt ... dann wird alles wieder gut", versuchte er deutlicher zu werden.

Doch Kleinknecht schüttelte immer nur den Kopf.

„Ich will das nicht, Helmut. Ich will nur meine Ruhe ... jemanden, der mir zuhört. Jemanden wie Kirsten oder Sonja. Ich will keine Fragen beantworten."

Helmut Pastinak spürte, dass es keinen Sinn hatte. Der Stachel saß bereits viel zu tief in der Seele des Freundes. Ja, er machte sich nun sogar Vorwürfe, warum er nicht längst einmal hier nach dem Rechten gesehen hatte.

„Du wirst mich verraten, Helmut ... oder?", hörte er Franz zischen.

„Nein, das werde ich nicht tun, Franz. Aber ich möchte, dass du selbst zur Polizei gehst und ihnen sagst, was passiert ist. Sie werden dir helfen", versuchte er es erneut.

„Nein, das werden sie nicht. Für das, was ich getan habe, muss ich ins Gefängnis. Sie werden mich bis an mein Lebensende einsperren", flüsterte er und Helmut Pastinak hatte mit einem Mal das Gefühl, da säße ein Fremder neben ihm.

„Ich habe den Schnitter gerufen, Helmut. Er hat Valerie und diesen Mann geholt. Ich war das Werkzeug. Ich habe die Klinge geführt."

Helmut glaubte, sich verhört zu haben.

„Du hast was getan?", presste er entsetzt hervor.

Kleinknecht deutete auf das abgebrannte Haus.

„Ich habe die Feuerteufel bestraft. So, wie es sich gehört."

Helmut Pastinak wollte aufspringen, doch es war bereits zu spät. Er sah, wie die Klinge auf ihn zugeflogen kam, und spürte, wie sie die Haut an seinem Hals durchstieß. Er sah sein eigenes Blut zu Boden spritzen und merkte, wie ihm innerhalb von Sekunden das Denken schwer wurde. Er kippte nach vorne ins Gras und sah auf das Haus, in dem er geboren worden war. Hier hatte sein Leben begonnen und hier würde es auch enden. Eine Ironie des Schicksals.

*

Nina saß im Besprechungsraum und hörte Sandra zu, die den Einsatz an der Sieg geleitet hatte. Die Suchmannschaften waren noch immer unterwegs, hatten aber seit über einer Stunde keine weiteren Teile der Leiche mehr gefunden. Bisher hatten sie achtzehn Stücke bergen können. Wer immer die Leiche zerteilte, hatte dies sehr gründlich getan.

„Was sagt denn Doktor Wagner, wieviel noch fehlt?", fragte Thomas.

Das interessierte Nina natürlich auch.

„Er meint, dass wir so weit alles hätten. Die kleineren Teile, die noch fehlen, haben vermutlich die Fische ...", sie brach den Satz ab.

„Na, dann sollten wir die ganze Aktion doch jetzt beenden", schlug Torsten vor.

Sandra schüttelte den Kopf. „Ich finde, wir sollten noch einmal die gesamte Muhlau, die Stelle, an der Valerie vermutlich verschwunden ist, absuchen. Ist doch merkwürdig, dass wir keinerlei Kleidung oder andere persönlichen Dinge von ihr gefunden haben."

„Weil sie nicht dort getötet wurde", rutschte es Nina heraus.

„Ja, das sehe ich ähnlich, Frau Moretti", pflichtete Kriminalrat Dirken ihr bei. Nina stand auf, ging zu einer Landkarte an der rechten Wand des Raumes und deutete auf die Siegschleife.

„So sauber, wie unser Täter das Opfer zerteilt hat, kann er das unmöglich im Wald gemacht haben. Ich denke, er hat sie irgendwo anders getötet, zerteilt und dann zwischen der Muhlau und dem Bauernhof in Obergüdeln ins Wasser geworfen", erklärte sie.

„Na, da gibt es aber nicht viele Möglichkeiten. An dem Stück gibt es nur ein oder zwei Stellen, wo man überhaupt bis ans Wasser herankommt", überlegte Torsten. Nina sah zu Sandra.

„Wo genau im Verlauf des Flusses lag denn das erste Stück?"

Die junge Kollegin erhob sich, kam zu ihr, suchte kurz auf der Karte und deutete dann auf eine Stelle an der Eisenbahnbrücke unterhalb des Klärwerkes.

„Also können wir alle Stellen weiter flussabwärts ausschließen", kombinierte sie.

„Wäre ich der Täter, würde ich die Leichenteile hinter dem Klärwerk oberhalb der Eisenbahnbrücke reinwerfen, also nicht weit von der Stelle, wo die Suchmannschaften auch das erste Stück davon gefunden haben", traf Kübler es auf den Punkt.

„Okay, Thomas, dann fahren wir jetzt dahin und sehen uns da um. Wenn er sie dort hineingeworfen hat, kann es ja immerhin sein, dass wir wenigstens noch Blutspuren finden."

Liebig deutete zum Fenster, wo sich die Sonne bereits wieder verdunkelte.

„Dann sollten wir uns beeilen, bevor der Regen alles wegspült."

„Was ist mit diesem Herrn Pastinak, Frau Moretti? Läuft die Fahndung?", wollte Dirken wissen.

Sie nickte knapp.

„Jawohl, Chef. Fahndung läuft. Horst Peters sitzt vor dem Hotel im Biergarten und überwacht den Eingang. Pastinaks Klamotten waren noch in seinem Zimmer. Der Leihwagen, mit dem er vom Flugplatz gekommen ist, steht auf dem Hotelparkplatz. Vermutlich ist er irgendwo hier in Betzdorf zu Fuß unterwegs."

*

Dieser Idiot, hätte der nicht in Amerika bleiben können? Warum war er denn nach all den Jahren hier aufgetaucht? Er hatte Helmut nicht töten wollen. Nein, bestimmt nicht. Doch Helmut hatte begriffen, worum es ging. Er war ihm auf die Schliche gekommen, weil er ihn zu gut gekannt hatte. Jetzt war er tot und würde für immer schweigen. Er stellte die Schaufel in die Garage und wischte sich den Schweiß von der Stirn. Beinahe drei Stunden hatte er gebraucht, um das Grab hinter seinem Haus auszuheben und den Jugendfreund zu vergraben. Nun war er mit seinen Kräften am Ende. Er brauchte eine Pause. Er sah zum Himmel, der noch am Morgen wolkenlos gewesen war. Die feuchte Hitze war nun unerträglich. Es roch förmlich nach einem Gewitter. Das war auch gut so. Die Natur brauchte den Regen ... und er auch. Es musste schütten wie aus Eimern, je mehr, umso besser. Der Regen würde das Blut fortwaschen. Das Blut von Helmut, das überall drüben an den Grashalmen und Büschen klebte. Er sah an sich herab, rannte dann durch den Hintereingang ins Haus und entledigte sich seiner schmutzigen Kleidung. Er duschte ausgiebig und reinigte seine Fingernägel aufs penibelste. Dann nahm er die schmutzigen Sachen, warf sie hinter dem Haus in die rostige Feuerschale, schüttete etwas Brennspiritus darüber und zündete sie an.

Er musste jetzt Ruhe bewahren. Niemand würde Helmut hier bei ihm unter den Himbeersträuchern vermuten. Sein Grab war tief genug. Als Nächstes hastete er in die Garage. Auf den Regen war kein Verlass. Er würde selbst Hand anlegen müssen. Hilf dir selbst, dann hilft dir Gott, hieß es doch immer so schön. Eilig warf er sich den langen Gartenschlauch über die Schultern und lief dann durch die Holunderbüsche hinüber in den Garten der Pastinaks. Im alten Ziegenstall gab es einen Wasseranschluss. Er hatte diesen schon des Öfteren benutzt. Er schraubte den Schlauch auf den Absperrhahn und drehte dann das Wasser auf. Blitze zuckten am Horizont und der Wind frischte auf. Er half sich selbst und Gott half ihm auch, genauso, wie es das Sprichwort sagte. Wie ein Besessener rannte er durch den Garten und sah dabei zu, wie das Blut im Gras sich immer mehr verdünnte. Dann begann es zu regnen.

*

„Die Reifenspuren stammen sehr wahrscheinlich vom gleichen Wagen wie die auf dem Weg oberhalb des Schützenhauses", stellte Kübler fest und machte einige Fotos von den Abdrücken am Siegufer. Nina stand indessen direkt am Fluss und sah versonnen auf das Wasser. Es hatte zu regnen begonnen. Sie würde wetten, dass der Täter die Leichenteile genau hier ins Wasser geworfen hatte. Aber warum? Blut würden sie keines finden. Eben, als sie auf dem Weg zu diesem Ort waren, hatte Doktor Wagner sie aus der Gerichtsmedizin angerufen. Zwar war die Obduktion noch lange nicht abgeschlossen, doch dem Pathologen war bereits beim ersten Betrachten der Teile etwas aufgefallen. Sämtliche Körperteile enthielten kein Blut mehr. Der Körper von Valerie war aller Voraussicht nach vollkommen ausgeblutet und ihre Adern waren zuerst mit dieser seltsamen Balsamierflüssigkeit behandelt und dann mit Wasser gespült worden. Warum handelte der Täter so? Warum entfernte er erst ihr Blut und zerstückelte sie dann? Hatte er auch sie mumifizieren wollen? Es sah beinahe so aus. Aber warum hatte er sein Vorhaben dann aufgegeben und sie stattdessen im Fluss entsorgt? Laut der DNA war der Täter mit Kirsten May und deren Mutter verwandt gewesen. Nina musste zugeben, dass sie sich zu sehr auf den jüngeren der beiden May-Brüder versteift hatte. Der hatte sich jedoch vorhin bei Torsten aus dem Urlaub gemeldet und ihm glaubwürdig versichert, er sei derzeit tatsächlich in Spanien. Eine Rückverfolgung des Telefonates war zu dem gleichen Ergebnis gekommen. Damit schied er als Täter fürs Erste aus. Wobei sie dies noch einmal ganz genau überprüfen würden. Als Nächstes mussten sie, laut ihrer Meinung, die Familie, also Frau May und den älteren Sohn, diesen Arzt, wiederholt nach allen Verwandten mütterlicherseits befragen. Frau May schien eine Einheimische zu sein. Als sie vor beinahe achtzig Jahren geboren wurde, war Betzdorf tatsächlich noch ein Dorf gewesen. Vermutlich waren die Ureinwohner hier alle auf irgendeine Art und Weise miteinander verwandt oder verschwägert. Ein Schelm, wer Böses dabei dachte. Torsten hatte aufgrund der dünnen Personaldecke vorgeschlagen, seine Frau Heike zu der alten Dame zu schicken. Nina fand das okay. Auf Heike war zu einhundert Prozent Verlass, und sie wusste als Kriminaloberkommissarin, was sie tat. Es würde guttun, wenn ihr Erziehungsurlaub demnächst vorbei war und sie wieder fest zum Team gehörte.

„Und, hast du noch was gefunden?", rief Kübler gegen den Regen, der immer lauter auf sie herabprasselte. Nina löste sich aus ihrer Starre und rannte zu ihrem VW Käfer, in den Kübler bereits hastig einstieg.

„So ein Mist, dass wir keine Zeit mehr hatten, einen Gipsabdruck von den Reifenspuren zu machen, bevor es anfing zu regnen", schimpfte er. Nina strich sich eine nasse Haarsträhne aus dem Gesicht und wischte mit der Hand über die von innen beschlagenen Scheiben. Ihr Magen knurrte. Doch sie ignorierte es. Dieser Fall schlug ihr aufs Gemüt. Eine durch und durch widerliche Angelegenheit. Doch der Täter machte Fehler. Er hinterließ Spuren am laufenden Band. Und zwar so viele, dass es schon fast ungewöhnlich war. Ständig stolperten sie über seine DNA und seine Fingerabdrücke. Sie wussten, welche Reifen er auf seinem Wagen fuhr und dass er irgendwie mit der Familie May verwandt war. Sie würden ihn kriegen. Das stand für sie vollkommen außer Frage. Vielleicht wollte er, dass sie ihn schnappten? Oder doch nicht? War der Kerl am Ende gar nicht so dumm, wie sie es just in diesem Moment dachte? Was, wenn der die Spuren absichtlich legte? Ja, wenn sie recht überlegte ... könnte da tatsächlich etwas dran sein. Es gab drei Möglichkeiten. Entweder war der Typ so intelligent, dass er sie hier vorführte, einfach nur dämlich, oder er wollte, dass sie ihn schnappten. So etwas gab es öfter bei psychopathischen Killern. Dieser hier hatte jahrelang, wie es schien, in Frieden mit den Toten zusammengelebt. So lange, bis er gestört wurde. Jetzt erst war er zum Killer geworden. Eine innere Stimme sagte ihr, dass der jetzt nicht Schluss machen würde. Nun, wo die Hemmschwelle zu töten schon zweimal gefallen war, würde er nicht mehr aufhören.

Kapitel 19

Montag, 18. Juli 2016, 15:13 Uhr
Betzdorf – Struthof

„Was machst du da?", ließ ihn die Stimme eines Kindes in seiner Bewegung förmlich erstarren. Er fuhr herum und betrachtete das kleine Mädchen in dem rosa Regenmantel. Dann erkannte er sie und sein Blick hellte sich schlagartig auf.

„Ich gieße die Blumen", erklärte er und hielt den Gartenschlauch in Richtung der Rhododendren, die neben den Wacholderbüschen und dem Flieder die Grenze zwischen seinem und dem Grundstück der Pastinaks bildeten.

„Aber es regnet doch. Der liebe Gott gießt doch schon die Blumen. Da musst du das gar nicht", wusste Florentina und entlockte ihm damit ein Lächeln. Sie war ein gescheites Kind und würde bestimmt später einmal genauso hübsch werden wie ihre Mutter, die Kommissarin. Wobei er ja andere Pläne mit ihr hatte.

„Bist du ganz alleine hier?", erkundigte er sich daher.

Sie nickte, schüttelte aber dann den Kopf und zeigte auf einen Bären mit blauer Regenmütze, der unter ihrem Arm klemmte.

„Mister Paddington Bär ist bei mir."

„Ach so, Mister Paddington Bär. Sehr schön. Und wo ist deine Mama?", wollte er wissen.

„Die ist bei der Oma May, etwas fragen für die Arbeit vom Papa", antwortete die Kleine.

„Und der Papa?"

Florentina schlug sich recht theatralisch vor den Kopf und sagte dann: „Na, der ist doch bei der Arbeit und fängt die Verbrecher."

Franz Kleinknecht musste lachen.

„Stimmt, einer muss sich ja um die Verbrecher kümmern", flachste er und war sich sicher zu wissen, hinter wem die Polizei gerade her war. Doch er machte sich keine Sorgen. Die würden doch nie und nimmer auf ihn kommen. Er war doch nur ein einfacher Rentner. Sein blödes Getue vor einigen Tagen, diese Story mit den ägyptischen Mumien, fiel ihm wieder ein. Liebig dachte vermutlich jetzt, er wäre total verblödet. Der würde ihn nicht verdächtigen. Nein, für den war er einfach nur der dumme, senile Depp.

Ein Blitz erhellte den immer noch wolkenverhangenen Himmel. Der darauf folgende Donner ließ das kleine Mädchen zusammenzucken. Der Regen wurde nun noch stärker.

„Was hältst du davon, wenn wir da drüben zu mir auf die Veranda gehen. Da werden wir nicht so nass", meinte er.

Deutlich war es Florentina anzusehen, dass sie zögerte, und schließlich schüttelte sie den Kopf.

„Die Mama sagt, ich darf nicht mit fremden Männern mitgehen", erklärte sie.

Franz lachte.

„Natürlich. Da hat die Mama schon recht. Aber erstens bin ich ja gar nicht fremd und zweitens nehmen wir mein Telefon und rufen damit deine Mama auf dem Handy an, damit sie dich mit einem Regenschirm abholt", versuchte er es weiter und ging nun einfach in Richtung Ziegenstall. Florentina folgte ihm. Dort angekommen, drehte er den Wasserhahn zu, zog den Schlauch zu sich und rollte ihn vor dem Wasseranschluss zusammen. Wegräumen würde er ihn nachher.

Bevor er durch die Büsche schlüpfte, drehte er sich noch einmal um.

„Und, was ist? Gehen wir jetzt ins Trockene und rufen die Mama an?", fragte er.

Ein erneutes Blitzen, gefolgt von einem Donner, ließ das Kind zusammenzucken. Dann rannte sie ihm hinterher.

„Florentina, lauf doch bitte da ins Trockene, nachher schimpft die Mama uns beide, wenn du klitschnass bist", sagte er freundlich und deutete auf die überdachte Terrasse. Hier, hinter dem Haus, war er ungestört. Keiner der Nachbarn konnte ihn sehen, wenn er dort morgens saß und die Zeitung las. Florentina flitzte die zwei Stufen hinauf und blickte sich neugierig um. Er folgte ihr und bot ihr an, sie könne sich hinsetzen.

„Ich geh mal schnell ins Haus und hol mein Telefon, damit wir deine Mama anrufen und ihr Bescheid sagen können", log er.

„Kennst du denn die Nummer?", fragte die Kleine.

„Natürlich kenn ich die ... also, jetzt nicht auswendig. Aber ich habe sie in meinem Handy gespeichert", flunkerte er einfach weiter und war verwundert, wie gut er lügen konnte. Er hatte lange nicht mehr so gelogen. Zu Kirsten und Sonja war er immer ehrlich gewesen. Zu seiner Frau am Schluss auch ... als sie bereits tot war.

Es war ein Schock gewesen, als er sie damals an dem kalten Oktoberabend gefunden hatte. Er war von der Arbeit gekommen und sie hatte leblos in der Badewanne gelegen. Ihre Augen weit aufgerissen. Ihre Pulsadern geöffnet. Das Wasser rot verfärbt vom Blut. Drei Tage hatte er sie dort liegen lassen. War wie ein

Wahnsinniger durch das Haus gerannt. Hatte geschrien und sich die Augen ausgeweint. Am vierten Tag hatte er sie aus der Wanne gehoben, gewaschen, sauber angekleidet und auf das Bett gelegt. Zu diesem Zeitpunkt hatte er sogar einen Moment überlegt, die Polizei und einen Arzt zu rufen. Doch er war noch nicht bereit gewesen, sie herzugeben. Er hatte sie geliebt. Ja, das hatte er. Auch wenn ihre Ehe nicht immer harmonisch gewesen war, hatte er sie geliebt. Sie hatten viel gesehen von der Welt. Waren oft verreist. Freunde gab es keine. Sie beide lebten von Anfang an immer nur für sich. Auch für Kinder war in ihrem Leben nie Platz. Hildegard hatte das nicht gewollt. Nach dem Skiunfall, zwei Jahre zuvor in den Schweizer Alpen, waren sie dann nicht mehr in Urlaub gefahren. Hildegard zog sich mehr und mehr zurück. Sie war nicht mehr aus dem Haus gegangen. Heute wusste er, was Depressionen waren. Damals hatte er dies nicht erkannt. Vielleicht hatte er, nachdem er sie fand, niemanden verständigt, weil er sich schuldig fühlte. Er selbst lebte sein Leben fortan weiter. Wenn er abends von der Arbeit kam, war er zu ihr ins Schlafzimmer gegangen, um mit ihr zu reden. Es waren gute Gespräche gewesen. Ihre Schönheit war von Tag zu Tag vergangen. Sie vertrocknete. Irgendwann war es ihm schwergefallen, sie anzusehen, und er hatte sie in Decken gehüllt. Er war schuld gewesen, dass sie zerfiel und verging, bis sie nur noch ein Bündel Knochen mit lederartiger Haut war.

„Magst du etwas trinken?", erkundigte er sich bei Florentina. „Vielleicht eine Apfelschorle?"

Das Kind nickte. Er ging ins Haus und rannte die Treppe hinauf ins Bad. Dort riss er den Medikamentenschrank auf und nahm das Fläschchen mit den

Schlaftropfen heraus. Er hatte sie sich über das Internet besorgt, da das Zeug, das die hiesigen Ärzte einem verschrieben, alles nichts taugte. Er nahm die Tropfen selten. Nur dann, wenn es ganz schlimm war und er tage- beziehungsweise nächtelang keinen Schlaf fand. Er ging in die Küche und sah, während er den Kühlschrank öffnete, kurz hinaus auf die Terrasse. Florentina war doch da. Sehr gut. Bei der Dosierung der Tropfen war er sich nicht sicher. Er nahm für gewöhnlich zwanzig Stück und fiel davon Minuten später in einen fast komatösen Schlaf. Unter normalen Umständen hätte er dem Kind weniger davon gegeben, aber er wollte ja, dass sie tief und fest schlief. Also zählte er dreißig Tropfen ab, die er direkt in das Glas mit der eisgekühlten Apfelschorle gab. Dies sollte reichen, da sie ja nur einen Bruchteil von ihm wog.

Florentina schien großen Durst zu haben. Und ehe er sich versah, war das Glas leer.

„Magst du noch eins?", fragte er. Sie nickte und leckte sich über die schmalen roten Lippen. Als er zwei Minuten später mit dem zweiten Glas nach draußen kam, bemerkte er, dass Florentina bereits die Augen zufielen. Das Mädchen hatte zu kämpfen.

„Wo ist Mister Paddington Bär?", fragte sie mit schwacher Stimme und sah sich suchend um. Dabei wäre sie beinahe, als sie sich nach vorne überbeugte, um unter den Tisch zu sehen, vom Stuhl gefallen. Doch er war sofort bei ihr und fing sie auf. Ihre Augen flimmerten und für einen Moment überkamen ihn Bedenken, ob die Dosierung des Schlafmittels nicht doch ein bisschen zu hoch war. Dann musste er lächeln. Wenn sie starb, wäre es keine Tragödie, er würde sich so oder so schnell um sie kümmern. Bei ihr war er sich sicher, dass sie zu ihm passte. Ganz sicher.

*

Heike hatte bisher ganze dreizehn männliche und elf
weibliche Namen notiert. Frau May besaß wahrhaftig
eine sehr große Sippschaft. Ihr Sohn Friedhelm, der
Arzt, war auch anwesend, und Heike fand dies auch
gut so. Frau May selbst sah schlecht aus. Die Exhumierung von Kirsten hatte die alte Frau schwer mitgenommen, das war überdeutlich zu sehen. Der Sohn sah
die Sache eher nüchterner.

Ein Name in der Auflistung war Heike gleich aufgefallen, als Frau May ihn nannte: Franz Kleinknecht.
Dieser Kleinknecht und Frau May waren, was Heike
nie vermutet hätte, Geschwister. Er war ihr jüngerer
Bruder. Kontakt hatten die beiden seit Jahren nicht
mehr. Wie so oft bei Geschwistern, war es bei dem
Streit zwischen ihnen irgendwie ums Erbe gegangen.
Was genau vorgefallen war, hatte Heike nicht ganz
verstanden, aber es war auch egal.

„Onkel Franz ist merkwürdig. Seit seine Frau damals abgehauen ist, lebt er ziemlich zurückgezogen.
Der hat nur seinen Garten und seine Gartenzwerge",
wusste Doktor May über Kleinknecht zu berichten.

„Seine Frau ist ihm weggelaufen?", hakte Heike
nach, da sie immer geglaubt hatte, Frau Kleinknecht
sei schwer krank und gehe deshalb nicht aus dem
Haus. Hatte Kleinknecht nicht auch letztens noch von
ihr gesprochen? Doch, sie war sich fast sicher. Eine
seltsame Geschichte.

„Und sonst fallen Ihnen keine weiteren Verwandte
Ihrer Mutter ein?", erkundigte sie sich noch einmal.
Der Arzt schüttelte den Kopf, schien aber noch zu
überlegen. Heikes Gedanken waren bei Kleinknecht.
Sein Grundstück grenzte direkt an das der Pastinaks.

Es war ihr schon die ganze Zeit seltsam vorgekommen, dass der nichts von den Vorkommnissen dort mitbekommen haben wollte.

„Okay, Frau May, ich denke, Sie haben uns erst einmal geholfen", sagte sie und erhob sich.

„Ich begleite Sie noch zur Haustür, Frau Friedrich", meinte Friedhelm May und folgte ihr hinaus in den Flur.

„Frau Friedrich", flüsterte er, als sie schon draußen auf der steinernen Treppe standen, „ich weiß nicht, ob es wichtig ist, aber ...", er zögerte.

Heike lächelte ihm aufmunternd zu.

„Alles ist wichtig, Herr May. Nur heraus damit."

Er ging an ihr vorbei in Richtung Gartentor und sah sich suchend um, gerade so, als wolle er sicher sein, dass sie weder beobachtet noch belauscht wurden.

„Wissen Sie, als ich damals nach Hause kam ... nach diesem Unfall im Daadetal ... der, bei dem dieses Mädchen starb", er zögerte abermals. „Also ... das Ganze hat mich doch sehr mitgenommen ... noch mehr als sonst. Dieses Mädchen ... sie sah unserer Kirsten so ähnlich."

Er trat an das geschlossene Gartentor und blickte die Straße entlang.

„Als ich von der Nachtschicht nach Hause kam ... das war kurz nach Sonnenaufgang ... war ich hellwach. An Schlafen war eh nicht zu denken und ich habe überlegt, eine Runde spazieren zu gehen ... auf jeden Fall ... habe ich an diesem Morgen Onkel Franz getroffen. Der alte Narr stand schon in seinem Garten und sprach mit diesen vermaledeiten Gartenzwergen. Ich habe ihn gegrüßt ... weil ... also ... ich hatte ja auch keinen Streit mit ihm. Die Sache mit der Erbschaft war ... ist ja lange hinter dem Pflug. Also ... keine Ahnung, warum, aber ich hab ihm dann von diesem toten Mädchen erzählt und wie ähnlich sie unserer Kirsten war. Ich weiß, dass ich das eigentlich nicht durfte ... aber ... wir Ärzte sind auch nur Menschen. Es hilft halt, wenn man mit jemandem redet. Mit unserer Mutter hätte ich darüber auf keinen Fall gesprochen. Das mit Kirsten war für sie ... na, egal. Es ist, wie es ist", meinte er und winkte dann ab.

„Wie hat Ihr Onkel reagiert?", fragte Heike interessiert.

May zuckte mit den Schultern.

„Eigentlich gar nicht ... zumindest weiß ich es nicht mehr. Wissen Sie, Franz ist ein merkwürdiger Kauz. Außerdem ist er ...", May machte eine Pause.

„Er ist was?", wollte Heike aber wissen.

„Dumm, Frau Friedrich!"

„Er ist ... dumm?", wiederholte sie, da sie nicht genau verstand, wie ‚dumm' in diesem Falle zu interpretieren war.

„Keine Ahnung, wie ich es sagen soll ... aber ... der ist so ein ... so ein Bauernschlauer. Er denkt, er hätte die Intelligenz für sich gepachtet, ist aber im Grunde ziemlich einfach gestrickt."

Heike musste lächeln. Ihre Gedanken überschlugen sich. Sie wusste genau, was Friedhelm May meinte. So und nicht anders war ihr der Mann auch vorgekommen. Doch etwas anderes bewegte sie. Franz Kleinknecht kannte Kirsten, er war mit ihr verwandt und hatte somit eine mit ihr verwandte DNA. Er wusste, dass die verunglückte Sonja Kirsten ähnlich sah. Er wohnte in dem Haus, neben dem sie die Leiche gefunden hatten.

Der Mann war ihr immer schon seltsam vorgekommen. Sie könnte wetten, dass er es war, der die toten Mädchen hergerichtet hatte.

„Danke, Herr Doktor May. Sie haben uns sehr geholfen", bedankte sie sich freundlich und sah dann in die Richtung, in der sich das Pastinak-Haus befand. Sie würde bei Kleinknecht klingeln und ihn noch einmal befragen. Sie blickte zum Himmel. Es hatte aufgehört zu regnen. Am Horizont lugte bereits wieder blauer Himmel durch die Wolken. Es roch herrlich nach nasser Erde, und aus den umliegenden Wäldern stieg, ähnlich wie Rauch, nebliger Dunst empor. Heike war zufrieden mit sich und dem, was sie herausgefunden hatte. Die Arbeit bei der Polizei fehlte ihr. In vier Wochen würde Florentina eingeschult. Sie hatten sie in einer Ganztagsschule angemeldet. Louis würde in den Kindergarten gehen und sie dann endlich wieder, zumindest halbtags, arbeiten können. Sie hatte die Zeit genossen, die sie mit den Kindern verbracht hatte, aber es war endlich genug. Sie musste wieder unter Leute. Sie war einfach nicht dafür geschaffen, zu Hause zu bleiben und den Haushalt zu führen. Heike würde jetzt rüber zu Kleinknecht gehen und ihn befragen. Natürlich würde sie es belanglos klingen lassen. Wenn sich ihr Verdacht erhärtete, wovon sie fast überzeugt war, könnte sie Torsten und die Kollegen immer noch anrufen und ihnen ihre Erkenntnisse schildern. Es widerstrebte ihr, die Pferde scheu zu machen, ohne etwas Hieb- und Stichfestes in der Hand zu haben. Am Gartentor zu Kleinknechts Grundstück blieb sie stehen und zögerte einen Moment. Dann wandte sie sich ab und ging weiter zu dem abgebrannten Haus der Familie Pastinak. Wenn Kleinknecht öfters in dem Haus gewesen war, musste es eine Verbindung zwischen den Gärten geben. Einen Pfad oder Weg durch das Dickicht, das die Grundstücke voneinander trennte. Sie betrat also das Pastinak-Anwesen und ging die

Grundstücksgrenze ab. Holunder, Rhododendren und Kirschlorbeer wucherten hier wild in den Himmel. Der Pfad zum Nachbargrundstück war nicht so leicht zu erkennen. Die Büsche waren dicht und wirkten wie eine Wand aus Grün und Blüten. Doch die Spuren im beinahe kniehohen Gras waren heute überdeutlich zu sehen. Sie schob mit dem Arm die nassen Zweige fort und schlüpfte in das Dickicht. Dann blieb sie wie angewurzelt stehen. Auf der festgetretenen Erde vor ihr lag etwas, dass ihr nur zu vertraut war. Mister Paddington Bär! Florentinas ständiger Begleiter, ein Geschenk von Heikes Vater, Oberstaatsanwalt Friedrich, zum sechsten Geburtstag seiner Enkelin. Sie ging in die Hocke, hob das Stofftier auf und betrachtete es. Dann fiel ihr Blick auf das feuchte Erdreich darunter. Sie wischte mit den Fingern über den Fleck auf einem abgestorbenen Blatt und starrte dann auf ihre rot verfärbten Fingerkuppen. Blut! Wenn sie sich nicht täuschte, war das Blut. Ihr Herz begann zu rasen. Wo war Florentina? Warum lag Mister Paddington Bär hier in den Büschen? Sie nahm einen Schatten hinter sich wahr und wollte herumwirbeln. Ein Schlag traf sie mit voller Wucht am Hinterkopf. Dann, einen Wimpernschlag, bevor es dunkel um sie herum wurde, erkannte sie ihn.

*

Er konnte sein Glück kaum fassen. Das Schicksal meinte es gut mit ihm. Sie waren beide zu ihm gekommen. Mutter und Tochter. Alles war so einfach gewesen. Heike Friedrich war schlank und schien ihm sogar ein wenig leichter als Valerie. Er trug sie beschwingt in seinen Armen hinüber auf seine Terrasse und legte sie dort auf den Boden. Er musste handeln, solange sie noch schlief. Bei ihr würde er es nicht mit den Schlaftropfen versuchen. Die Gefahr, dass die Dosis nicht ausreichte, schien ihm zu hoch. Er ging zu seinem Wagen und holte die zweite vorbereitete Spritze mit dem Narkosemittel. Bei Valerie hatte er sie nicht gebraucht, da es beim ersten Versuch direkt funktionierte. Das Medikament war laut Beschreibung zum Betäuben von Tieren vorgesehen. Aber egal, was bei Großkatzen wirkte, klappte auch bei Menschen. Er hatte die Dosis anhand des geschätzten Gewichtes ermittelt. Valerie hatte nach der Verabreichung des Narkotikums beinahe acht Stunden geschlafen. Er zog die Schutzhülle von der Nadel, stach in ihren Arm und drückte die Flüssigkeit in ihr Gewebe. Dann ließ er sich erschöpft an den Pfosten der Verandatreppe sinken. Er musste die beiden von hier wegschaffen. Aber schleunigst, noch bevor Torsten Liebig nach ihnen suchen würde. Doch wohin sollte er sie bringen? Ins Schlachthaus könnte er erst später fahren, wenn es dunkel war. Jetzt, am Tag, war ihm das Unterfangen noch zu heikel. Die Gefahr, gesehen zu werden, zu groß. Erst einmal mussten beide ins Auto. Dann würde er weitersehen. Er erhob sich schwerfällig und ging in die Einfahrt. Sein in die Jahre gekommener silberner E-Klasse-Benz stand in der Einfahrt. Mit der Fernbedienung auf der Mittelkonsole öffnete er das Tor und manövrierte den großen Wagen rückwärts in die Garage. Dann trug er Heike durch das Haus zum Auto und legte sie in den Kofferraum. Dabei nahm er ihren Geruch war. Sie roch gut. Er nahm ihr Handy, entfernte den Akku und warf es in den Kofferraum. Angeblich konnten einige der Geräte ja auch geortet werden, wenn sie lediglich ausgeschaltet waren. Als er Minuten später Florentina zu ihrer Mutter in den Kofferraum legte, hielt er einen Moment inne und besah sich die beiden. Sie sahen so friedlich aus. Er wischte dem kleinen Mädchen eine Haarsträhne aus dem Gesicht und tastete nach seinem Puls. Es lebte noch. Er strauchelte nach hinten und sank auf den Boden. Dann begann er zu weinen. Er wollte sie nicht töten. Doch er würde sie auch so gerne bei sich haben. Es musste also sein. Er fühlte sich wie besessen. Ein übler Gedanke kam ihm. Das musste es sein! Er, Franz Kleinknecht, war besessen. Irgendwo in ihm tobte ein Dämon, einer, der wollte, dass die beiden starben. Damit er sie jeden Tag so betrachten könnte. Doch war es auch tatsächlich das, was er wollte? Er wusste es nicht. Er wusste nur, dass der Dämon den Kampf in seinem Inneren für sich entschieden hatte und er die beiden töten musste. Der Dämon gewann immer. Er war der Verbündete des Gevatters. Franz, das kleine, armselige Menschlein, war lediglich das Werkzeug.

*

Torsten Liebig knallte den Hörer auf das Telefon. Verdammt, wo steckte Heike bloß? Annika, die Babysitterin, hatte ihn vor nicht ganz zehn Minuten angerufen. Sie musste zum Reitunterricht und Heike hatte ihr versprochen, sie zu fahren, sobald sie wieder zu Hause wäre. Das hätte bereits vor einer halben Stunde sein sollen. Das Mädchen war stinksauer und er ... eher besorgt. Es war nicht Heikes Art, sich zu verspäten, ohne sich nicht wenigstens zu melden. Laut Annika hatte sie ihr Mobiltelefon eingesteckt. Das war aber nun ausgeschaltet. Er hatte zigmal probiert, sie zu erreichen. Immer ging nur die Mailbox an. Torsten schnappte sich den Autoschlüssel und sprang auf. Offiziell war eh schon Feierabend. Sein Überstundenkonto barst beinahe.

„Du, ich muss nach Hause", erklärte er Sandra, die besorgt zu ihm herübersah, da sie seine Anrufversuche natürlich mitbekommen hatte.

„Kein Problem, ist ja sowieso schon drüber", antwortete sie und versuchte ein Lächeln.

Auf dem Flur traf er Nina, die gerade ihr Büro verließ.

„Ist was?", fragte die hübsche Halbitalienerin und Torsten wunderte sich schon ein wenig, dass man ihm seine Sorge scheinbar so deutlich ansah.

„Ich erreich Heike nicht. Die wollte nur eben zu unserer Nachbarin, Frau May, wegen der Liste mit den möglichen Verwandten", berichtete er.

Nina nickte.

„Klar, hatten wir ja heute Mittag drüber gesprochen. Ruf doch einfach mal bei dieser Frau May an. Vielleicht hat Heike sich da festgequasselt. Kann ja schon mal passieren", schlug Nina vor.

„Hab ich schon. Frau May sagt, dass Heike bereits vor gut und gerne einer Stunde gegangen ist. Zu Hause ist sie aber auch nicht und ihr alter Opel steht, laut dem Kindermädchen, in unserer Einfahrt. Weit kann sie also nicht sein", berichtete er und bog ins Treppenhaus. Ninas Gesichtszüge verfinsterten sich.

„Was dagegen, wenn ich mitkomme?", fragte sie spontan.

Nein, das hatte er nicht. Im Gegenteil. Je mehr er über all das nachdachte, umso mehr kam er zu der Überzeugung, dass irgendetwas ganz und gar nicht stimmte. Frau May wollte gesehen haben, dass Heike sich auf der Straße vor dem Haus noch mit ihrem Sohn unterhalten hatte. Der war aber, gleich nachdem Heike weg war, zur Spätschicht nach Siegen ins Krankenhaus gefahren und ebenfalls nicht erreichbar. Bei ihm ging nach mehrmaligem Läuten nur die Mailbox an. Torsten hatte eine Nachricht hinterlassen. Dieser Friedhelm May war ihm noch immer nicht geheuer. Was, wenn er doch der Gesuchte war? DNA hin oder her. Was, wenn der sie die ganze Zeit an der Nase herumführte?

Für gewöhnlich legte er die Strecke von zu Hause morgens zur Arbeit zu Fuß zurück, ebenso auch den Heimweg. Mit Ninas Käfer kam es ihm heute genauso lang, wenn nicht sogar noch langsamer vor, da der Verkehr sich ständig staute.

„Vielleicht solltest du dir mal ein Blaulicht auf dem Wägelchen montieren lassen, dann ginge es schneller", schlug er auf Höhe des REWE-Marktes vor, da er das Gefühl hatte, irgendetwas sagen zu müssen. Die Anspannung fraß ihn förmlich auf. Seine Hände waren schweißnass.

Nina sah kurz zu ihm hinüber, nickte, beugte sich nach hinten hinter den Beifahrersitz, zog ein Blaulicht mit Magnetfuß heraus, schaltete es an und klatschte es durch das offene Fenster auf das Dach.

„Sag mal, spinnst du ... wo hast du denn das Ding her?", presste er hervor und suchte Halt an dem Griff oberhalb des Handschuhfaches.

„Hat mir Thomas zum Geburtstag geschenkt. Keine Ahnung, wo das Ding her ist", erklärte sie, während sie den Blinker setzte, zurückschaltete und das Gaspedal voll durchtrat, um die Blechlawine vor ihnen einfach zu überholen. Zwei Minuten später hielten sie mit einer Vollbremsung vor seiner Einfahrt.

*

Nina nahm das Blaulicht mit dem Magnetfuß vom Dach, schaltete es aus und warf es auf den Rücksitz. Dann folgte sie Torsten zum Haus.

Heike war noch nicht wieder da. Sie nahm ihr Handy und wählte die Nummer der Kollegin. Bei ihr und Heike Friedrich war es, als sie sich damals das erste Mal trafen, sicherlich keine Liebe auf den ersten Blick gewesen. Nein, im Gegenteil, sie hatten sich sogar anfangs ziemlich angezickt. Mittlerweile war das anders. Sie würde Heike heute tatsächlich als so etwas wie eine Freundin bezeichnen oder zumindest wie eine sehr gute Bekannte, mit der man sich auch schon mal zum Kaffee verabredete. Heike war eine Frau mit Prinzipien. Vermutlich lag das auch an ihrer Erziehung. Ihr Vater war ein Oberstaatsanwalt, ihr Großvater mütterlicherseits sogar ein Minister der Bonner Republik gewesen. Sie lebte Disziplin. Eine Heike Friedrich kam nicht unentschuldigt zu spät oder verschwand ohne Grund.

Anstatt ihres Handys erreichte Nina nur die Mailbox. Das war nicht gut.

„Hast du die Nummer von diesem Doktor May dabei?", fragte sie.

Torsten, der im Haus herumrannte wie ein angeschossener Tiger, nickte, zog sein Handy aus der Tasche, betätigte einige Tasten und nahm das Gerät ans Ohr. Es dauerte eine gefühlte Ewigkeit, dann hellte sich sein Blick kurz auf.

Nina hörte, wie er Doktor May die Situation am Telefon schilderte und dann dem Arzt selbst lange zuhörte.

„Sie wollte zu Kleinknecht?", fragte er irgendwann erstaunt, lauschte dann noch eine Weile und beendete schließlich das Gespräch.

„Annika, kannst du bitte noch ein bisschen bei Louis und Florentina bleiben", fragte er die Babysitterin, die mit dem kleinen Louis auf dem Arm in der Haustür stand, und rannte an ihr vorbei in den Garten vor dem Haus. Das Mädchen nickte und blickte sich verstört um.

Nina schwante bereits Übles. Torsten war stehen geblieben und drehte sich um. Sie sah die Panik in seinen Augen.

„Sag mal ... wo ist Floh überhaupt?", stammelte er.

„Die wollte nur eben rüber zu den Mays und vor dem Haus auf ihre Mama warten", stotterte das Mädchen, und deutlich war zu sehen, wie sich ihre Augen mit Tränen füllten.

Nina zog erneut ihr Handy aus der Tasche und rief Sandra Frings im Büro an. Sie hatte Glück, die Kollegin war noch da.

„Schnapp dir Kübler und komm sofort rüber zu Liebigs. Wir müssen Heike suchen ... Ach, Sandra, ... und schau bitte nach, ob Horst Peters und Wacker da sind", gab sie knappe Anweisung.

„Okay, mach ich ... aber Kübler ist schon nach Hause", antwortete Sandra.

„Dann ruf ihn an! Er soll schleunigst zum Struthof kommen!", schrie sie nun beinahe in das Gerät und rannte dann hinter Liebig her, der bereits auf der Straße war.

*

Als Franz Kleinknecht gerade auf die Hauptstraße bog, war ihm das Polizeiauto entgegengekommen ... oder vielmehr der seltsame alte Volkswagen mit dem Blaulicht auf dem Dach. Am Steuer hatte die dunkelhaarige Kommissarin und auf dem Beifahrersitz sein Nachbar, Herr Liebig, gesessen. Er hatte ihn genau erkannt. In Kirchen bog Kleinknecht spontan nach rechts ab und fuhr den Berg hinauf in Richtung Herkersdorf. Er brauchte erst einmal Abstand von all dem. Vermutlich würden die jetzt nach dem Kind und der Mutter suchen. Es wunderte ihn, dass das Verschwinden der beiden so schnell bemerkt worden war. Ihn würden sie nicht verdächtigen. Warum auch? Er war der alte Mann von nebenan. So jemanden verdächtigte man nicht. Bevor er losgefahren war, hatte er alle Spuren im Garten verwischt. Mehrfach hatte er alles abgesucht. Florentinas Teddybär hatte er zu dem Kind und der Mutter in den Kofferraum gepackt. Sie würde ihn behalten dürfen, auch über die Zeit ihres Ablebens hinaus. Es sah einfach drollig aus, wie sie da lag, schlief und den Teddy im Arm hielt.

Das Beet, unter dem Helmut Pastinak ruhte, war ordentlich geharkt und auch in seinem Haus gab es, soweit er das beurteilen konnte, keine Spuren, die auf eine seiner Taten deuteten. Er lenkte den Wagen auf den Wanderparkplatz am Druidensteig, unweit des Druidensteines, und stellte ihn im Schatten der Bäume ab. Hier würde er warten, bis es dunkel wurde. Er musste versuchen zu schlafen. Er würde all seine Kraft in der kommenden Nacht benötigen.

Kapitel 20

Monntag, 18. Juli 2016, 18:10 Uhr
Betzdorf – Struthof

Nina stand im Wohnzimmer der Kleinknechts und sah sich um. Das Haus war eine Zeitreise in die Achtzigerjahre des letzten Jahrhunderts. Keines der Möbelstücke war neuer als fünfundzwanzig Jahre. Selbst der Fernseher und der Videorecorder erinnerten sie ein wenig an ihre Kindheit. Es roch irgendwie muffig und verstaubt, obwohl auf den ersten Blick alles ordentlich schien. Sie waren über die Veranda ins Haus gelangt. Es hatte sich als eher schwierig herausgestellt, die Haustüre ohne einen passenden Rammbock einzutreten. Da ging es doch viel einfacher, das Glas der Terrassentür mit einem dicken Stein aus dem Garten zu zertrümmern. Bedenken, im Unrecht zu handeln, waren Nina dabei nicht gekommen. Nach den Schilderungen von Torsten war hier ganz klar Gefahr in Verzug. Sie hatten jedes Zimmer des Hauses durchsucht, auf den ersten Blick aber nichts Verdächtiges gefunden.

„Lass uns mal drüben in der Ruine nachsehen", schlug Nina daher vor.

Möglicherweise befand er sich ja, wenn Kleinknecht ihr Mann war, wieder in dem alten Ziegenstall, da, wo sie die erste Leiche nach dem Brand gefunden hatten. Torsten gab keine Antwort, sondern rannte, bevor sie sich versah, einfach los.

Er war, als sie gerade erst von der Veranda sprang, schon um die Hausecke verschwunden. Nina blickte über Kleinknechts Rasen und glaubte eine Art Trampelpfad zu entdecken, der schnurgerade in die Richtung führte, in der sich hinter dem zum Himmel wuchernden Gestrüpp das abgebrannte Haus der Pastinaks befinden musste. Sie rannte über die Wiese, bog die Äste des Holunders beiseite und schlüpfte hindurch. Drüben angekommen, lief sie durch das beinahe kniehohe Gras zu dem alten Stall und erblickte nun wieder von der Straße her Torsten, wie er mit hochrotem Kopf in Windeseile in die Auffahrt gerannt kam.

Sie zog, warum auch immer, ihre Pistole aus dem Holster, umklammerte sie mit beiden Händen schussbereit und trat dann die Tür zum Ziegenstall auf. Sie brauchte einen Moment, bis ihre Augen sich an die Dunkelheit des fensterlosen Raumes gewöhnten. Es sah noch alles genauso aus wie bei ihrem letzten Aufenthalt.

„Hier ist sie auch nicht", bemerkte Nina knapp und mit einem Kloß im Hals. Torsten stand hinter ihr. Er war am Boden zerstört.

Von draußen waren die Motoren mehrerer Autos und das Knirschen von Reifen auf Kies zu hören.

Sie verließen den Stall. In der Einfahrt zum Grundstück parkte ein Streifenwagen, dahinter Küblers ferrarirotes Mercedes CLK-Coupé, auf dessen Dach ein Blaulicht blitzte. Kübler war nicht allein. Als er in Joggingklamotten aus dem Auto stieg, entdeckte Nina den Hund, der sich hinter seinem Herrchen aus dem Wagen quetschte, bevor die Tür ins Schloss fiel. Aus dem Streifenwagen kletterten Jürgen Wacker und Sandra Frings.

„Kannst du mir mal erklären, warum du den Köter mitbringst?", fauchte Nina Thomas Kübler an, der in seiner kunterbunten Plastikkleidung und den futuristisch neonfarbenen Laufschuhen doch sehr albern wirkte.

„Ja, kann ich ... es ist nämlich, falls du es vergessen hast, eigentlich schon Feierabend. Ich war gerade mit dem Hund auf dem Weg zum Lauftreff auf dem Steimel, als Sandra anrief", erklärte er und wollte dann wissen, wie der Stand der Dinge sei.

Nina erläuterte kurz und knapp, was Sache war, unterbrach ihre Ansprache aber, da Küblers verrücktes Hundchen plötzlich begann, an ihren Schuhen zu lecken.

„Verdammt, Luzie, hör auf damit", schimpfte sie, packte die Mischlingshündin am Halsband und schob sie weg. Dann erstarrte sie in ihrer Bewegung. Ihre neuen weißen Markenturnschuhe waren plötzlich rosarot verfärbt. Sie hob die Sohle und betrachtete die roten feuchten, verwaschenen Schlieren auf den kompletten Schuhen und im unteren Bereich ihrer Jeans.

„Sag mal, ist das Blut?", fragte Sandra genau das, was Nina gerade vermutete. Sie wirbelte herum, besah sich das vom Regen noch immer feuchte Gras. Auf den ersten Blick war der Ursprung der roten Verfärbung nicht zu sehen. Wieder war es der Hund, der den entscheidenden Hinweis brachte. Sie beobachtete, wie er mit der Nase suchend auf der Wiese umherrannte. Eine Stelle unter dem Apfelbaum, da, wo die alte Gartenbank stand, schien es der Hündin besonders angetan zu haben.

*

Wenn er noch länger hier warten müsste, würde er wahnsinnig werden. Anstatt zur Ruhe zu kommen, wurde er von Minute zu Minute nervöser. Was, wenn sie ihn doch suchten? Was, wenn er irgendetwas übersehen hatte? Wobei ... nein. Das konnte nicht sein. Im Garten, im Haus und drumherum waren doch keine Spuren zu sehen gewesen. Oder etwa doch? Erneut verfinsterte sich der Himmel. Er sah die Wand aus Wasser über den Parkplatz auf sich zukommen. Dicke Tropfen prasselten mit einem Mal auf das Dach seines Wagens. Entschlossen startete er den Motor. Der Dämon in ihm drängte zum Aufbruch. Er musste es tun. Er wollte endlich spüren, wie der Gevatter kam, um seine Sense zu schwingen. Die Gelegenheit war günstig. Solange es so schüttete, würde niemand ihn dabei beobachten, wie er seine zukünftigen Gefährtinnen auslud.

Er nahm den Weg durch das Imhäusertal, vorbei an der Minigolfanlage. Früher kam er gerne auf eine Partie hierher. Doch seit Hildegard tot war ... Er schob die Gedanken beiseite. Er musste nach vorne sehen. In die Zukunft. Was geschehen war, konnte man nicht mehr ändern. Als er in die Viktoriastraße einbog, goss es noch immer wie aus Kübeln. Er rangierte den Wagen rückwärts in die schmale Einfahrt zwischen der Bäckerei und der Metzgerei und fluchte leise, da er mehrmals vor- und zurückfahren musste. Wie konnte jemand nur so eine Zufahrt planen? Wobei, als dies hier gebaut wurde, fuhren die meisten deutschen Bürger noch Goggomobile, VW Käfer oder andere hässliche Kleinwagen. Er schaffte es, den Wagen bis direkt vor die Schlachthaustür zu fahren. Hastig stieg er aus, sah sich kurz um und schloss dann auf. Der leichte Geruch nach Formalin, der ihm entgegenschlug, hatte etwas Vertrautes und Beruhigendes. Immer wieder sah er sich um. Er öffnete den

Kofferraum des Kombis und trug im Schutze des Vordachs zuerst das Mädchen hinein. Als er den Kühlraum betrat, merkte er sofort, dass etwas nicht war, wie es sein sollte. Es war stockdunkel in dem Raum, das Licht funktionierte nicht. Er legte Florentina auf dem Boden ab und ging zum Thermometer. Verdammt, der Zeiger stand bei etwa 14 Grad und der Kompressor lief ebenfalls nicht. Wie es schien, stimmte etwas mit der Stromversorgung nicht. Das hatte ihm gerade noch gefehlt. Aber egal, darum würde er sich später kümmern. Wie gehetzt eilte er nach draußen und holte die Mutter. Auch sie legte er in den Kühlraum und verschloss dann erst einmal von außen die schwere Edelstahltür. Bevor er weitermachte, musste er als Erstes herausfinden, warum der Kühlraum nicht funktionierte. Vermutlich war, wie bereits vor einigen Tagen, die Sicherung wieder defekt. Es war gut, dass er sich mit so etwas auskannte. Gelernt war eben gelernt. Er ging zum Sicherungskasten und fand den Fehler ziemlich schnell. Es gab nur eine Sicherung für den Kühlraum, und die war tatsächlich nicht in Ordnung. Er schraubte sie heraus, nahm eine der Ersatzsicherungen, die unter dem Stromzähler lagen, und setzte sie ein. Zufrieden hörte er, wie der Kompressor der Kühlung anlief ... und sofort wieder ausging. Der Umstand versetzte ihn in Panik. Er begann zu schwitzen. Die Sicherung war erneut durchgebrannt und der Fehler an der Anlage wohl schwerwiegender als befürchtet. Wütend knallte er die Tür des Kastens zu. Er brauchte die Kühlung. Er durfte diesmal keine Fehler machen. Zum Glück hatte er seinen Werkzeugkoffer hier.

*

Nina hatte nicht damit gerechnet, dass Küblers Mischlingshündin tatsächlich etwas finden würde, als ihr Herrchen ihr befahl zu suchen. Natürlich wusste sie als Polizistin, dass es Hunde gab, die für diese Aufgabe speziell trainiert waren. Aber doch nicht Luzie! Nina hatte bisher geglaubt, dass der ehemalige Straßenhund lediglich dazu in der Lage war, das nächste Leberwurstbrot zu finden.

Das, was Kübler, Liebig und Polizeimeister Jürgen Wacker da gerade unter den frisch eingepflanzten Himbeersträuchern ausgruben, war allerdings kein Leberwurstbrot, sondern die Leiche von Helmut Pastinak, dem Onkel aus Amerika. Nina stand auf der Terrasse und sah ihnen gedankenversunken zu. Torsten war, wie nicht anders zu erwarten, ziemlich fertig. Er bot ein fürchterliches Bild, wie er da ratlos im strömenden Regen stand und den anderen zusah.

Wo hatte dieser Kleinknecht Heike wohl hingebracht? War Florentina bei ihr? Nina war sich sicher, dass die beiden nicht hier auf dem Gelände waren. Kleinknechts Auto fehlte. Ein silberner Mercedes Kombi älteren Baujahres. Von den Dingern gab es Tausende. Die Fahndung nach dem Wagen lief bereits. Ebenso die nach dem Besitzer.

„Die Kollegen von der Bereitschaft rücken mit einer Hundertschaft an. Die Feuerwehr und das THW sind auch verständigt und werden uns helfen, den Wald zu durchkämmen", hörte sie die Stimme ihres Chefs, Kriminalrat Dirken, hinter sich. Nina war froh, dass er hier war. Es tat gut zu wissen, dass die Verantwortung nicht nur auf ihren Schultern ruhte.

„Was machen wir mit Oberkommissar Torsten Liebig?", fragte sie leise und deutete auf das Häufchen Elend.

„Es ist wohl besser, er geht nach Hause", meinte Dirken.

Nina schüttelte den Kopf.

„Das können Sie vergessen, Chef. Der wird nicht nach Hause gehen, solange er nicht weiß, was mit seiner Frau und der Kleinen ist."

Dirken seufzte.

„Ja, Frau Moretti, das befürchte ich auch", sagte er und ging dann durch den Regen zu Torsten hinüber, wo er ruhig auf ihn einsprach.

*

Heike hatte Probleme, sich zu orientieren. Es war stockdunkel in dem Raum und kalt. Sehr kalt. Ihr Kopf tat weh, ihr war speiübel und die Stelle, wo der Schlag sie getroffen hatte, fühlte sich heftig geschwollen an. Sie betastete den Fußboden um sich herum. Deutlich spürte sie die Fugen von Fliesen. Rechts von ihr erkannte sie einen schwachen Lichtstreif. Eine Tür. Da war eindeutig eine Tür, auf deren anderer Seite Licht brannte. Sie ging auf die Knie und kroch vorsichtig tastend vorwärts auf das Licht zu. Ihre Finger glitten über die Türunterkante. Der Spalt war minimal. Sie erhob sich und ertastete mit den Händen einen schweren Riegel. Langsam versuchte sie ihn zu bewegen. Doch sie hatte keine Chance, der Hebel bewegte sich keinen Millimeter, in keine Richtung. Irgendwer hatte ihn wohl von außen verkeilt oder abgeschlossen. Sie tastete an der Wand entlang und stieß bereits nach einigen Zentimetern an etwas Weiches, das vor ihr auf dem Boden lag. Langsam ging sie in die Hocke und befühlte vorsichtig den Gegenstand. Sie fasste in Haare und sog die Luft ein. Wie ein Raubtier erkannte sie Floh an ihrem Geruch. Er war ihr so vertraut wie kaum etwas anderes. Heikes Herz begann noch schneller zu schlagen. Ihre Hände befühlten Florentinas Hals. Erleichtert stellte sie fest, dass ihr kleines Herz noch schlug. Sie sank auf den Boden, hob das Kind auf, lehnte sich mit dem Rücken an die kalte Wand und drückte ihre Tochter dann ganz fest an sich. Schließlich begann sie hemmungslos zu weinen. Es dauerte eine ganze Weile, bis sie sich gefangen hatte. Sie musste jetzt stark sein. Einen Weg finden, um sich und ihr Kind zu befreien. In ihrer Erinnerung ging sie die letzten Sekunden vor ihrer Ohnmacht durch. Sie wusste, wer sie niedergeschlagen hatte. Bevor sie das Bewusstsein verlor, hatte sie Franz Kleinknecht noch erkannt. Ihr Gefühl, was ihn betraf, hatte sie nicht getäuscht. Er war es, der die Frauen präpariert und das Pärchen in der Muhlau getötet hatte. Aber was hatte das Ganze mit ihr und Floh zu tun? Warum sperrte er sie beide hier ein? Vielleicht hatte Heike oder auch Florentina ihn bei irgendetwas gestört? Fest stand, dass dieser Mann bereit war zu töten und auch keinerlei Skrupel besaß, einen Menschen zu zerstückeln, um ihn anschließend an die Fische zu verfüttern. Sie war sich ziemlich sicher, dass er sie, wenn sie nichts unternahm, umbringen würde. Andererseits stellte sich die Frage, warum er es nicht längst getan hatte. Warum hielt er sie hier gefangen? Ihr Entschluss stand fest. Kampflos würde sie nicht aufgeben. Sie würde ihres und das Leben ihres Kindes bis zum Äußersten verteidigen. Entfernt hörte sie ein Fluchen und Poltern. Plötzlich flammte flackernd eine Neonröhre an der Decke auf. Heike kniff die Augen zusammen. Ein Gebläse rechts oberhalb der Tür begann zu rappeln. Nur Sekunden später spürte sie den eisigen Luftstrom, der von dem Gerät zu kommen schien.

„Floh, wach auf", flüsterte sie der Kleinen ins Ohr und tätschelte ihre Wange. Das Mädchen reagierte nicht. Sie versuchte es erneut. Diesmal etwas heftiger. Florentina schlug kurz die Augen auf, blickte sie verstört an und nickte dann wieder weg. Ihre Pupillen waren merkwürdig geweitet gewesen. Wut kam in Heike auf. Dieser Mistkerl hatte dem Kind irgendetwas gegeben. Sie ballte die Faust, legte Floh zurück auf den Boden und sah sich um. Sie befand sich eindeutig im Kühlraum eines Metzgers oder Restaurants. Dem Schmutz nach zu urteilen war hier vermutlich schon lange nichts mehr gelagert worden. In einer Ecke entdeckte sie getrocknetes Blut auf dem Boden. Sie sah an sich herunter und dann knapp zu ihrer Tochter. Von wem immer das Blut war, es war nicht von ihnen beiden. Sie begann zu frieren. Unablässig schaufelte das Gebläse kalte Luft in den Raum. Links neben der Tür entdeckte sie ein Thermometer. Heike stand auf und ging hin. Es waren gerade einmal vierzehn Grad. Für Juli eindeutig zu kalt. Sie tippte auf das Glas der Anzeige und der Zeiger fiel auf dreizehn Grad. Verdammt, wenn das so weiterging, würden sie hier erfrieren. Wahrscheinlich war es genau das, was Kleinknecht wollte. Sie besah sich die Klimaanlage knapp unterhalb der Decke. Wie befürchtet, wurde diese von außen geregelt und geschaltet. Sie musste etwas unternehmen. Nur was? Der Raum war niedrig und sie kam, wenn sie sich langmachte, ohne Probleme mit den Fingern bis an das Gerät. Vielleicht glückte es ihr, den Ventilator im Inneren irgendwie zu blockieren. Aber womit? Suchend sah sie sich um. In dem Raum war nichts. Ihr Blick fiel auf Mister Paddington Bär, der neben Florentina auf dem Boden lag. Entschlossen griff sie den Plüschbär und stopfte ihn durch den Spalt am Rande des Abdeckgitters. Das Lüfterrad erfasste Mister Paddington und wirbelte ihn mit. Dann erwischte der Propeller ihre Fingerspitzen. Es gab einen gewaltigen Schlag und Heike schrie schmerzerfüllt auf. Zitternd betrachtete sie ihren unnatürlich abgewinkelten Mittelfinger, der augenblicklich dick zu werden begann. Sie sackte in sich zusammen. Die Schmerzen waren höllisch. Mister Paddington klebte nun von innen an dem Gitter des Klimagerätes. Der Bär hatte die Misshandlungen weitestgehend überstanden. Lediglich seine blaue Regenmütze war zerfetzt worden. Dennoch, das Stoffding würde ihr nicht weiterhelfen können. Es musste anders gehen. Noch einmal tippte sie mit der gesunden linken Hand auf das Thermometer. Die Nadel sackte noch einmal nach unten auf nun zwölf Grad Celsius. Sie fluchte leise, drückte entschlossen die verletzte Hand an ihren Bauch, sprang in die Höhe und riss das Stromkabel aus dem Gerät. Es blitzte, gab einen Schlag, dann stand sie im Dunkeln. Von draußen war ein lautes Fluchen und Zetern zu hören. Kleinknecht tobte wie ein wilder Stier. Jetzt kam es drauf an. Heike baute sich direkt an der Tür auf. Ihre Augen fixierten den Lichtschimmer auf dem Fußboden. Sie erkannte deutlich den Schatten von Füßen ... hörte, wie der Riegel bewegt wurde. Immer noch presste sie die verletzte Hand an den Körper. Sie ging in Kampfposition. Genauso, wie sie es schon Hunderte Male beim Taekwondo gemacht hatte. Dann flog die Tür auf. Die massige Gestalt Kleinknechts stand drohend vor ihr. Ohne zu zögern wirbelte sie um ihre eigene Achse und trat Kleinknecht aus der Drehung ins Gesicht. Dieser taumelte nach hinten und stürzte hart zu Boden. Ihre

Hand schmerzte höllisch, obwohl sie sie gar nicht benutzte. Doch ihr war nun alles egal. Wie eine Furie stürzte sie nach vorne auf Kleinknecht zu. Als sie schon über ihm war und zu einem Faustschlag in sein Gesicht ausholte, durchschoss eine Stromladung ihren Körper. Blitze zuckten vor ihren Augen und sie brach zuckend zusammen. Doch erst der zweite Stromschlag aus dem Teaser, mitten auf ihr Brustbein, ließ sie ohnmächtig werden.

*

„Hier ist sie nicht. Wir haben das ganze Gelände und den angrenzenden Wald durchkämmt", meinte Polizeimeister Jürgen Wacker, als er die Garage betrat. Nina war sich mittlerweile sicher, dass Kleinknecht ihr Mann war. Überall im Haus und auf der Terrasse gab es Blutspuren, die aber erst unter dem speziellen Licht der Tatortlampen sichtbar geworden waren. Blut, das vermutlich von Pastinak stammte, der von seinem Mörder abgestochen worden war wie ein Schwein von seinem Schlächter. Das Messer hatte ihn direkt in der Halsschlagader getroffen. Der Tod musste innerhalb von Sekunden eingetreten sein. Kein wirklicher Trost für den Mann.

„Ist Horst Peters immer noch im Breidenbacher Hof?", fiel Nina ein.

„Nee, der ist jetzt auf der Wache. Macht ja keinen Sinn, länger auf den Pastinak zu warten. Der kommt ja nicht mehr", erklärte Wacker todernst.

„Wo zum Kuckuck könnte der Kerl mit Heike und dem Mädchen hin sein?", überlegte sie diesmal laut.

„Ich denke, die Frage ist eher, was er mit ihnen vorhat", sagte Wacker. Etwas in Nina weigerte sich, darüber nachzudenken. Der verstümmelte Leichnam von Valerie Bromberg ging ihr durch den Kopf. Noch immer fragte Nina sich, warum Kleinknecht sie erst entführt, dann getötet, sie versuchte zu präparieren und schließlich doch zersägt und entsorgt hatte. Eine merkwürdige Sache. Überhaupt ... warum zerteilte er sie in so viele handliche Stücke? Laut Aussage von Wagner waren die Schnitte so sauber, als seien sie mit einer elektrischen Bandsäge ausgeführt worden. Das Schnittbild in den Knochen war ganz gerade. Bei einer Kreissäge, also bei einem runden Blatt, wären auch die Sägespuren eher in einem Radius. Nina versuchte sich vorzustellen, wo es eine solche Säge gab. Hier im Haus war keine. Das hatten sie geprüft. Kleinknecht besaß eine Menge Werkzeug in seiner Garage. Er war gelernter Elektriker. Also ein Handwerker.

„Kennst du eigentlich Leute, die eine elektrische Bandsäge besitzen? Eine, die groß genug ist, dass man da einen Menschen drauf zersägen könnte?", fragte sie Wacker, der nachdenklich in den Regen starrte. Es hatte sich, wie man so schön sagte, eingeregnet. Der Himmel war grau und Nina hatte irgendwie das Gefühl, dass es so schnell auch nicht mehr aufhören würde. Der Natur tat es gut. Den Ermittlungen schadete es eher.

„Vielleicht eine Schreinerei oder ein Metallbauer", hörte sie Thomas hinter sich sagen. Sie drehte sich um. Kübler war kurz nach Hause gerast, um sich trockene Sachen zu besorgen. Er trug nun Jeans und ein kurzes Hemd, so wie sie es von ihm gewohnt war. Das Hundchen hatte er ebenfalls nach Hause gebracht.

„Mein Großonkel aus dem Sauerland ist Metzger. Der besitzt auch so eine Säge. Da schneidet er die Knochen und Koteletts mit", überlegte Wacker indes laut.

Nina winkte ab. Es hatte vermutlich keinen Sinn zu spekulieren. Der Ansatz war falsch. Es gab sicherlich unzählige Betriebe, die solch eine Säge besaßen.

„Als ich am Sonntag durch die Viktoriastraße bin, hat Luzie bei der alten Metzgerei Acher angeschlagen. Da stand ein silberner Mercedes in der Einfahrt", meinte Kübler und warf die Stirn in Falten.

Nina ballte die Faust. Sie hatte den Wagen doch auch gesehen. Genau! Das angebliche neue Kunstatelier.

„Los, wir fahren da jetzt hin", sagte sie, packte Thomas am Arm und zog ihn im Laufschritt mit sich.

*

„Du bist ein sehr, sehr böses Mädchen gewesen, meine Liebe. Doch ich werde dir noch einmal verzeihen", flüsterte er ihr ins Ohr und nahm dabei ihren betörenden Geruch wahr. Sie roch ein wenig nach Schweiß, gepaart mit einem Parfüm, das er nicht kannte. Der Duft der Angst. Es gefiel ihm. Sie zitterte und stierte ihn mit großen Augen an. Sagen konnte sie nichts. Wie bei Valerie hatte er ihr ein Tuch in den Mund gesteckt und es mit Panzertape fixiert. Ihre Hände und ihre Beine waren ebenfalls mit dem silbernen Klebeband auf dem Edelstahltisch fixiert. Ihre Kleidung hatte er bereits entfernt. Sie lag da nun so, wie Gott sie geschaffen hatte. Genauso würde sie nun wieder vor das Angesicht des Herrn treten. Die Frage war nur: wann? Er hoffte, dass ihr Geist noch ein wenig blieb. Dass er ihre Seele in seiner Nähe spüren könnte. Damit sie mit ansehen konnte, was er aus ihr machte. Er stach die Kanüle in ihre Vene. Sie hatte gute Venen. Er traf beim ersten Versuch, und das, obwohl sie sich wand wie ein

Aal. Mit einem Skalpell öffnete er die Ader an dem anderen Arm. Sie stöhnte auf, als das Blut über ihre Haut rann und zu Boden tropfte.

„Dein Schmerz wird gleich vorbei sein. Es dauert nicht mehr lang", sprach er ihr Mut zu und schaltete dann die kleine Pumpvorrichtung an. Zufrieden beobachtete er, wie die rosa eingefärbte Flüssigkeit durch den Schlauch zu ihrem Arm hinlief. Er schloss die Augen und lauschte. Der Schnitter kam. Er spürte ihn bereits. Dann gab es einen lauten Schlag, er fuhr herum. Die Tür des Schlachthauses war aufgeflogen. Der Anblick ließ ihn gefrieren. Im Türrahmen stand, wie ein Racheengel, die südländische Kommissarin. Ihre nassen, lockigen Haare glänzten im Neonlicht. Ihr Blick war hasserfüllt, wie er es nie zuvor bei einem Menschen gesehen hatte.

*

Ninas Puls raste, als sie mit gezogener Waffe in das ehemalige Schlachthaus stürmte. Im Bruchteil einer Sekunde checkte sie die Lage. Franz Kleinknecht stand keine vier Meter vor ihr. Zwischen ihnen beiden ein Edelstahltisch, auf dem, mit Panzertape fixiert, Heike lag. Die hellen Bodenfliesen waren mit Blut verschmiert, das wie ein Rinnsal zu einem Siphon im Boden lief.

„Zurück und die Hände hinter den Kopf", schrie sie mit einer ihr selbst fremden Stimme.

Kleinknecht schüttelte den Kopf, griff neben sich auf einen kleinen Beistelltisch und hielt blitzschnell ein Skalpell an Heikes Hals.

Sein Mund öffnete sich. Doch er kam nicht mehr dazu, etwas zu sagen. Neben Ninas linkem Ohr knallte es fürchterlich, sie spürte, wie die heiße Patronenhülse ihren Hals streifte. Ihr Finger krümmte sich ebenfalls. Die Pistole zuckte lediglich. Der Rückschlag war minimal. Es pfiff höllisch in ihrem Schädel, als Thomas neben ihr erneut feuerte. Auch Nina zog den Abzug noch einmal durch. Kleinknecht wurde, als ihn die zweite Salve in die Brust traf, von den Füßen gerissen.

Thomas hechtete an Nina vorbei, um den Tisch herum zu Kleinknecht, trat ihm das Skalpell aus der Hand und hielt ihm die Waffe vor das Gesicht. Er schien etwas zu schreien, doch Nina verstand nicht, was. Das Pfeifen in ihrem Kopf war übermächtig. Ihr Blick fiel auf Heike und die Apparatur neben ihr. Ohne zu überlegen, riss sie der Kollegin die Nadel mit dem Schlauch aus dem Arm. Sofort drang hellrosa Flüssigkeit aus der Wunde. Heikes Blick wirkte starr und abwesend. Ihre Augen waren leer. Jemand stieß Nina zur Seite. Kriminalrat Dirken war plötzlich neben ihr. Geschockt sah sie zu, wie er Heikes Hals betastete, dann die Hände auf ihr Brustbein legte und begann, sie zu reanimieren. Alles geschah wie in Zeitlupe. Nina bemerkte, wie immer noch Blut aus Heikes Handgelenk lief. Sie griff sich ein Stück Stoff von dem Beistelltisch und drückte es auf die Wunde.

*

Franz Kleinknecht spürte keinen Schmerz, als die Kugeln seinen Leib zerfetzten. Er stürzte rückwärts und schlug unsanft mit dem Kopf auf den Boden. Er hatte das Gefühl, sein Schädel würde bersten, dann sah er in die Augen eines jungen Mannes, den er auch schon einmal irgendwo gesehen hatte. Nur wo? Es war nicht mehr wichtig. Er wusste, dass es vorbei war. Er würde endlich sterben, und mit ihm der Dämon. Es war ein gutes Gefühl zu wissen, dass er gleich Hildegard treffen würde. Auch auf ein Wiedersehen mit Kirsten und Sonja freute er sich. Um das kleine Mädchen tat es ihm leid. Sie würde nun ohne ihre Mama aufwachsen. Hätte er nur noch ein wenig mehr Zeit gehabt, hätte er auch sie mitgenommen auf die Reise. Er schmeckte Blut in seinem Mund und musste husten. Dann sah er dem Schnitter ins Angesicht. Ja, genauso hatte er sich diesen Augenblick immer vorgestellt. Er schloss einfach die Augen und ließ sich von ihm führen.

Freitag, 22. Juli 2016, 14:16 Uhr
Betzdorf – Stadtfriedhof

Gab es noch etwas, das so endgültig war wie der Tod? Nein, Nina fiel nichts ein. Vielleicht lag es daran, dass sie nicht so gläubig war, wie manch anderer oder wie es sich ihr erzkatholischer italienischer Papa gewünscht hätte. Viele der Gläubigen vertraten die These, dass der Tod erst der Anfang sei. Nina sah dies anders.

Sie blickte dem Sarg nach, wie er langsam in die Erde gelassen wurde, und hörte den beruhigenden Worten von Markus Aust zu, dem evangelischen Pfarrer. Insgeheim beneidete sie Menschen wie ihn. Es gehörte viel dazu, den anderen Trost zu spenden. Sie konnte das nicht, oder zumindest fiel es schwer.

Franz Kleinknecht würde in aller Stille und anonym bestattet werden. Nina war froh über die Entscheidung der Erben. Die letzten Nächte hatte sie darüber nachgedacht, ob sie es ihm schuldig war, zu seiner Trauerfeier zu gehen. Schließlich hatte ihre Kugel ihn getötet. Wobei ... ganz richtig war das nicht. Die Obduktion hatte ergeben, dass jeder der vier Treffer, die der Mann abbekommen hatte, tödlich gewesen war. Zwei stammten von ihr und zwei von Kübler. Thomas tat bereits am nächsten Tag, als wäre nichts passiert. So, als ob alles wäre wie vorher. Dass dem nicht so war, wusste sie von Alexandra. Auch Kübler hatte an der Tatsache, dass sie beide einen Menschen erschossen hatten, zu kauen. Immer wieder sah Nina Kleinknecht vor sich, wie er tot in einer Blutlache auf dem Boden lag. Blut, das auch von Heike stammte. Merkwürdigerweise hatte der Mann zufrieden und glücklich ausgesehen. Zumindest war es ihr so vorgekommen. Die Staatsanwaltschaft hatte den Fall geprüft und den Schusswaffengebrauch als berechtigt eingestuft. Sie und Thomas hatten, also zumindest rechtlich und dienstlich, nichts zu befürchten. Erschrocken hatte sie sich am meisten über sich selbst, oder vielmehr über diese andere Nina Moretti. Die, die so voller Hass gewesen war und vermutlich auch abgedrückt hätte, wenn Thomas nicht zuerst und direkt neben ihrem Ohr geschossen hätte. Nein, es war kein Versehen gewesen, dass sie geschossen hatte. Der Hass in ihr hatte sie dazu getrieben.

Nina trat an das Grab und warf eine Rose hinein. Außer ihr, Thomas, dem Pfarrer, Bestatter Henning Himmrich und dessen Sohn Cedric war niemand zu Sonja Ludovics Beisetzung gekommen. Nun gut, auch diese erfolgte in aller Stille und eine Familie hatte die junge Frau nicht mehr gehabt. Als sie alle vor einer Stunde Kirsten May wieder beigesetzt hatten, waren wenigstens deren Brüder dagewesen.

Heike Friedrich ging es den Umständen entsprechend gut. Gestern war sie von der Intensivstation auf ein normales Zimmer verlegt worden. Sie hatte Schwein gehabt ... oder einen Schutzengel ... je nachdem, an was man glauben wollte. Wären Nina und Thomas auch nur eine Minute später in der alten Metzgerei eingetroffen, wäre sie tot gewesen. Nina hatte nicht geglaubt, dass jemand auch nach nur ein paar Millilitern der Flüssigkeit die Chance hätte, diese zu überleben.

Am besten hatte Florentina die Entführung überstanden. Das Mädchen hatte zum Glück alles verschlafen. Spätfolgen von den Medikamenten, die Kleinknecht ihr verabreicht hatte, waren laut dem Arzt ebenfalls nicht zu erwarten.

„Wir sehen uns dann heute Abend?", verabschiedete Nina sich von Thomas, als sie auf dem Parkplatz bei ihrem Wagen angekommen waren.

Thomas grinste und nickte.

„Klar sehen wir uns. Ich werde mir doch die Geburtstagsparty von dem alten Stinkstiefel nicht entgehen lassen. Noch dazu, wo es das erste Mal ist, dass Thiel überhaupt mal was feiert", erklärte er und schwang sich in den schweren Mercedes.

Nina sah ihm noch hinterher, als er vom Parkplatz fuhr. Sie musste an ihr erstes Aufeinandertreffen, damals am Lokschuppen, denken. Seitdem war viel passiert. Sie strich über das Dach von Maggiolino und setzte sich hinter das Steuer des betagten Wagens. Thiel feierte heute im engsten Kreis seinen Geburtstag. Zumindest nannte er es so. Eigentlich war sein Ehrentag ja erst Ende Oktober und wurde prinzipiell von ihm nicht gefeiert, da er dies bisher immer für unnützen Firlefanz hielt. Nun gut, sie war froh, dass es ihm wieder besser ging, und freute sich auf das Fest im Kreis der Familie.

In den letzten Tagen hatte sie sich notgedrungen durch das Leben von Franz Kleinknecht gelesen. Der Mann war, wie es schien, vor lauter Einsamkeit verrückt geworden. Er hatte seit dem Tod seiner Frau vor beinahe zwanzig Jahren zu niemandem Kontakt gehabt. Seine thanatologischen Fähigkeiten und das immense Wissen zu diesem Thema brachte er sich in all den Jahren selbst bei. Auf seinem Computer gab es unzählige Dokumentationen, Anleitungen und Unterlagen dazu. Was Nina noch immer nicht verstand, war, dass der Mann den Tod seiner Frau so lange hatte verheimlichen können. In ihren Augen ein Unding. War es nicht schlimm, dass niemand einmal ernsthaft nach der armen Frau gefragt hatte? Noch dazu, wo Kleinknechts Verwandtschaft, die Familie May, doch direkt in der Nachbarschaft wohnte? Eine schlimme Sache! Sie selbst war froh, eine Familie zu haben. Sie hatte Klaus, ihre Mama, Alex, Thomas, Thiel und natürlich die Kinder der Küblers.

Gestern Abend hatte sie aus einer Laune heraus die Packung mit der Antibabypille in den Müll geworfen. Wobei ... eine Laune war es nicht wirklich ... eher das vorläufige Ende eines Kampfes in ihrem Kopf, der schon seit Langem tobte.

Danksagung

Liebe Leser und Freunde von Nina Moretti. Als ich vor fünf Jahren „Tod im Lokschuppen" schrieb, hätte ich niemals mit solch einem Erfolg der Reihe gerechnet. Wen sollte es auch interessieren, was da in dem kleinen Städtchen am Rande des Westerwaldes so passiert? Na klar … die Menschen aus Betzdorf eben. Als sich Ninas Dunstkreis dann langsam über den restlichen Westerwald ausbreitete, war ich dann doch schon überrascht. Der neuerliche Siegeszug darüber hinaus in den hohen Norden und Süden der Republik hingegen haut mich schlichtweg um. Dies alles ist jedoch nur möglich, weil ich, beziehungsweise die liebe Nina, eine solch treue Fangemeinde haben. Menschen, die begeistert weitersagen, dass ihnen die Krimis gefallen und die mich unermüdlich weiterempfehlen und unterstützen. Dafür möchte ich mich an dieser Stelle einmal recht herzlich bei euch allen bedanken. Da es mittlerweile so viele sind, denen ich dankbar sein muss und ich Angst habe, irgendwen zu vergessen, würde ich dieses Mal gerne auf die Nennung der vielen einzelnen Namen verzichten. Lediglich die Personen, die ich zu Romanfiguren gemacht habe und denen ich sogar Worte in den Mund legen durfte, werde ich der Ordnung halber benennen. Da wären zum Beispiel Henning Himmrich, der Bestatter, sowie Oliver Pfeiffer und seine Männer von der Feuerwehr Betzdorf. Jugendpfleger Ingo Molly, der mir, zusammen mit den Mitarbeiter/innen der Verbandsgemeinde Verwaltung Betzdorf, in den letzten Jahren jedes Mal eine tolle Premierenlesung geplant und ermöglicht hat. Auch Dominic Friedrichs, den Wirt des Stadthallenrestaurants gibt es tatsächlich. Genau wie den Fotografen Olaf Pitzer, mit dem ich damals schon die Schulbank drücken durfte. Danke auch an Andreas Kipping, ohne dessen klimatechnischen Einsatz ich vermutlich im letzten Sommer in meinem Büro geschmolzen wäre.

So, nu is auch mal gut. Schließlich muss ich mich weiter um Nina, Lotta und Krischan kümmern, die gerade einen Mörder auf Langeoog jagen.

Bis zum nächsten Mal

Euer Micha

Leseprobe

Micha Krämer

Mordsfang

ein Ostfrieslandkrimi von Micha Krämer

8. November 1943 1:12 Uhr
Nordwestlich der Insel Langeoog

Wie weiße Zuckerwatte lag der Nebel über dem Watt. Vereinzelt gellte der Schrei einer Möwe durch die nächtliche Stille. Der Wind wehte mäßig und bewegte die Nebelschwaden so, dass es im Licht der Lampe den Anschein hatte, er wäre nicht allein an diesem einsamen, unwirtlichen Ort. Aber vielleicht täuschte er sich auch gar nicht, und es waren tatsächlich die Geister der Ertrunkenen, die dort im Verborgenen lauernd auf ihn warteten. Dies war gar nicht so unwahrscheinlich. Denn wenn er es recht überlegte, dann war ihm der Tod in diesen Stunden doch wesentlich näher als das Leben. Er ließ den Kegel der Taschenlampe über das Wrack gleiten, das fast bis zur Oberkante des Kanzeldachs im modrigen Schlick steckte. Irgendwo dort unter dem zerborstenen Glas, begraben von Sand und schwarzer nasser Erde, saß noch immer Walter, sein Kamerad und Pilot der Messerschmitt an sein Steuerhorn geklammert. Walter hatte nicht so viel Glück gehabt wie er. Nein, weiß Gott nicht! Was musste er selbst doch für einen Schutzengel haben, dass er noch lebte? Dass er bei dem Aufprall aus der Maschine geschleudert worden war, ohne sich dabei auch noch das Genick zu brechen. Wobei, war es tatsächlich ein Segen, nachts über dem norddeutschen Wattenmeer notzulanden? Nein, wohl eher nicht. Es sprach lediglich für eine recht sarkastische Ader des besagten Seraphim. Hätte der himmlische Beschützer tatsächlich

Mitleid mit ihm gehabt, dann hätte er ihn doch bereits beim Aufprall der Maschine gnädig sterben lassen? Oder nicht? Er schätzte, dass es nun um die ein Uhr in der Nacht war. Um sieben Uhr, also in ungefähr sechs Stunden, würde die Sonne aufgehen. Er konnte nicht sagen warum, aber irgendwie beschlich ihn das Gefühl, dass die Flut nicht mehr so lange warten würde. Das Wasser kam vermutlich bereits wieder. Die Fluten würde ihn holen und mit sich reißen, noch bevor die ersten Sonnenstrahlen den Nebel durchdrangen. Hinaus in die kalte Nordsee. Dorthin, wo schon so viele der Kameraden ihr eisiges Grab gefunden hatten. Nein, je mehr er darüber nachdachte, umso mehr kam er zu dem Entschluss, dass es vielleicht besser wäre, dem Ganzen hier mit einer Kugel aus seiner Pistole ein Ende zu setzen. Es würde schneller und weniger schrecklich sein, als orientierungslos durch die Nacht zu laufen und abzuwarten, bis dass Poseidon ihn noch lebend holte. Er schluchzte und spürte, wie ihm eine Träne über die Wange lief. Sicherlich war dies die Strafe für seine Taten. Er hatte gesündigt und würde nun dafür bezahlen müssen. Der Traum von einem Leben in Saus und Braus im fernen Skandinavien war endgültig ausgeträumt. Selbst wenn es ihm gelänge, an die Ladung im Bauch der Messerschmitt heranzukommen, würde sie ihm nun nichts mehr nützen. Die Toten brauchten kein Gold mehr und er würde, wenn nicht ein Wunder geschähe, gleich einer von ihnen sein. Verdammt! Wenn er wenigstens wüsste, in welche Richtung er davonlaufen musste. Er besaß weder einen Kompass noch konnte er Lichter in der Ferne erkennen. Der Kegel der Taschenlampe verlor sich bereits nach fünfzig Metern im Nebel. Auch aus der Luft hatte er in den letzten Minuten, nachdem der Motor ausfiel, nichts gesehen, was auf eine Insel oder die Anwesenheit von Menschen deutete. Er glaubte zu wissen, dass das Flugzeug sich beim Aufprall gedreht oder überschlagen hatte. War sich jedoch nicht sicher. Ihr Kurs war Nordost gewesen. Im Süden müsste demnach die deutsche Küste liegen. Nur, wo zum Kuckuck war Süden?

Erneut tasteten seine Finger über die Pistole in seiner Jacke. Er spürte das kalte Metall unter seinen klammen Fingern. Er musste nun eine Entscheidung treffen. Seine Fingerspitzen streiften die goldene Münze, die er die letzten Wochen immer als Talisman bei sich getragen hatte. Entschlossen zog er sie aus der Jacke, betrachtete sie und warf sie nach kurzem Zögern gerade über seinem Kopf in die Luft. Nur Sekunden später hörte er, wie das Geldstück rechts neben ihm auf den harten, nassen Wattboden klatschte. Er wandte sich in die Richtung, hob das im Lampenschein vor seinen Füßen schimmernde Stück Metall auf und steckte es zurück in seine Jackentasche. Dann marschierte er los, immer in die Richtung, die ihm die Münze gewiesen hatte. In den nächsten Stunden würde sich zeigen, wie gut sein Schutzengel war oder ob der ihn bereits verlassen hatte. Kurz kam er in Versuchung, sich noch einmal umzudrehen zu der Stelle, an der seine Träume zusammen mit dem Kamerad im Meersboden versanken. Doch er widerstand. Für ihn gab es nur einen Weg, und den hatte die Münze ihm klar und deutlich gewiesen. Wenn die Flut kam, würde es sich zeigen, ob es auch der richtige war.

Kapitel 1

Sonntag 22. Oktober 2016, 7:32 Uhr
Hafen Insel Langeoog

Eigentlich war Schiff fahren früher ja so gar nicht Lottas Ding gewesen. Sie hatte es in ihrem Leben bisher immer bevorzugt, festen Boden unter ihren, zugegebener Maßen recht kleinen, Füßen zu spüren. Hätte ihr vor einigen Jahren jemand erzählt, dass sie irgendwann einmal auf einem Schiff leben würde, noch dazu auf einem, das auf der Nordsee vor Anker lag, hätte sie denjenigen sicher laut ausgelacht.

Sie schlug die Augen auf und blinzelte zu dem Bullauge, durch das die ersten Sonnenstrahlen der morgendlichen Herbstsonne fielen. Sachte schaukelte ihr Zuhause im Takt der Wellen hin und her, deren Plätschern eine beruhigende Wirkung auf sie hatte. Von draußen war deutlich das Gezeter einiger Möwen und das langgezogene Tuten vom Horn der Fähre zu hören.

Sie schloss die Augen wieder und schmiegte sich an Krischan, der neben ihr in der Koje lag und leise schnarchte. Lotta war rundum zufrieden mit sich und der Welt. Alles war gut so, wie es war. Sie mochte ihre Arbeit bei der Inselpolizei Langeoog; sie hatte hier schnell neue Freunde gefunden, und ihre Beziehung zu Krischan konnte besser nicht sein. Ja, selbst an die vor Jahren noch undenkbare Tatsache, dass sie beide auf einem alten Krabbenkutter lebten, hatte sie sich gewöhnt. Wobei gewöhnt ja noch untertrieben war, da sie es sich eigentlich gar nicht mehr vorstellen wollte, in einer schnöden Wohnung irgendwo in einer Stadt leben zu müssen.

„Hallo!", hörte sie jemanden rufen. Dann vernahm sie deutlich Schritte auf dem Deck direkt über ihrer Kajüte.

„Hallo, Lotta, bist du da?", rief erneut eine ihr nur allzu gut bekannte Stimme. Lotta schlug die Bettdecke beiseite und schlüpfte aus der urgemütlichen Koje. Dabei hielt sie kurz inne und rüttelte an Krischans Schulter.

„Krischan steh auf, Onno ist oben auf Deck."

„Wieso? Was will der denn? Heute ist doch Sonntag, da musst du doch gar nicht arbeiten", stotterte Krischan verschlafen und erhob sich mühselig.

Zugegeben, Krischan hatte recht. Heute war tatsächlich Sonntag und Lotta musste nicht zur Arbeit. Sonntags war nämlich frei. Zumindest außerhalb der Saison. Im Sommer, wenn täglich Tausende von Touristen die Insel stürmten, war dies nicht so.

Onno war, genau wie Lotta, ein Inselpolizist hier auf Langeoog. Genauer betrachtet waren sie beide auch die Einzigen ihres Berufstandes auf diesem Eiland in der Nordsee. Sie war schon neugierig, was der am frühen Morgen denn nun von ihr wollte. Hastig zog sie sich einen von Krischans Wollpullis über, der ihr natürlich viel zu groß war und stolperte dann aus der Kabine heraus die Treppe hinauf auf das Deck des rotweißen Kutters.

„Moin", begrüßte sie der Kollege freundlich, aber kühl und machte dabei wie so oft ein Gesicht wie sieben Tage Regenwetter.

„Is was?", hakte sie nach, obwohl sie sich mittlerweile an das zuweilen miesepetrige Gemüt des älteren Polizisten gewöhnt hatte. Dennoch beschlich sie heute das Gefühl, dass irgendetwas so gar nicht in Ordnung war an diesem schönen Herbstmorgen.

Onno deutete wortlos hinaus auf die andere Seite des Hafenbeckens. Lotta folgte seiner Geste und hielt dann augenblicklich inne.

An der Kaimauer schräg gegenüber lag die „Rosamunde", der weißblaue Kutter von Olaf Jansen. Ein sehr hübsches modernes Schiff, das dort friedlich in der Morgensonne dümpelte. Alles gut, hätte man meinen können, wenn da nicht eines der Netze über der Reling ins Wasser hängen würde, aus dem auch noch ein paar Beine herauslugten. Beine in gelben Gummistiefeln.

„Autsch", entfuhr es Lotta bei dem Anblick.

„Ja, das kannst du aber mal laut sagen", fand Onno und nickte versonnen.

*

Martin von Schlechtinger war in den anderthalb Jahren, die er nun beinahe schon auf dieser Insel lebte, zum Frühaufsteher mutiert. Ja, er liebte es mittlerweile sogar, noch vor Sonnenaufgang aufzustehen, sich auf sein Rad zu schwingen und eine kleine Runde über seine Insel zu drehen. Sein Langeoog, wie er gerne zu sagen pflegte. Klar hatte er auch gelegentlich schon mal Sehnsucht nach seiner alten Heimat Köln-Kalk. Kalker war man ja sein Leben lang, da gab es nichts dran zu rütteln. Dennoch war Langeoog nun seine Heimat. Es hieß doch auch immer: Zu Hause ist da, wo deine Freunde sind. Da war was dran und traf in seinem Fall zu wie die Faust aufs Auge. Sogar an ein Leben ohne Auto hatte er sich gewöhnt. Natürlich besaß er noch immer seinen geliebten gelben Ford

Capri. Ein Prachtexemplar von 1976, mit Frontspoiler, tiefergelegt und den sportlichen blauen Rallyestreifen. Da das Wägelchen nicht auf die Insel durfte, wohnte es nun in einer Garage auf dem Festland. Diese gehörte seiner Chefin Annemarie Hansen, bei der Martin mittlerweile auch eingezogen war. Also … jetzt nicht in der Garage …, sondern natürlich in deren Haus. Genauer gesagt sogar in ihr Schlafzimmer. Er und Annemarie waren ein Paar. Zumindest zwischen achtzehn Uhr nachmittags und acht Uhr am Morgen. Tagsüber war sie allerdings seine Chefin. Privatleben und Geschäft wurden bei ihnen beiden strikt getrennt. Da gab es nichts daran zu rütteln.

Heute war wahrlich ein wunderschöner Herbstmorgen. Außerdem ein Sonntag … zumindest glaubte er das. Das Gefühl für die Wochentage war ihm, seit er hier lebte, irgendwie abhandengekommen. Im Sommerhalbjahr, während der Saison, gab es von Ostern bis Oktober keine Wochenenden. Dann wurde beinahe rund um die Uhr, sieben Tage die Woche, nur geschuftet, um den Strömen der inselhungrigen Urlauber Herr zu werden. Anders im Winterhalbjahr, da gab es mangels Touristen jeden Tag immer so etwas wie Wochenende. Eine Sache, an die er sich auch erst hatte gewöhnen müssen. Für Martin begann gerade die zweite Winterpause. Er liebte diese Zeit. Nicht, weil er keine Lust auf Arbeit hatte. Nein, weit gefehlt. Er mochte seinen Job in der Vermietungsagentur für Ferienwohnungen. Doch noch schöner fand er es, den um ein vielfaches ruhigeren Winter auf seiner Insel zu genießen. Dann, wenn die Strände leerer und das Klima rauer wurde. Wenn die Winterstürme tobten und der Wind über das alte Friesenhaus fegte, dann war hier die schönste Zeit.

Heute Morgen radelte er nicht zum Strand, sondern zum Hafen. Warum er das tat, wusste er nicht. Es war einfach aus einer Laune heraus. Annemarie, seine Chefin und Lebensgefährtin in Personalunion, war, wie jeden Morgen, seit über zehn Jahren zum Joggen am Strand. Laufen war so gar nicht Martins Ding und würde es auch sicherlich niemals werden. Rad fahren war okay, weshalb er und Annemarie, seit sie sich kannten, morgens gemeinsam das Haus verließen, um dann bis zum Frühstück jeder seiner Wege zu gehen. Sie zu Fuß und er drehte seine Runde mit dem Rad.

Am Hafen angekommen stellte er den Drahtesel ab, setzte sich auf eine der Bänke nahe der Abfahrtshalle für die Fähre, packte seine Pfeife aus und begann diese dann in aller Ruhe zu stopfen. Auch so ein Sache ... das Pfeifenrauchen. Dass er das auf seine alten Tage einmal anfangen würde, hätte er ebenfalls niemals gedacht.

Zuerst hatte er auch ziemlich dumm aus der Wäsche geguckt, als Onkel Piet Dönges, den hier alle nur den Kapitän nannten, ihm die hübsch verzierte Pfeife aus Meerschaum zum Geburtstag geschenkt hatte. Doch Martin hatte Gefallen daran gefunden. Er zelebrierte das Rauchen förmlich.

Heute Morgen war irgendetwas anders als sonst. Über dem Hafen lag eine seltsame Unruhe. Eine Schwere, die er hier so nicht kannte. Auf dem Deck der ANNE II entdeckte er Onno Federsen und Lotta Weyand, die beiden Inselsheriffs, wie er die zwei immer zu nennen pflegte. Bei ihnen, wie nicht anders zu erwarten, Krischan, der Ziehsohn seiner Chefin. Annemarie hatte den Jungen, der eigentlich der Sohn ihrer Schwester war, aufgezogen, nachdem diese mit einem Urlauber durchgebrannt war. Krischan war ein netter lieber Bengel. Er arbeitete, wie Martin, bei Annemarie in der Vermietung für Ferienwohnungen. Er war dort Mädchen für alles. Ein Kollege und auch Freund, auf den Martin nichts kommen ließ. Nun gut, Krischan war auf den ersten Blick nicht der hellste Stern am Firmament, aber es konnte ja auch nicht gleich jeder ein Einstein sein. Der Junge besaß das Gemüt eines Kindes und das Herz am rechten Fleck. Er war nicht direkt dumm. Nein, das nicht. Er war … eben anders als andere. Zum Denken hatte er zum Glück ja auch seine Lotta. Die kleine Polizistin, das musste Martin unumwunden zugeben, war nicht nur äußerst gescheit, sondern auch noch hübsch dazu. Neben Krischan, mit seinen einsneunzig, wirkte sie wie ein kleines Mädchen. Egal, es war, wie es war. Die beiden waren ein schönes Paar, und es machte ihn stolz, mit so feinen und wunderbaren Menschen wie ihnen befreundet zu sein.

Auf der anderen Seite des Hafenbeckens entdeckte er die ROSAMUNDE, einen hellblauen Krabbenkutter neueren Baujahres. Martin wusste, dass das Schiff Olaf Jansen gehörte. Den fand er übrigens weniger nett … also jetzt den Olaf … und nicht den Kutter. Dass der Jansen ein Depp war, hatte auch der gestrige Abend wieder gezeigt. Gestern hatten sie nämlich in Friedeys altem Bootsschuppen ein bisschen gefeiert. Eine super Party bis zu dem Moment, als Olaf Jansen begonnen hatte rumzustänkern. Um was es genau gegangen war, hatte Martin nicht mitbekommen. Wie auch, man verstand die Insulaner ja nicht mehr, wenn die in ihr seltsames Kauderwelsch verfielen. Außerdem war er selbst, als die Rauferei begann, schon ziemlich angetüddelt gewesen. Fakt war aber, das Jansen irgendwann abgehauen war, und Krischans Nase geblutet hatte. Jetzt nicht nur so ein bisschen. Nein, richtig doll.

Aber so waren sie hier halt, die Jungs. Wie hieß es in Kölle immer so schön: Pack schlägt sich … Pack verträgt sich.

Martin kniff die Augen zusammen und betrachtete die ROSAMUNDE genauer. Eines der Netze hing recht schlampig über das Geländer hinunter ins Wasser. Er stutzte. War da etwa was drin? Ja, da war tatsächlich etwas, das von hier aussah wie ein riesiger Fisch oder so.

Martin zündete seine Pfeife an, paffte daran und versuchte dann einige Rauchkringel in den Himmel zu blasen. Bei dem Wind wollte dies allerdings nicht wirklich funktionieren. Auf dem Kai vor der ROSAMUNDE standen nun schon gut und gerne zwei Duzend Schaulustige. Die meisten davon Insulaner, aber auch einige der um diese Jahreszeit wenigen Feriengäste. Er erhob sich und schlenderte näher. Zwei der Einheimischen waren nun auf den Kutter gesprungen und versuchten mit vereinten Kräften den dicken Fisch in dem Netz an Bord der ROSAMUNDE zu ziehen. Doch das Mordsvieh schien wirklich extrem schwer zu sein. Wahrlich ein Mordsfang. Als Martin bis auf wenige Meter an die Kaimauer herangetreten war, musste er heftig schlucken. Er ließ seine Pfeife sinken. Konnte das sein? Der Fisch im Netz trug einen Friesennerz und Gummistiefel. Von der ANNE II her kamen Lotta, Onno und Krischan angerannt. Hinter sich hörte Martin ein markerschütterndes Kreischen, das eindeutig von einer Frau stammte. Er wirbelte herum und sah Elke Jansen, die mit weit aufgerissenen Augen dastand und die Hände vor ihren Mund presste. Ihr Fahrrad schlug derweil laut scheppernd neben ihr auf die Pflastersteine auf. Dann löste sie sich aus ihrer Starre und begann zu laufen. An

Martin vorbei rannte sie zum Schiff ihres Mannes, der ROSAMUNDE. Warum zum Teufel hieß der Kahn eigentlich ROSAMUNDE und nicht Elke, fiel Martin just in diesem Moment zum ersten Mal auf. Also wenn er, Martin, sich jetzt ein Schiff zulegte ... was er natürlich mit Sicherheit nicht tun würde ... aber mal egal. Also wenn ... dann würde er es doch Annemarie nennen, genauso wie seine Chefin hieß. Ja, das würde er tun. Nun gut, vielleicht hatte der Kutter ja auch schon ROSAMUNDE geheißen, als Olaf Jansen ihn gekauft hatte. Das wäre immerhin möglich. Die ANNE II von Krischan, hieß ja auch nicht Lotta, sondern immer noch Anne. Der Name ging tatsächlich auf Martins Chefin Annemarie zurück, weil der Kahn früher einmal Heiner Hansen, ihrem verstorbenen ersten Mann, gehört hatte. Der war nämlich bei einem Sturm ertrunken ..., was aber jetzt ja eine ganz andere Geschichte war.

Elke Jansen stand nun an der Kaimauer und hielt sich eine Hand vor den Mund. Mit der anderen stützte sie sich auf einen der schweren eisernen Poller ab, an dem hier gewöhnlich die Schiffe mit dicken Tauen befestigt wurden. Ihr Blick ruhte auf dem Netz mit dem dicken Fisch, das nun langsam, nachdem auch Krischan und Onno mit anfassten, an der Bordwand emporschwebte. Immer wieder schüttelte Elke Jansen fassungslos den Kopf, dabei schluchzte sie. Wer der Fisch war, bei dem es sich eindeutig um einen Menschen handelte, konnte Martin wegen der Kapuze des Friesennerzes nicht erkennen. Er tippte auf einen Mann. Fakt war allerdings auch, dass der Unglückliche ziemlich tot war, da der ja vermutlich mit dem Kopf schon eine ziemliche Weile unter Wasser gewesen sein musste. So was überlebte keiner lange.

„Na, der hät aber nu och den letzten Furz jelossen", hörte er sich selbst auf Kölsch sagen und sah sich erschrocken um, ob das jetzt auch bloß keiner gehört hatte.

„Ja, mien Jung, dat kannst du aber mol laut sagen", meinte Onkel Piet Dönges, der wie aus dem Nichts plötzlich neben ihm stand.

„Nee, besser mal nicht allzu laut", flüsterte er dem Alten zu.

Onkel Piet, der Kapitän a. D., war eine Marke für sich. Außerdem besaß der alte Seebär die Gabe, immer und überall da aufzutauchen, wo irgendetwas los war oder wo man ihn gerade überhaupt nicht gebrauchen konnte. Nur zu gut konnte Martin sich an sein erstes Schäferstündchen mit Annemarie erinnern. Gerade in dem Moment als es … so richtig nett geworden war, hatte plötzlich Onkel Piet in der Tür gestanden und ihnen die Stimmung verdorben.

„Na, wenn dat mol kein Unglück bringt", hörte Martin ihn nun sinnieren.

„Wieso Unglück … bringt. Dat ist ja doch wohl schon Unglück jenoch, dat der arme Mann do in dem Netz von dem Jansen hängt", stellte Martin klar.

Der Kapitän schaute grimmig, wackelte mit dem Kopf hin und her, zog seinen Flachmann aus der Jacke und nahm einen Schluck. Dann hielt er Martin die Pulle hin. Martin lehnte dankend ab, weil es erstens gerade mal halb acht morgens war und er sich zweitens bei Piet nicht immer sicher war, was sich in der kleinen Flasche befand. Piet würde vermutlich auch Spiritus oder 4711 echt Kölnisch Wasser schlucken, wenn es denn sein musste und es ansonsten nichts anderes gab.

„Hhhmmmm, der arme Kerl do … der sieht ja bald aus wie der Olaf Jansen selber", stellte Martin derweil fest.

Piet lachte auf.

„Ja, du bist mir ja mol ein Schnellmerker, Maddin. Wat hast du denn sonst gedacht, wer dat da is? Etwa der Klabautermann?"

Nein, das hatte Martin nicht. Außerdem kannte er diesen Herrn Klabautermann auch überhaupt nicht …, wobei … gehört hatte er von dem schon mal.

„Dat ist aber schon ene sehr tragischen Unfall, wenn man in seinem eigenen Netz ersaufen tut", fand Martin und erntete damit erneut nur Gelächter von dem alten Seebären.

„Nee, nee, also wenn du mich fragst, mien Jung, dann kann so wat kein Unfall sein", lallte der Kapitän a. D.

„Sondern?", fragte Martin, da er nicht glauben konnte, dass einer sich auf diese Art und Weise das Leben nehmen würde.

„Na, ich tät ma sagen, dat den einer abgemurkst hat", behauptete Piet.

„Abgemurkst? Meinst du? Aber wer tut dann so wat", rief er entsetzt.

Piet zuckte mit den Schultern und nippte erst noch einmal an seinem Schnaps.

„Keine Ahnung. Nix Genaues weiß man. Vielleicht der Klabautermann?", flüsterte er verschwörerisch.

Martin stutzte. Wer zum Kuckuck war bloß dieser ominöse Klabautermann, von dem der Alte da ständig faselte? Er würde es herausfinden! So oder so.

*

Um zu erkennen, dass man Olaf Jansen den Schädel eingeschlagen hatte, brauchte Lotta keinen Gerichtsmediziner zu fragen. Nein, das Loch am Hinterkopf war schlichtweg nicht zu übersehen. Da sie davon ausging, dass einer ein solch großes Loch in der Schädeldecke und den damit verbundenen wohl sehr heftigen Schlag nicht überlebte, ging sie jetzt einfach mal davon aus, dass dies wohl die Todesursache war. Wobei ... bei näherer Betrachtung? Ganz sicher war sie sich nicht. Vielleicht hatte er ja doch noch einen Moment überlebt und war erst gestorben, als der oder die Unbekannten ihn in das Netz gesteckt und ersäuft hatten? Egal! Es war, wie es war. Alleine hatte Jansen sich dies auf keinen Fall angetan. Ein Unfall schied in ihren Augen ebenfalls aus.

„Na, dann ist das wohl das Beste, wir rufen mal bei den Kollegen von der Kripo an", fand Onno und sprach damit Lottas Gedanken aus.

Sie nickte versonnen und sah sich dabei auf Deck des Kutters um. Ihr Blick blieb an Krischan hängen, der sich nach einer leeren Doornkaatflasche bückte, sie aufhob und gegen die noch tief stehende Morgensonne betrachtete.

„Du, Lotta, da is ja noch Blut dran", stellte er fest.

Lotta stockte der Atem.

„Mensch, Krischan, spinnst du? Du darfst hier doch nicht einfach so irgendwas anfassen. Das ist ein Tatort. Das sind alles Beweismittel", schimpfte sie ihn.

Krischan blickte sie total verdattert mit seinen tiefblauen Augen an und fragte zu ihrem Unmut dann auch noch: „Wieso?"

„Weil da jetzt deine Fingerabdrücke drauf sind, du Knallkopp", erklärte Onno, zog ein Papiertaschentuch aus seiner Jacke und nahm damit Krischan vorsichtig die Flasche ab. Lotta ging zu ihm, packte ihn unterm Arm und zog ihn mit sich in Richtung der Planke, über die sie das Schiff auch betreten hatten.

„Am besten, du schwingst dich jetzt auf dein Rad und besorgst uns erst mal ein paar frische Brötchen zum Frühstück", gab sie ihm klare Anweisung, obwohl sie auf den Schreck vorerst sicher eh nichts runterbekommen würde.

Krischan lächelte sie verliebt an und nickte.

„Magst du heute lieber mit Rosinen oder die mit den kleinen Schokostückchen drin?", erkundigte er sich.

„Beides, Schatz", antwortete sie und bevor sie sich versah, war er bereits mit einem Satz auf dem Kai und zwischen der Gruppe mit den Gaffern verschwunden. Zu Lottas weiterem Entsetzen entdeckte sie nun auch noch Elke Jansen, die Frau von Olaf, die sich gerade anschickte, die Planke zu betreten. Ihr Gesicht war gerötet. Tränen standen in ihren Augen.

„Auweia, die hat uns jetzt aber gerade noch gefehlt", hörte sie Onno hinter sich flüstern und musste ihm recht geben. Entschlossen trat Lotta zur Seite, packte Onno, schob ihn vor sich zur Planke und zischte ihm zu: „Onno, mach du das mal. Du kannst doch immer so gut mit Frauen."

Er nickte und Lotta glaubte, so etwas wie ein Lächeln, das bestimmt nicht zu diesem doch eher traurigen Anlass passte, zu erkennen. Dann trat er entschlossen der frisch gebackenen Witwe entgegen.

Im Verlag CW Niemeyer bereits erschienen ...

Nina Morettis erster Fall

Ein grausamer Mord erschüttert Betzdorf. In den Ruinen des verfallenen Lokschuppens wird die verstümmelte Leiche eines Geschäftsmannes gefunden. Ein heikler Fall für die junge Kommissarin Nina Moretti. Schnell wird klar, dass der Tote, der scheinbar ein Doppelleben führte, nicht nur Freunde in der Kleinstadt hatte. Führt die Spur ins Kölner Rotlichtmilieu? Oder sind doch nur Hass und Eifersucht im Spiel?

Micha Krämer. Tod im Lokschuppen
288 Seiten. Paperback. ISBN 978-3-8271-9522-7
E-Book 978-3-8271-9642-2 (Pdf)
         978-3-8271-9842-6 (Epub)

Krimis finden Sie unter ...

Im Verlag CW Niemeyer bereits erschienen ...

Nina Morettis zweiter Fall

Der scheinbar natürliche Tod eines Betzdorfer Rentners wirft Fragen auf. Was hat die tote Krähe an der Volierentür im Garten des Mannes zu bedeuten? Ist es doch Mord? Nur Stunden später verschwindet ein Freund des Toten aus einem Altenheim. Eine Entführung? Welches dunkle Geheimnis hüteten die beiden alten Männer?

Micha Krämer. Krähenblut
304 Seiten. Paperback. ISBN 978-3-8271-9521-0
E-Book 978-3-8271-9641-5 (Pdf)
        978-3-8271-9841-9 (Epub)

www.niemeyer-buch.de

Im Verlag CW Niemeyer bereits erschienen ...

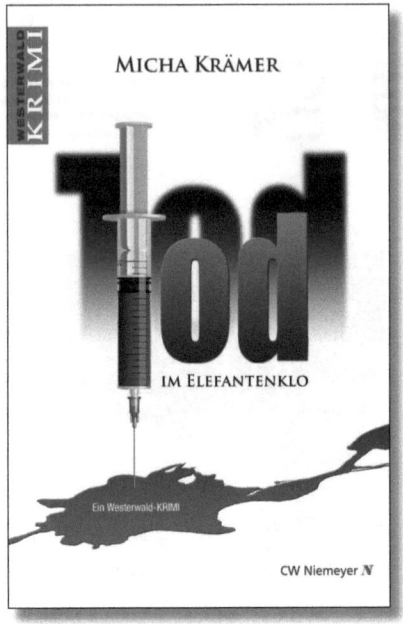

Nina Morettis dritter Fall

Schnell wird klar, woran Natascha Watzlaw gestorben ist, deren Leiche in der Betzdorfer Innenstadt gefunden wird. „KROK!" Eine Droge aus Russland, die ihre Konsumenten bei lebendigem Leib verfaulen lässt. Doch wer rammte der jungen Frau die Nadel mit der tödlichen Injektion in den Nacken? Richtig knifflig wird es für Kommissarin Nina Moretti, als der Lebensgefährte einer Kollegin tot aufgefunden wird.

Micha Krämer. Tod im Elefantenklo
288 Seiten. Paperback. ISBN 978-3-8271-9520-3
E-Book 978-3-8271-9634-7 (Pdf)
       978-3-8271-9834-1 (Epub)

Krimis finden Sie unter ...

Im Verlag CW Niemeyer bereits erschienen ...

Nina Morettis vierter Fall

Ist es wirklich ein Unfall, bei dem der Rentner Doktor Wilbert ums Leben kam? Warum beherbergte der Mann in seinem Keller Giftschlangen? Die Leiche einer jungen Frau wird gefunden. Todesursache: der Biss einer Kobra! Die Signatur des Mörders „el toro" lässt die Kommissarin aufhorchen. Hat der Künstler Mario el Toro mehr mit den Morden zu tun oder ist er Opfer einer Intrige?

Micha Krämer. el toro
360 Seiten. Paperback. ISBN 978-3-8271-9523-4
E-Book 978-3-8271-9651-4 (Pdf)
       978-3-8271-9851-8 (Epub)

www.niemeyer-buch.de

Im Verlag CW Niemeyer bereits erschienen ...

Wo zum Kuckuck ist Harald von Friedwitz bloß abgeblieben? Nach einem feuchtfröhlichen Abend stehen am nächsten Morgen nur noch seine herrenlosen Schuhe am Strand der Nordseeinsel Langeoog. Ein Unglück? Oder könnte er sich etwas angetan haben? Vielleicht ist ihm auch lediglich der giftige Kugelfisch nicht bekommen, den der japanische Koch ihnen zum Abendessen servierte. Für Oberkommissarin Nina Moretti, die sich so auf ihren erholsamen Nordseeurlaub gefreut hatte, beginnt ein Wettlauf mit der Zeit.

Micha Krämer. Sand im Schuh
320 Seiten. Paperback. ISBN 978-3-8271-9527-2
E-Book 978-3-8271-9694-1 (Pdf)
        978-3-8271-9894-5 (Epub)

Krimis finden Sie unter ...
www.niemeyer-buch.de